1그램의 용기

앞으로

한 발짝 내딛게

만드는 힘

1그램의 용기

한 비 야
에 세 이

푸른숲

1그램의 용기를 보탭니다

"겨우 1그램이라고요? 이왕 주는 김에 한 1킬로그램쯤 주면 안 될까요?"

1킬로그램이 아니라 1톤이라도 줄 수만 있다면 당연히 주고 싶다. 그런데 아는가? 1그램이면 충분하다. 아예 용기를 낼 생각이 없는 사람들에게는 1톤의 용기를 쏟아부어도 소용없다. 그러나 꼭 해보고 싶은 일, 오랫동안 마음먹은 일임에도 불구하고 결정적인 순간에 할까 말까 망설이는 사람들에게는 1그램만으로도 하자는 쪽으로 확, 기운다. 그 1그램의 용기가 앞으로 한 발짝 내딛게 만드는 거다.

용기라는 단어 뒤에 붙는 동사는 많고도 많다. 용기가 난다, 용기가 생긴다, 용기가 솟다, 용기를 얻다, 용기를 주다, 용기가 필요하다······. 나는 용기에 가장 알맞은 동사는 '보태다'라고 생각한다.

용기를 보태다!

나는 알고 있다. 우리 모두는 하고 싶은 일을 할 수 있는 힘, 해야 할 일을 할 자신감, 해서는 안 될 일을 하지 않을 분별력을 가지고 있다는 것을. 그러나 그걸 가로막는 건 불안과 두려움이다. 과연 잘될까, 하다 안 되면 어쩌지, 그것에 쏟은 시간과 에너지는 어떻게 보상받나, 실패하면 또 얼마나 남부끄럽고 창피할까, 그러느니 아예 시작하지 않는 게 낫지 않을까로 이어져 결국 포기하게 되고 곧바로 용기를 냈어야 했는데, 라는 후회로 이어진다.

이건 지극히 정상이다. 여러분도 그렇고 나도 그렇다. 더욱이 그 불안과 두려움이 막연할 때는 실제보다 훨씬 크고 세게 느껴져서 맞서기가 참으로 어렵다. 그럴 때마다 나는 모세가 홍해를 건너는 장면을 생각한다. 이집트에서 해방된 수많은 유대 민족을 이끌고 가다가 홍해와 맞닥뜨리는 장면이다. 뒤에서는 혈안이 된 이집트 기마병과 전차부대가 쫓아오고 앞에는 거대한 홍해가 가로막는 절체절명의 순간이었다. 그때 모세는 지팡이를 높이 들고 바닷물 속으로 성큼, 한 걸음을 내딛었다. 그 순간, 홍해가 양옆으로 쫙 갈라지면서 길이 열렸다. 길이 있어서 한 발을 내디딘 게 아니라 한 발을 내디뎌 길이 생긴 것이다.

모세도 사람이니 하느님 명령이었다 하더라도 두려웠을 것이다. 그 두려움을 한 발짝으로 반전시킨 것이다. 이렇듯 우리가 정말로 용기가 필요한 순간은 두려움에 가득 차 끝이 안 보일 때가 아니라 하고 싶은 마음과 두려움이 50대 50으로 팽팽할 때다. 이때 정신을 바싹 차려야 한다. 아주 작은 일과 작은 생각이 너무나도 중요한 일에 결정적인 영향을 미치기 때문이다. 마지막 순간에 그만 용기를 잃고 뒤돌아서기 십상이기 때문이다.

여름에 물놀이를 갔는데 막상 물 앞에서는 들어갈까 말까 망설여 본 경험, 누구나 있을 거다. '물이 얼마나 차가울까?'와 '한번 들어가 볼까?'가 맞서는 순간이다. 벼르고 별러 거기까지 갔는데 차가울 게 두려워 들어가보지도 않는 건 너무나 아깝다. 물이 차가울지 아닐지는 들어가보기 전에는 모르는 일이다. 명색이 물놀이를 갔다면 1초만 두 눈을 질끈 감고 물에 첨벙 들어가보는 거다. 들어가서 참을 만하면 계속 노는 거고 못 참겠으면 나오면 그만이다. 그날 물놀이가 얼마나 재미있었느냐는 바로 물속으로 내디뎠던 그 한 발짝으로 판가름 난다. 물가에서 망설이는 사람에게 건네는 "한 발짝만 들어와 봐. 일단 들어와서 나갈지 말지는 그때 결정하면 되잖아?"라는 한마디가 결정적인 힘이 되는 거다. 진짜 용기는 두려움이 없는 상태가 아니라 그 두려움을 이겨내는 거니까 말이다.

나 역시 삶의 중요한 기로에서 선택과 결정을 해야 할 때마다 두렵고 떨리고 갈팡질팡한다. 하고 싶은 일, 해야 할 일 앞에서 번번이 망설이며 두리번거린다. 이 일을 해도 되는 건가? 잘할 수 있을까? 너무 늦지는 않았나? 너무 철없는 짓은 아닌가? 깜깜한 밤중에 혼자 산속에서 길을 잃은 것처럼 두려움에 온몸이 떨릴 때도 많았고 끝도 없이 이어지는 오르막길을 오르면서 심장이 터질 것 같아 이제 그만 포기하고 싶을 때도 많았다. 이렇게 기를 쓰고 잡고 있는 일을 탁, 놓아버리기만 하면 그 순간 이 고통은 모두 사라질 텐데 하는 생각도 여러 번 했다. 그럴 때마다 언제나 내 곁에서 이렇게 말해주는 목소리가 있었다.

'자, 용기를 가지고 한 발짝만 더 앞으로!'

누구의 목소리였을까? 내가 믿는 하느님의 목소리일 때도 있고 가족과 친구, 가까운 사람일 때도 있고 읽었던 책 속의 인물일 때도 있었다. 목소리의 주인공이 누구든, 단언컨대 그 목소리 덕분에 나는 여기까지 왔다.

이 책이 내 독자들에게도 그런 목소리가 되길 바란다. 그래서 지금 망설이고 있는 그 자리에서 딱 한 발짝만 앞으로 나가는 데 도움이 되었으면 좋겠다.

이 책은 《그건, 사랑이었네》를 쓴 후부터 6년 동안의 이야기다. 지난 시간을 돌이켜보면 공부하다가 현장에 갔다가 산에 갔다가, 또 공부하며 회의하다가 학생들 가르치다가 정신이 하나도 없었다. 이렇게 애쓰는 내가 마음에 들기도 하고 짠하기도 했다. 그러면서 어느 날부터 그동안의 경험과 생각을 독자들과 나누고 싶은 마음이 들기 시작했다. 그러나 나는 전업 작가가 아니라서 책을 쓰고 싶다고 쓸 수 있는 게 아니다. 디지털 카메라 메모리가 꽉 차서 더 이상 한 장도 찍을 수 없을 때 공간을 비우지 않으면 안 될 때처럼, 책을 쓰고 싶은 마음이 차고도 넘칠 때 그래서 더 이상 견딜 수 없을 때가 되어야만 비로소 책이 써진다.

이 책도 그랬다. 써놓고 보니 《중국견문록》의 열심히 하는 모습과 《지도 밖으로 행군하라》의 씩씩한 모습과 《그건, 사랑이었네》의 다정한 모습이 섞여 있는 것 같아 기분 좋다. 1장 '소소한 일상'에서는 자잘한 일상생활에서 건져 올린 내 생각과 삶의 원칙을 보여주려 했다. 2장 '단단한 생각'에서는 힘들지만 재미있게 살 수 있는 원동력은 무엇이며 어떻게 생각의 뿌리를 내리고 있는가를 얘기했다. 3장 '각별한 현장'에서는 1년 중 절반을 보내는 구호 현장의 큰 그림과 세밀화, 즐거움과 괴로움을 동시에 보여주고 싶었고 4장 '씩씩한 발걸음'에서는 나의 꿈이 우리의 꿈이 되는 과정에 대한 생각을 담았다. (쓰다 보니 책이 좀 두꺼워졌다.)

어떤 장의 어떤 꼭지든 나는 이 책 전체를 통해 온기를 전해주고 싶었다. 그동안 사람들에게 받은 친절과 위로, 내가 두 손으로 정성껏 전해주고 싶었던 사랑 그리고 인생 여러 고비에서 많은 사람들과 주고받았던 작은 용기에 대해 말해주고 싶었다. 용광로처럼 뜨겁고 한여름 태양처럼 눈부시게 강렬한 책이 아니라 아침 햇살처럼 맑고 따사로운, 기분 좋은 책이 되었으면 한다.

무엇보다 가능성과 두려움이 50대 50으로 팽팽할 때, 하고 싶은 마음과 망설이는 마음이 대등하게 줄다리기할 때, 내 책에서 딱 1그램의 용기를 얻었으면 좋겠다.

그 1그램의 용기, 기꺼이 보태드리고 싶다.

2015년 봄, 한비야

목차

3장

각별한 현장

4장

씩씩한 발걸음

1장

:
:

소소한
일상

산은 정말 이상하다. 무릎이 녹아날 만큼 많이 걷고 내려와도 돌아서면 또 가고 싶으니 말이다. 어느 때는 낙엽이 배낭에 붙어 오고 어느 때는 향긋한 산 더덕이 서울까지 따라왔다. 바로 전 산행에서 찍은 사진과 일기장을 정리하는 동시에 다음 구간 지도를 보면서 앞으로 갈 길을 상상하며 즐거워했다.

밀크커피,
24일,
보름달…

'아, 딱 하루만 쉬었으면.'

한 해 일정이 일주일 단위로 촘촘히 짜여 있기 일쑤인 내가 이따금 하는 혼잣말이다. 그러다 잡혀 있던 일정이 취소되면 그때가 바로 숨 고르는 시간이자 쉬어가는 시간이다.

몇 년 전 남수단 톤즈 파견 근무를 앞두고도 그랬다. 떠나기 직전 국경지대에서 수단과 무력 충돌이 벌어져 예정보다 두 달이나 출발일을 미뤄야 했다.

덕분에 갑자기 계획에 없던 시간이 하늘에서 선물처럼 뚝 떨어졌다. 파견 근무 가는 줄 알고 공적, 사적 약속을 하나도 잡지 않아서 그 두 달은 오롯이 내 시간이 된 것이다.

이게 웬 떡이냐. 그동안 집에서 빈둥빈둥하면서 책도 실컷 읽고 산으로 들로 섬으로 다니면서 실컷 야영도 해야지 마음먹었다. 역시 머리 식히며 노는 데는 야영이 최고라니까.

그 일환으로 설악산 마등령에서 공룡능선을 넘어 희운각까지 열 시간에 걸쳐 산행을 했다. 저녁 여덟 시가 넘어 희운각 대피소에 도착, 짐을 풀고 저녁을 해 먹으러 밖으로 나왔는데 사방이 야구장에 야간 라이트를 몽땅 켜놓은 것처럼 눈부시게 밝았다. 산중에서 해가 지면 반드시 착용해야 하는 헤드라이트가 필요 없을 지경이었다.

앞산 능선 위로 둥실 떠오른 보름달 때문이었다. 푸른 밤하늘에 찬란하게 빛나는 노란 달이라니. 하루 종일 걸어 피곤했지만 대피소 창문으로 폭포처럼 쏟아지는 달빛 때문에 도저히 잠을 이룰 수가 없었다. 견디다 못해(!) 한밤중에 따끈하게 차를 한 잔 타서 밖으로 나와 침낭을 몸에 두르고 앉아서는 한참 달구경을 했다.

그러길 얼마나 잘했는지. 밤늦도록 보름달 아래서 야, 좋다. 와, 멋있다. 아, 아름답다 하며 비명 같은 감탄사를 연발했다. 산 전체가 은빛 비단 이불을 덮고 있는 듯 따뜻하고 평온해 보였다.

내 얼굴도 내 마음도 저 달빛에 물들어 환하게 빛났을 것이다. 손에 든 건 녹차 한 잔, 몸에 두른 건 야영 침낭이지만 세상 어떤 것도 부럽지 않은, 돈으로는 절대 살 수 없는 느긋하고 행복한 시간이었다.

설악산에서 행복했던 얘기를 하다 보니 예전에 본 TV 프로그램이 떠오른다. 〈행복해지는 법〉이라는 프로그램이었다. 그 방송에 따르면 우리나라 국민 40퍼센트 이상이 행복의 제일 조건은 돈이라고 생각한단다.

그런데 놀랍게도 한 달 수입이 400만 원이 될 때까지는 행복지수가 급상승하지만 그 이상이 되면 오히려 더 낮아진다고 한다. 그 돈을 벌기 위해 가족, 친구들과의 인간관계가 소홀해지기 때문이란다. 다시 말해 가난에서 벗어나기 위해 필요한 돈은 행복을 주지만 계속해서 돈이 행복을 가져다주지는 않는다는 것이다.

결혼도 마찬가지다. 2년간은 행복지수가 급상승하지만 그 후에는 이전의 행복지수로 돌아가거나 현격하게 떨어진다고 한다. 처음 느꼈던 행복감의 전율이 익숙해지면서 이를 당연하게 받아들이는 '쾌락적응' 때문이란다.

행복은 늘 이렇게 유효기간이 있는 걸까?

행복은 돈이든 외모든 사회적 위치든 외부 조건만으로 채울 수 있는 걸까?

세상에 지속가능한 행복이란 정녕 없는 걸까?

나는 있다고 믿는다. 남에게 행복해 보이기 위함이 아니라 나 스스로 행복하기를 원한다면 말이다. 일생을 기다렸다가 단 한 번 느끼는 커다란 행복감이 아니라 매일매일 소소하게 느끼는 작은 기쁨과 만족감이 진정한 행복이란 걸 깨닫기만 하면 말이다.

다행히 나는 그것만 있으면 하루 종일, 혹은 한 달 내내 충분히 행복한 몇 가지 '소소한 행복의 조건'이 있다. 들어보면 별것 아니지만 내게는 소중하기만 한 것들이다.

첫 번째는 아침에 눈 뜨자마자 마시는 밀크커피다.

뜨겁게 데운 우유 한 컵에 가루커피 두 스푼, 각설탕 반 개를 넣어 만드는 밀크커피는 온몸을 따뜻하게 데움과 동시에 잠을 번쩍 깨우며 단박에 내 몸을 활동모드로 전환시킨다. 달콤한 향기는 또 어떻고. 그래서 매일 아침 난생처음인 양 맛있다, 맛있다 하면서 마신다. 이렇게 해서 좋아진 기분이 하루 종일 간다. (내가 살짝, 조증이다!)

밀크커피로 아침을 여는 습관은 20대 때 산에 다니면서 생겼으니 30년도 넘었다. 산속에서 야영하며 춥게 자고 난 새벽, 가루우유 듬뿍 넣은 뜨거운 밀크커피 한 잔은 꽁꽁 언 몸을 녹여주는 구세주였다. 그 맛과 멋을 못 잊어 아침마다 마시다 보니 어느덧 내 행복의 비결이 되기에 이르렀다.

두 번째는 자기 전에 마시는 와인 한 잔.

이 습관도 10년은 넘은 것 같다. 혈전이 잘 생기는 체질이라 혈액순환에 좋다는 와인을 약이라 생각하고 마시기 시작했는데, 긴장감도 풀리고 머리도 잘 돌아가고 글도 술술 나오니 금상첨화가 아닐 수 없다. 와인 잔에 넉넉히 따라 딱 한 잔 마시면서 일기를 쓰는데 그때마다 하루를 잘 마감하고 있다는 만족감과 행복감이 몰려온다. 요즘에는 전라북도 고창 수녀원에서 만든 복분자술을 마시는데, 판매 수익금이 양로원 운영비로 쓰여서 겸사겸사 기분 좋다.

밀크커피와 와인이 내 하루의 시작과 끝을 책임지며 행복한 하루를 만들어준다면 한 달에 한 번씩 나를 행복하게 해주는 것도 있다.

하나는 보름달이고 다른 하나는 매달 24일이다.

초등학생 때 아폴로 11호가 달에 착륙하면서 달에 대한 관심이 폭발했는데 그때 숙제로 달 관찰일기를 쓰면서 흥미가 생겼고 각별한 애정이 싹텄다.

보름달은 언제 어디서 봐도 예쁘다. 푸른 겨울 밤하늘에 노랗게 뜬 보름달도, 까만 한여름 밤하늘에 하얗게 뜬 보름달도 예쁘다. 지평선 위로 떠오르는 쟁반만 한 보름달도, 고개를 뒤로 다 젖혀야 보이는 손톱만 한 보름달도 예쁘다.

언제부턴가는 보름달이 내게 좋은 일을 가져다준다고까지 믿게 되었다. 하기야 예쁜 달을 보고 있으면 절로 좋은 생각이 나서 좋은 글감이 떠오르고 마음이 너그러워지고 기도까지 잘되니 그럴 수밖에. 그래서 매달 설레는 마음으로 달이 차오르기를 기다린다.

내가 사는 아파트는 바로 앞이 북한산이고 정동향이라 산 위로 보름달 뜨는 모습이 환상적으로 보인다. 혼자 보기 아까워 달빛이 온 집 안을 가득 채우는 보름 전후에는 가까운 친구들을 초대해 '달빛 와인파티'를 열곤 한다. 말이 파티지 한 병에 1만 원 남짓 하는 와인 두세 병에 치즈와 크래커, 약간의 과일로 소박하게 준비하는데 보름달이 자아내는 낭만적이고 친밀한 분위기 덕에 모두들 잘 놀았다고, 언제 다시 초대할 거냐고 난리들이다.

그러나 보름달 구경하기에는 산이 최고다. 예전에 북한산 야간 산행을 할 수 있을 때는 산 친구들이랑 '보름달 클럽'을 만들어 매달 보름 초저녁에 북한산 능선에 올라 밤늦게까지 휘영청 밝은 달과 놀곤 했다.

지금도 한 달에 두 번 전국의 명산을 다니며 야영을 하는데, 야영할 때 보름달을 만나면 그야말로 잭팟이 터진 거다.

매달 찾아오는 보름달과 함께 매달 24일 역시 나를 행복하게 만든다.

24는 나와 인연이 깊은 내 행운의 숫자다. 고등학교 3년 내내 24번이었고 타고 다니던 버스도 24번, 대학 다닐 때 살던 아파트도 24동, 학교 도서관 사물함 번호도 24번, 9년 동안 다닌 월드비전도 여의도동 24번지였다. 멀리 갈 것도 없다. 제네바로 마지막 UN 회의를 하러 갈 때 탔던 비행기 좌석도 24-A, 묵었던 숙소도 224호실이었으니 말이다.

실제로 24일이 되면 생각지도 않은 좋은 일이 생기거나 꼬였던 일들이 술술 풀린다. 그래서 어려운 부탁을 해야 하거나 중요한 일은 되도록 24일을 기다렸다가 하기도 한다. (내 책 발행일도 대부분 24일이다.)

어떤 사람은 근거도 없는 걸 믿는다고 뭐라고 하지만 그러면 이런 '럭키 데이'가 없는 게 좋을까? 나는 근거는 없더라도 한 달에 한 번 운 좋은 날이 있는 게 훨씬 내 인생을 풍성하게 한다고 생각한다. 그래서 심각하고도 진지한 마음으로 매달 이번에는 무슨 좋은 일이 생길까, 고대하며 24일을 손꼽아 기다린다. (23일 밤에는 기대에 부풀어 잠도 설친다. 이것도 조증인가?)

오래 사귄 친구처럼

마지막으로 소소한 일상의 행복을 말하면서 빼놓을 수 없는 것이 클래식 음악이다.

클래식이라니, 세상 좁다 하고 돌아다니던 오지 여행가나 촌각을 다투는 구호 현장에서 일하는 구호 활동가가 '고상하고 어려운' 클래식은 어떻게 만났을까? 내가 생각해도 불가사의하다. 주위에 고전음악을 전공한 사람은커녕 듣는 사람조차 없었는데 말이다.

클래식 음악의 세계에 빠져든 것은 고등학교 졸업 직후였다. 어느 날 잡음 심한 AM 라디오의 주파수를 이리저리 맞추다가 첼로 연주가 흘러나오는 채널에서 동작을 멈췄다. 아니, 감미롭고도 품위 있는 첼로 소리가 나를 홀리듯 끌어당겼다.

이건 뭐지? 늦은 시간이었지만 그날부터 그 방송을 꼬박꼬박 챙겨 듣기 시작했다. 하루도 거르지 않는 것은 물론 아나운서가 소개하는 곡의 작곡자와 연주자를 정성껏 받아 적었는데 그것만으로는 성에 차지 않아서 클래식 음악 해설서를 구해 독학을 시작했다. (이렇게 시키지도 않은 공부를 하는 건 내가 뭔가에 꽂히면 나타나는 전형적인 현상이다.)

그 당시에는 서울 명동에 '필하모니아'라는 클래식 음악 전문 감상실이 있었는데 그곳이 내게는 교향곡이나 협주곡의 전곡을 들을 수 있는 유일무이한 곳이었다. 거기서 음악 전공자나 애호가들로부터 고전음악 감상에 대한 무료 과외를 받기도 했다. 해박하긴 하지만 눈꼴시도록 잘난 척하는 그들을 꾹꾹 참아주면서 말이다.

그러나 그곳도 자주 갈 수는 없었다. 네댓 개의 아르바이트를 동시에 하며 돈을 벌어야 하는 바쁜 몸이었기 때문이다.

그러던 어느 날, 서울역 근처를 걷고 있는데 어느 클래식 다방 문앞에 붙어 있는 광고가 눈에 확 들어왔다.

'DJ 구함.'

순간 가슴이 콩당콩당 뛰었다.

아, DJ라니…….

좋은 오디오와 음반으로 클래식 음악을 실컷 들으면서 월급도 준다니 내게는 꿈의 아르바이트였다. 한달음에 2층으로 올라가 면접을 본 후 그날 저녁부터 DJ가 되었다. (그동안 틈틈이 들어온 클래식 음악 방송이 결정적인 도움이 되었다.)

그 후 대학에 들어가기 전까지 2년 반 이상 하루 다섯 시간씩 매일 클래식 음악을 들었다. 보통 때는 신청곡 위주지만 손님이 없을 때는 내가 듣고 싶은 음반을 골라 체계적으로 들을 수 있어서 너무 좋았다. 어떤 때는 한 주에 베토벤 교향곡 9개 전곡을 이어 들은 적도 있었다. 들을수록 더 듣고 싶고 알수록 더 알고 싶었다.

하지만 유명 교향악단이나 연주자들의 공연은 단 한 번도 가본 적이 없었다. 당연히 가고 싶었지만 정말로 돈이 없었다. 처음으로 공연장에 간 건 훨씬 후인 1989년 유럽 여행 중 모차르트의 고향 잘츠부르크에서였다.

가장 싼 곳에서 묵고 가장 싼 음식을 먹고 잠은 주로 야간 기차 안에서 자면서 다니는 '거지 여행' 중이었지만 거의 일주일치 여비에 해당하는 돈을 기꺼이 지불해 공연 입장권을 샀다. 연주곡이 모차르트 교향곡 40번 등 평소 즐겨 듣던 곡들이라 더욱 그랬다.

공연 관람 후 나의 지름신에 감사했다. 흑백사진만 보다 난생처음 컬러사진을 봤을 때처럼 충격적이고도 경이로운 경험이었다.

교향악단의 공연을 실컷 가서 본 건 아이러니하게도 살인적으로 공부하던 보스턴 유학 시절이었다. 하루 두세 시간만 자며 초를 쪼개 공부해도 수업을 따라갈까 말까 했지만 격주 목요일 저녁, 어김없이 보스턴 심포니 오케스트라 공연을 보러 갔다. 세계 수준의 다양한 공연을 1만 원 정도로 즐길 수 있는 절호의 기회였다.

공연장까지 오가는 두 시간, 공연 시간 두 시간 도합 네 시간을 내기 위해 내가 어떤 노력을 했는지는 하느님만이 아실 거다. 그러나 그 시간은 단지 음악을 감상하는 시간이 아니라 숨 막히는 유학 생활 중 숨통을 틔워주고 진정한 위로와 휴식을 준 치유의 시간이었다.

몇 년 전부터는 인터넷 유튜브에서 친숙한 곡을 찾아 듣기 시작했는데 황송할 정도로 좋다. 공연장 맨 앞줄에 앉아 있는 양 연주하는 모습을 생생히 볼 수 있고 심지어 관객들의 박수 소리까지 고스란히 녹음되어 현장에 있는 기분이다. 이렇게 훌륭한 공연을 원하는 때에 집에 앉아서 그것도 공짜로 볼 수 있게 해준 현대 첨단 과학 기술에 감사할 뿐이다.

내게 클래식 음악은 오랫동안 사귄 친구같이 편안하고 든든하다. 기쁠 때는 물론 힘들고 마음이 어지러울 때면 어김없이 곁으로 와서 따뜻하게 어깨를 감싸 안아주곤 한다.

어디 클래식 음악뿐이겠는가? 오랜 시간과 정성을 들여 사랑한 모든 경험은 나를 키우고 내 인생을 풍요롭게 해준다.

TV 프로그램 〈행복해지는 법〉은 이렇게 결론 내리고 있다. 매일 행복해야 평생 행복할 수 있다고. 행복은 멀리 있는 거창한 게 아니라 내 손안의 작은 새라고. 어쩌다 한번 맛보는 큰 행복이 아니라 매일 가까이에서 작은 행복을 느끼는 사람만이 진짜 행복할 수 있다고.

이 말대로라면 나는 썩 잘하고 있는 거다. 소소하기 짝이 없는 밀크커피 한 잔, 와인 한 잔, 보름달, 그리고 매달 어김없이 찾아오는

24일, 라디오만 켜면 언제든 들을 수 있는 클래식 음악이 나를 평생 행복하게 해주는 보물단지라니. 난 정말 삼팔광땡을 잡았다.

다 합해서
1만 6,500원

2014년 3월 초, 7개월간의 남수단 현장 근무를 마치고 돌아왔다. 600여 억 원의 지원금으로 800여 명의 직원이 함께하는 대규모 구호 활동이니 일도 많고 탈도 많고 사연도 많았다. 게다가 잠시나마 월드비전 남수단의 총책임자 역할을 했기 때문에 더욱 그랬다.

총을 든 강도가 국제 직원을 감금하고 몸값을 요구하질 않나, 한 달 사업비를 넣어둔 현장 사무실 금고를 도난당하질 않나, 지역 무장 세력에게 타고 가던 차를 빼앗기질 않나, 우리 사업 지역에서 부족 간에 총격전이 벌어져 한밤중에 긴급히 철수해야 하질 않나…….

돌아보면 처음 당하는 일이라 당황하여 어쩔 줄 몰랐던 적도 많고 일이 마음대로 안 돼서 분하고 화나고 눈물이 쏙 빠질 만큼 힘들 때도 많았지만 조금이라도 도움이 되었다는 생각에 마음 뿌듯하고 짜릿한 순간들이 훨씬 많았다.

그렇게 사연 많은 현장을 떠날 생각을 하니 아쉽기도 했지만 한국행 비행기 표를 예약해놓고는 돌아갈 날을 손꼽아 기다렸다. 물론 가족이나 친구들이 보고 싶었지만 한국 가서 하고 싶은 일도 많았다. 비행기가 새벽에 도착하니 짐 내려놓자마자 일단 집 앞 북한산에 가야지, 내려와서는 동네 사우나에서 때 미는 목욕을 할 거다. 그러고는 집에서 느긋하게 짜장면 곱빼기를 시켜 먹어야지.

마음껏 공상의 나래를 펴다가 갑자기 이런 생각이 들었다.

"어라, 내가 하고 싶은 일은 하나같이 돈이 별로 안 드는 일이네?"

산은 공짜고 목욕은 6,000원, 짜장면 곱빼기는 5,500원, 산에서나 목욕탕에서 마시는 음료수 값을 5,000원이라고 쳐도 내가 벼르고 벼르던 일을 하는 데 2만 원이 채 안 들었다.

"정말 2만 원이 큰돈이구나."

웃음이 절로 났다. 2만 원이란 말에 남수단 주바의 한국 수녀님들이 떠올랐기 때문이다.

남수단의 수도 주바에는 한국인 열댓 명 남짓이 각각 다양한 일을 하면서 서로 아끼며 살아가고 있었다. 그중 제일 기억나는 분이 세 분 수녀님이다. 물도 전기도 없는 주바 근교에서 극빈자들을 위한 무료 진료소를 운영하고 계시는데, 동네 사람들에게 인기만점이었다. 세 분 모두 새까맣게 탄 얼굴 때문에 하얀 이가 더욱 하얗게 보여 환하게 웃을 때면 천사가 따로 없다. 천진하고도 기분 좋은 이 웃음 덕분에 수녀원에 다녀온 날은 내 영혼이 말끔하게 샤워를 한 느낌이 든다.

남수단으로 떠나기 전 우연한 기회에 수녀님들이 소속된 수녀원에 갔다가 이 수도원 수녀님들의 한 달 용돈이 2만 원이라는 걸 알게 되었다. 의식주 등 일상생활에 필요한 경비는 수녀원에서 대겠지만 이들도 사회 생활하는 여잔데, 소소하게 돈 쓸 일이 좀 많을까?

"어머? 한 달에 2만 원으로 어떻게 살아요?"

"호호호. 그래도 우리는 하고 싶은 거 다 하고 살아요."

내가 눈을 휘둥그레 뜨니까 같이 있던 20여 명의 수녀님들이 생글생글 웃으며 앞다퉈 얘기한다.

"저는 매달 책을 한 권 사요. 비야 자매님 책도 이 용돈으로 산 거예요. 그리고 근사한 카페에 가서 우아하게 커피를 마시죠. 이런 호사는 한 달에 한 번이면 충분해요."

"저는 1만 원은 공부하는 수녀님들에게 '김밥 장학금'으로 써요. 도시락만 먹으면 배고플 테니까요. 김밥 한 줄에 1,000원 정도 하니까 열 줄 값이죠. 나머지 1만 원은 가족이나 조카들의 생일 선물 값으로 모아둬요."

"저는 뭘 만드는 걸 좋아해서 구슬과 작은 십자가 등 묵주 재료를 사다가 묵주를 직접 만들어서 선물해요."

남수단에서 만난 이 수도원 수녀님들도 예외가 아니었다.

"저도 1월부터 6월까지 용돈을 모았다가 집으로 여름휴가 갈 때 엄마가 좋아하는 것 다 사드려요. 7월부터 12월까지 모은 돈은 결식아동 돕는 단체에 후원하고요."

"겨우 12만 원으로 어떻게 드시고 싶은 걸 다 살 수 있어요?"

내가 물었더니 눈을 크게 뜨며 당장 이런 대답이 나온다.

"12만 원이 얼마나 큰돈이라고요. 냉장고를 꽉 채우고도 남아요."

세상에. 200만 원도 아니고 20만 원도 아니고 단돈 2만 원을 저렇게 풍성하게 쓰다니. 처음에 한 달 용돈이 2만 원이라는 말을 들었을 때는 살짝 가엽게 생각했는데 그 쓰임새를 멋쩍은 듯 수줍은 듯 그러나 당당하면서도 재미있게 말하는 수녀님들이 오히려 부러웠다.

돈 좀 실컷 써봤으면 좋겠다, 용돈이 두둑했으면 좋겠다, 돈 없으면 힘 빠진다는 사람도 있다. 하지만 우리에게 언제 충분한 용돈이 있었던가? 그 충분이란 도대체 얼마일까? 그러니 손에 잡히지 않는 '충분한 용돈' 때문에 속 끓이느니 이 수녀님들처럼 내 주머니 속 '작은 용돈'을 어떻게 풍성하고 만족스럽게 쓸까 연구하는 게 훨씬 속 편하고 즐겁지 않을까?

남수단에서 돌아온 지 얼마 되지 않아 수녀원에서 전화가 왔다.

"비야 자매님 한국에 오셨다면서요? 우리 수녀원에 꼭 한 번 오세요. 짜장면 사드릴게요."

짜장면 미끼에 걸린 척, 그 주말에 놀러 갔다. 짜장면은 당연히 내가 샀다. 스무 명 곱하기 4,000원이면 8만 원, 탕수육 대자 2만 원짜리 네 그릇 해서 또 8만 원, 도합 16만 원. 그 16만 원은 내가 그 달에 가장 폼 나게 쓴 돈이었다.

그래,
나 길치다

　나는 지독한 길치다. 수십 번 갔던 친구 집도 갈 때마다 긴가민가할 정도니 처음 가는 길을 헤매는 건 너무나 당연하다. 9년간 다니던 직장 사무실도 엘리베이터에서 내리면 왼쪽으로 가야 할지 오른쪽으로 가야 할지 번번이 헷갈리고, 대기업 회장을 만나 고액의 후원금을 잘 전달 받고 나와서는 건물 밖으로 나가는 길을 못 찾아 다시 회장실로 들어간 적도 있다.

　백두대간 종주 때도 그랬다. 곳곳에 이정표가 있고 샛길에도 나뭇가지에 앞서간 산꾼들의 표식이 달려 있어 길을 잃기가 대단히 어렵거늘 나는 구간마다 최소한 한 번은 다른 길로 빠져 한밤중에야 산에서 내려오곤 했다. 그러니 세계 여행 중에 난생처음 가는 길을, 그것도 말도 안 통하는 오지를 다니면서 어떤 고생을 했을지 쉽게 상상이 될 것이다.

그래서 난 길눈 밝은 사람이 부럽다. 어떻게 딱 한 번 간 길을 기억하는지. 심지어 초행길도 '감으로' 잘도 찾아가질 않는가? 그들에게는 고성능 더듬이가 있는 게 분명하다. 내 친구들은 하느님이 날 만들 때 방향 센서 넣는 걸 깜빡하셨을 거라며 놀린다.

그런데 솔직히 말해볼까? '방향 센서'가 없어 매우 불편하지만 그렇기 때문에 얻어 걸리는 게 많고도 많다. 오지 여행 중 길을 잃으면 원래 가려던 이름난 동네 대신 잘못 간 평범한 동네에서 며칠 묵으며 동양인을 처음 보는 순박한 마을 사람들과 살가운 정을 주고받기 일쑤였다.

백두대간 종주 중에도 길을 잃어 멋모르고 들어간 깊은 산속에서 악, 소리 나도록 아름다운 경치와 맞닥뜨리기도 하고 약초, 산삼 캐는 아저씨들을 만나 그들만의 신비롭고도 흥미진진한 산 얘기를 듣기도 했다. 무엇보다도 예약한 산장을 못 찾은 덕분에 괴산 은티산장에서 우연히 만난 세 명의 산 친구들과 종주 후반부를 함께 끝낼 수 있었다. 내가 길치가 아니면 어쩔 뻔했나 말이다. 타고난 결핍이 그 사람을 훌륭하게 만든다고 하던가, 나 역시 길눈 어두운 유전자 덕에 이렇듯 크고 작은 뜻밖의 행운을 누리고 있다.

내게는 말을 빨리 하는 불리한 유전자도 있다. 생후 1년, 처음 엄마라는 단어를 말할 때 유창하게 엄마, 엄마, 엄마 세 번을 연달아 말했다고 이모한테 귀에 못이 박히도록 들었다. 집에선 아무 문제없었는데 학교에 들어가니 선생님들마다 말 좀 천천히 하라는 꾸지람에 귀가 짓무를 지경이었다. 그래도 어쩌랴. 나도 진심으로 고치고 싶지만 세상에는 노력과 열정만으로 안 되는 일이 있는 걸.

그러던 어느 날, 이런 결심을 했다. 나는 말 빠른 DNA를 타고났으니 그 유전자에 저항하지 말고 순응하는 게 상책이라고. 대신 발음을 정확하게 하기 위해 여고생이던 그때부터 지금까지 30년 넘게 매일 시 한 편씩을 큰 소리로 읽고 있다. 덕분에 수백 편의 시를 외우게 되었고 이 시들이 일상생활이나 글에 자연스레 배어나면서 맛과 멋을 더해주고 있다. 말이 빨라서 생긴 예상치 못했던 선물이다.

최근에 생긴 후천적 결핍, 건망증도 마찬가지다. 아무리 깜빡깜빡해도 꼭 해야 할 일은 다시 생각나지만, 문득 떠오른 좋은 글감과 표현은 그날 밤 일기장에 쓰려면 이미 까마득하게 사라져버린 뒤다. 아이고, 아까워라. 그래도 어쩌랴. 나도 이제 50대 중반이니 받아들여야지.

그래서 최근에는 '또렷한 기억보다 희미한 연필자국이 낫다'라는 말을 굴뚝같이 믿으며 수첩이나 휴대폰 메모장에 스쳐가는 생각들을 빠짐없이 적는다. 그야말로 '적자생존'이다. 그런데 기억력 감퇴로 어쩔 수 없이 적어놓은 메모 덕을 톡톡히 보고 있다.

낮 동안 키워드만 써놓은 메모를 밤에 일기 쓸 때 옮겨 적노라면 어느덧 단상들이 이어지고 깊어지면서 생각의 얼개가 잡히기 때문이다. 글 쓰는 사람으로서는 최고의 선물이 아닐 수 없다. 지금 이 글도 이전에 잠깐 스쳐간 생각을 네 단어(결핍, 김치, 말 빠름, 건망증)로 적어놓았던 메모장을 바탕으로 쓰고 있는 거다.

사람은 누구나 저마다 타고난 장점과 단점이 있다. 굼벵이도 구르는 재주가 있다는데 사람이야 말해 무엇하랴. 우리가 이 둘 중 어디에 집중할 것인가는 순전히 우리 선택이다. 굼벵이가 느린 걸음을 탓하며 빨리 움직여보려고 아무리 노력해도 타고난 신체 구조상 빠르게 갈 수 없다. 가만히 있는 것보다야 좋아지겠지만 들이는 노력에 비해 그 효과가 너무나 미미하지 않은가?

내가 굼벵이라면 타고난 단점인 느리게 기는 건 통 크게 인정하고 대신 타고난 장점인 구르는 재주에 시간과 에너지를 집중할 거다. 손연재 선수처럼 앞, 뒤, 옆으로 굴러보고 김연아 선수처럼 트리플 악셀도 해보고 체조 선수 양학선 선수처럼 공중돌기도 해보며 그냥 잘 구르는 게 아니라 구르는 재주를 예술로까지 승화시켜보는 거다. Why Not!(왜 안 된다는 거야!) 잘 구르기만 하면 느리게 걷는 건 그다지 문제될 게 없다. 한 가지만 잘해도 '굼벵이계'에서는 얼마든지 자기 몫을 할 테니까.

타고난 무한긍정

그래서 나는 내가 길치이고 말이 빠르고 건망증이 있는 걸 인정하지만 그걸 완전히 고치려는 노력은 더 이상 하지 않기로 했다. 길치면 스마트폰의 GPS 기능을 활용하고, 말이 빠르면 발음을 정확히 하면 되고 잘 잊어버리면 적으면 그만이다. 그 대신 내 최대의 장점인 '타고난 무한긍정'에 집중하려고 한다.

세상 모든 일을 일단 긍정적으로 생각하는 머리, 사람을 보면 그 사람의 장점이 먼저 보이는 눈, 어려운 일이 닥쳐도 세상은 노력하는 사람 편이고 그러니까 내 편이라며, 솟아날 구멍이 반드시 있다고 믿는 그 마음은 노력하고 연습해서 얻어진 게 아니라 내 천성이다.

또 다른 유리한 DNA는 잠을 조금만 자도 되는 거다. 나는 하루에 네 시간만 자면 충분하다. 충분한 정도가 아니라 그 이상은 허리가 아파서 누워 있을 수가 없다. 나같이 선천적으로 서너 시간만 자고도 충분한 사람들을 '숏 슬리퍼(short sleeper)'라고 한다는데, 이들은 수면 시간이 적음에도 에너지가 넘치고 활동적이고 낙천적이며 목표의식이 뚜렷한 게 특징이란다.

목소리가 크고 말이 빠르며 하루 종일 주의 산만으로 보일 만큼 분주하고 항상 들떠 있는 상태라는 점에서 경조증(hypomania) 증세의 일종이라고도 한다. 에디슨도 그렇고 벤저민 프랭클린, 토머스 제퍼슨, 레오나르도 다 빈치, 박원순 서울시장도 하루 네 시간 이상 자지 않기로 유명하다. 심지어 나폴레옹은 하루에 두세 시간 정도만 자면서 그 수많은 전쟁을 치러냈다고 한다.

렘수면과 비렘수면이라는 말을 들어봤을 거다. 렘수면이라는 얕은 잠에서 비렘수면의 깊은 잠까지 모두 4단계를 거치는 한 사이클이 한 시간 반에서 두 시간쯤 걸리는데 보통 사람들은 이 사이클이 하룻밤에 3~4회 돌아야 육체의 피로가 제대로 풀리고 뇌에 정보도 잘 저장된다고 한다. 그래서 보통 성인들은 일곱 시간에서 여덟 시간 정도의 수면이 적당하다고 하는 거다.

하지만 숏 슬리퍼들은 선천적으로 이 사이클이 두 번 정도 돌아서너 시간만 자도 일상에 아무 문제가 없다고 한다. 그러니 내가 네 시간 이상 자는 건 완전 시간낭비 아니겠는가? 이런 타고난 DNA 덕분에 나는 밤도 끄떡없이 새고 정말로 시간이 부족할 때는 이틀에 한 번씩만 자도 잘 버틸 수 있다.

하지만 이런 사람은 전 세계 인구의 1∼3퍼센트 정도라니 만약 여러분이 하루에 일곱 시간 자야 하는 DNA를 타고났다면 잠을 줄이려고 노력할 게 아니라 깨어 있는 열일곱 시간에 집중하고 몰두하는 게 상책일 거다.

이렇듯 세상 잣대로 보면 타고난 DNA가 좋다 나쁘다, 혹은 유리하다, 불리하다라고 말할 수 있겠지만 실제로 그게 그런 건지는 쉽게 단정 지을 수 없다. 내 생각엔 그건 그저 각자 타고난 특징일 뿐 좋은 것도 나쁜 것도 아니다. 각자 타고난 장단점을 어떻게 받아들이고 어떻게 활용하는가는 유전자 자체의 문제가 아니라 본인이 그걸 얼만큼 신중하게 생각하고 어떻게 마음먹었나에 달렸다고 믿기 때문이다.

우리의 한정된 시간과 에너지를 '타고나길 잘 못하는 것'에 무한정 투자하며 중간이 될 것인가, '타고나길 잘하는 것'에 집중해서 최고가 될 것인가?

우리가 선택하기 나름이다.

낙타는 사막에, 호랑이는 숲에

앞에서는 각자 태어날 때 받은 장단점을 인정하고 적극 수용하는 차원으로 DNA에 저항하지 말자라고 했는데 이번에는 한 발짝 더 나아가 타고난 기질이나 특성을 잘 파악하고 북돋워주는 'DNA의 극대화'에 대해 말해볼까 한다. 지난 봄, 베란다 화분들이 내게 가르쳐 준 인생의 지혜이자 법칙이다.

아파트에 사는 나는 늘 꽃이 그립다. 그 마음을 조금이라도 달래느라 계절별로 꽃 화분을 마구 사들여 베란다에 발 디딜 틈이 없을 정도다. 수십 년 해봤으니 지금쯤은 어떤 꽃이라도 잘 돌보는 도사가 됐어야 하지만 실제로는 '꽃들의 장의사'라고 불릴 만큼 꽃들을 무수히 죽였다. 도대체 왜 내 손에만 들어오면 시들시들 힘을 못 쓰는지…….

그런데 지난 봄 우리 집 베란다에서 뜻밖에 꽃 잔치가 벌어졌다. 빨간 미니 장미와 제라늄, 노란 베고니아, 하얀 치자꽃, 연분홍 패랭이꽃, 진분홍 양란…… 예년 같으면 꽃과 이파리가 시들어서 버린 화분이 열 개도 넘고 죽기 직전의 꽃들도 많았을 텐데 어찌 된 영문인지 모르겠다. 활짝 핀 꽃도 그렇지만 피기 직전의 꽃봉오리들도 참 예뻤다. 덕분에 아침저녁, 오늘은 어느 가지에 새로 꽃망울이 달렸고 무슨 꽃이 새로 피었나 살펴보는 게 큰 즐거움이었다.

아침까지 입을 꼭 다물고 있던 꽃봉오리가 활짝 피어서 저녁에 돌아온 나를 함박웃음으로 맞아주면 하루 피로가 눈 녹듯 사라졌다. 운 좋게 치자꽃 피는 과정을 생방송으로 보기까지 했다. 아침에는 초록색 꽃 몽우리가 하얀색으로 변하며 부풀어 오르더니 점심 때부터 꽃잎이 벌어지기 시작했다. 늦은 오후가 되니 드디어 꽃잎이 모두 펼쳐지면서 장미 모양의 하얀 꽃이 전모를 드러냈다.

신기했다. 햇볕과 바람과 물만으로 어떻게 이토록 아름답고 향기로운 꽃을 피워낸단 말인가?

알고 보니 꽃 호사는 단지 물을 잘 준 덕분이었다. 정확히 말하면 어떤 꽃에 어떻게 물을 주어야 하는지 알았기 때문이다. 재작년에 애지중지 키우던 양란 화분 세 개가 꽃봉오리를 수없이 단 채 몽땅 죽어버렸다. 꽃이 귀한 겨울에 수십 송이의 진분홍색과 흰색 꽃들이 다투어 피고 지는 걸 보면서 얼마나 좋아했는데…… 이상했다. 우리 집 베란다는 해가 잘 들고 바람도 잘 통할 뿐 아니라 매일 물을 주고 이파리도 한 잎 한 잎 정성스레 닦아주었는데.

그동안 들인 공을 생각하면 속상하기도 하고, 펴보지도 못하고 시들어 죽은 꽃봉오리들에게 미안하기도 했다. 그런데 죽은 양란을 정리하느라 화분 흙을 엎다가 깜짝 놀랐다. 양란 뿌리가 완전히 썩어 있는 게 아닌가? 아뿔싸. 물을 너무 많이 준 게 문제였다. 양란은 화분의 흙이 바싹 말랐을 때 한 번씩만 충분히 주라는 말을 들었지만 꽃은 물을 많이 줄수록 좋을 거라 생각하며 너무 자주 주었던 거다. 꽃의 타고난 성질은 무시하고 내 생각대로 하다가 결국 아끼던 꽃을 죽이고 만 것이었다.

그래서 작년엔 꽃을 살 때 그 꽃의 성질과 키우는 방법에 대해 일일이 물어본 후 그대로 했다. 이태리 봉숭아는 매일매일, 미니 장미는 화분의 흙이 말랐을 때 듬뿍, 치자꽃은 통풍이 잘되고 햇볕 좋은 곳에서 충분히 그리고 양란은 가엾어도 꾹 참았다가 열흘에 한 번씩만 물을 주었다. 그랬더니 연일 꽃 잔치였다. 꽃의 특성에 맞게 주면 이렇게 싱싱하고 예쁘게 자라는 걸 여태껏 이틀에 한 번씩 일괄적으로 물을 주었으니 내가 꽃들에게 무슨 폭력을 가한 건가.

무엇이 내 피를 끓게 하는가

어느 날, 꽃에 물을 주며 생각했다. 꽃도 각각 타고난 특성을 잘 파악해서 키워야 예쁜 꽃을 피울 수 있는데 하물며 사람은 어떻겠는가? 전 세계 70억 인구 한 사람 한 사람마다, 자기라는 꽃이 가장 예쁘게 필 수 있는 조건은 다 다를 게 분명하다. 어떤 사람은 칭찬을 많이 해주어야, 어떤 사람은 가만히 지켜보아야 활짝 피어난다. 어떤 사람은 목표를 비현실적으로 높게 잡아야, 또 어떤 사람은 목표를 낮게 잡아 조금씩 이루어가는 재미를 느껴야 더욱 분발하게 된다. 그러니 나라는 꽃을 활짝 피우기 위해서는 내가 어떤 사람인가를 아는 게 무엇보다 중요하다. 나는 누구인가? 무엇이 내 가슴을 뛰게 하고 내 피를 끓게 하는가?

안타까운 건 우리 사회의 꽃봉오리인 중·고등학생들, 심지어 대학생들조차도 이런 근본적인 질문들을 비현실적으로 느끼는 현실이다. 아이들은 이렇게 세뇌당하고 있다.

"가슴 뛰는 일? 그런 건 다 쓸데없어. 너흰 딴 생각 말고 공부만 열심히 해. 그래서 좋은 대학 가고 좋은 직장에 취직하는 거야. 이런 생각은 나중에 해도 돼. 아니, 안 해도 상관없어."

며칠 전 날 찾아온 사범대 학생도 그랬다. 국제구호 수업 시간에 좋은 질문을 많이 하고 조별 발표도 상당히 창의적이어서 눈여겨보던 친구인데 졸업반이라 진로에 대한 고민이 있었다.

"국제구호가 제 적성에 딱 맞는 것 같아요. 일찍 알았으면 좋았을걸, 정말 아쉬워요."

"지금도 전혀 늦지 않았는데 무슨 말이야?"

"지금 교사 임용고시 준비 중이거든요. 교사가 썩 내키진 않지만……."

"뭐라고?"

얘기인즉, 자기는 학생들을 잘 가르칠 자신도 그럴 열정도 없다는 거다. 한 가지 예로 수업 시간에 자는 학생들을 모른 척 내버려두는 게 현실인데, 자기는 자존심이 상해 그렇게 하고 싶지 않단다. 그렇다고 힘들게 학생이나 학부모하고 일일이 맞서기도 싫다고 했다.

"자신도 열정도 없는데 평생 그 일을 어떻게 하니?"

"그래도 직업으로는 최고잖아요?"

그러면서 하는 말. 어릴 때부터 부모님에게서 사범대학교에 가서 교사가 되는 게 최고라는 말을 수없이 들었단다. 자기도 가르치는 건 싫지만 교사는 안정적인 직업에다 사회적으로도 인정받고 게다가 방학까지 있어서 그러기로 했단다.

가슴이 쿵 떨어졌다. 교사가 되고 싶지 않는 교사라니……. 갑자기 사막에서 두리번거리는 호랑이가 떠올랐다. 날카로운 이빨과 발톱을 가진 호랑이는 숲에 있어야만 제 능력을 마음껏 발휘하며 동물의 왕 노릇을 할 수 있다. 그런 호랑이도 사막에 가는 순간 열등한 존재가 되고 만다. 사막에선 물이 없어도 견딜 수 있는 혹이 있고 넓적한 발바닥으로 모래 위를 걸을 수 있는 낙타가 동물의 왕이다. 낙타도 숲에 있다면 최대의 장점인 혹과 넓적한 발바닥이 최대의 장애물이 될 뿐이다.

그러니 능력과 특성의 최대치를 발휘하고 살려면 낙타는 사막에, 호랑이는 숲에 있어야 한다. 반드시 그렇게 해야 한다. 우리 집 베란다 꽃처럼 제자리에서 가장 예쁘고 향기롭게 피어나려면 말이다.

다
내 거야!

　　북한산은 내게 특별한 산이다. 이제까지 적어도 1,000번은 올랐을 거다. 아버지 따라 대여섯 살 때부터 다니기 시작한 이래 일주일에 한 번 정도 꾸준히 갔는데, 그것으론 성에 안 차서 10여 년 전, 아예 북한산 밑인 불광동 독바위역 근처로 이사를 했다. 덕분에 주중에도 자주 갈 수 있으니 앞으로 최소한 1,500번은 오르지 않을까 싶다.

　　그래서 북한산은 손바닥 들여다보듯 훤하다. 길도 길이지만 철따라 어느 길이 최고인지 샅샅이 알고 있다. 봄에는 진달래 능선의 진달래, 여름에는 진관사 계곡의 물소리, 가을에는 대성문에서 구파발계곡으로 내려가는 길의 단풍, 겨울에는 의상봉 능선에서 바라보는 눈꽃. 그뿐인가? 여기는 누구랑 같이 온 길, 저기는 이런저런 일이 벌어진 길. 코스마다 사연이 있고 능선과 계곡마다 갖가지 추억이 있다. 구석구석 내 맘대로 이름 붙인 바위와 나무들이 많고도 많다.

나와 처음 북한산을 가는 사람들은 잔뜩 흥분해서 산 이곳저곳을 소개하는 나를 보며 이구동성으로 말한다.

"꼭 자기가 주인인 것처럼 말하네요."

그럴 때마다 이렇게 대답한다.

"몰랐어요? 북한산, 내 거예요."

다들 농담이라고 생각했겠지만 그건 진심이다. 물론 땅 문서도, 울타리도, 문패도 없고, 세금도 안 내지만 지난 수십 년 동안 수없이 오르며 수많은 사연을 만들고 무한한 위로와 용기와 감동을 얻은 내가 북한산의 진정한 주인이 아니겠는가?

그렇게 따지면 하늘도 내 거다. 난 어렸을 때부터 하늘에 있는 건 다 좋아한다. 그냥 좋아하는 게 아니라 친구들 말을 빌리면 '병적으로' 좋아한다. 해, 달, 별, 구름, 해돋이, 해넘이, 노을, 맑고 푸른 하늘, 도화지처럼 하얀 하늘, 먹물처럼 깜깜한 밤하늘…….

이른 새벽, 어둠에 묻혔던 앞산이 서서히 검푸른 빛을 띠며 형태를 드러내는 순간이 좋아 새벽마다 침대 끝으로 머리를 돌려 눕는다. 매일 보지만 볼 때마다 장엄하고 경건하다.

지난번 필리핀 구호 현장에서 맞이한 보름도 특별했다. 마침 개기월식까지 겹쳐서 장시간 달구경을 하느라 목이 빠지는 줄 알았다. 그때 필리핀은 우기여서 연일 비가 오다가 그날만은 활짝 개었는데, 푸른 바다 같은 밤하늘에 박힌 휘영청 밝은 달이 눈부시도록 찬란했다. 아예 숙소 마당에 나와 앉아 저녁 내내 야! 와! 아아! 오오 하며 소리를 지르니 현지 직원 한 명이 심각하게 물었다.

"한국에는 보름달이 안 떠요?"

10대 소녀도 아닌데 만날 보는 달, 구름, 해를 가지고 웬 호들갑이냐고 하겠지만 어쩌겠는가? 어떤 날씨건, 하루 중 어느 때건 하늘만 보면 그때 하늘에 있는 것들 덕분에 기분이 확 좋아지는걸. 그 기분을 감출 수가 없는걸. 아무리 생각해도 그게 다 내 것 같은걸.

북한산과 하늘이 내 거라니, 부자도 이런 부자가 없다. 이렇게 자연은 누리고 즐기는 자의 것이다. 그런데 요즘 부자 되길 포기하는 사람이 많은 것 같아서 안타깝다. 자연을 제 대접하기는커녕 홀대하거나 불만을 품은 채 거스르고 조종하려고까지 하니 말이다.

지난해 여름 필리핀으로 파견 근무 가기 직전의 일이다. 긴팔 면 셔츠와 편한 바지 등 현장 근무에 필요한 옷을 사러 다니다 보니 어떤 가게는 에어컨을 빵빵하게 틀어놓았는데 바로 옆 가게는 히터를 틀어놓았다. 비가 와서 기온이 좀 떨어졌다고 여름에 히터가 웬 말인가? 이런 생각을 하는 내가 이상한 건지, 집으로 돌아오는 길에 짐이 많아서 택시를 탔더니 기사 아저씨가 이렇게 묻는 게 아닌가?

"에어컨을 틀까요? 히터를 틀까요?"

창문 열고 가면 되니까 아무것도 켜지 말라고 했더니 뒤를 돌아보고는 씩 웃으며 말씀하신다.

"그러면 저야 좋죠. 손님들 요구가 제각각이라서요."

그러면서 벼르기나 한 듯 손님들 흉을 보기 시작했다.

"요즘 사람들은 조금도 못 참아요."

오늘만 해도 아침에 탄 사람은 쌀쌀하다며 히터를 틀라 하고 오후에는 더워 죽겠다며 에어컨을 틀어달라고 했단다. 그런데 바로 직전에 탄 손님은 소나기에 옷이 젖어 에어컨 바람을 맞으면 감기에 걸리니 히터를 틀어달라고 했단다. 어느 장단에 춤을 춰야 할지 몰라 물어봤는데 창문 열고 가자는 말이 반가웠다는 거다. 자기도 저녁 바람이 시원해서 그러고 싶지만 손님들에게는 그런 말을 꺼낼 수 없다며.

택시는 약과다. 적어도 손님 요구에 따라 온도를 조절해주니까. 돈 내는 손님에게 온도 조절권이 전혀 없는 경우도 많다. 요즘은 여름에 영화관을 가려면 반드시 긴팔 옷을 챙겨야 한다. 영화관 안이 냉장고 수준으로 춥기 때문이다. 겨울의 비행기 안은? 엄동설한에도 너무 더워 땀을 삐질삐질 흘리기 일쑤다. 고객들의 쾌적함을 위해서라지만 이렇게까지 할 필요가 있을까? 솔직히 내게는 에너지 낭비로밖에 보이지 않는다.

아름다운 것들은 다 공짜

언제부턴가 나를 포함한 현대인들은 자연을 순응의 대상이 아니라 극복 혹은 싸워 이겨야 하는 대상이라 여기기 시작했다. 비가 오면 비 한 방울 맞지 않아야 하고 해가 나면 어떻게 하든 햇살을 피해야 한다. 날이 밝으면 너무 밝다고 커튼을 치고 날이 저물면 너무 어둡다고 전등을 대낮처럼 환하게 켜둔다. 바람이 시원하게 불어도 창문을 꼭꼭 닫아놓고 진짜 자연풍 대신 '자연풍 선풍기'를 틀어놓기도

한다. 왜 그럴까? 왜 우리는 자연 그대로는 뭔가 부족하다고 생각하는 걸까?

얘기하다 보니 설악산에서 만난 대학생 두 명이 생각난다. 백담사에서 봉정암까지 가는 길에는 기린초, 꿀풀, 엉겅퀴, 애기똥풀, 큰까치수염 등 온갖 종류의 야생화가 활짝 피어 있었다. 설악산이 난생처음이라는 이 학생들은 스마트폰으로 꽃들을 찍느라 정신이 없었다. 거기까지는 좋은데 문제는 그 다음이었다. 두세 시간 탄성을 연발하면서 깔깔대고 사진을 찍던 학생들이 어느 순간 조용해져서 봤더니 이 학생들, 바로 코앞에 예쁘게 핀 야생화에는 눈길도 주지 않고 스마트폰으로 촬영한 꽃들을 화면으로 보면서 즐거워했다.

"사진은 집에 가서 보고 지금은 진짜 꽃을 감상하는 게 어때?"

내 말에 학생들이 이렇게 대답했다.

"진짜 꽃보다 사진 속의 꽃이 훨씬 선명하고 예뻐요."

뭐라고! 가슴이 덜컹 내려앉았지만 학생들이 사진 속의 꽃을 더 예쁘고 자연스럽다고 생각한다면 할 수 없다. 그러나 우리가 자연보다 더 힘이 세고 자연스럽다고 믿는 인간의 첨단기술이 실제로는 참으로 초라하고 허접하기 짝이 없다.

아무리 장마철에 제습기를 밤낮 틀어놓아도 몇 시간 해가 쨍쨍 나는 것만 하겠는가? 한여름, 하루 종일 물차가 다니며 달궈진 아스팔트에 물을 뿌려도 소나기가 한바탕 쏟아지는 것만 하겠는가? 작년에 유난히 벚꽃이 늦게 피는 바람에 전국 곳곳에서 벚꽃축제를 담당했던 사람들은 어떻게든 벚꽃을 피워보려고 히터를 총동원하며 엄청나게 애를 썼다고 한다. 그러나 성능 좋은 히터 수백 대가 며칠간 피운 꽃과 화창한 봄날의 한나절 햇살이 피운 꽃송이 숫자는 비교조차 할 수 없을 것이다. 이것이 바로 기술의 정체이자 한계이다.

어느 여름날 우리 집에 놀러온 귀염둥이 대학생 조카가 이런 찜통 날씨에 에어컨 안 틀어놓는 집이 어디 있냐고 하도 징징대기에 좀처럼 안 하던 잔소리가 나도 모르게 터져 나왔다.

"얘가 왜 이렇게 호들갑이야? 여름이 덥지 그러면 추워? 그리고 지구 온난화 때문에 앞으로 점점 더워질 텐데 지금 이 정도는 좀 참아봐야 하지 않겠어?"

지금 생각해도 말 참 잘했다. 나는 대자연은 인간의 머리로는 도저히 알 수 없는 오묘한 질서와 규칙을 가지고 순환하며 균형을 찾아간다고 믿는다. 첨단기술 운운해봤자 그 사람도 자연의 일부일 뿐이다. 그래서 자연이 우리를 위협하고 해치지 않는 한 더불어 사는 것이 마땅하다고 생각한다. 거대한 자연을 완전히 피하거나 개조할 수 없다면 견딜 수 있는 한, 순응하며 사는 것이 현명한 일이라고 생각한다.

말이 순응이지 사실 거창할 것도 없다. 여름이니까 당연히 더우려니, 이런 무더운 여름 날씨가 있어야 풍성한 가을이 오려니 하는 것부터가 순응의 시작일 거다.

오늘도 북한산을 오르며 생각했다. 세상에서 아름다운 것들은 다 공짜라고. 백 번 맞는 말 아닌가? 사랑, 우정, 의리, 신뢰 등은 천만금을 주어도 살 수 없다. 그 대신 노력과 시간을 들이고 온 마음을 쏟지 않으면 절대 가질 수 없는 것들이다. 눈만 돌리면 마주치는 자연도 마찬가지다. 돈이 들진 않지만 순응하고 감사하며 누리면 그 아름다운 것들은 고스란히 내 것이 된다.

　내가 하늘도, 북한산도 만날 "다 내 거야"라고 우기지만 사실 그것을 누리고 마음껏 즐기는 모든 이의 것이기도 하다. 세상 참 공평하다.

백두대간,
1천 킬로미터를
걷다

"대한민국 만세!"

여기는 금강산 향로봉. 오늘은 2012년 7월 27일, 2년에 걸친 백두대간 종주가 드디어 끝났다.

종주 마지막 구간인 설악산 진부령부터 금강산 향로봉까지는 군사 지역이라 못 가겠구나, 아쉬워하고 있는데 우연히 향로봉 군부대 부대장을 아는 사람의 아는 사람을 알게 되었다. 지체 없이 알아낸 군부대 정보처로 전화했다. 그곳 병사들에게 특강을 제안하고, 특강하러 향로봉 부대에 갈 때 차를 타는 대신 걸어갈 수 있겠냐고 조심스럽게 물었더니 단박에 "네, 좋습니다"라는 시원시원한 대답이 돌아왔다.

그리하여 진부령에서 그늘 한 점 없는 뙤약볕 길을 네시간 반 동안 걸어 마침내 향로봉 정상을 밟았다. 2010년 9월 16일, 지리산에서 시작해 덕유산, 속리산, 태백산, 오대산, 설악산을 거친 남한 구간 백두대간 종주에 마침표를 찍는 순간이었다.

그날 장병 100여 명과 함께 향로봉 정상에서 금강산을 배경으로 사진을 찍으며 축하 인사를 받을 때는 별로 실감이 나지 않았는데, 특강이 끝나고 산 밑 숙소로 돌아와서 한바탕 찬물 샤워를 한 후 선풍기로 머리를 말리면서 '백두대간 수첩' 마지막 페이지에 오늘 일정을 적어 넣으려니 그제야 가슴 가득 기쁨이 몰려왔다.

한국 산쟁이로서 꼭 한 번 해보고 싶었던, 그래서 수십 년간 벼르기만 했던 백두대간 종주였다. 일단 시작하면 언젠가는 끝나겠지 하는 배짱으로 어느 날 불현듯 시작했는데 진짜로 어느덧, 끝나버렸다. 역시 시작이 반이다. 첫걸음의 힘이다.

"산이 그리워서요."

백두대간!

1980년대부터 산에 다니는 사람들 사이에 백두대간 종주 붐이 일었다. 대학 산악부에서는 방학을 이용해 종주를 했고 많은 산악회에서도 종주 팀을 꾸렸는데 그들을 따라 몇 구간씩 찔끔찔끔 걷기도 했다. 백두대간을 종주했다는 사람을 만날 때마다, 책방에서 새로운 백두대간 종주기를 볼 때마다 나도 언젠가는 하고야 말 거라며 두 주먹을 불끈 쥐었다. 그러나 그것도 그때뿐, 세상에 '언젠가'라는 시간은 없다. 결심을 하고 언제부터라고 딱 못을 박은 후 용기를 내어 한 걸음 떼기 전에는.

이번 백두대간 종주는 보스턴 유학 때 시작되었다. 그 시절 제일 힘든 건 공부가 아니라 산에 못 가는 거였다. 유학 초기에는 보스턴 한인 산악회에 가입해 억지로 시간을 내어 한두 달에 한 번 정도 산에 가긴 했지만 당연히 그걸로는 성에 차지 않았다. 그러니 늘 산이 그리울 수밖에. 특히 계절이 바뀌는 시기에는 몸서리치게 산에 가고 싶었다. 그럴 때면 살짝궁 미친 짓(!)을 하곤 했다. 마치 등산을 가는 것처럼 등산복에 등산 신발에 등산 스틱에 배낭까지 완전무장을 하고 등교해서는 교내에 있는 고작 몇 십 미터짜리 언덕을 히말라야 오르듯 오르락내리락했다. 지나가는 사람들이 힐끗힐끗 쳐다보면 이렇게 대답했다.

"산이 그리워서요."

등산복 차림으로 수업에 들어가 배낭 안에서 수업 자료와 등산용 보온병과 컵을 책상 위에 떡하니 꺼내놓으면 교수들도 놀라고 재미있어하며 한마디씩 했다.

"오늘 수업은 산 정상에서 하겠습니다."

그러던 어느 날 밤, 밤새도록 논문 초고와 씨름하느라 지쳐서 잠깐 엎드려 있는데 갑자기 이런 생각이 들었다.

'이건 도대체 언제 끝이 나나? 내가 공부하는 기계도 아니고 언제까지 이렇게 살아야 하냔 말이다. 나도 사람인데 무슨 낙이 있어야 살지. 낙이라? 음, 좋아. 이렇게 하자. 내가 죽지 않고 이 논문을 끝내면 나에게 큰 상을 내리는 거다. 무슨 상을 줄까? 집에 가면 한 달은 아무것도 하지 않고 산에만 다닐까? 아니, 이왕 그럴 거면 이 참에 벼르던 백두대간 종주를 해볼까? 와, 그거 좋은 생각이다. Why Not!(한번 해보는 거야.) 고고씽!'

그러고는 그날 밤에 서울에 있는 산 친구에게 메일을 썼다. 등산 중 만난 '대간꾼' 손에 들려 있던 '백두대간 수첩'을 보내달라고. 며칠 후 인편으로 대학 노트 반만 한 크기의 수첩이 도착했다. "공부 빨리 끝내고 와. 산에 가자!"라는 그리운 친구의 메모와 함께.

그래, 앞으로는 지칠 때마다 이 수첩을 보면 힘이 날 거야. 수첩에 한 구간 한 구간 잘 정리되어 있는 대간 길, 그 길을 내 발로 걸을 날을 기대하고 고대하면서. 한국 산이 나를 부르고 있으니 힘내야지. 힘내서 얼른 끝내고 산에 가야지.

그때부터 나에게 껌딱지처럼 붙어 있던 수첩, 보고 또 보고 하도 봐서 백두대간 각 구간의 특징과 산행로를 훤히 꿰게 만든 수첩, 볼 때마다 무한한 기쁨과 힘이 솟게 하던 바로 그 백두대간 수첩의 마지막 페이지인 '진부령에서 향로봉 구간' 산행 메모란에 '마침내 종주 끝!'이라고 쓴 것이다.

여기서 잠깐 백두대간 종주에 대한 미니 강의.

백두대간 종주란 지리산부터 백두산까지 한반도의 등뼈를 따라 약 1,600킬로미터 산길을 걷는 거다. 그중 남한 구간은 약 700킬로미터인데, 이것을 보통 24구간에서 50구간 정도로 나눠 걷는다. 24구간만 해도 한 구간당 1~3일씩 하루 열 시간 이상을 걸어도 6개월 이상 걸리는 만만찮은 프로젝트다.

종주에는 여러 가지 방법이 있지만 나는 백두대간의 남한 구간, GPS상 거리 697킬로미터, 지도상 거리 800킬로미터, 실제 종주 거리 약 1,000킬로미터를 30구간 정도로 끊어서 한 구간당 1박 2일, 혹은 2박 3일 일정으로 하루 열 시간에서 열두 시간 정도 걸었다. 도중에 7개월간 중국에 가 있었기 때문에 2년이나 걸린 거다.

백두대간 전반부인 처음 1년은 혼자 걸었는데 '홀로 대간을 종주하는 사람들의 모임'이라는 인터넷 사이트에서 가야 할 길에 대한 실시간 정보를 얻을 수 있어 크게 도움이 되었다. 하지만 길눈이 어두워서 허구한 날 길을 잃어버리는 바람에 하루 열다섯 시간 이상, 심지어 스무 시간을 걷는 날도 있었다.

덕분에 허구한 날 깜깜해진 뒤에야 산에서 내려왔는데 어두운 산길을 가다 절벽에서 떨어져 구르거나 토사곽란이 나서 산악구조대를 부를 뻔한 적도 있었다. 혼자 깜깜한 산속을 헤드라이트에만 의존해 걸을 때마다 얼마나 세게 기도했던지. 내 생애 그렇게 간절하게 성모송을 바쳤던 적은 없었다.

잠은 종주 길에 있는 대피소에서 자는 게 제일 좋지만 국립공원으로 지정된 큰 산을 제외하면 대피소가 드물기 때문에, 보통은 산장이나 마을로 내려가 하루를 묵고 다음 날 어제 끝낸 산등성이까지 올라가 산행을 이어갔다. 덕분에 시간이 무한정 걸렸다. 게다가 혼자 다니니 취사도구나 야영장비 같은 짐이 많아 집에 오면 며칠간 무릎이 몹시 아팠다.

다행히 종주 후반부 1년은 혼자가 아니라 네 명이 같이 다녔다. 중국에서 돌아오자마자 종주를 다시 시작할 때 우연히 묵은 이화령 구간 은티산장에서 멋진 산 친구를 만난 것이다. 50대 산장지기 부부 성서영 대장과 변경미와 40대 타고난 총각 산쟁이 허보철이다. 이들은 이미 백두대간 종주를 했지만 산악회와 하느라 종주 재미를 제대로 못 느꼈다며 함께하기로 한 거다. 우리는 BB4(비야와 백두대간을 함께하는 4인)라는 미니 산악회를 꾸리고 봄, 여름, 가을, 겨울에 걸쳐 종주 후반부를 같이하면서 한국의 아름다운 산을 만끽했다.

산은 정말 이상하다. 무릎이 녹아날 만큼 많이 걷고 내려와도 돌아서면 또 가고 싶으니 말이다. 한 구간을 끝내고 집에 돌아오면 일단 뜨거운 물에 몸을 충분히 담그면서 푹 쉰 후에 배낭 가득한 빨래를 꺼내놓았다. 어느 때는 진흙이 등산화에 묻어 오고 어느 때는 낙엽이 배낭에 붙어 오고 어느 때는 산행하다 캔 향긋한 산 더덕이 등산복 주머니에 넣어져 서울까지 따라왔다. 바로 전 산행에서 찍은 사진과 일기장을 정리하는 동시에 다음 구간 지도를 보면서 앞으로 갈 길을 상상하며 즐거워했다.

산에 가면 무조건 좋다. 여럿이 가면 여럿이라 좋고 혼자 가면 혼자라서 좋다. 야트막한 능선은 그래서 좋고, 험한 바위 능선은 또 그래서 좋다. 날씨가 맑으면 능선이 잘 보여서 좋고 비가 오면 구수한 라면이 훨씬 맛있어서 좋다. 하루에 열 시간 이상 오르막 내리막길을 걸으면서 힘들지 않다면 거짓말이겠지만 이 정도 힘든 건 얼마든지 참을 수 있다. 하고 싶은 걸 하고 있으니까. 그래서 산행 내내 싱글벙글 웃음과 감탄이 절로 나오는 모양이다.

백두대간 모든 구간 산행이 그랬다. 그래서 첫 구간인 지리산 종주 때 본 천왕봉 일출부터 마지막 금강산 향로봉에서 본 일몰까지 백두대간 수첩 산행 메모는 온통 형용사와 부사와 감탄사와 느낌표로 가득하다. 지금 이 글을 쓰면서 그 수첩을 아무데나 펴보니 2011년 9월 3일 가을 소백산행 메모가 나온다.

정상까지 가는 길 초반은 아스팔트 길, 나중에는 나무 계단 길. 약간 지루한 느낌. 그러나 어느 순간부터 야생화가 한두 송이 보이더니 국망봉 일대는 눈 닿는 데까지 야생화 꽃밭이다.

아, 누구의 솜씨련가. 청초하면서도 당당하게 피어 있는 보라색 쑥부쟁이, 하얀 구절초, 노란 원추리, 주홍색 동자꽃! 산 정상은 자연이 만든 360도 원형극장이다.

사방팔방에서 크고 작은 산 능선들 수십 개가 포개져 파도처럼 출렁거리며 다가온다. 어지럽다. 꽃 멀미, 산멀미가 나는 모양이다.

어젯밤에는 하늘에도 꽃이 활짝 피어 있었다. 맑게 개어 푸른 밤하늘에 박힌 노란 별들이 꽃잎이 되고 꽃비가 되어 텐트 위로 쏟아져 내렸다. 이렇게 아름다운 광경 앞에서는 늘 비명처럼 찬미의 기도가 터져 나온다.

"꽃들아 주님을 찬미하라, 능선들아 주님을 찬미하라, 밤하늘의 별들아 주님을 찬미하라."

힘겹게 오른 산이 더 아름답다

어려움 없이 얻어지는 기쁨은 없다. 세상에 공짜가 없다는 말이다. 백두대간 종주도 예외가 아니다. 내게 이런 멋진 세상을 보여주는 백두대간에게 나는 무엇을 바쳤던가? 무엇을 해주었던가?

우선 나는 내 무릎을 바쳤다. (산이 좋아할지는 모르겠지만.) 산에 다니는 사람은 무릎이 생명인데 나는 무릎이 별로 좋지 않다. 30대에 세계 일주할 때 너무 오랫동안 무거운 배낭을 지고 다녔기 때문이라는 의사 소견이다. 그 덕에 하산 길에는 무릎이 끼이익 끼이익 비명을 지르면서 퉁퉁 부어오른다. 어쩌다 발을 잘못 디디면 한순간 전기송곳으로 찌르는 것처럼 식은땀이 날 정도로 아플 때도 있다.

동네 정형외과 의사는 백두대간 종주는 고사하고 등산 자체를 하지 말라지만 어떻게 그럴 수가 있나. 산과 나는 이미 떼려야 뗄 수가 없는 사이, 아니, 서로 없으면 못 사는 사이가 되어버렸는데. (산도 그럴지 모르지만 나는 그렇다.) 그래서 의사 몰래 다니다가 견딜 수 없으면 지청구를 들을 각오로 또 병원에 간다.

그래도 백두대간 종주 중에는 혹사당하는 무릎을 위해 좋다는 건 다 했다. 우선 매일 글루코사민과 제주도 조랑말뼈 가루를 먹고 닭발도 자주 먹었고 발끝을 폈다 조였다 하는 무릎 체조와 무릎 마사지도 매일매일 했다. 등산하기 전에 소염진통제를 먹고 등산할 때는 무릎 보호대를 하고 스틱도 반드시 사용했으며 등산 후에는 찬물로 먼저, 나중에는 뜨거운 물로 번갈아가며 무릎 주위 근육을 풀어주고 가끔씩 병원에 가서 연골주사도 맞았다.

그러나 무릎을 보호하려면 짐을 가볍게 메는 게 무엇보다 중요하다. 이 점, 잘 알고 있지만 문제는 야영을 하려면 텐트, 침낭과 코펠, 버너 등 기본적인 장비는 지고 가야 한다는 점이다. 어느 구간은 이틀 동안 마실 물까지 지고 가야 했다.

매번 짐을 최소화하기 위해 칫솔 꼬리도 잘라 들고 다니면서 필사적인 노력을 하지만 등산 후 짐을 풀다 보면 산행 중 한 번도 쓰지 않은 것들이 꼭 있다. 입지 않은 윗도리, 신지 않은 양말, 쓰지 않은 삼색 볼펜, 너무 많이 남은 커피믹스, 너무 큰 치약, 몇 장밖에 쓰지 않은 두꺼운 미니 노트, 반도 안 쓴 물휴지……. 이런 필요 없는 것들을 지고 다녔으니 아이고 억울해라! 그러니 비우고 비우고 더 비워야 했다. 무릎을 위해서 그리고 백두대간 완주를 위해서.

그럼 내가 백두대간에 해준 건 뭐가 있을까? 사람이 산에게 해줄 수 있는 최대의 것을 해주었다고 자부한다. (물어보진 않았지만 산도 그렇게 생각할 거라 굳게 믿는다.) 그게 뭘까?

그건 아낌없이 표현하는 산에 대한 고마움과 경외감 그리고 끊임없이 쏟아낸 찬미와 찬사다. 더불어 산 자체를 누리고 즐기려는 내 마음을 산에 바쳤다. 거의 호들갑에 가까운 감사와 찬미도 그렇지만 두 번째 것을 산이 훨씬 더 좋아할 게 분명하다.

말이 나온 김에 백두대간 종주를 하면서 본 호화 야영꾼들 얘기를 좀 해볼까? 우리 대간꾼들은 그들을 '산 밑 클럽'이라고 부른다. 짐이 너무 많아 도저히 산속까지 지고 올 수 없어서 야영은 산 밑에서만 하는 사람들이다. 한 번은 그들과 어울릴 기회가 있었다.

이들은 텐트부터 달랐다. 우리 BB4는 1.8킬로그램 초경량 이인용 텐트 두 동이면 충분한데 우리처럼 네 명이 다니는 그 팀은 스무 명이 자고도 남을 정도의 초대형 다용도 텐트를 쳤다. 그 안에는 부엌은 물론 거실과 침실이 따로 분리되어 있었다.

취사도구도 완전히 달랐다. 우리 팀은 버너 두 개와 코펠 한 세트로도 충분한데 그 팀은 가스레인지에 프라이팬에 각종 용도의 칼과 컵과 그릇에…….

그날 우리는 백두대간 종주 중 가장 호화판 겨울 야영을 했다. 대낮같이 환한 텐트 안에서 접는 의자에 앉아 불판에 구워 먹는 오리구이는 깜깜한 밤중에 바위에 쪼그리고 앉아 먹는 인스턴트 카레라이스와는 비교할 수 없는 '귀족 야영'이었다. 원두를 갈아 갓 내린 커피와 이름 모를 수입 과일까지 먹고 담요 몇 장을 얻어 돌아와 보니 나무 밑에 친 우리 텐트가 마치 난민촌처럼 초라하기만 했다.

빌려온 두꺼운 담요를 매트리스와 침낭 사이에 깔았더니 맨땅에서 올라오는 습기와 냉기가 훨씬 덜했다. 전기담요도 가져가라고 할 때 가져올 걸 그랬나? 귀족 야영이 좋긴 좋구나 하면서도 동시에 이런 생각이 들었다.

'명색이 야영인데 이렇게까지 편해도 되는 건가?'

야영이란 모름지기 대자연 속에서 최소한의 물건으로 자연을 최대한 느끼고 즐겨야 하는 게 아닌가? 그게 제 맛이자 야영의 본질이 아닌가? 그게 자연에 대한 예의가 아닌가? 몸 편한 야영도 그 나름의 의미가 있을 거다. 그렇게 해야 자연을 가까이 할 수 있다면 당연히 그렇게라도 해야겠지. 그러나 호화 야영 팀은 싸늘한 침낭 속에서 뜨거운 물을 넣은 페트병을 안고 자며 추위를 이기는 재미를 알 수 있을까? 춥게 자고 난 새벽, 텐트 바깥으로 나가 곱은 손으로 버너를 켜고 눈을 녹여 끓인 물로 만든 따뜻한 커피 맛을 알 수 있을까? 이른 아침, 텐트가 든 무거운 배낭을 지고 힘겹게 산을 오르다 보면 온몸에서 아지랑이처럼 연기가 모락모락 날 때 밀려오는 충만함을 알 수 있을까?

최고의 야영, 알짜 기쁨

백두대간 종주 중 최고의 야영을 꼽으라면 단연 BB4와 함께한 점봉산 겨울 야영이다. 그날은 여덟 시간 정도의 당일 산행을 했는데, 원숭이도 나무에서 떨어진다고 잘 아는 지름길로 내려온다는 게 그만 눈 덮인 산에서 길을 잃고 말았다. 길은 험하지, 눈은 허벅지까지 쌓였지, 사방은 깜깜해지지. 더 이상의 진행은 위험하다고 판단, 야영을 하기로 했다. 그러나 우리에겐 야영 장비가 하나도 없었고 먹을 것도 뚝 떨어졌다.

일단 모닥불을 지펴 흠뻑 젖은 옷과 양말을 말리고, 두 개 남은 양갱을 나누어 먹으며 허기를 달랬다. 밤이 깊어갈수록 칼바람이 불면서 몹시 추웠지만 젖은 나뭇가지로 지핀 모닥불은 연기만 나고 온기는 거의 없었다. 비상용 우비를 입고 머리에는 까만 비닐봉지를 뒤집어쓰고 배낭을 비워서 그 안에 다리를 넣어보았지만 찬바람은 뼛속까지 파고들었다.

그 와중에 산짐승이 나오거나 밤새 기온이 더 떨어지면 어쩌나 걱정되어 귀에서 쇳소리가 날 정도로 긴장했지만 우리 네 명은 미지근한 모닥불 주변에 둘러앉아 서로를 의지하며 무사히 새벽을 맞을 수 있었다. 곱씹을수록 짜릿하고 감동적인 야영이었다.

이렇게 공들여야 비로소 누릴 수 있는 기쁨, 불편함을 견뎌야만 얻을 수 있는 기쁨, 온몸으로 부딪혀봐야 깨달을 수 있는 기쁨. 이런 기쁨이 '알짜 기쁨'이라고 백두대간은 내게 가르쳐주었다.

물론 백두대간 종주 중 모든 것이 만족스러웠던 건 아니다. 도중에 눈살 찌푸리고 마음 불편한 적도 많았다. 무엇보다 마음이 불편했던 건 종주 구간 중 탐방 금지로를 만날 때였다. 이상하지 않은가? 산림청은 영문 책자까지 발행해가며 백두대간 종주를 권장하는데 국립공원관리공단은 여러 곳에 출입 금지 구간을 정해놓고 걸리면 벌금까지 물린다. 도대체 어느 장단에 춤을 추란 말인가?

그 구간만 건너뛰면 되지 않느냐고 하겠지만 이건 말 그대로 한 줄로 이어진 종주라서 한 구간이라도 건너뛰면 종주가 아니다. 이 출입 금지 구간 때문에 백두대간을 종주하는 사람들은 모두 범법을 해야 한다. 1980년대부터 지금까지 종주했던 그 많은 사람들 중 단 한 명도 예외 없이 모두 그래야 했다.

물론 환경보호, 산악사고 방지 등 합당하고 타당한 이유가 있겠지만 무조건 못 가게 할 게 아니라 외국처럼 위험한 구간, 보호가 필요한 구간은 일정한 시간에 일정한 인원이 그룹을 만들어 국립공원 직원의 인솔을 받으며 갈 수는 없는 걸까? 나 역시 종주 중에 탐방 금지 구역을 만날 때마다 곤혹스럽기 짝이 없었다.

내가 어떻게 했겠는가? 궁여지책으로 그런 구간을 지나야 할 때는 그 지역 관할 국립공원 관리사무소에 팩스로 산행 계획을 '자진신고'했다. 벌금은 낼지언정 몰래 들어가고 싶지는 않았기 때문이다.

종주 중 자주 눈살 찌푸리게 하는 건 백두대간이 걸쳐 있는 지자체가 경쟁적으로 벌이는 '백두대간 과잉 마케팅'이다. 구간 입구마다 무지막지하게 커다란 돌을 세워놓았는데 그런 거석이 정말 필요할까? 아담한 산 앞에 그렇게 큰 돌은 멋있기는커녕 흉물스럽기까지 하다.

산길도 마찬가지다. 어느 구간에서는 안내 표지판이 돌아서면 나오고 돌아서면 또 나온다. 불필요하게 많은 거다. 또 어느 구간에는 몇 십 미터 간격으로 벤치가 있고 심지어는 지붕을 올린 정자까지 떡하니 있다. 산중에 그런 게 꼭 필요한가? 그렇게까지 필요 없는 과잉 안내판과 휴식 공간을 만드느라 그 주변 숲만 훼손시킨 걸 안타까워하는 산꾼들이 수두룩하다.

아무튼 향로봉까지 갈 수 있을 줄 몰랐기 때문에 우리도 다른 대간꾼들처럼 설악산 진부령탑에 도착하는 날 조촐한 백두대간 종주 졸업식을 하기로 했다. 기념사진 몇 장 찍고 어디 가서 시원한 맥주나 마실 생각이었는데, 종착지에 다가가니 탑 주변이 수십 개의 오색 풍선으로 화려하게 장식되어 있고, 높게 걸린 백두대간 종주 축하 플래카드 주위에는 전국에서 온 우리 팬클럽 회원 50여 명이 싱글벙글한 얼굴로 모여 있는 게 아닌가? 깜짝 축하파티였다.

반가운 마음에 뛰다시피 그들에게 가까이 다가갔다. "아, 다들 어쩐 일이세요?"라는 내 말이 끝나기도 전에 사람들이 응원용 나팔로 팡파레를 울리고는 두 줄로 늘어서더니 두 팔로 터널을 만들어 BB4를 그 속으로 통과시키고는 한 목소리로 "백두대간 종주를 축하합니다"라고 목청껏 외쳤다.

아, 사랑스럽고 고마운 친구들, 한 명 한 명 업어주고 싶을 만큼 고마운 사람들이다. 그런데 그런 사람들이 5분도 지나지 않아 주인공인 우리 BB4는 안중에 없고 자기들끼리 사진 찍느라 정신이 없었다.

이들은 누구더냐. 나를 핑계로(!) 모여 자기들끼리 신나게 노는 사람들이다. 이번 깜짝 졸업식도 몰래 모의하고 준비하면서 재미를 좀 본 모양이다. 누가 내 팬 아니랄까봐, 노는 게 남는 거라는 내 모토를 충실히 이행하고 있는 거다.

이 요란한 친구들과 근처 식당에서 시끌벅적하게 점심을 먹고 종주 기념패까지 받고 나니 갑자기 백두대간 종주가 끝나는 게 너무나 아쉬웠다. 다음 주부터는 어딜 간단 말인가? 옆에 있는 BB4에게 "우리 이대로 '뒤로 돌아' 해서 남진으로 백두대간 종주 다시 할까요?"라고 했다가 50여 명의 우~ 하는 야유를 동시에 받았다. (이것 봐라. 이런 친구들이 내 팬클럽이 맞냐는 말이냐? 흥!)

백두대간 종주 후, 우리 BB4는 야영 100박 프로젝트를 하기로 했다. 내가 한국에 있을 때는 꼬박꼬박 2주일에 한 번 산으로, 들로, 섬으로 1박 2일 야영을 하는데 다음 주가 벌써 24번째다. 이게 끝나면 100대 명산 프로젝트도 할 계획이다. 100개는 너무 적나? 한 500개로 할까?

해외 등반 계획도 세워두었다.

1) 스위스 뚜르드 몽블랑 트래킹 2) 네팔 안나푸르나 베이스캠프 트래킹 3) 미국 요세미티 국립공원 트래킹. 일단 이 세 곳을 순서대로 갈 생각이다. 돈, 시간, 체력 그리고 내 무릎 상태가 관건이지만 계획을 세웠으니 언젠가는 할 거다. 생각만으로도 다리가 근질거린다.

보스턴에서는 한국 산이 나를 부르더니 한국에 오니까 전 세계 산이 나를 부른다. 산이 부르는데 내가 어쩌겠나. 등산화 끈 바짝 매고 나서는 수밖에. 그러는 수밖에.

가다가
중지해도
간 만큼 이익이다

"이그, 저 계획쟁이. 또 붙여대기 시작하는군."

초등학교 1학년 때부터 나의 방학은 온갖 모양의 계획표를 방 벽에 붙이는 걸로 시작했다. 파이 모양의 하루 일과표는 기본이고 매일 해야 할 일의 실천 여부를 'OX'로 표시하는 모눈종이 모양 달력, 읽고 싶은 책 목록, 부산 외가에 가는 일정표 등 온갖 종류의 계획표로 벽이란 벽마다 도배를 해놓았다.

같은 방을 썼던 작은언니의 증언에 따르면 자기 말은 물론 엄마나 아버지, 큰언니가 아무리 말리고 혼내도 한번 붙인 계획표는 절대로 떼지 않았다고 한다. 한번은 "벽에다 한 번만 더 붙이면 혼날 줄 알아"라고 했더니 다음 날 도화지에 큰 글씨로 쓴 계획표를 벽이 아닌 천장에 떡하니 붙여놓았단다. (이 사건은 나도 어렴풋이 기억난다. 엄마한테 야단맛을 줄 알았는데 칭찬받았던 것 같다. 아닌가? 큭큭.)

세 살 적 버릇이 여든까지 간다더니, 나는 지금도 수없이 많은 계획을 세우며 산다. 일주일, 한 달, 1년, 10년 단위의 시간별은 물론 구호 활동, 세계시민학교 활동, 내 공부 등 주제별로도 구체적인 계획을 짠다. 보통은 일기장에만 써놓지만 현재 집중 중인 주요 프로젝트는 일정표와 키워드를 거실 벽에 붙여놓고 매일 들여다보며 '전의'를 다진다.

새 책을 쓰고 있는 지금도 거실 벽에는 새 책 원고 최종 마감일, 출간 일정표, 임시 목차 그리고 '왜 이 책을 쓰는가?', '무엇이 본질인가?', '이 온기를 어떻게 전할 것인가?', '아침 햇살처럼', '나의 꿈을 넘어서 우리의 꿈으로'라는 키워드가 붙어 있다. 책에 쓸 재밌는 에피소드, 좋은 비유, 멋진 문장이 떠오를 때마다 색색의 포스트잇에 써서 사방에 붙여놓아 지금 우리 집 거실은 '무당집'을 방불케 한다. (누가 우리 집에 불시에 들이닥칠까 겁난다.)

나는 이렇게 계획 세우는 게 신나고 재미있다. 여행 자체보다 여행 계획을 세울 때가 더 즐거운 것처럼 말이다. 여행이든 인생이든 계획을 세울 때는 살짝 두렵고 긴장되지만 설레는 기대감이 훨씬 큰 건 마찬가지일 거다.

계획의 첫 단계로 그 일을 이루기 위해 쓸 수 있는 시간, 돈, 에너지, 예상되는 외부 도움 등의 목록을 씨줄로 만든 후 일의 순서, 단계별 성취 목표, 실행 계획 등을 날줄로 만든다. 이 씨줄과 날줄로 촘촘히 짠 계획을 큰 도화지에 세부 일정을 곁들여 색색가지 펜으로 일목

요연하게 정리해놓으면 어떤 크고 복잡한 일이라도 손안에 들어온 것처럼 안심이 되어 해볼 엄두가 난다.

40년 묵은 이런 습관이 구호 활동에 이렇게 큰 도움이 될지 누가 알았겠는가? 긴급구호 현장 책임자의 중요한 업무 중 하나는 앞으로의 일을 예상하고 그에 따른 계획을 세우는 일이다.

재난의 크기, 해당 국가와 주민들의 재난 대응 능력, 예상 후원금 규모, 주변국과의 관계 등을 종합해 최초 일주일, 1개월, 3개월, 6개월, 1년 그리고 1년 이후의 단계별 구호 활동 계획을 세워야 한다.

그뿐인가. 각 단계마다 외부 및 내부 상황이 최악인 경우, 최선인 경우, 가장 현실 가능성이 큰 경우 등을 감안한 세 가지 계획서를 따로 만들어야 한다. 더불어 긴급구호 시작 단계부터 철수할 때 우리 활동을 현지 정부와 주민에게 이양할 계획도 세워야 한다. 구호 활동 기간이 1년이라고 할 때 기본적으로 써야 하는 계획서만도 스무 가지가 넘는데 이 일을 얼마나 정확하게 빨리 하느냐에 따라 현장 구호 활동의 질이 좌우된다고 해도 과언이 아니다.

그런데 솔직히 말하면 해야 할 일보다 하고 싶은 일의 계획을 세울 때 훨씬 가슴이 뛰고 머릿속 혈관이 팽팽해진다. 특히 남들 보기에 너무나 허황되어 실현 가능성이 희박한 일이면 더욱 그렇다. 좋은 예가 세계 일주다.

열 살 전후부터 시작된 세계 일주 계획은 처음에는 막연했지만 중·고등학교와 대학교 시절을 거치면서 구체적인 계획을 추가하고 유학에서 돌아와 회사에 다니던 3년 동안 예산에 맞게 매달 저축까지 하면서 점차 확고해져 내 나이 서른셋에 마침내 세계 일주에 올랐으니, 이야말로 계획의 승리가 아니겠는가?

날마다, 달마다, 해마다

물론 이게 계획의 힘만은 아니다. 일기장 속의 계획과 꿈을 현실로 만드는 나만의 독특한 방법이 있다. 나한테는 효과만점이어서 혹시 여러분에게도 도움이 될까 하여 천기를 누설해보겠다.

방법은 의외로 간단하다. '동네방네 소문내기', 계획 중인 일을 주위 사람들에게 마구 알리는 거다. 그럴 때마다 그 계획이 가시화되면서 내 의지도 굳어지고 많은 사람들이 알게 된 일이니 꼭 이루어야 한다는 의무감도 생긴다.

다시 세계 일주를 예로 들어보자. 초등학생 때부터 가족, 친척언니와 오빠, 가까운 친구들은 귀가 닳도록 내 계획을 들었는데 학교 글짓기 과제를 할 때도 크면 세계 일주를 꼭 할 거라는 글을 써서 은근히 선생님과 반 친구들에게 알리기도 했다.

유학에서 돌아와 홍보회사에 출근한 첫날, 직속상관인 부장에게 3년 후에는 세계 일주를 떠날 거라고 선언했는데 그분은 3년 후 내가 진짜 떠날 줄 몰랐을 거다. 그 후에도 만나는 사람마다 이 얘기를 했더니 어느 때부턴가 "세계 일주는 언제 가세요?"라는 말이 나오기 시작했다. 이쯤 되니 떠나지 않고는 배길 수 없게 되는 거다.

동네방네 아는 사람들에게 말하는 것도 모자라 이제는 책을 통해서 얼굴 한 번 본 적 없는 독자들에게까지 계획을 공개하기에 이르렀다.

《그건, 사랑이었네》의 '120살까지의 인생 설계'라는 꼭지에서 앞으로의 계획을 주제와 나이별로 잘 정리해놓았다. 그 글을 쓸 때도 내 계획을 독자들이 알게 되면 더욱 분발해서 이룰 확률이 높아질 거라는 의도가 있었다. 그런데 놀라운 건 6년 전에 쓴 계획 중 여러 가지를 이미 이루었다는 거다. 하나하나 자세히 살펴보면 더욱 놀랍다.

- 구호 현장 최전선에서 일하기(지난 3년간 1년 중 절반은 현장에서 근무함)
- 백두대간 종주(2010년 9월부터 2012년 7월까지 종주 완료)
- 학교나 연구소에서 체계적인 후진 양성(2012년부터 이화여자대학교 국제대학원 초빙교수로 재직)
- 구호 현장에 기반을 둔 인도적 지원에 관한 정책 연구(지난 3년간 UN 중앙긴급대응기금 자문위원으로 활동)
- 꼭 가보고 싶은 나라 중 스칸디나비아 3개국 여행(노르웨이, 스웨덴, 핀란드를 2014년 7월에 다녀옴)
- 인도적 지원에 관한 체계적인 공부(2009년부터 2010년까지 미국 터프츠대학교 플레처 스쿨에서 인도적 지원학 석사학위 취득. 이건 '나가는 글'에 있던 계획이다.)

이렇게 써놓고 보니 신기하기도 하고 뿌듯하기도 하다. 과연 꾸준한 계획의 힘이 아닐 수 없다. 실은 책에 밝힌 것 이외에도 많은 계획을 가지고 있다. 그리고 그 계획은 날마다 달마다 해마다 끊임없이 부분 수정, 전면 수정, 업그레이드되면서 진화, 발전 중이다.

물론 계획하고 준비한다고 모든 일이 뜻대로 이루어지는 것은 아니다. 내 일기장에도 10년 이상 계획만 하고 있는 일이 수두룩하다. 그중에는 각 대륙 최고봉 등정처럼 체력의 한계나 나이 제한 등을 이유로 이미 때를 놓쳤거나 실현 가능성이 거의 없는 것도 있다.

그렇다고 그 일들을 내 일기장에서까지 지워버릴 생각은 없다. 생각하고 또 생각하면 색다르고도 기상천외한 방법이 나올 수 있지 않을까? 하다 하다 도저히 안 되면 그만이다. 해볼 때까지 해봤으니 후회도 미련도 없을 테니까.

이런 과도하고 무리한 계획이 마음을 조급하게 만들고 자괴감을 줄 수 있으니 그러지 말라는 사람도 있다. 일리 있는 충고지만 계획을 세운 덕분에 단 한 발짝이라도 앞으로 나갈 수 있다면 그만큼은 남는 거라고 굴뚝같이 믿는다.

내가 세운 계획 중 반의 반의 반만 이루어도 그게 어딘가. 계획한 일마다 다 이룬 건 아니지만 단언컨대 내가 이룬 일 중에서 계획 없이 이룬 일은 단 하나도 없다.

새해 첫날 야멸차게 세운 계획이 흐지부지되고 있는가? 아무 문제 없다. 뒤에 오는 음력 1월 1일에 수정, 보완해서 새로운 계획을 세우면 된다. 그 계획도 지지부진, 유야무야된다면? 그래도 괜찮다. 3월 새봄을 맞이하며, 4월 5일 식목일에 나무 한 그루 심는 마음으로, 7월 1일 한 해 후반부를 시작하며 또는 생일 기념으로 그 계획을 다시 한 번 고친 후 새롭게 시작하면 그만이다. 중요한 건 세밀한 계획표를 가슴에 품고 용기 있게 한 발짝 떼는 거다.

옛 말씀에 '가다가 중지하면 아니 감만 못하리라'라고 했던가?

나는 아무리 생각해도 이 말이 더 맞는 것 같다.

'가다가 중지해도 간 만큼 이익이다.'

할까 말까
할 때는

"내 이럴 줄 알았다니까."

오랜만에 집 안을 정리하다 보니 나도 모르게 이런 말이 터져 나왔다. 늘 간소하게 살겠다고 다짐에 다짐을 하지만 왜 이렇게 집 안 가득 쓸데없는 물건을 잔뜩 쟁여놓고 사는지.

사놓고 한 번도 입지 않은 이 노란색 블라우스가 그렇다. 친구 따라 백화점에 갔다가 전 품목 50퍼센트 세일이라는 말에 솔깃해서 매장 안으로 들어갔다. 멋쟁이 친구이자 쇼핑퀸인 내 친구는 신이 나서 보물 찾듯 멋들어진 옷을 잘도 고르는데 나는 어떤 걸 골라야 할지 몰라 어리바리하고 있었다. 뭐라도 사야 하는 분위기 때문이었는지 평소에 잘 입지도 않는 레이스가 잔뜩 달린 블라우스가 눈에 들어왔다. 그것도 내가 거의 입지 않는 노란색! 내 눈길이 그 블라우스에 머무는 걸 본 눈치 빠른 점원이 다가왔다.

"와, 그거 딱 손님 거네요. 사이즈도 딱이고 색깔도 딱이고 가격도 너무 착하고요."

점원에게 떠밀리듯 입어보았는데 같이 갔던 친구도 썩 잘 어울린다느니 사람이 완전히 달라 보인다느니 칭찬을 아끼지 않는 통에 얼떨결에 사고 말았다.

그러나 그렇게 잘 어울린다는 긴팔 블라우스는 봄이 가고 여름이 가고 1년이 넘도록 단 한 번도 입지 않았다. 누구에게 주려고 해도 언젠가는 입을 것만 같아 그러지도 못하고 그 옷을 볼 때마다 이렇게 혀만 차고 있는 거다.

살까 말까 할 때는 사지 말기!

이건 오랜 경험을 통해 깨달은 내 일상생활의 중요한 원칙이다. 한국에서 정착민 생활을 할 때도 그렇지만 해외를 유목민처럼 이리저리 돌아다녀야 할 때는 더욱 그렇다. 외국생활을 하면서 나 역시 한동안은 특이하고 예뻐서, 나중에 쓸모 있을 것 같아서, 가격이 싸서 등 이런저런 이유로 갖가지 물건을 사들였지만, 별로 필요도 없는 물건들을 이리저리 끌고 다니는 데 귀한 시간과 에너지가 무한정 든다는 걸 절감한 후부터는 이 원칙을 지키려고 나름 애쓰고 있다. 이 옷을 살 때는 분위기에 휩쓸려 깜빡하고 말았지만 말이다.

살다 보면 할까 말까 망설여질 때가 많다. 그럴 때 꼭 해야 하는 것과 하지 말아야 하는 게 있다. 내 경험상 '무조건 하지 말기'의 기준을 대야 할 때는 물건 살 때와 여행 가방 쌀 때다. 살까 말까 망설여지는 물건은 보나마나 1년에 한 번 쓸까 말까 한 물건이기 십상이고, 가방에 넣을까 말까 하는 물건은 있으면 편하지만 없어도 상관없는 물건일 때가 많다. 직업의 특성상 1년 중 반 이상을 외국에서 살아야 하는 내가 여행 가방에 넣고 싶은 걸 다 넣고 다닌다면 어떻게 되겠는가? 그 가방을 들고 비행기를 타고 트럭을 타고 배를 타고 심지어 낙타 등을 타고 사막 깊숙한 구호 현장에 간다고 생각해보라. 끔찍하지 않나?

그러나 반대로 할까 말까 망설일 때 꼭 하는 것도 있다. 바로 여행과 산책이다.

1박 2일 이상의 국내 여행이나 해외여행은 물론 30분짜리 동네 나들이까지 모두 그렇다. 갈까 말까 망설일 시간에 일단 신발을 신고 밖으로 나가 동네 한 바퀴를 돌다 보면 몸과 마음이 시원해진다.

그래서 나는 대학 수업 시간 사이에 30분이라도 시간이 나면 얼른 연구실을 튀어나와 교정을 한 바퀴 돌면서 갖가지 꽃과 나무 구경을 한다.

서울에 벚꽃이 활짝 필 때는 새벽에 한두 시간 일찍 일어나 잠실 석촌호수, 여의도 윤중로, 서대문구청 뒤 안산 벚꽃길 등으로 꽃구경을 가기도 하고 장미가 한창일 때는 시간을 쪼개 일산 장미축제에 간다. 한나절 정도 시간이 생기면 아카시아 향기 가득한 북한산에 올라 의상봉 능선, 사모바위, 비봉을 거쳐 진관사 쪽으로 내려오면서 능선과 계곡을 마음껏 누릴 수 있다.

아무튼 일상생활에서 잠깐이라도 자연과 함께 있을 수 있는 기회,

눈요기 할 수 있는 기회, 걸을 수 있는 기회가 있다면 절대 망설이지 말고 꽉 잡는 게 상책이다.

할까 말까 망설일 때 꼭 하는 게 또 있다. 공부다.

대학교나 석·박사 학위만 그런 게 아니라 취미로 배우는 단소, 암벽등반, 외국어도 마찬가지다. 일단 시작만 해놓으면 매일매일 조금씩 느는 게 신기하고 재미있다.

최근 우리 성당에서 만난 팔순의 글로리아 할머니는 이 결심을 더 굳게 만들었다. 두어 해 전, 최고령으로 한글학교에 입학하시면서 "이제라도 한글을 배우면 앞으로 10년은 써먹을 수 있으니 남는 장사지, 안 그래?" 하실 때만 해도 연세도 많으신데 사서 고생하신다, 생각했다.

그런데 그 1년 사이에 한글을 깨치고 성경을 노트에 베껴 쓰기 시작해서 벌써 신약성서를 끝내셨는데 지난 크리스마스에는 손수 쓰신 성탄카드를 나눠주시며 엄청 우쭐하셨다. 80에 배워도 불과 1년 사이에 이렇게 알뜰하게 쓸 수 있는 게 공부인데, 내 나이면 앞으로 살아온 날만큼 써먹을 수 있는 거다.

혹시 지금 무엇인가 할까 말까 망설인다면 이 기준으로 한번 생각해보시기 바란다. 하기로는 마음먹었지만 끝까지 못하면 어쩌나, 두려워하지도 마시길.

다시 말해볼까요? 한 만큼 이익이라니까요!

2장

:

단단한
생각

돌이켜 생각하니, 내가 받은 석사학위가 온전히 내 것만이 아니다. 많은 이들의 도움과 마음 씀과 기도가 없었다면 어땠을까? 더 힘들고 더 외롭고 더 괴롭고 더 두렵고 더 흔들렸겠지.

보스턴,
뜨겁게 몰두했던
순간들

2009년 8월, 9년간 다니던 월드비전을 그만두고 보스턴 행 비행기에 올랐다. 드디어 늦깎이 유학이 시작된 거다.

터프츠대학교 인도적 지원학 석사과정(MAHA, Master of Arts in Humanitarian Assistance). 현장 경험이 풍부한 사람을 우선으로 뽑는 과정이지만 입학 원서를 내놓고 두 달간 얼마나 마음을 졸였는지. 현장에서 일할 때마다 구호 정책과 매뉴얼이 현장 사정과 동떨어져 답답한 마음에 꼭 해보고 싶었던 공부라, Congratulations!(축하합니다!)로 시작하는 입학 허가 통지를 받고 정말 기뻤다.

보스턴에 도착해서 처음 일주일간은 정신이 하나도 없었다. 우선 학교 근처에 집을 구해야 했고 한국 교민들의 중고사이트에서 책상, 침대, 전기밥솥 등 이런저런 살림살이를 사야 했으며 대형마트에서

먹을 것을 잔뜩 사서 냉장고에 채워놓아야 했으니까.

아는 사람 한 명 없는 보스턴에 숙소도 정하지 않은 채 달랑 인터넷에서 찾은 보스턴 한인성당 주소와 신부님 이름 석 자만 가지고 떠난 나도 강심장이지만, 생면부지인 나를 새벽에 공항까지 손수 마중 나와주시고 숙소를 구할 때까지 손님방에서 묵게 해주시고 유학 생활에 꼭 필요한 정보와 사람들을 소개해준 본당 신부님과 사무장님, 지금 생각해도 정말로 고맙고 황송하다. 비행기 안에서 이번 유학 생활을 순조롭게 시작하게 해달라고 세게 기도했지만 이 정도일 줄은 몰랐다. 아무래도 내가 전생에 나라를 구한 모양이다. 호호호.

이런 희희낙락도 잠시. 일주일 후인 대학원 오리엔테이션 첫날, 같이 공부할 학생들을 직접 보니 살짝 긴장이 되었다. 하나같이 어찌나 똑똑하고 발랄하고 자신감 넘치게 생겼던지. 입학생은 200여 명, 70여 개국에서 왔고 나이는 대학교를 갓 졸업한 20대 중반부터 50대 초반까지인데 내가 그해 최고령 신입생이었다.

플레처 스쿨에는 법학 및 외교학, 국제경영학, 국제법학 등의 석·박사 과정이 있는데 나는 인도적 지원학 석사과정 학생이다. 우리 과정에는 에리트레아, 싱가포르, 한국, 루마니아, 그리고 미국인 두 명까지 총 일곱 명으로 9년이라는 내 근무 연차가 제일 짧을 만큼 모두 자기 분야의 현장 경험이 풍부한 사람들이었다. 이런 현장 경험이 있기 때문에 우리 과정 학생들은 통상적인 대학원 2년 과정을 1년으로 압축해서 끝낼 수 있었다. 대신 한 학기 수강과목이 다른 학생들의 1.5배이고 첫 학기부터 졸업논문을 염두에 두어야 했다.

나 역시 한 학기에 다섯 과목을 들어야 했는데 그 외에도 학기마다 전공과는 상관없지만 꼭 듣고 싶은 한 과목씩을 청강하기로 했다. 큰 마음 먹고 온 유학이라 욕심껏 시간표를 짰지만 대학원생이 한 학기에 여섯 과목을 듣는다는 건 누가 봐도 무리한 계획이요, 무한도전이요, 잠 못 자는 나날의 예고였다. 그래도 어떻게든 될 거다. 현장 근무처럼, 아니, 우리나라 고3처럼만 하면 뭐가 되도 될 거 아닌가?

긴장과 두려움으로 이런 생각을 하고 있을 때 등장한 노교수가 한 말이 내 가슴을 파고들었다.

"여러분이 우리 대학원을 다니면서 해야 할 가장 중요한 일은 학위를 받고 좋은 인맥을 쌓는 것이 아닙니다. 읽고 읽고 또 읽고, 그 읽은 것을 생각하고 생각하고 또 생각하는 것입니다. 필요한 정보는 인터넷에서 얼마든지 찾을 수 있죠. 그러나 그 정보도 생각을 거치지 않으면 절대로 여러분 것이 될 수 없습니다. 이곳에서 여러분 생각의 뿌리가 더욱 깊어지기를 진심으로 바랍니다."

그래선지 그날 저녁, 유학 일기 첫 장에 이런 나답지 않은(?) 말을 썼다.

공부, 너무 잘하려고 애쓰지 말자. 열심히 하되 건강을 해칠 만큼 열심히 하지는 말자. 여기에 내가 특별하고 우월하다는 걸 증명하려 온 것도 아니고 전교 1등을 하려 온 것도 아니다.
여기서 마땅히 알아야 할 것을 배우고 그 과정에서 내 생각의 뿌리가 깊어지면 그만이다. 이 사실을 2010년 5월 17일 졸업하는 날까지 각골명심할지어다. 🌸

꼭 하고 싶었던 일을 마침내 하게 되어서일까? 학교생활은 힘들지만 재미있었다. 생각보다 열심히 공부하는 내가 기특하기도 하고 공부도 흥미진진했다. 특히 같이 공부하는 우리 과 친구들도 나처럼 어떻게 하면 현장과 정책의 괴리를 좁혀볼까 고민해왔다는 사실에 무한한 동지애가 느껴졌다.

현장에서 나 혼자 고민하던 문제들을 선생님과 동료들이 같이 토론하고 해결책을 모색하는 게 좋았다. 더욱이 우리 과 교수인 피터 워커, 대니얼 맥스웰, 헬렌 영, 피터 우번 등은 우리 분야의 전설 같은 사람들이다. 책이나 논문으로만 접하던 분들의 강의를 직접 듣는다는 게 참으로 꿈만 같았다.

이분들은 하나같이 충분한 현장 경험 후 교수가 되어서인지 재난민들에 대한 깊은 애정을 갖고 연구하여 구호 정책결정자에게 현실적인 조언을 하고 있었다. 현장과 학계와 정책, 이 세 가지를 연결하는 일이 앞으로 내가 하고 싶은 일인데 이분들이 지금 그 일을 하고 있는 거다. 롤모델로 삼고 싶은 분들을 한꺼번에 왕창 만날 수 있는 일생일대의 행운이 아닐 수 없다.

이런 큰 행운이 무한한 자극이 되지만 한편으로는 주눅도 든다. 특히 현장 근무 경험이 풍부하면서 똘똘한 동료들에겐 열등감까지 느껴진다. 긴장되고 괴로운 일이지만 마음 한편으로는 흐뭇하기도 하다. 내가 비로소 큰물에 왔다는, 그야말로 메이저리그에 들어왔다는 징표일 테니까.

여기서 쑥, 클 것 같은 좋은 예감이다.

엉덩이의 힘으로 버티다

물론 공부 자체는 힘들었다. 토론식 수업도, 논술식 시험도, 한 시간 수업을 준비하기 위해 읽어야 하는 막대한 양의 자료도 그랬다. 그것도 영어로 말이다. 나이 오십이 넘었으니 집중력과 암기력, 정보 수집력이 떨어지는 건 당연한 일. 믿을 건 엉덩이뿐이었다. 유학은 99퍼센트 엉덩이와의 싸움이라는 말은 누구의 명언인가? 나 역시 첫 수업시작 시간인 오전 8시 15분부터 도서관이 문을 닫는 새벽 한 시까지 도서관 3층 창밖이 잘 내다보이는 '내 지정석'에 1년 내내 껌딱지처럼 엉덩이를 붙이고 앉아 있었다.

우리 학교에는 학생들이 밤길 걱정 없이 공부에만 전념할 수 있도록 학교 경찰이 경찰차로 집까지 데려다주는 안심귀가 서비스가 있는데 내가 그 서비스를 1년간 제일 많이 이용한 학생이었다.

그 때문에 웃지 못할 일도 있었다. 어느 주말, 옆집에서 쓰던 물건을 마당에 내놓고 파는 야드 세일을 했다. 쓸 만한 게 없나 구경하고 있는데 60대 여주인이 나를 보자 "옆집 사시죠? 아주 자상한 남자 친구를 두셨던데요"라며 눈을 찡긋하는 게 아닌가? 웬 남자 친구? 알고 보니 새벽마다 경찰차가 우리 집에 드나들어서 새로 이사 온 저 동양 여자, 뭔가 문제가 많은 사람인가 보다 했는데 몇 달 동안 매일 오는 걸 보고는 내 남자 친구가 경찰관이라서 그 밤중에 매일 바래다주는 거라고 생각했단다.

'껌딱지 작전'의 부작용도 만만치 않았다. 두 달도 지나지 않아서 극도로 피곤할 때 나타나는 모든 현상이 종합세트로 나타났다. 왼쪽

귀가 아프고, 얼굴에 울긋불긋 열꽃이 피고, 눈밑이 지속적으로 떨리고, 결정적으로는 치질이 도졌다. 이건 새 책 집필의 최종 단계에서 마지막 피치를 올릴 때 나타나는 현상인데……. 이래서 다들 나이 들어 공부하는 게 쉽지 않다고 하는 건가? 각오는 했지만 이런 '말기 현상'들이 이렇게 빨리 나타날 줄 몰랐다.

그러나 아무리 용을 써도 시간은 늘 모자랐다. 이게 모두 한 학기에 여섯 과목이나 듣는 죄다. 그러니 어쩌겠는가, 잠을 줄이는 수밖에. 하루에 서너 시간 자고 일주일에 한두 번은 날밤을 새워야 했으니 항상 잠이 부족했다. 학교 가는 길에 하늘이 노래지며 빙빙 돈 적도 많았다.

어느 날은 새벽 한 시에 도서관에서 돌아와 다음 날 첫 수업에 읽어가야 할 네 권의 연구 논문 중 한 권의 서론과 결론만이라도 읽고 자야지 생각하고 새벽 두 시에 다시 책상에 앉았다.

그런데 이게 웬일. 인도적 지원에서의 중국의 역할에 관한 내용이 너무 흥미진진해서 잠이 싹 달아나버렸다. 밤을 꼬박 새워 다른 논문의 서문과 결론도 다 읽고 나니 담당 교수는 이 문제를 어떻게 접근할까가 몹시 궁금했다. 다음 날 아침, 빨리 학교에 가고 싶은 마음에 잰걸음으로 걷다가 박자가 안 맞았는지 발이 꼬여 앞으로 고꾸라질 뻔했다. 그러는 내가 웃겨서 한참을 큰 소리로 웃었다.

또 한 번은 정신이 멍한 채 교실에서 나오던 중 통유리 벽이 출입문인 줄 알고 지나가려다 유리에 얼굴을 세게 부딪쳐 콧등이 깨지고 코피가 쏟아지는 바람에 친구들의 부축을 받으며 교내 응급실에 간

적도 있다. 소위 '솔거의 그림과 참새 사건'이다. 벽에 붙여둔 그림 속의 소나무가 진짜 소나무인 줄 알고 앉으려다가 부딪혀 크게 다쳤다는 참새 얘기인데 내가 바로 그 꼴이다. 이런 일이 있을 때마다 '이래도 되는 건가?' 걱정이 되면서도 '이 정도는 돼야 열심히 했다고 할 수 있는 거지' 하면서 뿌듯해하기도 했다.

당시 상황이 생생히 적혀 있는 일기를 몇 개만 살펴볼까?

 2009년 10월 24일

뉴햄프셔의 가을, 특히 단풍은 비명이 나올 정도로 아름답다. 도서관 창밖도 마찬가지. 밖으로 튀어 나가고 싶은 마음을 꾹꾹 참으며 도 닦는 심정으로 공부를 한다.

그러나 이런 날씨에 도서관에 있는 건 한마디로 고문이다! 더운 여름날 땀을 뻘뻘 흘리며 등산하고 내려와서는 코앞에 시원한 맥주가 있는데도 보기만 하고 마시지는 말라는 꼴이다. 가혹하다.

2009년 12월 13일

오늘부터 딱 열흘 후면 시험이 끝난다. 열흘간 죽는 셈치고 열심히 할 생각이지만 사실 죽을 필요까지는 없을 것 같다. 힘들긴 하지만 재미있으니까. 근데 이거 누가 시켰으면 이렇게까지는 못할 거다. 하여간 공부를 열심히 하고 있는 내가 신기하고 대견하다. 한비야 씨, 멋있어요. 호호호.

🌸 2010년 1월 24일

지금은 새벽 한 시. 바늘 떨어지는 소리도 들릴 만큼 조용하다. 뭔가에 뜨겁게 몰두하는 사람들의 얼굴은 언제 보아도 아름답다. 지금 내 얼굴도 저렇게 빛나고 있으리라.

하루 종일 도서관 같은 자리에 앉아 있으니 꼭 장거리 비행기 여행을 하고 있는 것 같다. 그것도 창가나 복도 쪽이 아닌 중간 의자에 끼어서 옴짝달싹 못한 상태로. 몸부림치며, 몸을 비비 꼬면서, 몸서리를 치며 책을 들여다보고 있다.

시험이 무서운 걸 보면 학생은 학생이다. 내일이 그 시험.

오늘 잠은 다 잤다.

2010년 2월 13일 🌸

지금은 새벽 4시 46분. 어제 아침 9시 30분부터 1분도 눈을 붙이지 않고 강행군이다. 그제도 딱 30분 잤는데. 뉘 집 딸인지 참 독하다~

오늘 오후 다섯 시 시험 끝나고는 세상없이 잘 거다. 인간으로서의 잠잘 권리를 마음껏 누릴 거다. 앞으로 열두 시간만 견디면 잘 수 있다니, 꿈만 같다. 아자!

그러나 모르겠다. 얼마나 열심히 해야 열심히 하는 건지. 있는 힘을 다해서 할 만큼 하고 있는데도 수업 따라가기가 쉽지 않았다. 무엇보다도 수업 시간에 질문하는 게 어려웠다. 아니 질문을 못하는 게 어려웠다.

이상하지 않은가? 내 평생 어느 자리에서건 주눅이 들거나 긴장해서 할 말을 못하거나 궁금한 걸 묻지 못한 적이 없는데. 기라성 같은 사람들이 모인 UN 자문위원 회의나 구호 관련 대형 국제회의에서도 열심히 묻고 내 의견을 거침없이 피력하는데 말이다. 이런 내가 교실에서만은 무슨 트라우마라도 있는 양 한없이 소심해진다. 이걸 물어봐도 되나? 혹시 나만 모르는 건 아닌가? 선생님이 내 질문을 무시하거나 핀잔을 주면 어쩌나?

그러나 수업 시간에 교수님이 강의 중간중간 질문 있느냐고 할 때는 일단 손을 들어야 했다. 뒤쪽에 앉은 조교들이 손을 든 학생 이름을 수업 참여 점수에 반영하기 때문이다. 손은 들고 있으나 속으로는 정말 날 시키면 어쩌나 마음을 졸이면서. 그러고는 다른 학생들의 좋은 질문에 넋이 나가거나 무진장 부러워했다.

영국 고위 공직자 특강 때 있었던 일이다. 그는 이스라엘과 팔레스타인 간의 평화 회담에 물꼬를 튼 중동 지역 전문 베테랑 외교관이기도 하다. 특강 후 질문 있냐고 했더니 30대 네팔 학생이 손을 번쩍 들며 "전 당신이 취했던 중동 평화 정책에 동의하지 않습니다." 했을 때 깜짝 놀랐다. '아니, 저 친구가 어디다 대고 감히⋯⋯.'

더욱 놀란 건 그 대사의 태도였다. 학생이 동의할 수 없는 점이 무엇인지 잘 알고 있다며 굉장히 긴 설명을 성의 있게 해주었다. 그 학생의 용기가 부러우면서도 속이 터진 건, 나 또한 특강 내용에 전혀 다른 의견을 갖고 있었는데 왜 질문하지 못했느냐는 거였다. 나야말로 그가 성사시킨 협상 때문에 말할 수 없는 고통을 당하는 팔레스타인 사람들을 직접 보고, 그 지역에서 구호 활동까지 했던 사람 아닌가? 질문은 당연히 내가 더 많이 했어야 했는데 말이다.

토론 수업도 어려운 건 마찬가지였다. 내가 다녔던 대학원은 각나라 학생과 다양한 분야에서 일하던 사람들이 섞여 있어 토론이 매우 풍성했다. 30여 명이 수강하는 '근현대 중국 외교사'라는 수업에서는 공교롭게도 원수로 지내야 마땅한 이스라엘과 팔레스타인, 중국과 대만, 에티오피아와 에리트레아 학생들이 나란히 앉아 들었다. 처음에는 선입견 때문에 그들의 한마디 한마디가 큰 논쟁으로 번질까 봐 살얼음을 딛는 듯 아슬아슬했다. 그러나 토론이 시작되면 입씨름이나 자기주장만 하는 게 아니라 어떻게든 접점을 찾으려고 노력하는 모습이 낯설면서도 아름다웠다. 현실에선 어렵지만 적어도 교실 안에서는 평화적인 대화와 타협이 가능하지 않겠냐며.

만약 우리 반에 북한 학생이 있었다면 어땠을까? 내 토론 수준으로 보아 토론이 아닌 언쟁을 했을 확률이 높다. 정말 이상하다. 내 의견을 주장하고 설득하는 건 그런대로 하겠는데 나와 다른 의견을 가진 사람 말을 차분히 듣고 내 주장을 수정하거나 허점을 인정하는 건수업 시간 중이라도 너무나 어렵다. 토론 중 조금만 논리가 달리면당장 말싸움 모드에 들어가기 때문이다. 논지 흐리기, 말꼬리 잡기, 인신공격, 얼굴 붉히며 언성 높이기……. 내가 수업 시간에 어떤 식의 토론을 했는지 지금 생각해도 얼굴이 화끈해질 만큼 부끄럽다.

앞으로도 많은 반성과 연습과 훈련이 필요한데 이것 역시 내 개인

의 문제라기보다는 토론은 없고 논쟁만 있는 우리 사회 전체의 문제
라고 생각하면 너무 아전인수일까?

나를 키운 여덟 시간

내 잘못이든 아니든 질문과 토론은 잘 못하지만 그래도 명색이 현
장 근무 9년차라 전공 수업 시간에는 따끈따끈한 현장 얘기를 보태
며 학생들과 교수님들의 관심을 한 몸에 받았다. 한번은 교수님이 현
장 구호 식량 지원의 문제점에 대해 언급하면서 곡물을 나눠주면 배
급받는 그날 즉시 원래 가격의 10퍼센트로 시장에 내다팔아 비누, 치
약, 학용품 등의 생필품을 사는 데 쓰는 현실을 지적했다.

현장 요원들은 이런 문제를 잘 알면서도 왜 식량 지원의 10퍼센
트 정도를 현금으로 지원하는 방안을 연구하지 않는지에 대해 신랄
하게 비판하는 게 아닌가? 이건 바로 지난해 짐바브웨에 근무할 때
우리 단체 식량 지원본부 역시 문제를 건의했던 건이다. 그래서 이미
현물 지원 일부를 현금으로 지급하는 방안의 타당성과 효율성을 연
구하고 있었다.

이때는 무슨 용기가 났는지 내가 손을 들고 말했다.

"제가 국제 NGO 출신인데 그 건에 대해 우리 단체에서 올해 나
온 종합 연구 보고서가 있으니 다음 시간에 저에게 15분만 주시면 그
보고서를 요약해서 발표하겠습니다."

교수님은 반색했다.

"아, 비야 한. 당연히 좋습니다. 현장의 생생한 목소리, 기대하고 있겠습니다."

나는 부랴부랴 짐바브웨, 스와질랜드, 레소토에 수많은 이메일과 국제전화를 걸어서 자료를 받아 그럴 듯한 PPT를 만들어 다음 시간에 발표했고 교수님과 학생들의 우레와 같은 박수를 받았다. 내 발표 자료는 졸업 후에도 몇 년간 그 수업에서 사용되었다는 후문이다. 발표를 준비하면서는 그러지 않아도 바빠 죽겠는데 괜히 나섰나, 싶기도 했지만 현장 출신으로 뭔가 수업에 기여했다는 게 지금 생각해도 뿌듯하다. 더구나 그때 모은 자료가 나중에 논문을 쓸 때도 크게 도움이 되었으니 이야말로 누이 좋고 매부 좋고, 꿩 먹고 알 먹고, 도랑 치고 가재 잡는 격이었다.

뭐니 뭐니 해도 학생에게 제일 무서운 건 시험이다. 석사학위 과정 중에 치른 잊지 못할 시험이 있다. 내가 들은 수업 중 시간과 에너지가 가장 많이 들었던 과목은 국제인권법. 인도적 지원도 재난당한 사람이 단지 불쌍해서 도와주는 게 아니라 그들은 도움을 받을 권리가 있고 우리는 도울 의무가 있다는 인권을 바탕으로 해야 하기 때문에 전공 필수 수업이었다. 반 학생 70여 명 중 스무 명 이상이 변호사거나 법률 관련 일을 해온 사람들이라 수업 수준이 매우 높았다. 법률의 법자도 모를뿐더러 체계적인 인권교육을 받아본 적이 없는 나로서는 학기 내내 쩔쩔 맬 수밖에.

이 과목 기말고사는 그동안 배운 것을 총동원해 어떤 사안에 대한 법률 고문 및 제언 형식으로 여덟 시간 동안 열 페이지에 달하는 보고서를 작성하는 거였다. 오픈북인데다 배운 내용을 몇 주일에 걸쳐 잘 정리는 해놓았지만 단 한 번도 여덟 시간 만에, 그것도 영어로 A4 용지 열 페이지 분량의 글을 써본 적이 없는 나는 잔뜩 쫄았다. 얼마나 긴장했는지 더운 교실 안에서도 몸이 덜덜 떨렸다.

그런데 한 번도 해본 적이 없어 두려웠던 그 일을 그날 해내고 말았다. 답안지를 내고 나오는 발걸음이 어찌나 가볍고 당당하던지. 스스로가 그렇게 대견하고 자랑스러운 적은 근래에 없었다. 유학 와서 보낸 가장 고통스러웠던 여덟 시간이었지만, 쑥 크고 있다는 게 확연히 느껴져 짜릿하고 행복한 시간이었다. 무엇보다 아직도 내가 자라고 있다는 사실이 신기했고, 과연 내가 어디까지 클 수 있을지도 궁금해졌다.

어쩌면 우리 모두는 스스로가 생각하는 것보다 훨씬 멋지고 잠재력이 풍부할지 모른다. 그러니 섣불리 나는 이 정도의 사람이라고 단정 지어서는 안 된다. 해보지도 않고 자기가 어디까지 할 수 있는지 어떻게 알겠는가?

내 경험상 해보는 데까지가 자기 한계다. 이제 내 영어 글쓰기의 한계는 여덟 시간에 열 페이지다. 이 한계의 지평을 계속 넓히고 싶다. 그러려면 아무리 두렵고 고통스러워도 그런 기회가 왔을 때 놓치지 말아야 한다.

사족인데 그 70여 명의 기라성 같은 학생 중에 상위 10퍼센트만 받는다는 A+는 누가 받았을까? 그렇다, 바로 나다. 교수님은 현장 경험을 바탕으로 식량 지원 활동 중에 부수적으로 벌어질 수 있는 인권 침해에 관한 내 페이퍼가 무척 마음에 들었다며 학기가 끝나고 점심까지 사주시며 칭찬해주셨다. 고진감래(苦盡甘來)!

깨지고 무너지고 몸부림치다

시험도 시험이지만 석사과정의 꽃이자 가장 큰 난관은 논문이다. 1년 과정이라 수업과 논문 준비를 병행해야 했던 2학기가 시작하자마자 논문 지도 교수 대니얼은 나와 눈만 마주치면 이렇게 물었다.

"Any evidence? Any progress?"(출처는 어디고 근거는 뭔가요? 진전은 있나요?)

대니얼은 인도적 지원의 다섯 가지 생명을 구하는 분야인 식량, 물, 보건의료, 피난처, 보호 분야 중에서 식량 분야의 대가다. 그 분야에서 가장 많은 책을 냈고 가장 활발하게 논문을 발표하고 있으며 그의 논문들은 이 분야 전문가들에게 가장 많이 인용되고 있다. 아직도 1년의 반은 현장에서 일하고 있어 나같이 현장과 학계를 잇고자하는 많은 이의 롤모델이다. 게다가 소탈하고 정이 많아 좋긴 한데 논문 지도 교수로는 최악이다. 인정사정없이 쪼기 때문이다.

석사학위 논문인데도 엄청나게 많은 참고자료를 읽어야 하고 한줄 한 줄 누가 언제 말했는지 정확히 밝혀야 하고 둘이서 합의하에 세운 논문 제출 스케줄을 하루라도 어기면 당장 이런 메일이 온다. "Any progress?"

다른 교수들에게 논문 지도를 받는 우리 과정 다른 학생들은 그렇게까지 쪼이지 않는 것 같은데 아무래도 나만 잘못 걸린 것 같다.

언젠가는 하도 쪼들려서 대니얼에게 내가 이렇게 열심히 3개월 정도 글을 써서 책을 한 권 내면 수십만 명 이상이 읽는데, 1년에 걸쳐 쓴 이 논문은 독자가 단 한 사람, 당신이라고 했더니 박장대소하면서 허리를 굽히는 시늉을 하며 영광이라고 한다. 대니얼이 수십만 명 이상의 무게를 가지고 있는 건 사실이다. 이 선생님을 기쁘게 해줄 논문을 열심히 그리고 제대로 쓰고 싶었다. 적어도 내가 힘을 다하고 있다는 걸 보여주고 싶었다.

이렇게 마음먹어도 논문 쓰는 내내 괴롭고 속상하고 수시로 자괴감이 들었다. 현장 경험이 풍부한 내가 이 정도밖에 못 쓴다는 게 한심하기 짝이 없었다. 요리 재료는 매우 신선하고 비싸고 귀한 걸 가지고 있으면서 요리사가 후져서 너무나 시시한 음식을 만들고 있는 느낌이었다. 쓰면 쓸수록 사방으로 문이 굳게 닫혀 있는 듯 진전 없이 제자리만 맴돌았다. 그럼 탈출구는 하늘뿐이란 말인가? 날아올라야만 하는 건가? 혹시 저 하늘에도 유리 천장이 있는건 아닐까?

이렇게 징징 짜면서 쓴 논문 초고를 마감일에 가까스로 맞춰 보냈더니 대니얼은 문장마다 일일이 빨간 펜으로 토를 달아 '불바다'를 만들어놓고는 이런 손글씨 메모를 달아 보내서 나를 울렸다.

'비야. 그동안 큰 진전이 있었네요. 수고했어요. 우리가 연구하는 목적은 현장에서 너무나 당연히 그럴 거라고 생각하는 것을 정말 그럴까라는 의문을 가지고 캐내고 밝혀내는 거죠. 끝까지, 바닥이 드러날 때까지 물고 늘어지는 거예요. 그러면 마침내 유의미한 결론이 나오죠. 비야는 제대로 가고 있어요. 건투를 빕니다.'

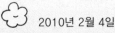 2010년 2월 4일

도대체 눈물이 뭐기에 내가 이러고 있냔 말이다. 죽고 사는 것도 아니고 이걸로 노벨상을 타려는 것도 아닌데 벌써 두 달째, 생각만 해도 머리에 쥐가 날 지경이다.

아, 눈물 끝나는 날이 바로 내 생일이자 부활절일 거다. 죽었다 살아난 날 이니까. 이 잔인한 2월이 지나 눈물이 얼추 끝나면 정말 사람답게 살 거 다. 잠도 자고 책도 읽고 사람도 만나고 술도 실컷 마시면서.

2010년 3월 5일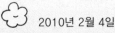

이 눈물이 끝나기는 끝날까, 그런 날이 오기는 올까? 이게 끝나면 내 평생 다시는 눈물 쓸 일은 없을 거다. 더 이상 학교는 안 다닐 거니까. 내 인생에 서 학위 공부는 여기서 끝이고 내 최종 학력은 석사다. 끝! The end! 終! Fin!

그나저나 모레가 눈물 재고 마감인데, 이번 주까지 제출해야 할 딴 과목 과 제들도 산처럼 쌓여 있다. 이 일을 어쩌냐, 난 몰라~

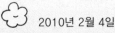 2010년 4월 10일

대니얼이 새로 쓴 뒤장을 또 불바다로 만들어서 돌려주었다. 이 사람이 미 쳤나 보다. 다음 주까지 최종 완성 눈물을 제출하지 않으면 졸업할 수 없 다는 걸 뻔히 알면서 또 뭘 더 해오라는 말인가? 박사 눈물도 아니고 석 사 눈물을…….

이건 눈물 지도가 아니라 학대다. 학계의 새싹'에게 가하는 학계 아동학

단단한 생각

대.' 하여간 잘못 걸렸다. 하필 이런 독종에게 걸릴 것 뭐람. 그나저나 이 불바다 원고의 불을 어떻게 꺼야 하나. 마감 기한 내에 끌 수는 있을까? 거대한 불 앞에서 겨우 양손에 양동이를 들고 있는 느낌이다. 눈물이 난다.

이렇게 뜨거운 자갈밭을 맨몸으로 구르듯 몸부림친 끝에 2010년 5월 23일! 드디어 빛나는 졸업장을 받았다. 얼마나 기뻤는지 모른다. 마침내 석사학위를 받아서가 아니라 공부하는 내내 뜨겁게 몰두했기 때문이다. 스스로에게 최선에 최선을 다했다고 당당하게 말할 수 있기 때문이었다. 약간 쑥스럽지만 그날 일기의 첫 두 줄을 그대로 옮겨본다.

드디어 졸업!
독하다 한비야, 멋지다 한비야, 장하다 한비야!

내 학위
공동 수여자들

음, 앞의 글만 읽으면 보스턴에서 내가 마치 1년 열두 달 하루 24시간, 오로지 공부만 했다고 생각할 수도 있겠다. 물론 열심히 공부를 하긴 했지만 명색이 노는 게 전문인 '바람의 딸'인데 공부만 했을 리가 있나. 그럴 의사도 없고 그럴 필요도 없고 그럴 수도 없다. 내 삶의 금과옥조 중 하나는 '아무리 바빠도 놀 시간은 있다!'이다.

어디든지 틈새는 있는 법. 시간이 남아돌아 언제든지 놀 수 있을 때보다는 바쁘면 바쁠수록, 시간이 없으면 없을수록 도저히 그럴 수 없는 상황에서 틈새를 찾아 노는 게 훨씬 재미있고 짭짤하다는 게 내 경험이다. 앞에선 잘 시간도 없다고 징징댔지만 그 와중에도 놀 틈과 쉴 틈이 있었던 거다.

유학 내내 매일 아침 했던 30분 요가가 그렇다. 하루 종일 책상에

단단한 생각

앉아 있느라 경직된 몸을 머리끝부터 발끝까지 쫙 풀어주는 일명 '한 비야 요가.' 수년간 국민체조, 인도 요가, 기 운동, 필라테스, 태극권 등 좋다 하는 스트레칭을 연구하여 그중 내게 맞는 자세를 골라 만든 요가를 틈틈이 해오고 있는데 유학 와서 매일 하는 습관이 붙었다. 근육이 어찌나 단단하게 잘 뭉치는지 하루만 걸러도 하루 종일 몸이 비비꼬이고 찌뿌듯해서 견딜 수가 없어서였다. 아침마다 온몸의 근육을 골고루 풀어주고 나면 몸이 가볍고 기분도 상쾌하다. 호흡에 맞춰 천천히 하는 요가라서 그날 할 일을 정리하는 데도 효과가 있다. 더구나 자세도 좋아지고 몸매까지 예뻐진다니 일석삼조가 아닌가?

요가 덕분에 좋은 친구도 사귀었다. 햇볕 좋던 어느 가을 날, 대학원 건물 앞 잔디밭에서 도서관 붙박이들인 중국과 일본 여학생 몇 명에게 재미 삼아 요가 시범을 보여주었는데, 30년 경력의 베테랑 사서인 엘런이 걸음을 멈추고 그 모습을 끝까지 열심히 지켜보았다. 마무리 동작을 마치자 박수를 치며 내게 다가왔다.

"저도 수십 년 요가를 하고 있는데 몇 가지 동작이 하도 특이해서 눈길을 뗄 수가 없었답니다."

"하하하. 이건 내가 이것저것을 조합해서 만든 요가라서 듣도 보도 못한 동작들이 많을 거예요."

"아, 동서양의 스트레칭을 합쳐놓은 거였군요. 신기하네요."

그날 이후, 동갑인 엘런과 나는 삽시간에 단짝이 되었다. 1년 내내 도서관에서 매일 만나는 건 물론 주말이면 서로의 집에 저녁 초대를 하기도 하고 학교 행사 및 각종 파티에도 같이 다녔다. 몸집도 비슷해서 파티 때마다 엘런에게 파티복을 빌려 입었는데 그중 몸매가 잘 드러나는 미니 원피스는 내게 더 잘 어울린다며 아예 선물하기도 했다. (요즘도 주구장창 입는 나의 '지정 파티복'이 바로 이 옷이다.)

웃는 모습이 배우 맥 라이언을 닮은 이 친구는 감옥 같은 도서관 생활의 청량제였다. 3층 내 자리에서 공부하다 견딜 수 없을 만큼 눈이 아프거나 몸이 꼬이면 1층에 있는 엘런 사무실로 쫓아 내려간다. 이 친구랑 커피 한 잔 마시면서 10분 정도 수다를 떨고 나면 머리가 뻥 뚫리면서 새로운 힘이 솟곤 했다.

나처럼 공부를 힘들고도 재미있게 하는 사람은 처음 보았다며, 부탁한 각종 자료를 그 뛰어난 정보 수집력으로 얼마나 열심히 찾아주었는지 모른다. 이 친구 덕분에 힘든 건 반으로 줄고 재미는 두 배로 늘었다. 이게 다 요가 덕분이다.

매일 오후에 하는 30분 교정 활보도 요가만큼 중요하다. 이걸 안 하면 집에 못갈 만큼 필수 중의 필수다. 교실과 도서관에 앉아 있는 시간이 하루에 열다섯 시간도 넘으니 운동뿐 아니라 과열된 머리를 식힐 신선한 공기와 사람의 기분을 좌우하는 일조량이 절대적으로 부족했다. 게다가 부잣집 정원처럼 가꿔놓은 아기자기한 교정은 철철이 어찌나 아름다운지, 그걸 모른 척하고 책에 코만 박고 있는 건 범죄에 가까웠다.

그리하여 나는 매일 오후, 짧은 교정 순례를 했다. 도서관을 나와 대학원 건물 앞 넓은 잔디밭을 지나, 나무가 무성한 미니 숲과 고색창연한 예배당, 그리고 보스턴 시내가 한눈에 내다보이는 언덕과 멋진 석조건물 사이의 앙증맞은 오솔길과 오르락내리락 길을 지나 도서관으로 돌아오는 코스다.

매일 이 길을 걸으며 봄, 여름 교정에선 어디에 무슨 꽃이 피며 그 꽃에선 어떤 향기가 나는지, 가을에 나뭇잎들은 어떤 색으로 변하는지, 눈 오는 날 언덕 너머 보이는 보스턴 시내 경치가 얼마나 몽환적인지, 날씨 좋은 날 대학원 건물 옥상에서 바라보는 저녁노을이 어떻게 불타는지, 돌로 지은 예배당의 스테인드글라스로 비쳐든 햇빛이 제대에서 어떤 색깔의 향연을 벌이는지 알게 되었다.

눈에 잘 띄는 나무에는 이름도 붙여주었다. 영화 〈아바타〉에서 본 것같이 우람하고도 신비하게 생긴 '아바타 나무', 가을 내내 조금씩 붉은 색으로 곱게 단풍 들던 '미스 플레처 나무', 붉은색 단풍에 초록색과 노란색까지 섞여 페르시아 양탄자보다도 화려한 '미스 보스턴 나무'……. 비록 이 학교를 1년밖에 안 다녔지만 나만큼 학교 캠퍼스를 속속들이 아는 사람은 드물 거다. 그래서 가끔 친구들과 교정을 산책할 때면 마치 내 집 정원이라도 되는 양 뻐기며 이곳저곳을 소개하곤 했다.

아침 요가와 오후 산책만큼 중요한 건 한 달에 한 번 하는 반나절 외출이다. 이 외출은 만나고 싶은 사람들과 충분한 시간을 보내며 잠시라도 공부 스트레스에서 완전히 벗어날 수 있는 힐링 타임이었다. 이 시간을 함께한 분들은 하버드대학교 정치학 교수였던 베이커 씨 부부다. 70대 중반의 이 부부는 20대 초반 결혼하자마자 평화봉사단으로 한국에 와 신혼을 한국에서 보낸 것으로 시작, 1970~90년대

한국의 격동의 세월을 고스란히 우리와 함께하신 분들이다.

한국 사랑이 넘치는 두 분은 한국말도 잘하시고 한국 아이를 입양해서 지극정성으로 키우기까지 하셨다. 월드비전 오재식 전(前) 회장님과도 절친인데 유학 준비를 하던 중 당시 한국에 교환교수로 와 계신 베이커 교수님을 처음 만났다. 듣던 대로 격의 없고 유머러스하고 유쾌, 통쾌하여 오랫동안 알던 분 같았다.

베이커 교수는 내가 석사 공부를 공공정책 과정으로 하버드에서 할까, 인도적 지원 과정으로 터프츠에서 할까 망설일 때 고민을 한칼에 해결해주셨다. 그분의 조언은 단호하고 명쾌했다.

"비야 씨는 하버드대학교 졸업생이라는 간판이 필요한가요? 아니면 인도적 지원 분야에 대한 제대로 된 공부와 그 분야의 교수 및 선·후배간의 연대가 중요한가요?"

그 한마디로 하버드대학교에 대한 미련은 완전히 접었다.

마침 한국 교환교수를 마치고 돌아오신 이분들과 보스턴에서 한 시간 거리의 월든 호수를 자주 찾았다. 헨리 데이비드 소로가 칩거하면서 《월든》이라는 걸작을 쓴 바로 그 호수다. 같이 거닐었던 봄, 여름, 가을, 겨울의 월든 호수는 경건할 만큼 아름다웠다.

늦가을 푸른 호수에 비치는 눈부신 단풍잎들, 초겨울 눈을 뒤집어쓴 커다란 나무들, 한여름이면 호수로 풍덩 뛰어들어 수영도 했다. 이부부에게 듣는 1970~90년대의 한국은 흥미로웠다. 한국과 미국의 정치, 문화, 사회, 전통에 대해 서로 의견이 다를 때는 격하게(!) 토론도 할 수 있는 어른들이라 신기하고 재미있기도 했다.

추수감사절과 크리스마스, 설날 등 양국의 명절은 이분들 집에서 지내면서 칠면조 요리, 떡국을 같이 만들어 먹고 설날에는 맞절 후 서로 세뱃돈을 주고받았다. 논문 쓸 때 힘들다고 엄살을 부렸더니 부인 다이애나가 힘내라며 내가 좋아하는 '다이애나표 호박파이'를 만들어 여러 번 학교까지 직접 배달해주셨다. 2013년 베이커 교수님이 다시 교환교수로 오시면서 보스턴의 '절친' 인연을 이어가고 있다.

또 다른 월례행사는 한인성당 가기다. 여기에 가려면 버스와 지하철을 갈아타고도 한 시간 반 이상이 걸리기 때문에 주일미사는 개신교, 유대교, 천주교가 같이 쓰는 학교 예배당에서 밤 열 시 미사로 해결했는데, 한 달에 한 번은 여기로 와야 한다는 본당 신부님의 엄명이 있었다.

아이고, 무서워라! 그러나 그 덕에 세계를 떠다니며 허구한 날 낯선 곳에서 낯선 사람들에 섞여 미사를 드리다가 오랜만에 사순절, 부활절, 성탄절을 한 성당에서 보내면서 본당 신자의 소속감을 누릴 수 있었다. 그뿐인가. 주일 오후 청년미사가 끝나면 유학생을 위해 한식으로 저녁밥도 해주었다. 가끔씩 떡볶이, 어묵, 김밥도 나와서 매주 올까, 라는 유혹에 빠지기도 했다. (나는 입맛이 저렴해서 10첩 반상보다 이런 분식이 훨씬 맛있다.)

자연스레 본당 신부님을 비롯해 보스턴에서 유학 중인 신부님들, 방문 신부님, 학생 수녀님이랑도 가깝게 지냈는데 어찌나 죽이 잘 맞던지 나중에는 성직자 및 수도자 다섯 분과 평신도인 나와 사무장을 합해서 일곱 명이 '보스턴 마피아'라는 사조직을 만들어 틈만 나면, 아니 틈을 내서 열심히 놀러 다녔다. 내가 전염시킨 우리 조직의 모토는 두 가지 '아무리 바빠도 놀 시간은 있다' 그리고 '잘 놀아야 잘 산다'였다. 줄곧 모범생이었을 보스턴 마피아 조직원들에게 이 말은 신선한 충격이자 놀라운 진리였을 거다.

길거리에서 아이스크림을 먹으며 깔깔거리거나 간단하게 저녁을 먹고는 보름달빛 아래 찰스 강변을 한없이 걷거나, 초겨울 바닷가에서 북극곰 수영을 하거나 고요한 호수에서 떠들썩하게 조각배를 저으며 재미있는 시간을 보냈다.

일곱 명 중 다섯이 학생이라 학기 중에는 꼼짝 못했지만, 학기와 학기의 틈이나 시험과 시험 사이, 혹은 방학 전후로 어떻게든 시간을 낸 거다. 보스턴에 장기 체류 중인 신부님 수녀님들이 한결같이 지난 10년 동안보다 그해 1년 보스턴 마피아랑 다닌 곳이 훨씬 많다고 할 때마다 내가 한국 천주교회에 커다란 공헌(!)이나 한 듯 기쁘고 뿌듯했다.

생각해보라. 이분들도 사람인데 가끔 성직자, 수도자, 박사과정 학생으로서의 긴장감을 풀고 평범한 40~50대 자연인으로 돌아가 즐거운 시간을 보낼 권리가 있다. 이건 내 말이 아니라 제1조 '모든 사람은 태어날 때부터 자유롭고, 존엄성과 권리에 있어서 평등하다'로 시작, 전문 포함 30조로 이루어진 세계인권선언문(Universal Declaration of Human Rights, 1948년)의 제24조에 '모든 사람은 노동시간의 합리적인 제한과 정기적인 유급휴일을 포함해 휴식과 여가를 누릴 권리가 있다'라고 명명백백히 적혀 있다. (국제인권법 수업을 잘 들은 티가 물씬 나지 않는가? 큭큭.)

아무리 바빠도 놀 시간은 있다

나이와는 상관없이 단지 학생이라는 이유만으로 한인성당 청년회에 들어간 덕분에 뜻밖의 선물도 얻었다. 청년회 회원 중 네 사람이 나 기꺼이 '내 비서'를 해주겠다고 했기 때문이다. 유학 온 첫 주일, 사무장이 청년들에게 한비야 자매님이 자리 잡을 때까지 한두 달만 도와줄 수 있는 사람 없냐고 물었을 때 자진해서 나선 사람들이다. 자기들도 학생이라 시간에 쫓기기는 마찬가지일 텐데 어떻게 날 도울 생각을 했을까? 지금 생각해도 고맙다.

고학력의 본거지인 보스턴이라 내 비서들 학력은 매우 높다. 중학생 때 미국에 온 치의대생 비서 넘버1 지현, 역시 조기유학 와서 석사과정 중이던 비서 넘버2 주영이와 넘버3 민경이 그리고 MIT 박사과정 중인 비서 넘버4 재민이까지, 차 없는 나를 위해 자기들 장을 보러 가는 길에 같이 간다거나 컴퓨터에 문제가 생기면 봐주는 등 크고 작은 일들을 도와주었다.

어릴 때부터 미국에서 살아서 이곳 시스템에 익숙해서인지 나라면 한참 헤맸을 일들을 척척 쉽게도 해결해주었다. 논문 막바지에 주영이는 방금 기말고사를 끝내고 쉬고 싶었을 텐데도 발등에 불이 떨어진 나를 위해 밤을 새워가며 참고문헌 부분을 꼼꼼하게 재확인해주었다.

이들이라고 내 부탁이 늘 반갑기만 했겠는가? 내 입장에서도 공부하는 친구들의 시간을 뺏는 건 아닌가, 늘 조심스러워서 꼭 해야 하는 부탁만 했지만 무슨 부탁을 하든 "알았어요. 한번 해볼게요",

"아. 그거요. 많이 해본 거라 금방 할 수 있어요"라며 내 마음을 편안하게 해주었다.

이런 친구들에게 내가 해준 거라곤 우리 집에 있는 책을 언제든지 빌려주고 한국에서 정기적으로 보내주는 책을 최우선으로 빌려주는 거다. 가끔씩 끝도 없는 인생 상담을 해주고 요가도 가르쳐주고 때때로 시내 한국식 중국집에서 짜장면 곱빼기도 사주었지만 이들이 내게 보여준 친절과 정성에 비하면 그건 정말 아무것도 아니다.

유능하고 유쾌한 비서들은 졸업 후 귀국할 때 내 살림살이 중 팔수 있는 물건들을 중고매매 사이트에 올려주었는데, 재기발랄한 광고 문안 덕분에 하나도 남김없이 다 팔았다. (예를 들면 내가 책상으로 쓰던 테이블과 의자 사진 아래에는 '독하게 공부한 한비야 님의 온기가 남아 있는 의자. 이 의자에 앉으면 공부가 저절로 잘될 겁니다'라고 썼다.) 나는 비서들 이름으로 그 판매 수익금을 한인성당 건립기금에 보태면서 봉투에 이렇게 적었다.

'우리 비서들의 지혜로 새 성당 문고리 값을 벌었습니다. 마음을 다해 드립니다.'

사랑하는 지현, 주영, 민경, 재민아! 그때 정말 고마웠어. 비야 샘이 앞으로도 언행일치, 표리동동하게 살아서 너희들 보스였다는 걸 자랑스럽게, 적어도 부끄럽지는 않게 해줄게. 약속!

어른 비서도 한 명 있었다. 성당 성모회 장미정 루시아 자매님. 만날 때마다 활짝 웃으며 비야 씨!라고 다정하게 부르는 내 동갑 친구. 내가 나이 들어 공부하는 게 멋있긴 하지만 짠하다는 이 친구는 속이 든든해야 덜 외롭다며 사골국을 잔뜩 끓여 냉동실에 넣어주고,

한국 마켓에 가서 맛있는 반찬도 골라주고 악플 때문에 상처 받고 하소연할 사람 없을 때도 두말없이 달려와 성당이나 학교 근처의 숲길을 걸으며 따뜻하게 위로해주었다. 그때 내가 이 친구에게 충분히 고맙다는 말을 했던가? 지금 이 글을 쓰면서도 고마운 마음과 연락을 자주 못해 미안한 마음이 교차한다.

루시아 자매님, 그때 정말 고마웠어요.

보스턴에서 한 공공근로

보스턴에서는 유학생이 아닌 전직 긴급구호 팀장이자 '바람의 딸'이자 내 책 독자들의 언니, 누나로서의 삶도 있었다. 많은 분들이 내게 베풀어준 친절을 갚는 한 가지 방법이기도 했다. 우선은 진로 및 인생 상담자 역할이었다. 새 학기가 되고 한 달쯤 지나니까 도서관 내 '지정석'으로 유학생들이 한두 명씩 찾아오기 시작했다.

처음에는 얼마나 고민이 되면 물어물어 왔을까, 짠해서 기꺼이 시간을 냈는데 나중에는 너무 많아져 '영업 방해' 수준에 이르렀다. 생각 끝에 아예 금요일 오전 시간을 그런 아이들을 위해 비워놓았다. 내 최소한의 재능기부이자 공익근무인 셈이다.

보스턴은 하버드대학교, MIT 등이 있어 한국 부모들에게는 '꿈의 교육도시'라 그런지 중·고등학교 때 온 조기유학생들이 유난히 많다. 그중 한 아이는 남들이 부러워하는 명문대 치의대생. 겉보기엔 엄친

아인 이 친구는 속으로는 불만 많고 몹시 불안한 청춘이었다.

"저 때문에 이민까지 온 부모님은 내가 치과의사가 되길 원하지만 난 평생 남의 입속이나 들여다보며 살고 싶지 않아요. 아직 내가 하고 싶은 게 뭔지는 잘 모르겠지만 이게 아닌 건 확실해요. 그래도 부모님한테는 내 생각을 말씀드릴 수 없어요. 부모님에게 맞설 자신이 없거든요. 실망하시는 얼굴, 볼 자신도 없고요."

"그래. 그 마음 내가 알지. 그동안 얼마나 힘들었니?"

이 한마디에 180센티미터에 100킬로그램도 넘는 거구가 갑자기 눈물을 글썽이더니 어깨를 들썩이며 흐느껴 울기 시작했다. 내가 거기서 무슨 얘기를 더 할 수 있을까? 이런 아이들은 나한테 무슨 뾰족한 답을 들으러 오는 게 아니다. 누군가 자기편이 되어 자기 얘기를 끝까지 들어주기를 원하는 것뿐이다. 정말 그뿐이었다.

상담이 1대 1 활동이라면 여러 명을 대상으로 하는 특강도 세상이 베풀어준 친절에 보답하는 '공공근로'의 한 방법이었다. 유학 내내 대외활동 없이 조용하게 지내려고 했는데 어떻게 알아냈는지(한국 유학생들이나 엘런이 의심스럽다.) 우리 대학원 여학생회에서 날 'Outstanding Student'(뛰어난 학생)으로 뽑아 긴급구호 현장에 관한 특강을 요청했다. 뭔가로 뽑혔는데 거절할 수가 없어서 특강을 한 게 화근, 아니 복의 근원이 되었다.

그 후 보스턴과 뉴욕 지역 한국 학생들을 대상으로 하버드대학교에서 특강을 했는데 그 소문을 들었는지 워싱턴 D.C.에서 월드뱅크와 IMF 및 국제기구에서 일하는 한국 직원들을 대상으로 한 강연을 간곡하게 요청했다. 마침 학기도 다 끝나고 논문 초고를 내놓고 피드백을 기다리던 기간이라 기꺼이 했더니 곧이어 로스앤젤레스와 뉴욕 한인성당에서도 강연 요청이 왔다.

어쩔까 하다가 논문 끝내고 한국에 돌아가기 전까지 미국 주요 도시에서 한인들을 대상으로 특강하는 것도 의미가 있을 거라고 생각해 그러기로 했다.

이런 특강이 그토록 멋진 일로 이어질지는 꿈에도 몰랐다. 졸업식을 한 달여 앞둔 4월 어느 날, 성당 청년들이 부활절 행사로 연극 공연을 준비하면서 수익금 전부를 보스턴 한인성당 출신 신부님이 운영하는 탈북자 지원단체에 보내기로 했는데 흥행을 위해 행사명에 내 이름을 넣고 싶다고 했다. 이름하야 '한비야와 함께하는 탈북자 돕기 행사.' 좋다마다. 내 이름이 이런 데 쓰인다는 자체가 영광이었다.

그렇게 모금한 돈으로는 탈북자 지원단체에 옥수수대를 분쇄하여 소여물로 만드는 기계를 사주기로 했다. 이 단체는 중국 연변에 소 농장을 운영해 수익금으로 탈북자를 돕는데 그 기계만 있으면 겨울 동안 여물 걱정은 없을 거라고 했다. 하지만 가격이 청년회 행사 수익금만으로는 턱없이 비싸 나에게 강연 요청해온 성당과 교회 등에서 받은 강연료를 전액 보태기로 했다. 그래도 한참 모자랐다. 이왕 내 이름이 들어간 모금 행사니까 나머지는《그건, 사랑이었네》인세로 채워 보내면 어떨까 하고 본당 신부님께 말씀드렸다.

"비야 자매님 마음은 아름답지만 제 생각에는 나머지 기계 값으로 한 사람이 500만 원을 쾌척하는 것보다 500명이 1만 원씩 내서 그 기계를 사는 게 원래 의도에 더 맞다고 생각합니다. 우리 한번 같이 노력해볼까요?"

그래서 생각한 게 보스턴 한인 교민들을 대상으로 한 후원의 밤이었다. 친하게 지내던 김은한 의사 선생님께 말씀드렸더니 적극적으로 일을 추진해주셨다. '한비야와 함께하는 탈북자 돕기' 행사 당일, 보스턴의 주요 종교단체, 교민회와 한글학교 등에 관련된 거의 모든 분들이 모이셨다. 큰 식당을 고른다고 골랐는데도 자리가 모자랄 만큼 호황이었다. 연변에서 오신 신부님이 직접 사업 설명을 하시고 나도 한마디 거들어 그날 예상했던 것보다 훨씬 많은 금액을 모을 수 있었다.

내가 정말로 뿌듯했던 건 모금액이 아니었다. 이번 행사에서 교민회가 생긴 후 처음으로 보스턴에 있는 불교, 개신교, 천주교의 스님, 목사님, 신부님들이 한자리에 모여 정식으로 인사하고 같은 목적으로 마음을 합했다는 점이다. 시종일관 화기애애한 분위기 속에서 덕담을 주고받다가 행사가 파할 때는 모두 아쉬워하며 한목소리로 이걸 연례행사로 만들어야 한다고 했다. 정말 기뻤다. 잠깐 왔다 가면서 보스턴에 이런 장을 마련하는 데 내 작은 힘이 보탬이 되었다는 게 말이다.

돌이켜 생각하니, 내 시간과 노력과 돈을 들였다고 해서 내가 받은 석사학위가 온전히 내 것만이 아니다. 많은 이들의 도움과 마음 씀과 기도가 없었다면 어땠을까? 졸업이야 어떻게 했겠지만 그 과정이 더 힘들고 더 외롭고 더 괴롭고 더 두렵고 더 흔들렸겠지. 일기를 쓰면서 우는 날도 더 많고 자괴감과 막막함과 답답함으로 몸부

림치는 날도 훨씬 많았을 거다. 유학 첫 주 일기장에는 이렇게 야멸
찬 글이 쓰여 있었다.

> 보스턴이라는 낯설고 익숙지 않은 곳에서 두리번거리며 당황하고 있는
> 내가 기특하기도 하고 안쓰럽기도 하다. 수십 년 외국 타향살이에 이력이
> 나고 현장에서 산전수전 공중전까지 다 겪었어도 신입생은 신입생 특유
> 의 어리바리함이 있는 법. 나 역시 용빼는 재주가 없으니 그런 과정을 모
> 두 거쳐야 할 거다. 힘들고 외롭고 피곤할 때가 많을 거다. 생각보다 훨씬
> 많을지도 모른다. 그게 무엇이든, 각오하고 있겠다. ✿

그때는 이렇게 각오만 단단히 하면 충분할 줄 알았다. 그런데 그
게 아니었다. 무사히 공부를 마치고 졸업할 수 있었던 건 내 각오가
아니라 유학 내내 곁에 있어준 사람들 덕분이었다. 이분들이 내 학위
공동 수여자들이다.

《그건, 사랑이었네》독자들도 내 졸업의 커다란 조력자다. 책이 잘
팔리는 덕분에 붓던 적금이나 보험을 깨지 않고 인세로 2학기 등록
금을 냈으니, 이 책을 산 독자들은 "한비야, 내가 유학시켰어." 해도
과언이 아니다. 게다가 많은 독자들이 메일과 손글씨 편지를 보내주
어서 큰 힘이 되었다. 유학 말기에 논문 쓸 때 손수 만든 밑반찬과 내
가 좋아하는 각종 '불량식품'을 소포로 보내주신 화곡동 꽃가게 아줌
마의 정성도 내 졸업에 결정적인 도움이 되었다.

'도울 기회가 생기면 절대 놓치지 말 것.'

이번 유학을 통해서 다시 한 번 다지게 된 커다란 인생 원칙이다. 알게 모르게 수많은 사람들의 친절 덕분에 살고 있으니 누군가에게 친절을 베풀 기회가 오면 절대로 놓치지 말아야 한다는 원칙이다.

때때마다 놓치지 않고 베풀어도 내가 받은 친절의 반의 반의 반도 못 갚을 거다. 이런 걸 알면서도 게을러서, 귀찮아서, 혹은 별 게 아니라고 생각하면서 기회가 왔는데도 놓친다면 나는 인간도 아니다. 내게 친절을 베풀어준 사람에게 되갚고 싶지만 그럴 확률은 낮으니 대신 내 눈앞에 있는 사람에게 내가 할 수 있는 친절을 베푸는 거다. 그게 바로 사람과 사람으로 이어지는 친절의 선순환일 거다. 그 선함과 선함이 이어지는 아름다운 순환 속에 나도 작은 고리가 되고 싶다.

대학생 때 했던 영어 연극 〈욕망이라는 이름의 전차〉 맨 마지막 장면, 내가 맡았던 주인공 블랑쉬의 대사가 생각난다.

"I have always depended on the kindness of strangers."(저는 항상 낯선 사람들의 친절 덕분에 살아왔어요.)

지금 생각해도 명대사다.

여러분은
제 첫 학생이자
첫사랑입니다

여러분, 정말 반갑습니다.

2012년 1학기 '국제구호와 개발협력' 강의를 맡은 한비야입니다.

(박수와 환호)

제가 웬만하면 안 떠는 사람이에요. 초등학교 때 서울시장배 웅변 대회에 나간 이후 무대공포증이 완전히 사라졌거든요. 그래서 아무리 많은 사람 앞에서 아무리 중요한 강의를 해도 안 떨죠.

그런데 지금은 떨리네요. '호랑이도 제 숲 떠나면 두리번거린다'라는 속담이 딱 맞아요.

제가 지금 마치 이화여자대학교 강의실이라는 낯선 숲에 온 호랑이 같은 느낌이에요. 초청 연사가 아니라 교수로서, 특강이 아니라 정규 대학 수업은 처음 해보는 매우 낯선 일이니까요.

여태껏 수백 번도 넘게 온갖 사람들을 대상으로 특강을 했고 여러분 같은 대학생들 앞에도 수없이 서봤지만 오늘은 전혀 다른 마음가짐이에요. 교수로서의 책임감이라고 할까, 의무감이라고나 할까? 압박감이라고나 할까?

우리 학생들에게 지난 10년간 현장에서 보고 듣고 겪었던 그 많은 일들과, 플레처와 제네바 IDHA에서 지난 2년 동안 배웠던 걸 어떻게 정확하게 전해줄까, 무엇을 어떻게 전해주는 것이 나도 즐겁고 여러분도 즐겁고 세상에도 도움이 되는 걸까?

어떻게 하면 매 수업, 뜨겁게 몰두하는 시간을 가질 수 있을까 생각해서 그런 것 같아요.

이 전공 필수도 아닌 교양과목을 수요일 아침 여덟 시에 듣겠다고 온 여러분은 제정신이 아닌 것 같아요. (웃음)

이 수업이 학습량도 많고 과제도 많은 거 알고 수강 신청한 거죠? (네~)

그러니 이 수업을 듣기로 한 여러분은 이미 가슴속에 불덩어리를 갖고 있는 거죠. 저는 거기에 불만 살살 붙여주면 되는 거예요.

그렇게 살아난 불꽃이 여러분을 불덩이로 만들었으면 좋겠어요. 그리고 그 불을 옆에 있는 사람들에게 당겨주고 그 불을 받은 사람이 또 그 옆 사람에게 불을 당겨주고⋯⋯.

그러면 우리는 이대를 중심으로 대한민국 전체를 불바다로 만들 수 있는 거예요. 사랑과 열정의 불바다 말이에요.

그런데 기왕 나선 일이니 대한민국이 아니라 아시아를 그리고 전 세계를 사랑과 열정의 불바다로 만들어보면 어떨까요?

후대 사람들이 이 불바다가 어디서 시작되었나 열심히 연구하겠죠. 그러고는 찾아낼 거예요. 바로 여기 이화여자대학교 ECC의 B146호 수요일 아침 여덟 시 국제구호와 개발협력 수업에서라는 걸요. 상상만 해도 기분이 좋죠? (웃음)

맹자의 군자삼락(孟子三樂) 중 일락(一樂)이 뭔줄 아세요? 좋은 제자를 만나서 가르치는 기쁨이에요. 그 제자들이 커가는 걸 보는 기쁨도 있을 거고요. 저 역시 그 기쁨, 마음껏 누려볼 생각입니다.

오늘 이 강의는 한비야 '교수'로서 첫 강의이고, 여러분은 제 첫 학생이자 첫사랑이자 마루타입니다. (웃음)

_2012년 3월 3일 첫 수업 녹취록에서

첫 수업은 이렇게 시작되었다. 내가 교수가 되다니……. 현장의 풍부한 경험을 학생들에게 나눠달라는 이화여자대학교 국제대학원 김은미 원장님의 간곡하고도 끈질긴 요청이 아니었다면 생각도 못할 일이었다. 나 역시 국제구호와 개발협력은 떼려야 뗄 수 없는 관계지만 지금까지 국내에는 이 둘을 묶은 강의가 없는 게 아쉽던 참이었다. 그래서 한 학기 총 16회의 수업 중 반은 내가 국제구호를, 나머지 반은 김 원장님이 개발협력을 가르치기로 하면서 일이 성사되었던 거다.

한 학기 분량을 반 학기 동안 가르치려니 시간이 너무나 빡빡해서 아무리 말을 빨리 한다 해도 하고 싶은 내용을 다 다룰 수 없었다. 간추리고 간추린 끝에 국제구호란 무엇인가? 국제구호의 기준과 규범 및 인도주의 원칙과 행동강령, 국제구호의 주요 주체들, 국제구호 시스템, 국제구호의 분야, 최근 경향 및 국제구호에 대한 비판, 인도적 지원의 미래와 앞으로의 과제 등으로 최종 강의안을 만들었다.

그러고는 한 달도 넘게 강의를 준비하면서 현장에서 10년 이상 해 온 일을 확인하고 또 확인했다. 그뿐인가, 대학원에서 배운 내용을 총 복습하고 최신 논문이나 연구보고서를 꼼꼼히 찾아 읽고 인터넷 검색도 모자라 친한 현장 구호 요원들에게 메일도 무수히 보내고 전화도 수없이 걸며 들들 볶았다. 용어건 사실 확인이건 통계건 흐름이건 전망이건 절대로 틀리거나 맥락 없는 소리를 하면 안 된다. 이건 대학교 정규 수업이고 나는 한비야 교수니까.

몽땅 털어주고 싶다

내가 수업에 열정을 쏟는 만큼 학생들도 그러길 바랐다. 그래서 이 분야 혹은 나에 대한 단순한 호기심으로 수강 신청하는 걸 막으려고 일부러 강의 시간을 제일 이른 시간인 오전 여덟 시로 잡았다. 정말로 공부하고 싶은 학생들만 들었으면 하는 바람이었다. 내 작전은 성공이었다.

첫 수업에 100명이 넘는 학생들이 그 아침에 눈을 초롱초롱 뜨고 나에게 집중했다. 눈에서 불꽃이 튀어나오는 것 같았다. 그 환하고도 진지한 얼굴들을 마주하면서 얼마나 떨리던지, 얼마나 설레던지, 그리고 또 얼마나 어깨가 무거워지던지. 정말로 잘 가르치고 싶었다. 내 머릿속에 가슴속에 있는 것을 몽땅 털어주고 싶었다.

수업 중 강의뿐 아니라 난민촌 24시, 가상 긴급구호 활동, 최근 재난 국가 사례발표 등을 통해 생생한 현장을 느껴보게 하는 건 참 잘한 일이다. 체험과제 '난민촌 24시간'은 학생이 스스로를 긴급구호 대상이라고 가정하고 최소한의 물·식량·장소 등으로 하루를 살아보는 생존체험이고 가상 긴급구호 활동을 통해서는 반대로 학생들이 긴급구호를 제공하는 주체가 되어보는 거다. 또한 사례발표는 한 팀이 한 국가를 심도 있게 연구하며 재난과 국제사회의 대응을 분석하고 해결책을 모색하면서 국제구호에 대한 안목과 시야를 넓힐 수 있다. 이 사례 국가는 아프가니스탄부터 아프리카 말리에 이르기까지 내가 일했던 현장이라 보다 현실감 있고도 심도 있는 조언을 해줄 수 있어서 더욱 수업효과가 높았다.

다양한 수업 방법으로 재미있게 배워서 좋긴 하지만 학생들은 과제가 살짝 많다고 한다. 그래서 이 수업의 별명이 '원형탈모 수업'이다. 머리가 빠질 만큼 열심히 해도 될까 말까 하다는 엄살과 어리광과 원망이 섞인 별명이지만 나는 과제를 줄일 생각이 없다. (아이들아, 미안하다. 후후.)

그러나 그 덕에 강의 개설 첫해부터 우리 학생들은 국제구호개발 관련 각종 대학생 논문 대회에서 상이란 상은 다 싹쓸이해 온다. 더욱이 이듬해부터 우리 강의가 필수 교양과목이 되고 KOICA(한국국제협력단)의 대학교 국제개발협력 이해증진사업의 하나로 선정되어 KOICA의 지원으로 학생들이 해외현장에 직접 가볼 기회도 생기면서 점점 그 내용이 풍성해지고 있다.

뿐만 아니다. 정말 기쁜 일은 수업을 듣고 정치외교학과, 언론홍보학과, 보건학과, 교육학과 등에서 전공을 완전히 국제구호개발로 바꿔서 국제대학원으로 진학한 학생들도 생기기 시작했다는 점이다. 재작년부터 국제대학원에서 국제구호와 개발의 연계점이라는 강의를 하고 있다. 이 주제는 내 주요 관심분야라서 대학원 강의를 하면서 내 공부도 되고 학생들의 신선한 관점도 볼 수 있을 거라고 생각했다. 예상이 딱 맞았다.

수업 때마다 학생들의 기발하고도 반짝이는 생각에 깜짝깜짝 놀란다. 한번은 난민들의 임시 거처에서 일어나는 성폭력 문제에 대해 토론할 때였다. 밤에 공중화장실에 가는 길에 발생하는 여성 성폭력에 대해 얘기하자 한 학생이 그건 집집마다 '접는 요강'만 있으면 간단하게 해결되지 않겠냐고 했다. 머리를 쿵, 한 대 얻어맞은 것 같았다. 정말 그러면 되는 거였구나. 접는 요강은 접는 플라스틱 물통 만드는 곳에서 얼마든지 만들 수 있다. 그 학기가 끝나고 말리 현장에 갔을 때, 접는 요강 얘기를 하자 현장 직원들이 모두 좋은 생각이라며 손뼉을 쳤다. 가르치는 게 배우는 거라더니 옛말 그른 게 없다.

곧 개강을 앞둔 나는 얼마 전에 다녀온 필리핀 현장 자료를 열심히 정리하는 중이다. 이번 학기에 새로 추가할 사례연구 국가 정보용이다. 자연 재난이 빈번한 필리핀에서 어떻게 재난 대비를 하고 그것이 재난 후 대응에 비해 얼마나 효과적인지 관한 사례발표를 시킬 생각이다. 와, 이거 맡은 팀, 재미있겠다. 학생들은 우린 이제 죽었다, 할지도 모르지만. 후후후.

검색 대신
사색을

"제가 뭘 하고 싶은지 잘 모르겠어요."

얼마 전, 대학 새내기에게 받은 질문이다. 원하는 대학의 소위 전망 좋다는 학과에 들어갔지만 이게 정말 자기가 원하던 공부인지 헷갈리기 시작했단다. 좋은 학점을 따며 학점 관리를 잘할 자신은 있지만 뭔가 허전하고 불안하다며 장문의 편지를 보내왔다.

얼마나 막막하고 답답할까? 그러나 한편, 기쁜 마음이 들기도 한다.

'드디어 이 친구가 생각하기 시작했구나!'

생각하기! 요즘 젊은이들은 이걸 참 어려워한다.

검색을 통해 남이 만든 답은 잘 찾는데 사색을 통해 스스로 답을 찾는 데는 영 서툴다. 생각이 본격적으로 시작되는 사춘기(思春期) 때 스스로에게 물어야 하는 질문, 나는 누구인가? 어떤 삶을 살고 싶은가? 언제 기쁘고 무엇을 할 때 행복한가? 등을 치열하게 해본 적이 없기 때문이다. 집에서나 학교에서나 사회에서나 한목소리로 이렇게 말한다.

"딴 생각 말고 공부나 해!"

이렇게 유보했던 사춘기를 대학에서 겪는 아이들은 그나마 다행이다. 스스로에게 '돈 안 되는' 혹은 '뜬구름 잡는' 질문을 던지고 답하면서 고통스럽지만 성장해갈 테니까. 이런 과정을 통해 자기 생각과 결정으로 제 삶을 꾸려가는 홀로서기를 하게 될 테니까.

그러나 이런 행운을 누리는 아이들은 그리 많아 보이지 않는다. 대부분은 1학년 1학기 때부터 취업을 위한 '스펙 쌓기'에 돌입한다. 자기 삶에 대해 단 한 번도 고민해보지 않은 아이들이 뭘 하고 싶은지 모르는 건 너무나 당연한 일이다.

내게 편지를 보낸 학생도 자기는 여태껏 죽을힘을 다해 엄마, 아빠의 꿈, 담임선생님의 꿈을 대신 이루어준 것 같다며 이제는 진짜 내 꿈을 찾고 싶은데 어떻게 하면 좋겠냐고 물었다. 내 대답은 딱 한마디다.

생각하라! 생각만이 네가 원하는 게 무엇인지 알게 해줄 뿐 아니라, 그걸 찾아가는 과정에서 겪는 어려움을 견디게 해줄 것이다.

나 역시 그랬다. 뒤늦게 시작한 대학 입시를 비롯해서 오지로만 찾아다니는 육로 세계 일주, 세계 험한 곳은 다 찾아다니는 구호 활동가로 지내는 동안 어찌 어려움이 없었을까? 너무나 힘들어서 딱, 놓아버리고 싶을 때도 많았다.

하지만 이 모든 게 내가 한 결정이었기에 힘들다는 엄살도, 더 이상 못 견디겠다는 하소연도, 너 때문이라는 남 탓도 할 수 없었다. 내가 판단하고 내가 선택한 일이니 그 과정과 결과도 내 몫이고 최종 책임도 오롯이 내가 져야 했다.

이런 과정은 결과와는 무관하게 내게 많은 것을 가르쳐주었다. 하고 싶은 일을 하기 위해 하기 싫은 일을 하며 견뎌야 하는 시간은 늘 생각보다 길고 험하다는 것을, 그러나 그 시간이 아무리 길어도 반드시 끝이 있다는 것을, 할 가치가 있는 일은 잘할 가치도 있다는 것을, 불가능해 보이는 일이라도 일단 하기로 작정하고 한 발짝 나가면 그 순간 그 일을 되게끔 하는 알 수 없는 힘이 솟는다는 것을 배웠다.

수십 년간 그런 과정을 겪다 보니 이제는 어려운 일이 닥칠 때마다 '그때 그것도 해봤는데, 이것쯤이야'라는 배짱이 생긴다. 경험이 주는 단단한 자신감이다.

그러나 그 과정에서 얻은 가장 큰 깨달음은 '내 인생이라는 배의 선장은 바로 나'라는 사실이다. 비록 깜깜하고 거친 바다지만 다른 사람이 아닌 내가 원하는 목적지에 맞춘 방향키를 꼭 잡고, 두렵지만 앞으로 나아가야 한다는 걸 확실히 알게 되었다.

물론 그렇게 안간힘을 쓰지 않고 편히 살 수도 있다. 내 배의 방향키를 다른 사람에게 맡기고 그 사람이 하자는 대로 하면 된다. 배가 파도에 휩쓸릴 때마다 그 사람 등 뒤에 숨어 있으면 된다. 거친 바다에서 힘 한번 쓰지 않고 편안하게 왔지만 그 대가로 항해 중 노련한 사공이 될 기회를 놓쳤고 원하지 않은 항구에 도착했으며 다시는 꿈꾸던 항구로 돌아갈 수 없게 되었다.

무섭지 않은가? 내 배의 주인은 난데 다른 사람이 주인 노릇을 하며 내가 아닌 자기가 가고 싶은 곳으로 내 배를 몰아가는 거다. 그러니 아무리 힘들고 어떤 어려움이 닥치더라도 내 배의 방향키는 내가 꼭 붙들고 있어야 한다. 그래야만 내가 가고 싶은 곳으로 갈 수 있다.

내 배의 방향키를 잡으려면 우선 가고 싶은 목적지를 정해야 한다. 그러기 위해서는 스스로에게 같은 질문을 수없이 해야 한다.

나는 누구인가? 어떤 삶을 살고 싶은가? 어떤 세상을 꿈꾸고 있으며 누구와 그 세상을 만들어갈 것인가?

이런 본질적인 물음에 답을 찾는 방법은 단 한 가지다. 생각하고 생각하고 또 생각하는 거다. 간단한 인터넷 검색이나 달콤한 자기계발서가 절대로 답을 알려주지 않는다. 단언컨대 스스로 생각하고 답을 찾아내느라 몸부림치는 것 이외에 다른 방법은 없다.

인생을 항해로 비유하자면 생각하기는 나무에 비유할 수 있다. 나는 사람마다 머릿속에 '생각 나무'가 한 그루씩 있다고 믿는다. 그 나무뿌리는 생각하면 할수록 더 깊게 뻗어내려 웬만한 비바람에도 끄떡하지 않는 든든한 나무로 성장하게 한다.

반면 뿌리 깊지 않은 나무는 작은 바람에도 거세게 흔들리고 통째로 뽑히기까지 한다. '20대에 해야 할 일', '죽기 전에 꼭 해야 할 일' 같은 리스트를 보며 불안해하고 조급해하는 것처럼 말이다.

어떻게 하면 이 생각의 뿌리를 깊게 내려 흔들리지 않을 수 있을까? 나는 사색도 연습이고 훈련이라고 생각한다. 몸의 근육을 키우려면 꾸준히 운동해야 하는 것처럼, 생각의 근육도 매일매일 연습하면 더 단단해지기 마련이다. 면벽 수행이나 침묵 피정을 통해서만이 아니라 일상에서도 얼마든지 연습하고 훈련할 수 있다. 생각하기에 대해 간절한 조언을 구하는 기특한 학생들을 만나면, 내가 수십 년간 쓰고 있는 '생각 훈련법' 두 가지를 소개해주곤 한다.

첫째는 일기 쓰기다. 그날 있었던 일 중 한 가지에 대해 될수록 길고 자세히 글을 쓰는 거다. 여기서 중요한 건 단어의 나열이 아니라 주어와 동사로 된 문장을 쓰는 거다. 기왕에 하는 거면 컴퓨터 자판이 아니라 공책에 손글씨로 써보길 바란다. 이렇게 차분히 일기를 쓰고 있으면 생각이 저절로 정리되면서 나와 내가 겪은 상황들이 객관적으로 보이기 시작한다.

이렇게 객관화한 나와 즐겁게 혹은 불편하게 만나는 과정 자체가 생각 나무의 뿌리를 깊고 단단하게 만들어줄 것이다.

둘째는 혼자 하는 여행과 산책이다. 여기서 중요한 건 여행 기간이나 여행지가 아니라 혼자서 한다는 거다. 혼자 다니면서 부딪히는 사람들과 사건 사고를 통해 마음에 드는 나 또는 꼴 보기 싫은 나를 만나면서 조금씩 내가 어떤 사람인지 알아가게 된다. 내가 해본 최고의 여행은 혼자 걷는 여행이었고, 이 여행은 나를 만나는 최고의 방법이다. 요즘 전국 각지에 온갖 걷기 좋은 길이 있으니 더욱 잘되었다.

한편으로는 이렇게 생각 나무의 뿌리를 내리면서 다른 한편으로는 지금 내 배의 방향키를 누가 쥐고 있는지 점검해야 한다. 더 이상 미룰 수가 없다. 혹여 여태까지 공부하느라 부모님이나 선생님에게 자기 삶의 방향키를 맡겼다면 이제는 돌려받아야 한다.

이건 내 삶을 마음대로 살아도 된다는 뜻이 아니다. 어디로 가고 싶은지 거기로 가려면 지금 무엇을 해야 하는지에 대한 방향을 스스로 잡아야 한다는 뜻이다. 원하는 방향을 잡았다면 거기까지 가는 동안 겪는 어려움도 감당할 자신이 생길 것이다. 좋아하는 일을 하기 위해 하기 싫은 일도 할 수 있는 각오도 설 것이다.

방향키를 잡았다면 명실공히 당신 배의 선장은 당신이다. 세상이라는 거친 바다에 맞서야 하는 두려움과 외로움도 당신 것이고 그것을 헤쳐 나갈 힘과 용기도 당신 것이며 힘든 항해 후에 마침내 닿을 항구도 당신 것이다. 내 인생의 주인으로 살고 싶다면 어렵지만 반드시 해야 하는 일이고, 불안하지만 할 수 있는 일이다.

자, 내 배의 선장이 되어 떠날 준비 되었는가?

Bon Voyage! *(순항하시길!)*

길 위의
기도

내가 가당치도 않게 피정 지도를 시작한 건 순전히 이해인 수녀님 때문이다. 2012년 봄, 서로의 왕팬이자 내 '신앙의 왕언니' 해인 수녀님한테 이메일이 왔다. 소속 수도회가 운영하는 제주도 '성 이시돌 피정의 집' 피정을 지도해달라며 바쁘겠지만 꼭 부탁한다는 내용이었다. 아니, 피정 지도라니. 내가 어떻게…… 게다가 요청한 날짜에는 몇 달 전 여러 사람과 잡아놓은 2박 3일 야영 계획이 있었다. 당연히 못한다고 말해야 했지만 의지와는 무관하게 내 손가락은 이런 답 메일을 쓰고 있었다.

'와, 해인 수녀님 제가 피정 지도를요? 영광무지료소이다. ㅋㅋㅋ 떨리는 마음으로, 그러나 기쁜 마음으로 해보겠습니다.

대신 수녀님이 피정 기간 중에 기도 '세게' 해주셔야 해요. 오케이?'

여기까지 쓰고는 마음 변할까 봐 얼른 보내기 버튼을 눌러버렸다. 그 순간 '어머, 내가 지금 무슨 짓을 하는 거야?' 후회했지만 이미 화살은 시위를 떠난 뒤였다. '메일이 정상적으로 전송되었습니다'라는 메시지를 보고는 혼잣말이 절로 나왔다.

"누군가가 이 일의 성사를 위해 간절히 기도하고 있는 게 분명해. 그나저나 내가 어떻게 감히 피정 지도를 한단 말인가? 난 몰라!"

피정(避靜)이란 피할 피, 조용할 정, 글자 그대로 일상생활을 피해 조용한 곳으로 가서 묵상과 성찰 기도 등을 하는 영적 수련이다. 예수님이 광야에서 40일 동안 단식하며 기도했던 일을 그 제자들이 본뜨면서 시작된 피정은 성당에 열심히 다니는 천주교 신자라면 1년에 한 번 정도는 하게 된다. 보통 성당, 수도원, 피정의 집 등에서 하는데 기간은 짧게는 1박 2일, 길게는 40일 등 다양하다.

고등학교 때부터 지금까지 내가 다닌 피정만 해도 수십 차례, 할 때마다 피정 방법이 달랐다. 어느 때는 강의와 토론이, 어느 때는 연극과 음악을 통한 내면의 성찰이, 어느 때는 성경 읽기와 기도로, 또 어느 때는 말 한마디도 허용하지 않는 대침묵으로 진행된다. 내가 진짜 해보고 싶은 건 성 이냐시오의 영신수련에 의한 30일 대침묵 피정인데, 몇 년 전 7박 8일 대침묵 피정하다가 죽을 뻔해서 아직까지 엄두를 내지 못하고 있다.

제주도 한림에 있는 성 이시돌 피정의 집은 인기 만점 피정지다.

우선 장소가 제주도이고, 피정의 집 안에 '새미 은총의 동산'이라는 매우 아름답고 성스러운 야외 기도 공간이 있고 이곳 수녀님들과 꽁지머리 피정 교육팀장의 능수능란하면서 감동적인 진행은 이미 정평이 나 있다. 밥도 무진장 맛있다는 입소문! 그 덕에 피정 광고를 내자마자 최대 수용 인원 140명을 훌쩍 넘긴 160명이 신청해서 부랴부랴 마감했다며 담당자가 한마디 덧붙인다.

"이번 피정 연령층이 확 낮아졌어요. 보통은 50~60대인데 이번에는 20~30대는 물론 중·고등학생에 초등학생도 여럿 있답니다."

이 말에 기분은 좋았지만 동시에 스트레스가 확 밀려왔다. 아, 잘해야 할 텐데……

같이 야영 가기로 한 사람들에게 싹싹 빌고 바가지로 욕을 먹은 후 제주도행 비행기에 올랐을 때 긴장된 마음을 이렇게 다잡았다.

'어차피 1년에 한 번은 피정하는 거니까 겸사겸사 잘되었어. 너무 잘하려고 스트레스 받지 말자. 3박 4일 프로그램 중 내가 꼭 해야 하는 특별 강의나 요가 지도만 하루 두세 시간 정도 진행하고 나머지 시간은 피정 참석자의 한 사람으로 최대한 침묵하자. 저녁식사 후에는 곧장 방으로 돌아와서 혼자 조용히 기도하고 그동안 밀린 일기를 쓰면 되겠네.'

하지만 단단히 먹었던 이 마음은 피정 첫날, '30초 자기소개' 시간에 녹아내렸다. 자그마한 강당을 꽉 메운 참석자들 대부분이 내 책을 읽었거나, 강의를 들었거나 〈무릎팍 도사〉를 봤거나 〈좋은생각〉이나 〈생활성서〉 혹은 '서울주보'에서 내 글을 읽고 이 피정에 왔다고 했다.

조합도 가지가지. 같은 성당 팀, 친구 팀, 가족 팀에 결혼을 앞둔 예비 신랑신부도 있고 결혼 40주년 기념으로 온 부부도 있었다. 사연도 가지가지. 딸이 환갑 선물로 보내주었다는 사람, 청소부로 어렵게 살면서 조금씩 돈을 모아 5년을 별러 왔다는 사람, 암 판정을 받고 기도에 몰두하려고 왔다는 사람, 학교 수업을 빼먹고 엄마랑 같이 온 중·고등학생과 초등학생들도 있었다.

마지막으로 수녀님이 내 이름을 부르니 환호와 박수가 터져 나왔다. 불경스럽게(!) 휘파람 소리도 들렸다. 단상에 서니 나를 바라보는 140명의 얼굴이 하나같이 활짝 핀 꽃같이 환했다. 갑자기 가슴이 뭉클해지면서 준비했던 말과는 완전히 다른 말을 하고 말았다.

"반갑습니다. 저도 피정 참석자로서 피정 중 될수록 침묵하며 하느님과 많은 대화를 나누겠습니다." 이렇게 말하려고 했는데

"반갑습니다. 피정 중 여러분들과 될수록 많은 대화를 나누겠습니다." 해버린 거다.

아무리 그렇게 말했어도 그럴 줄은 몰랐다. 첫날, 난리도 그런 난리가 없었다. 소개 시간이 끝나자마자부터 늦은 밤까지 시도 때도 없이 같이 사진 찍자는 건 기본. 빈 종이를 여러 장 가져와서 자기는 물론 친구들, 친척들 사인까지 해달라고 하거나 나랑 얘기하다가 갑자기 친구나 아이들에게 전화를 걸어서 대뜸 수화기를 건네며 한마디 해달라 하기도 했다.

식사 때마다 같은 식탁에 앉은 사람들이 하도 말을 시켜서 밥이 코로 들어가는지 입으로 들어가는지 모르겠고, 일정이 다 끝나고 잘

준비까지 마쳤는데 문을 두드려 나가보니 자기 팀과 야참 먹으면서 얘기를 좀 더 하자고도 했다. 그날 밤 연이어 세 팀이 내 방문을 두드렸다.

물론 '시달린' 것만은 아니다. 많은 분들에게 마음의 선물도 듬뿍 받았다. 손수 볶은 커피콩, 손수 만든 묵주, 곱게 접은 손수건, 고추장 멸치볶음……. 지나가는 말로 색깔이 곱다고 했더니 입고 있던 등산 재킷까지 서슴없이 벗어주었다.

첫날 밤, 일기를 쓰면서 생각했다. 사진 한 컷, 사인 한 장에 좋아하는 교우들을 보면서 이렇게 작은 일로 다른 사람들을 기쁘게 할 수 있다는 게 고맙고도 신기했다. 그러고는 이런 생각이 스쳤다. 이왕 하는 '팬 서비스'라면 좀 더 본격적으로 해볼까? 적극적이거나 활발한 사람들은 알아서 하겠지만 그렇지 않은 사람들은 내게 말 한 번 못 붙여보고 집에 가면 안 되니까.

특히 어린 학생들, 어제 저녁 특강할 때 똑바로 앉아서 열심히 고개를 끄덕이며 받아 적던데……. 이 친구들이 먼저 말 걸기는 어려울 테니 내가 먼저 손을 내밀자. (오, 이런 기특한 생각은 어디서 오는지 참으로 궁금하다.)

눈물을 매단 채 활짝 웃다

다음 날, 처음 눈에 띈 사람은 초등학교 6학년 다희(가명)였다. 아침미사 후, 네 시간 정도 순례 길을 걷는 일정이었는데 오전 침묵 시간이 끝나자마자 고개를 숙이고 걷던 초등학교 6학년생 다희에게 다가가 손을 잡았다. 이 아이는 자기소개 시간에 내 책을 전부 다 읽었으며 작가가 되는 게 꿈이라고 했다. 전날 엄마한테 다희가 학교에서 심한 왕따를 당해 정신과 치료를 받고 있다는 얘기를 들은 터였다. 아이는 놀라면서도 좋아하는 기색이 역력했다. 손을 잡고 걸으며 한참을 이 얘기 저 얘기하는데, 아이가 내게 물었다.

"선생님처럼 작가가 되려면 어떻게 해야 해요?"

"음. 우선은 많이 읽고, 써보고, 생각하고 그리고 경험은 많이, 특이할수록 좋겠지?"

"전 지금 특이한 경험 중이에요."

"뭔데?"

"왕따요."

그 말에 내가 걸음을 멈추니 아이가 나를 슬픈 얼굴로 빤히 쳐다보았다. 나도 모르게 아이를 꼭 안아주며

"얼마나 힘들었니, 다희야?"

라는 말이 튀어나왔다. 내 말에 이 아이, 눈시울을 붉히더니 반 아이들이 교실에서건 카톡방에서건 자기를 어떻게 투명인간 취급해왔는지, 그것 때문에 얼마나 괴로웠는지 나에게 고해바치듯 말하다가 끝내는 엉엉 소리 내어 울기 시작했다. 우는 아이를 보니 내 가슴도 미어졌다.

왕따 때문에 괴로워하는 아이는 다희뿐만이 아니었다. 여중생 은정이(가명)도, 여고생 현주(가명)도 그날 걸으며 따로따로 들어보니 모두 왕따 피해자였다. 은정이는 언어폭력에, 물리적 폭력도 당하고 있

었고 현주는 견디다 못해 자퇴를 한 상태였다.

"반 아이들이 미워요"라고 절규하는 이 아이들은 그야말로 피를 철철 흘리고 있었다.

아이들만이 아니었다. 둘만의 얘기를 시작해보니 어른들도 하나같이 커다란 돌덩이를 가슴에 안고 있었다. 환한 웃음이 돋보이던 50대 자매는 몇 달 전 딸이 자살을 해서 제정신이 아니었고 어떤 60대 자매는 중풍에 걸린 시어머니 대소변을 받아내며 10년째 병구완했는데 남편은 바람이 나서 딴살림을 차려 나갔다며 분해했고 어느 30대는 7년째 임용고시를 준비하고 있는데 이번에도 떨어지면 자기는 어떻게 하느냐며 막막해했다.

조금만 얘기를 나누다 보면 누구라고 할 것 없이 펑펑 울었고 듣는 나도 눈물을 뚝뚝 흘렸다. 그렇게 한바탕 울고 나면 속이 후련한지 끝에 가서는 눈썹에 눈물방울을 매단 채 활짝 웃곤 했다.

하루 종일 들었던 인생의 무게에 눌려서일까, 둘째 날 밤은 정말 피곤했다. 그러나 기뻤다. 하느님이 애썼다며 칭찬하실 게 분명하기 때문이다. '우는 이들과 함께 울고, 웃는 이들과 함께 웃으라' 하셨으니까.

다음 날에도 그다음 날에도 한 사람씩 따로 걸으며 얘기를 할 때마다 갖가지 사연과 눈물바람이 이어졌고 해맑은 웃음도 뒤따라왔다. 그중에서도 우리 피정의 막내 다섯 살짜리 수진(가명)이가 가장 기억에 남는다. 이 꼬마는 선천적 시력장애로 양쪽 눈이 거의 보이지 않았다. 그냥 두면 결국 실명하게 된다니 지푸라기라도 잡는 심정으로 수술을 하기로 했다는데 수술이 성공할 경우, 빛을 구별할 정도로 시력이 회복될 가능성도 있지만 실패할 경우 더 빨리 완전 실명하게 될 수도 있었다.

"수진인 커서 뭐가 되고 싶어?"

"특수교육학과에 가서 교수가 될 거예요."

"와, 멋있다. 너 그렇게 하기로 나랑 약속할 수 있어?"

"네. 약속할게요. 눈이 잘 안 보여도 공부 잘할 수 있어요. 이번 수술이 잘 끝나면 더 잘 보인다고 했어요."

나와 새끼손가락을 걸 때 그 아이의 얼굴은 자신감과 설렘으로 가득했다.

마지막 저녁기도 시간, 기도를 바치는 꼬마의 목소리가 더욱 간절하고 낭랑했다. 그래서 아름다웠고 그래서 짠했다. 이번 피정 참석자 140명 중에서 누구의 고통이 앞 못 보는 저 다섯 살 꼬마보다 더하겠으며 누구의 기도가 제발 보게 해달라는 저 기도보다 간절하겠는가? 저 꼬마 앞에서는 여기 모인 누구도 "사는 게 너무 힘들어"라고 말할 수는 없을 것이다. (아이의 간절한 기도와 염원에도 수술은 실패로 끝나 완전히 실명하고 말았다. 하지만 이듬해 피정에도 참석한 그 아이의 기도 소리는 전보다 훨씬 더 맑고 아름다웠다.)

첫 번째 피정에서 마음 아프지만 따뜻했던 기억 때문에 다음 피정도 두말없이 하겠다고 했다. 특히 작년 피정 중에는 내 생일이 끼어 있었다. 몰래 넘어가려고 했는데 누가 소문을 냈는지 생일날 아침, 수녀님들은 미역국을 끓여 모두의 아침상에 내어놓았고 피정 참석자들은 한목소리로 생일 축하 노래를 불러주었다. 사랑을 한 몸에 받는다는 것은 이럴 때 쓰는 말이리라. 신자끼리는 서로를 형제님, 자매님이라고 부르는데 이것이 단순한 호칭이 아니라는 것을 그 자리에서 온몸으로 깨달았다.

노래가 끝난 후 한마디 하라는 주문에

"생일 아침 미역국을 같이 먹은 여러분이 진짜 내 가족입니다"

라고 말했는데 진심이었다. 가족이 무엇인가. 피정 중의 우리처럼 서로를 아끼고 서로를 위해 기도하고, 괴롭다고 느낄 정도로 사랑해 주는 게 가족 아니더냐.

피정 마지막 날, 강연을 마칠 때 '내 가족'들에게 앞으로 내가 이들을 위해 깊게 그리고 꾸준히 기도할 것을 약속하면서 나를 위한 세 가지 기도도 부탁했다. 첫째는 곧 떠나게 될 구호 현장 근무 동안 최선을 다할 수 있도록, 둘째는 내게 영향력이 조금이라도 있다면 그것이 선한 곳에 쓰이도록, 셋째, 나를 좋아하지 않는 사람들이 하는 말에 상처받지 않도록. 세 번째 기도를 부탁하는 순간, 그동안 누구에게도 말하지 못했던 크고 작은 상처가 떠올라 나도 모르게 눈물이 흘렀다. 저마다의 상처를 떠올린 사람들도, 수녀님들도 함께 울었다.

피정 마지막 순서로 앞 뒤 옆에 있는 사람들과 작별의 포옹을 할 때는 그동안 있었던 일들이 하나씩 떠올랐다. 같이 사진 찍고 사인해 주고 손잡고 걸으며 한 번씩은 '단둘이' 만났던 사람들.

나흘 전에는 생판 모르던 사람에서 지금은 진짜 가족에게도 말할 수 없었던 속마음까지 털어놓은 사이가 된 사람들, "진심으로 기도해줄게요"라고 말하는 사람들. 이 막강하고도 든든한 내 기도부대이자 응원군들…….

이렇게 아무 조건 없이 나를 아껴주고 뜨겁게 기도해주는 사람들과 3박 4일을 보내고 나면, 그분들에게 준 것과는 비교도 할 수 없는 에너지를 얻는다. 그래서 제주도 피정을 생각하면 언제나 마음이 따뜻해진다. 마치 추운 겨울 온돌방 같다고 할까? 그곳에서 충분히 몸을 녹였기 때문에 다시 찬바람이 쌩쌩 부는 바깥으로 나갈 용기가 나는 거다. 바깥 찬바람에 시달리며 힘들고 지칠 때마다 그 온돌방의 온기와 따뜻했던 기억으로 견디며 이겨나갈 수 있는 거다. 눈보라가 몰아쳐도 내게는 돌아가서 따뜻하게 몸을 녹일 곳이 있다는 생각 자체만으로 위로가 되고 마음이 편안하다. 그분들에게도 그런 시간이 었기를 진심으로 바란다.

이 마음속 온돌방 때문에라도 바람의 딸 한비야와 함께하는 길 위의 기도, 제주도 피정은 내가 걸을 수 있는 한 계속 할 생각이다. 서로 따뜻한 기운을 주고받으며, 앞으로도 쭈욱!

악플에
대처하는 법

2009년 가을, 보스턴에서 공부할 때 일이다. 서울에 있는 친한 친구에게 전화가 왔다. 목소리는 다급했다.

"오늘 인터넷에 널 마구 욕하는 글이 올라왔어. 네가 무심코 인터넷 보다가 놀랄까 봐 미리 전화하는 거야."

"뭐라고? 내가 한국에 있지도 않은데 누가 무슨 욕을 해? 알았어. 당장 찾아볼게."

가슴이 철렁 내려앉았다. 도대체 누가 어떤 욕을 했다는 걸까? 그러나 하필 바로 인터넷 검색을 할 수가 없었다. 숙소 인터넷 연결 상태가 좋지 않았기 때문이다. 불안하고 궁금한 마음을 꾹 참고 다음 날 학교에 가자마자 일단 밤새 온 급한 이메일부터 확인하는데 몇몇 친구들도 비슷한 내용의 메일을 보냈다. 큰일이 나긴 난 모양이었다.

한 친구는 〈무릎팍 도사〉 출연 이후 네가 뜨니까 사람들이 시기 질투가 나서 그러는 거라며 신경 쓰지 말라고 하고, 어떤 친구는 공부에 방해되니까 절대로 읽지 말라고 신신당부했다.

바로 내 이름을 검색해보았다. 세상에! 한눈에 들어오는 글의 제목들이 너무나 기가 막혀 얼굴이 화끈했다.

사기꾼이라니, 거짓말쟁이라니, 내 세계 여행기가 거짓과 과장으로 가득 차 있고, 월드비전이 구호개발 단체가 아니라 선교단체인데도 아닌 척하면서 전 국민을 상대로 사기 모금을 했고, 내 이름이 본명이 아니고, 세계를 세 바퀴 반 걷지도 않았는데 책 제목을 그렇게 했고, 지금 다니는 대학원도 돈만 주면 들어가는 후진 학교인데 명문인 것처럼 말하고 다니고…….

너무나 놀라서 손발이 덜덜 떨리고 피가 거꾸로 솟는 것 같았다. 귀에 들릴 만큼 가슴이 쿵쿵 뛰고 얼굴이 달아오르고 숨이 턱까지 막혔다. 분하고 억울하고 어처구니가 없었다. 한참을 온몸을 떨며 숨도 쉬지 않고 읽다가 어느 순간 나도 모르게 참았던 숨을 한꺼번에 후, 하고 내뱉었다.

덕분에 막혔던 숨통이 트이면서 약간 진정되는 것 같아 일부러 크게 심호흡을 하고는 계속 읽어내려갔다. 처음보다 차분해진 나를 발견했다. 20분 후 검색창을 닫으며 굳게 마음먹었다. 다시는 나에 대한 악플을 찾아 읽지 않겠다고……. 일면식도 없는 사람이, 나를 잘 알거나 존중하거나 건설적인 비판을 할 의도가 전혀 없는 사람 아니, 무슨 이유로든 악의를 가진 사람이 나에 대해 이 말 저 말 한 것 때문에 마음 상해 그러지 않아도 힘겨운 유학 생활을 더 어렵게 만들 수는 없었기 때문이다. 참말이지 나는 그때 공부만으로도 완전히 진이 빠져 이런 악플을 보고 화를 낼 시간도, 기력도 없었다.

그 후 잊을 만하면 한번씩 지인들이나 독자들이 염려하며 전해주는 악플의 내용을 듣기는 하지만 일부러 검색해서 본 적은 2009년 그날 이후 지금까지 단 한 번도 없다. 내가 침묵으로 일관하는 사이, 악플들이 얼마나 진화, 발전, 증폭, 확산되었는지 알고 싶지도 않고 알 필요도 없었다. 그때 내게는 대학원 졸업이 최우선 과제였으니까.

유학을 마치고 돌아오니 주위 사람들이 걱정하면서 어떻게라도 악플에 대응해야 하지 않겠냐고 했지만 나는 정말 그러기 싫었다. 문제의 핵심은 악플을 읽은 대중들이 누구 말을 믿느냐라고 생각했다. 내 말을 믿느냐, 악플러의 말을 믿느냐.

내 말을 믿지 못하는 사람이라면, 아니 내 말을 믿지 않기로 한 사람이라면 내가 어떤 말과 글로 해명하고 대응하든 내 말을 믿지 않을 것이다. 비난도 관심의 일종이라 내가 전공한 홍보학에는 아예 네거티브 마케팅 혹은 노이즈 마케팅이라는 전략이 있다. 하지만 홍보 교과서에서 말하는 고전적 전략에 따르면 이런 익명의 무차별 비난에 대한 최선의 대응법은 무반응이다.

무엇보다 나는 진심으로 네티즌의 자정능력을 믿고 싶었다. 할 만큼 하다 보면 종국에는 논란의 진위가 드러날 테고 그러면 자연스럽게 가라앉을 거라는 믿음 말이다. (아직도 나는 이 믿음을 가지고 있다. 시간은 좀 걸리겠지만. 그 과정이 매우 고통스럽겠지만.)

놀라웠던 건 내게 소위 블로거라는 사람과 인터넷 댓글 아르바이트생이 접근해왔다는 점이다. 자기들의 글과 댓글로 내 검색어를 싹 '청소'해주겠으니 얼마를 달라는 거다. 큰돈은 아니었지만 악플이 난무하는 시대에는 이런 신종 아르바이트도 있구나, 신기하면서도 씁쓸했다.

돌이켜보면 〈무릎팍 도사〉 이전에도 나에 대한 악플이 있었다. 첫 번째 접했던 악플의 충격은 지금도 생생하다. 2002년 긴급구호 팀장이 되어 첫 파견 근무지인 아프가니스탄에 갔을 때다. 내가 일하던 북서부 산악지대는 탈레반 잔당들이 숨어 있어 사방에 지뢰가 묻혀 있고 인터넷은 1분에 7달러 하는 위성전화로만 가능했던 오지 중의 오지였다.

어느 날, 내 이메일로 '월드비전, 큰 실수했습니다'라는 제목의 글이 왔다. 깜짝 놀라서 얼른 클릭해보니 내가 오지 여행을 하다 하다 더이상 갈 데가 없으니까 긴급구호 현장이라는 극단적인 곳에 가는 거고 1년쯤 다니면서 호기심이 충족되면 분명히 그만둘 거라며 그런 일개 여행가를 중요한 자리에 앉힌 월드비전이 큰 실수한 거다, 1년 이상 이 일을 계속하면 자기 손가락에 장을 지지겠다는 내용이었다. 나 참 기가 막혀. 정말 세상에 별 사람 다 있다. 내가 몇 년을, 어디서 무슨 일을 하든 왜 자기 손에 장을 지진단 말인가? 이런 허접한 메일을 무선전화로 읽느라 국민 성금 7,000원을 허비하다니……. 하여간 이 사람, 내가 15년째 구호 현장에서 일하고 있으니 열 손가락에다 발가락까지 장을 지지셔야겠다.

이 경우처럼 시간이 가면 절로 해결되는 것도 있지만 시간도 해결하지 못하는 일이 분명히 있을 거다. 일부러 찾아보지는 않는다 해도 악플이 괴롭지 않다면 거짓말이다. 성가시고 신경 쓰이고 흘려듣는 소리에도 얼굴이 화끈하고 마음이 상한다. 우리 가족들, 내 친구들, 나를 아끼는 지인들, 나를 좋아하는 우리 학생들이나 독자들도 나만큼 괴롭고 가슴 아플 거다. 특히 우리 식구들은, 대학생인 조카들까지도 단 한 번도 나에게 이런 악플에 대해 언급한 적이 없다. 그들도 귀가 있으니 나에 대한 이런저런 소리를 많이 들었을 텐데 나한테는 모른 척하느라 얼마나 조심스럽고 힘들까? 이 생각만 하면 너무나 미안하고 고맙다.

그러나 이런 악플은 나만 겪는 괴로움이 아닌 듯하다. 요즘은 알려진 사람들은 말할 것도 없고 페이스북이나 블로그, 트위터를 하는 사람들이라면 누구라도 어처구니없는 악플에서 자유로울 수 없다. 이제 막 인터넷에 입문한 평범한 초등학생이나 트위터로 소통하시는 교황님까지 SNS에 글을 올리거나 기사가 나는 순간, 누군가의 비난이나 악플의 대상이 된다. 나와 생각이 달라서, 나보다 행복하고 운 좋게 보여서, 내가 원하던 것을 갖고 있어서, 때로는 그저 화풀이로 무차별 비난과 공격이 쏟아진다.

그런데 이런 현상은 순전히 인터넷의 산물일까? 당연히 아니다. 세상 어떤 사람도 모든 사람에게 사랑받을 수는 없는 일이니까.

어느 연구 결과, 100명이 모여 있는 방에 낯모르는 사람이 들어가면 100명 중 30명은 첫눈에 그 사람을 이유 없이 좋아하고 30명은 이유 없이 싫어하며 40명은 좋아하지도 싫어하지도 않는다고 한다. 소위 3 대 3 대 4 법칙인데 이 이론 대로라면 우리를 알고 있는 30퍼센트의 사람은 잠재 악플러인 셈이다.

이런 악플과 비난을 피할 수 없다면 이것에 대처하는 방법은 딱 한 가지. 스스로 면역력과 맷집을 키우는 것이다. 소위 '멘탈갑'이 되는 거다. 좋은 소식은 멘탈도 몸의 근육처럼 훈련하면 할수록 단단해진다는 사실이다. 거기에 자기만의 대처법까지 가지고 있다면 금상첨화.

사람마다 악플 대처 방법은 각양각색이다. 어떤 이는 악플러를 찾아내 건건이 고소하고, 또 어떤 이는 오해가 풀릴 때까지 친절히 설명하며 이해를 구한다. 악플러와 논쟁을 벌이는 사람, 내가 그런 욕먹을 짓을 했다고 자책하는 사람, 그리고 나처럼 완전 무시하는 사람도 있다. 어떻게 왕무시할 수 있냐고? 지난 7년간 연습과 훈련을 거듭하면서 맷집을 키웠다니까요!

맷집 훈련 3단계

내가 해보니 '멘탈갑'이 되기 위한 맷집 훈련에도 단계가 있다. 내 경우, 가장 낮은 단계인 1단계는 유명해졌으니 유명세를 내야 한다고 생각하는 거다. 돈을 벌면 세금을 내야 하듯 세상에 알려졌으니 그에 따른 세금을 내는 게 마땅한 일이라고. 안 내면? 안 내면 탈세 아닌가? 유명세 탈세. 그러니 이런저런 언짢은 소리를 듣는 건, 건강한 시민으로서 납세의 의무를 다하는 거라고 여기면 한결 마음이 편했다. 보통은 1단계에서 괴로운 마음이 반 이상 걸러진다.

그래도 계속 억울하고 화가 안 풀리면 2단계에 돌입한다. 일명 'KTX와 짖는 개 이론'이다. KTX가 지나가는데 동네 개가 짖는다고 짖을 때마다 그런 게 아니고, 하면서 달리는 KTX에서 내려 짖는 개에게 일일이 설명할 필요가 없다는 거다. 실은 그 개는 KTX가 못마땅해서 짖는 게 아니라 자기 두려움 때문에 짖는 거니까 오히려 그를 불쌍하게 생각하라고.

몇 년 전 우연히 어느 책에서 이 글을 읽고 어찌나 통쾌하고 속이 시원하던지. 매우 적절한 비유와 당장이라도 적용할 수 있는 실용성에 쾌재를 불렀다. 너는 짖어라, KTX는 갈 길을 간다! 이 얼마나 마음 편해지는 생각인가. 이 2단계에서 90퍼센트는 해소되는 것 같다.

그러나 아무리 통 크게 생각하려고 해도 마음이 천근만근 무거울 때는 마지막 3단계로 내가 좋아하는 노수녀님의 진심 어린 조언을 떠올린다. 유학에서 돌아온 직후 어느 여름날, 수녀원으로 찾아가 이런저런 악플로 마음이 몹시 괴롭다며 눈물을 펑펑 쏟으니까 수녀님이 두 손을 꼭 잡고 내 눈을 똑바로 보며 하시는 말,

"그 마음 잘 알아요. 얼마나 마음이 아플까요? 그러나 하느님이 아시는 죄보다 사람들이 아는 죄가 훨씬 적지 않나요? 그렇죠? 그러니 사람들이 그 정도 일을 가지고 비난하는 걸 오히려 다행이라고 생각하세요. 나 역시 내 죄가 고스란히 다 드러나면 얼굴을 들고 다니지도 못할 거예요. 언제나 지은 죄보다 드러난 죄가 훨씬 적은 법이죠. 하느님께 감사드립니다."

수녀님의 이 따뜻하고도 본질적인 위로는 비난의 화살이 날아올 때마다 든든한 방패가 되고 맷집을 키우는 데 결정적인 도움을 주고 있다. 이 세 단계를 거치면 상했던 마음이 98퍼센트 정도 풀린다.

나머지 2퍼센트는? 그건 그냥 늘 가슴속에 가시로 남아 있다. 괴롭지만 어쩌겠는가. 그것도 사회생활의 일부려니, 아니 삶의 일부려니 여기는 수밖에.

마음에 보약이 되는 충고

이렇게 쓸모없는 쓴소리는 어떻게든 마음속에서 지우려고 하지만 애정 어린 쓴소리, 건설적인 비판, 마음을 담은 뼈아픈 충고는 당연히 보약이라고 생각하고 귀를 기울인다. (몸에 좋은 약이 입에 쓰다며?)

내가 보기엔 좀 똘똘해 보일지 모르지만 실은 매우 허술하고 어리바리하다는 사실, 알 만한 사람은 다 안다. 나 또한 인정한다. 또한 한 살 두 살 나이 들면서 나에게 쓴소리를 하는 사람들이 점점 줄어들고 있다는 것도 잘 알고 있다.

그러나 다행히 내게는 어떤 말이라도 할 수 있는 사람, 아무리 듣기 싫은 소리, 얼굴 화끈하도록 가슴 아픈 소리를 해도 고맙기만 한 사람들이 있다. 식구처럼 가까운 40년 지기 혜경이는 주기적으로 따끔한 소리를 한다. 이 친구가 정색을 하고 "비야야"라고 부르면 또 한바탕 쏟아지겠구나 하여 마음을 단단히 먹어야 한다.

사회에서 만나 친자매처럼 속 터놓고 지내는 든든한 열댓 명의 '십

자매' 언니와 친구들. 이들 역시 원색적인 '지적질'을 하며 정기적으로 내 속을 뒤집어놓지만 날 아끼고 사랑해서 그런다는 거 너무나 잘 알고 있어 달게 받는다. (나 역시 이들에게 마구 지적질을 한다. 애정을 듬뿍 담은 복수혈전이라고나 할까? ㅎㅎㅎ)

그뿐인가. 열아홉 살에 만나 지금까지 깊은 우정을 나누고 있는 응암동 성당 매바위 아홉 명 동기들의 진심 어린 충고와 국제구호개발을 매개로 10년 이상 돈독한 관계를 이어가는 한강회 10여 명 선후배들의 시기적절한 조언 등은 쓰디쓰지만 귀하고도 귀하게 듣고 있다.

그러나 다시 생각해보면 이런 '자비(慈悲)'한 비난이 아닌 '무자비(無慈悲)'한 비난에 시달리는 것도 나쁘기만 한 건 아닐 거다. 세상에는 다 좋은 것도 없지만 다 나쁜 것도 없으니까 말이다. 비난도 마찬가지다. 내가 이런 마음 상하는 일을 겪으면서 비슷한 일을 겪는 사람들의 마음을 잘 살필 수 있고 내 경험에 비춰 적당한 조언까지 해줄 수 있게 되었다.

지난 학기, 내 학생 중 총학생회 활동을 하는 친구가 있었다. 한번은 연구실로 찾아와 그야말로 대성통곡하면서 하는 말,

"시험기간인데도 자기들을 위해 이런저런 행사를 기획하고 실행했는데 사방에서 이런 무지막지한 욕을 먹고 있는 게 너무나 분하고 억울해요."

내가 말했다.

"뭔가를 열심히 하니까 욕을 먹는 거야. 아무리 최선을 다해도 누군가는 욕을 하지. 나는 뭐 욕 안 먹는 줄 알아? 잘 알잖아?"

그랬더니 이 학생,

"맞네요, 교수님. 교수님도 억울하시겠어요." 하면서 눈물이 그렁 그렁한 채 환하게 웃었다. 나의 고통이 다른 사람에게는 위로가 되는, 기분 좋은 순간이었다.

그래서 요즘에는 이런 생각을 자주 한다. 하느님은 악플을 통해 나에게 무엇을 알려주고 싶으신 걸까? 이 학생처럼 무차별한 비난으로 상처받는 사람들을 위로해주라는 걸까? 이런 일에 어떻게 의연하게 대처하는가를 보여주라는 걸까? 세상에 알려진 사람은 투명한 어항 속에 살고 있는 거라고, 그래서 언행일치하는 삶을 살아야 한다고 가르쳐주시려는 걸까?

아직은 그 마음을 다 헤아리지 못하지만 분명 특별한 뜻이 있을 거라고 믿어 의심치 않는다. 우리 하느님은 사람에게 괜히 고통을 주는 그런 분이 아니시니까!

그래서
그들은
행복했을까?

지난 일요일 저녁, 오랜만에 느긋하게 책을 읽으며 곁눈으로 개그 프로그램을 보는데 한 코너가 시선을 잡아끌었다. 식당 주인이 냉장고를 수리하러 온 사람들에게 몹시 심하게 구는 장면이었다. 수리공들에게 큰소리로 반말을 하지 않나, 손찌검을 하질 않나, 무릎을 꿇리지 않나, '평생 수리나 해먹고 살아라'라는 폭언도 서슴지 않았다. 갑질도 그런 갑질이 없었다.

그러나 그것도 잠시, 온갖 모욕을 참으며 일을 끝낸 수리공들이 그 식당 손님이 되면서 한순간 처지가 역전되었다. 조금 전 호되게 당한 이들은 손님은 왕이라면서 자기들이 당한 대로 식당 주인에게 신나게 갑질을 했다. 막말을 하고 외모를 조롱하고 뺨을 때리면서.

관객들은 통쾌한지 크게 웃었지만 나는 마음이 몹시 불편했다. 개

그는 개그일 뿐이라지만 '이 시대의 수퍼갑'들이 생각났기 때문이다. 기내 땅콩 서비스가 맘에 안 든다며 승무원의 무릎을 꿇리고 회항하게 한 항공사 부사장, 대리점에게 재고를 떠맡기면서 막말을 서슴지 않은 우유 회사, 폭언을 일삼다 결국 경비원을 죽음으로 내몬 '압구정동 사모님'…….

나 역시 지금은 갑인 경우가 많지만 '수퍼을'로 살았던 긴 시절이 있었다. 내 나이 열아홉 살, 대학 입시에 떨어지고 고졸 신분으로 클래식 다방 DJ, 과외교사, 세무서 임시 직원 등 갖가지 아르바이트를 하고 있었다. 세무서에서 임시 직원으로 일할 때 나는 직속상사였던 계장님의 수퍼을이었다.

쥐꼬리만 한 권력도 권력이라고 나이 어린 임시 직원들에게 그 알량한 힘을 마음껏 휘두르며 모진 소리만 골라 하던 사람이었다. 아침마다 이 사람에게 커피를 타다 바쳐야 했는데 그때 모닝커피에는 달걀노른자가 들어갔다. 노른자의 상태는 달걀의 신선도에 달린 것임에도 불구하고 나는 아침마다 노른자가 퍼졌다느니 색깔이 너무 흐리다느니 지청구를 먹었다.

오후 여섯 시에 서울 근교 세무서에서 일이 끝나자마자 서울역에 있는 클래식 다방으로 날아가도 시간 안에 댈까 말까인데, 이 사람은 번번이 아무것도 아닌 일로 사람을 잡아놓고는 "고졸인 주제에 클래식은 무슨 클래식이냐"라는 둥, 읽고 있는 책 표지를 보고는 "폼 잡기는. 네 까짓 게 이게 뭔지나 알아?"라는 둥, 열심히 일하고 있으면 "열심히 일하면 뭐하냐. 젊을 때 얼굴 반반하게 가꿔서 나이 많은 사장님 재취로 가면 팔자 펼 텐데"라는 폭언을 매일같이 했다. 심지어는 나를 "야!"라고 부르며 서류뭉치로 머리를 때리기까지 했다.

내가 "제 이름은 한비야입니다. 이름 끝 자만 부르지 말고 '한비야' 석 자를 모두 불러주세요"라고 했더니 화를 벌컥 내며 그렇게 말대꾸하면 당장 잘라버리겠다고 했다. 그 말이 너무 무서워서 입을 꼭 다물고 있었다. 그 후 '야'라고 부르면 말없이 그 사람 쪽으로 가긴 했지만 대답은 절대로 하지 않았다. 내 이름은 '야'가 아니기 때문이고 이렇게 해서라도 내 자존심을 지키려는 최소한의 몸부림이었다.

그 사람은 매일 무슨 꼬투리를 잡아 나를 포함한 임시 업무보조 고졸 여직원들에게 큰소리로 야단치며 꼭 누구 한 사람을 울려야 직성이 풀렸다. 그러나 나는 울지 않았다. 아니 화장실에서는 수없이 울었으니 그 사람 앞에서는 울지 않았다는 말이 맞겠다.

매일 그가 가슴에 꽂는 비수를 맞으며 피를 철철 흘렸지만 차마 엄마나 언니들에게는 말할 수 없었다. 걱정할까봐. 가까운 친구에게도 말할 수 없었다. 자존심이 상해서. 그만둘 수는 더욱 없었다. 돈이 필요해서.

그래서 나는 이를 악물었다.

'저런 인간은 세상 어디에도 있다니 훈련이라 생각하고 어떻게든 견디자. 이 고비는 넘어갈 것이고 나는 더욱 단단해질 것이다.'

약자 중의 약자, 수퍼을 중의 을이었던 열아홉, 스무 살 한비야는 수퍼갑의 갑질을 어렵게 견뎌내며 보내야 했고 그 후에도 오랫동안 혹독한 갑들의 이런저런 갑질을 당하며 살아야 했다.

이런 길고 모진 '을의 시간'을 보내서일까, 나는 자기보다 약하고 힘없는 사람을 함부로 대하는 사람들을 보면 못마땅하고 가소롭고 적의까지 느끼곤 한다.

자기보다 약한 사람들을 어떻게 대하는가

몇 해 전, 소개팅을 했다. 친한 언니에게 '괜찮은 남자'가 있으니 만나보겠냐는 전화가 왔다. 내 성향과 취향을 잘 아는 언니가 소개하는 '괜찮은 남자'라, 마다할 이유가 없었다. 될수록 빨리 만나겠다고 했더니 그날 저녁에 당장 약속을 잡잔다. 어머나, 깜짝이야! 번개팅이라니, 근데 어쩌냐? 자를 때가 훨씬 지나 머리도 엉망이고 간밤에 밤을 새워 피부도 엉망인데…… 중요한 외부 미팅 덕분에 정장을 입고 온 것만도 다행이었다.

동갑내기 '괜찮은 남자'는 정말 괜찮았다. 화제가 풍부하고 유머 감각도 뛰어나고 등산이나 캠핑 등 취미도 비슷해서 늦은 저녁까지 내내 즐겁고 유쾌했다. 하던 얘기는 다음 주 해외 출장을 다녀와서 이어서 하기로 하고 아쉬운 마음으로 식당을 나섰다. 좋은 건 딱 여기까지였다.

자기 운전기사가 조금 늦게 나타나자 그토록 부드럽고 예의바르던 사람이 갑자기 돌변하여 다짜고짜 반말로 왜 이렇게 늦게 왔냐며 큰소리로 무안을 주었다. 60대 초반의 운전기사가 쩔쩔매며 주차장에서 앞차 때문에 제 시간에 빠져나올 수 없었다고 하니 더욱 짜증난 목소리로 "빨리 가기나 하자고"라고 하는 게 아닌가?

그러는 그가 너무나 이상했다. 기다린 시간이 5분도 채 안 되었을 뿐만 아니라 기다리는 동안 나랑 재미있는 얘기를 주고받아놓고 도대체 왜 저렇게 화가 났단 말인가?

결정적인 사건은 다음이었다. 자기 차로 우리 집까지 데려다주겠다는 걸 택시로 가겠다니까 그럼 택시는 자기가 직접 잡아주겠다며 승용차에서 내리다가 마침 그 옆을 지나던 시각장애인과 부딪혔다. 다음 순간 그가 들릴 듯 말 듯 내뱉는 혼잣말에 내 귀를 의심했다.

"아이, 재수 없어."

얼굴이 화끈했다. 그 순간 친절이란 가면을 벗은 이 사람 민낯을 보아버렸다. 그 민낯은 보기가 심히 민망했다. 그리고 속으로 생각했다.

'재수 없다니, 정말 재수 없는 사람은 바로 너다. 이놈아!'

때맞춰 건널목 신호가 바뀌어서 인사를 하는 둥 마는 둥 하고는 도망치듯 맞은편에 있던 택시에 올라탔다. 5분도 안 되어 소개팅을 주선한 언니에게 전화가 왔다.

"너, 말도 없이 그냥 갔다며? 도대체 어떻게 된 거야?"

무슨 일인지 말하라고 다그치는 언니에게 그 별것 아닌 일(!)을 시시콜콜 말할 수가 없었다. 자세히 말 안 한 죄로 아직까지 나는 그가 언니에게 이상한 사람으로 완전히 찍혀 있다. 그러나 그가 아무리 괜찮아도 난 그렇게 약자를 함부로 대하는 사람을 더는 만나고 싶지 않다. 난생처음 자기 운전사와 시각장애인을 그렇게 대했다 하더라도 말이다. (이런 경우, 딱 한 번 그랬을 확률보다 늘 그렇게 하던 일을 딱 한 번 들켰을 확률이 훨씬 높다.)

내 직업이 재난민 등 약자를 돌보는 일이라 그의 이런 행동이 특별히 거슬려서 과잉반응을 했을지도 모르겠다. 허나 한 사람의 인품과 성숙도는 자기보다 약한 사람들을 어떻게 대하는가에 따라 가름된다고 믿는 사람은 나만이 아닐 거다. 그중에서도 나는 식당 종업원, 택시 운전사, 환경미화원, 아파트 관리인 등 매일 대하는 사람들에게 함부로 하는 사람들이 제일 싫다. 나도 사람인지라 이런 힘없는 사람들에게 해야 할 말의 범위를 넘은 '갑질'을 하고 나면 나 자신이 너무나 부끄럽고 허접하게 느껴져서 마음이 매우 불편하다. 그것도 권력이라고 휘두르고 싶은 천박함에 말할 수 없는 자괴감까지 든다. 김수영 시인의 〈어느 날 고궁을 나오면서〉라는 시의 첫 구절이 딱 내 마음과 같다.

왜 나는 조그만 일에만 분개하는가
저 왕궁(王宮) 대신에 왕궁의 음탕 대신에
오십 원짜리 갈비가 기름 덩어리만 나왔다고 분개하고
옹졸하게 분개하고 설렁탕 집 돼지 같은 주인 년한테 욕을 하고
옹졸하게 욕을 하고

한 번 정정당당하게
붙잡혀 간 소설가를 위해서
언론의 자유를 요구하고 월남 파병에 반대하는
자유를 이행하지 못하고
이십 원을 받으러 세 번째 네 번째

찾아오는 야경꾼들만 증오하고 있는가

(중략)

그러니까 이렇게 옹졸하게 반항한다
이발쟁이에게
땅 주인에게는 못 하고 이발쟁이에게
구청 직원에게는 못 하고 동회 직원에게도 못하고
야경꾼에게 이십 원 때문에 십 원 때문에 일 원 때문에
우습지 않으냐 일 원 때문에

모래야 나는 얼만큼 적으냐
바람아 먼지야 풀아 난 얼마큼 적으냐
정말 얼마큼 적으냐

평생 갑으로만 혹은 을로만 사는 사람은 단 한 사람도 없다. 며칠 전에 본 그 개그 프로그램처럼 갑과 을의 처지는 돌고 돈다. 대학생이라면 커피숍을 손님으로 가면 갑, 그 커피숍에서 아르바이트를 하면 을이다. 직장인이라면 상사에게는 을, 자기가 맡은 팀원들에게는 갑이지 않은가?

나는 을로서 쩔쩔매는 것도 싫지만 갑이 되어 내게 주어진 힘과 권리를 마구 휘두르는 가혹한 갑, 재수 없는 갑, 부끄러운 갑, 그래서 허접하고 초라한 갑이 되는 게 더 싫고 무섭다.

나이 들수록
잘할 수 있는
일

지난봄에는 꽃구경 복이 터졌다. 일부러 그러기도 어려울 텐데 특강 가는 곳마다 그곳의 유명한 봄꽃 절정 시기와 딱 들어맞았기 때문이다. 꽃샘추위가 한창이던 3월 초, 제주도에선 샛노란 유채꽃을 실컷 보았다. 3월 말에는 전라도 선운사에서 피보다 붉은 동백꽃을, 4월 초에는 해군사관학교가 있는 진해에서 등불처럼 환한 벚꽃을 그리고 그다음 주에는 강화도 고려산을 완전히 뒤덮은 진분홍색 진달래를 원 없이 즐겼다. 정말 내가 '노는 복'이 있기는 한가 보다.

이상하게도 얼마 전부터 활짝 피어 있는 꽃만큼이나 떨어진 꽃들에게도 눈길이 갔다. 선운사에서 본 수십만 송이의 동백꽃. 기름을 바른 듯 싱싱한 초록색 이파리 사이로 붉게 핀 꽃은 여전사나 되는 양 당당했지만 그 밑동에는 활짝 핀 채 떨어져 있는 꽃송이들로 가득

했다. '핏방울처럼 뚝뚝 떨어지는' 동백꽃이라더니……. 어찌나 예쁘고 성성한지 도로 나무에 붙여놓고 싶은 심정이었다.

안타까웠다. 좀 더 붙어 있어도 될 텐데 뭐가 저렇게 급했을까. 혹시 아름다운 모습으로만 기억되고 싶어 꽃다운 나이에 자살을 택했다는 외국 여배우의 심정이 이런 거였을까?

진해 벚꽃터널에서도 그랬다. 눈이 온 것처럼 아니, 등불을 켜놓은 것처럼 환하게 피어 있는 벚꽃. 그러나 가볍게 바람이 부니 꽃잎은 순식간에 수백 마리의 하얀 나비로 변해 머리 위로 날아와 사뿐히 앉았다. 하늘에서 쏟아져 내리는 꽃잎들! 이걸 보고 축복의 꽃비라고 하는 걸 거다. 이리저리 흩날리던 잎들은 어느새 나무 밑에 수북이 하얀 꽃방석을 만들었다. 벚꽃이 활짝 필 때는 물론 떨어질 때와 떨어진 후의 모습도 이렇게 예쁜 줄 미처 몰랐다.

반면 크림색의 우아한 목련은 꽃봉오리 상태로 필까 말까 할 때만 예쁜 것 같다. '그 여인은 목련같이 단아하다'는 표현을 쓰지만 그건 분명 떨어지기 전 목련을 말하는 걸 거다. 지는 목련을 자세히 본 적이 있는가? 지는 목련은 단아했던 모습을 떠올릴 수 없을 정도로 초라하다. 꽃잎이 품위 없이 벌어지면서 누렇게 변색된 채 땅에 떨어진 모습은 한때 누렸던 부귀영화를 잊지 못해 구차하게 몸부림치는 귀족 부인 같다.

목련과는 반대로 내가 그 아름다운 마무리에 찬사를 아끼지 않는 꽃이 있다. 우리 집 뒷산에서 만나는 무궁화다. 이른 아침 활짝 핀 모습도 귀엽지만 꽃잎을 이삿짐 싸듯 꽁꽁 싸맨 후 꽃봉오리 채로 똑, 떨어지는 모습이 야무지고 사랑스럽다.

해바라기의 뒷마무리도 마음에 든다. 어렸을 때 우리 집 꽃밭에는 늘 해바라기가 있었다. 해마다 잊지 않고 해바라기 씨를 뿌리는 사람은 바로 나였다. 꽃도 꽃이지만 시든 후에는 꽃판 가득 맛있는 씨를 맺는다는 걸 알기 때문이다. 그 통통한 씨를 기름 살짝 두르고 볶으면 훌륭한 간식이 되는데, 초등학생이던 나는 볶은 해바라기 씨를 주머니 가득 넣고 다니며 친구들에게 조금씩 나눠주면서 무진장 뻐겼다. 여름 내내 순박함을 뽐내다가 갈 때는 매우 유용한 걸 남기고 떠나는 해바라기를 내 어찌 좋아하지 않을 수 있겠는가.

그러나 꽃 중의 꽃은 역시 장미다. 나는 이런저런 이유로 꽃다발을 많이 받는데 다른 꽃보다 장미를 받으면 제일 기분이 좋다. 싱싱한 장미도 향기롭고 아름답지만 꽃다발을 말리면 그 도도한 자태를 오랫동안 볼 수 있기 때문이다. 활짝 피어서도 완전히 시들어서도 처음의 아름다움을 고스란히 간직하는 건 아마 장미뿐일 거다.

지는 꽃들 생각을 하니 얼마 전 찾아뵌 친구 어머님 생각이 난다.
"나이 들수록 좋은 것도 있지."
요양원에서 지내는 친구 엄마가 지나가듯 말씀하신다. 80대 중반의 어머니는 몇 년 전부터 거동이 불편하고 약간의 치매기까지 있어 가족회의 끝에 올 초에 천주교에서 운영하는 요양원으로 모셨다. 친구랑 오랜만에 뵈러 갔더니 눈을 휘둥그레 뜬 채 "아, 비야가 왔네?" 하면서 어린애처럼 좋아하셨다. 수십 년 같이 산 며느리를 보고도 가끔씩 "누구세요?" 하신다더니…… 언제 보아도 반갑게 맞아주시는 건 집에서나 요양원에서나 마찬가지다. 손에는 여전히 묵주를 쥐고 있었다. 이 어머니, 내가 현장에 갈 때마다 날 위해 매일 묵주기도를 해주셨다. 긴급구호 활동 초기에는 공교롭게도 아프가니스탄, 이라크, 라이베리아 등 전쟁 복구 지역에 많이 갔는데 위험한 지역에 갈 때마다 그토록 좋아하는 연속극도 '끊고' 내 기도에 시간과 정성을 기울이셨던, 고맙고도 고마운 친엄마 같은 친구 어머니다.

나는 복에 겹게도 이런 어머니가 세 분이나 더 계시다. 어릴 때 성당에 같이 다니던 친구 네 명은 오래전부터 생일이 돌아오면 그 친구 생일 선물은 간소한 걸로 하는 대신 그 친구 어머니에게 푸짐하고도 정성 어린 선물을 해오고 있다. 생각해보라. 친구가 태어난 날이란 곧 그 친구의 어머니가 모진 산고를 치른 날이 아닌가 말이다. 덕분에 친구 어머니들은 너나 할 것 없이 남의 집 딸들을 친딸처럼 무척 예뻐하신다. 그리고 우리 한 사람 한 사람을 위해 얼마나 뜨겁게 기도해주시는지 모른다. 우리 엄마는 이미 돌아가셨지만 하늘에서 우리들을 돌보고 계시는 줄 나와 내 친구들은 잘 알고 있다.

점심식사를 마치고 꽃구경하고 싶다는 어머니를 휠체어에 태워 바깥으로 나왔다. 식사 직전에 소나기가 한바탕 쏟아진 덕분에 공기가 맑고 선선해 산책하기에 딱 좋은 날씨였다. 어머니도 오랜만에 나와서 기분이 좋으셨는지 치매기 전혀 없는 또랑또랑한 목소리로 우리와 이런저런 얘기를 주고받았다.

"난 죽으나 사나 둘 다 좋다." 어머니가 말씀하셨다.

"어머, 사는 게 좋지 죽는 게 왜 좋아요?"

"살아 있으면 살아 있는 아들딸 보니까 좋고, 죽으면 먼저 간 막내아들 볼 수 있으니 좋잖아?"

"어머머? 내가 적어도 6, 7년은 위험한 구호 현장에 다닐 텐데 엄마 아니면 누가 날 위해 열심히 기도해주겠어요? 그러니까 날 봐서라도 오래오래 건강하게 사셔야 해요. 아셨죠? 부탁해요!"

내 말에 어머니, 수줍은 듯 얼굴에 홍조까지 띤다.

"설마 비야를 위해 기도하는 사람이 나뿐이겠어? 그래도 그 말 들으니 기분 좋다. 하기야 나이 들수록 잘할 수 있는 게 바로 기도지. 성모님도 아이들과 노인들의 기도에 더 귀를 기울이신다잖아?"

그러고는 환하게 웃으며 하시는 말,

"내가 정신이 있는 한 너희들을 위해서 기도할 거니까 아무 염려 말고 둘 다 좋은 글 많이 쓰거라."

서울로 돌아오는 길에 친구에게 말했다.

"우린 땡잡았지? 세상에서 제일 센 기도가 어머니의 기도라는데 우리는 기도하는 엄마가 세 분이나 더 계시니 말이야."

"그래. 우리 엄마, 정신이 오락가락하시는데 오늘은 너무나 멀쩡해서 마음 편하고 안심이 된다. 재작년에 내가 드디어 시인으로 등단했다니까 진심으로 축하한다며, 글은 나이 들수록 잘 쓸 수 있으니까 늦게 등단한 만큼 좋은 시 많이 쓰라고 하셨어."

"아, 그런 말을 하셨구나. 그러고 보니 나이 들수록 잘할 수 있는 게 많네. 기도도 그렇지, 글도 그렇지. 박완서 선생님도 같은 말을 하셨는데.《그건, 사랑이었네》가 나왔을 때 댁으로 찾아가 뵙고 책을 드렸더니 반가워하시며

'비야 씨, 책 쓰느라고 애썼어요. 나이가 들수록 점점 더 무르익어

향기 나는 글을 쓸 수 있을 거예요. 기대합니다'라고."

친구 어머니와 박완서 선생님의 덕담 덕분에 돌아오는 기차 안에서 친구와 나는 나이 들수록 잘할 수 있는 것과 나이 들면서 잘해야 하는 것에 대해 이런저런 얘기를 주고받았다. 우리는 '나이 들었다'를 60대 이상으로 정의하고, 우리도 3∼4년 후면 이 그룹에 속하니까 단단히 마음먹고 철저히 준비하자며 주먹까지 불끈 쥐었다.

"일단 많이 웃을 것. 웃는 얼굴이 제일 예쁘니까."

내가 먼저 말했다.

"지갑은 열고 입은 닫을 것. 입만 열면 잔소리 나오기 십상이니까."

친구가 말을 이었다.

"돈뿐 아니라 시간 내주는 일에도 너그러울 것. 그때도 지금처럼 시간 아깝다고 동동거리며 아등바등 살다간 얼굴이 마귀할멈처럼 되어버릴걸? 그런 얼굴 될까 봐 정말 무서워."

내가 진저리를 치니까 친구가 장난스런 표정을 지으며 검지손가락으로 머리 위로 뿔을 만들어 보이다가 이렇게 말했다.

"그래도 내 생각엔 뭔가를 끊임없이 배우는 게 제일 중요한 것 같아. 언어든 악기든 성경 공부든 매일매일 조금씩 늘어가는 재미가 있어야 하니까."

"맞아. 60세에 새로 배워도 평균 수명이 90세니까 30년은 충분히 써먹을 수 있으니 완전히 남는 장사지."

"아참, 너 김용택 시인 어머니랑 부인이 쓴《나는 참 늦복 터졌다》읽어봤어? 그 할머니가 글쎄, 80세 넘어 병원에 장기입원을 하게 되셨는데 거기서 한글을 처음 배워서 쓴 책이야. 정말 훌륭하지 않아?

완전 멋져부러! 책 내용도 순박하고 솔직하고 콧등이 찡해지도록 감동적이야. 난 그날 밤, 그 책을 꼭 껴안고 잤다니까."

"이그. 한비야표 오바, 또 시작이다. 그나저나 너야말로 늘 뭔가 새로 배우는 게 있어서 절대로 안 늙을 거다."

친구가 웃으며 말한다.

"어머, 안 늙으면 어떡해? 나이 들수록 기도가 잘되고 향기 나는 글도 쓴다잖아? 아, 간절한 기도 많이 하고 좋은 글 많이 쓸 수 있는 날이 빨리 왔으면 좋겠다."

한창 필 때는 어떤 꽃인들 아름답지 않으랴. 지는 모습까지 봐야 그 꽃의 진가를 알게 되는 거다. 사람도 마찬가지 아닐까? 일이든 인생이든 활짝 핀 전성기만큼 떠날 때 멋지게 마무리하는 게 중요하다는 점에서 말이다.

나는 어느 꽃처럼 마무리하고 싶은가? 적어도 목련처럼은 되지 말아야지. 동백꽃 마지막도 너무 처연하고 안타까워서 싫다. 무궁화처럼 깔끔하게 혹은 장미처럼 살아서도 죽어서도 아름다움을 간직하는 것도 좋겠지만, 원컨대 나는 해바라기처럼 소박하게 살다 무엇인가 유용한 것을 남기고 싶다. 해바라기 씨처럼 작지만 입 안을 가득 채우는 단단함으로.

이런 생각을 하며 돌아오는 길에 기차 창문 밖으로 붉은 노을이 하늘을 예쁘게 물들이고 있었다. 우리 인생의 저녁노을도 저렇게 아름다울 수 있을까? 어쩐지 그럴 수 있을 것 같은 좋은 예감이 든다.

그때
그 일,
미안했어요

　해마다 연말이면 나는 특별한 송년회를 준비한다. 나와 단둘이 보
내는 송년회! 1년 내내 사람들과 뒤섞여 들뜨고 숨 가쁘게 살아왔으
니 마무리만큼은 혼자 조용하고 차분하게 하고 싶기 때문이다. 그래
서 12월 마지막 주에는 될수록 약속을 잡지 않고 특히 마지막 2~3일
은 아예 집 밖으로 나가지도 않으면서 본격적인 나만의 송년회를 준
비한다. 30대부터 해왔으니 적어도 20년째고, 이만큼 하다 보니 자
연스레 '송년회 매뉴얼'도 생겼다.

　송년회 첫 번째 순서는 집 안 정리다. 준비물은 커다란 박스, 행동
지침은 미련 없이 신나게 버릴 것! 이 방 저 방 다니면서 책이며 옷
이며 각종 기념품이며 서류며 명함들을 한 아름씩 가지고 나와 박스

에 확 쏟아넣으면 그렇게 속이 시원하고 개운할 수가 없다.

다음 순서는 컴퓨터 정리. 내 컴퓨터 바탕화면에 빈자리가 없을 정도로 문서가 많이 깔려 있는 걸 보고 사람들은 놀라곤 한다. 그때마다 "하루 날 잡아서 싹 정리할 거예요"라고 하는데 그날이 바로 연말이다. 지금 바탕화면에 있는 새로 쓰는 책 원고들, 필리핀 재난 복구 관련 문건들, UN 회의 자료, 개인 사진 등도 여러 개의 폴더 안에 말끔히 정리해서 내 문서와 외장하드에 각각 저장해놓을 예정이다. 아, 생각만 해도 속이 후련하다.

그다음은 그해에 쓴 일기 모두 읽기다. 두세 권쯤 되는 일기장을 읽고 있으면 그해의 크고 작은 일은 물론 기쁨과 즐거움, 괴로움과 억울함, 뿌듯함과 아쉬움이 마치 어제 일인 양 생생하다. 그리고 늘 가슴이 뭉클해진다. 올 한 해도 수많은 사람들의 도움으로 여기까지 왔구나 하는 고마운 마음 때문이다. 동시에 마음 상하게 하고 가슴 아프게 한 사람들도 꼭 한두 명씩 떠오른다.

내 송년 의식의 다음 순서는 감사하기와 용서 구하기다. 고마웠던 분들에게 전화나 이메일로라도 고맙다는 인사하기와 용서를 구해야 할 사람들에게 용기를 내어 용서 구하기, 그리고 용서할 사람들은 통크게 용서하고 털고 가기. 사실 이게 송년회의 핵심이자 하이라이트 인데, 깔끔하게 한 해를 마무리하고 가벼운 마음으로 새해를 맞이할 수 있는 비법이기도 하다.

하지만 고맙다는 말보다 미안하다는 말이 훨씬 어렵다. 쑥스러워 메일이나 문자로 할 때도 많다. 그러나 두 눈을 질끈 감고 그야말로

1그램의 용기를 내어 직접 말하는 게 제일이다. 전화해서 "미안했어요." 하면 보통은 "뭐가요?" 혹은 "무슨 말씀이세요? 절대 아니에요." 혹은 "별거 아니니까 신경 쓰지 말아요." 한다. 그러나 잠시 침묵이 흐를 때도 있다. 마음이 많이 상했던 거다. 그럴 때는 정말 미안하다. 이런 사람도 통화가 끝날 쯤에는 "전화해줘서 고마워요. 마음이 가벼워졌어요"라고 한다. 그러면 내 마음도 풍선처럼 가벼워진다. 특별히 내가 잘못한 것 같진 않지만 뭔가 서먹해진 사람에게도 전화를 걸어서

"그때 그 일, 미안했어요." 하면 십중팔구 "나도 미안했어요"라는 말이 돌아온다.

이렇게 전화를 하거나 사람들을 만나 이야기하다 보면 알고도 섭섭하게 혹은 마음 아프고 속상하게 한 것들도 있지만 나는 비록 아무 뜻 없이 혹은 선의를 가지고 한 말에 상처받은 이들도 분명히 있을 거다. 그분들에게도 정말 그런 뜻이 아니었다고, 이 자리를 빌려 꼭 말하고 싶다. 부디 용서해주시길.

송년회의 마지막 순서는 촛불을 켜면서 시작된다. 12월 31일 밤 열한 시쯤 집 안 전등을 다 끈 후 기도상 앞에 촛불을 밝히고 푹신한 방석과 눈물을 닦을 휴지를 한 통 준비한다. 그러고는 편안한 자세로 앉아 기도를 드린다.

우선은 한 해 나를 눈동자처럼 보살펴주신 하느님께 감사와 알게 모르게 지은 죄에 대한 용서의 기도를 올린다. 그 후 가족들과 친구들, 같이 일하는 동료들의 영육간의 건강과 마음의 평화를 위해 한 명 한

명 이름을 불러가며 기도한다.

다음으로는 한 해 동안 내 책과 내 글을 읽은 독자들, 특강을 들은 분들과 내가 가르친 학생들을 위해 기도한다. 그다음에는 내가 싫어하는 사람들과 나를 싫어하는 사람들을 위해서도 세게 기도한다. 이어 각종 재난의 현장에서 그리고 극심한 가난과 불평등과 차별로 고통받는 사람들을 위해 기도하고, 한국과 전 세계 가톨릭교회의 수도자와 성직자들, 우리나라와 전 세계 지도자들 그리고 마지막으로 세계 평화를 위해 기도한다. 이렇게 기도하는 중에 어느덧 1월 1일 새해가 밝아온다. 2년에 걸쳐 기도한 셈이다.

기도로 가는 해와 오는 해를 잇는 나만의 송년회는 지난해를 잘 정리했다는 만족감과 새해에 대한 기대감, 그리고 앞으로 다 잘될 거라는 용기를 준다. 내게는 참말로 완벽한 송년회다.

단단한 생각

몽땅
다
쓰고 가다

"시간 나면 근처 공원묘지에 한번 가보세요. 거기에 리처드 버튼의 묘가 있어요."

제네바 국제구호요원 자격증 과정에서 만난 영국인 동료가 지나가는 말처럼 귀띔해주었다. (그때 나는 제네바 근교에서 전 세계에서 온 중견 구호요원을 재교육하는 강사로 일하고 있었다.) 요즘 젊은이들은 잘 모르겠지만 내 나이 정도라면 그가 나오는 영화를 보며 자랐을 거라면서 말이다. 리처드 버튼이라면 엘리자베스 테일러의 남편으로 더 잘 알려진 그 영화배우 말인가? 흘러간 명화 〈클레오파트라〉, 〈말괄량이 길들이기〉에서 주인공으로 나오는 그 품위 있고 잘생긴 영국 남자? 그 남자 무덤이 왜 제네바 근교에 있는 거지?

호기심을 이기지 못하고 그날 오후, 물어물어 찾아가보았다. 한때 전 세계 사람들의 마음을 설레게 하던 유명한 영화배우 묘지가 얼마나 화려하고 멋있을까, 묘비에는 뭐라고 쓰여 있을까, 잔뜩 기대하고 갔는데 내 예상은 완전히 빗나갔다.

말이 공원묘지이지 100여 개의 무덤이 있는 그곳은 소박하다 못해 초라하기까지 했다. 리처드 버튼의 묘지 앞에도 이끼 낀 작은 비석과 비석 앞에 들꽃 몇 무더기가 놓여 있을 뿐이었다. 비석에도 'Richard Burton 1925-1984'라고만 간단하게 쓰여 있었다. 영국 극작가 버나드 쇼의 '우물쭈물하다 내 이럴 줄 알았지'라거나 프랑스 작가 스탕달의 '살고 쓰고 사랑했다' 수준의 멋진 묘비명은 아니더라도 '나는 영화배우다!'라는 말 정도는 남길 줄 알았다. 고개를 갸웃거리다 나라면 어떤 묘비명을 남기고 싶은가 하는 생각이 스쳤다.

사실 얼마 전에도 묘비명 생각을 했다. 지난여름에 참가한 5박 6일 영성수련 과정 중에 유서와 묘비명 쓰기, 그리고 관에 직접 누워 보기라는 프로그램이 있었다. 누구도 피할 수 없는 죽는 날을 설정, 지금의 삶을 돌아보면서 무엇이 참으로 중요한 것이고 우리가 진정으로 원하는 것이 무엇인가를 찾아보자는 취지였다.

놀라운 건 유서 쓰는 시간이 가슴 미어지도록 슬플 줄만 알았는데 처음 한두 시간만 그렇지 나중에는 오히려 개운하고 후련했다는 점이다. 사랑하는 가족들에게 남기는 첫마디는

"모두들, 나 떠난다고 슬퍼 말아요. 나는 지금 죽어도 여한이 없어요. 재미있고 행복한 삶을 살았으니까요."

이렇게 쿨하게 시작한 유서가 대학 노트 다섯 장이 넘어가도록 끝

이 나지 않았다.

먼저 내 인생을 환하고 풍요롭게 해준 가족과 가까운 친구들 이름을 한 명 한 명 부르며 정말로 고마웠다는 말을 전했다. 그러고는 나로 인해 알게 모르게 상처받았을 사람들에게 진심으로 미안하다는 용서를 구하고, 내가 미워했던 사람들에게도 용서를 청했다. 내 책을 읽고 뭔가를 결심한 독자들에게 열렬한 응원도 보냈다.

쓰면서 어찌나 눈물이 나던지. 다행히 주위에 아무도 없어서 그냥 큰 소리로 엉엉 울면서 썼다. 먹먹한 가슴을 주먹으로 쾅쾅 때리고 촛농같이 흘러내리는 눈물을 뚝뚝 떨어뜨리면서 써 내려갔다. 왜 그렇게 미안한 사람이 많은지, 왜 좀 더 따뜻하게 대하지 못했는지, 왜 좀 더 많은 시간을 함께 보내지 못했는지…….

내 마음이 감사함보다 미안함으로 더 채워졌을 줄은 꿈에도 몰랐다. 이들에게 눈을 마주보며 진심으로 미안했다고 말할 기회와 시간이 없다는 생각이 더욱 눈물을 참을 수 없게 했다.

두 시간 정도 크리넥스 반 통을 쓰면서 실컷 울고 나니 좀 시원해졌는지 그다음에는 실질적이고 구체적으로 당부할 일들이 줄줄이 떠올랐다.

의사결정을 할 수 없는 상황에서 단지 생명 연장만을 위한 어떤 의학적인 수단도 취하지 말아달라, 만약 뇌사하면 각막과 장기 등은 전부 천주교 한마음한몸운동본부를 통해 기증해달라, 제발 따로 무덤은 만들지 말고 화장해서 산에 뿌려달라, 내 책장에 가득 찬 책들은 시골 학교나 해외의 작은 교민회에 기증해달라, 내가 살던 집을 일주일간 공개해서 날 좋아하던 사람들이 내 물건을 한 가지씩 가져

갈 수 있도록 해달라, 그러나 초등학교 2학년 때부터 쓰던 수십 권의 일기장과 메모수첩은 한 권도 빠짐없이 나와 함께 태워달라, 그리고 내 책의 인세는 '한비야 재단'을 만들어 세계시민학교와 국내외에 이런저런 용도로 써달라 등등……. 이렇게 정신없이 써내려가니 조금 전의 슬픔과 안타까움은 어딘가로 사라지고 차츰 속이 후련해지면서 마음이 가벼워졌다.

유서 다음 과제는 묘비명 만들기다. 사실 나는 무덤 자체가 없을 테니 묘비도 묘비명도 필요 없지만 그래도 숙제니까 이것저것 생각해보았다. 아무리 가정이지만 솔직히 난 지금 죽고 싶지 않다. 해야 할 일, 하고 싶은 일, 아직 해보지 않은 일, 실컷 못해본 일들이 많고도 많다. 의사들이 이구동성으로 30대 후반의 체력이라고 할 만큼 신체 건강하고 정신도 건강한데 이런 새파란 나이(!)에 생을 마감한다는 건 아쉽고 억울한 일이다.

그러나 이 영성 프로그램의 각본대로 '내일'이 죽어야 하는 날이라면 나는 기꺼이 이 세상이라는 무대를 떠날 수 있을 것 같다. 그동안이 무대를 '총연출'하신 하느님은 나라는 '배우'에게 너무나 좋은 '배역'을 주셨다는 걸 잘 알기 때문이다.

나를 나보다 잘 아시는 그분은, 내가 행복하게 살기만을 바라시는 그분은 언제나 내게 딱 맞는 역할을 맡겨주셨다. 거의 대부분 내가 즐겁고 신나게 할 수 있고 더불어 대중들에게 도움이 되는 역할이었다. 가끔씩 내 역량으로는 도저히 소화할 수 없는 것도 있었는데 그때마다 도대체 하느님은 나의 무엇을 믿으시고 이렇게 중요한 역할을 주시나 하는 두려움과 감사함에 온몸을 떨곤 한다.

그러니 내게 이런 멋진 역할을 허락하신 '총연출'을 위해서라도 이 역할에 내가 가진 모든 것을 아낌없이 쏟아 붓는 건 너무나 당연한 일이다. 시간, 열정, 기도 등 할 수 있는 것을 아낄 이유도, 생각도, 필요도 없다. 그렇게 몰두하면서 기쁘게 내 역할을 하다가 총연출이 "네 역할은 여기까지, 이제 무대에서 아웃"이라고 명하면 기꺼이 무대를 내려갈 것이다.

"그동안 즐거웠습니다. 이제는 안녕"이라고 하면서 말이다. 그래서 내 묘비명은 이렇게 정했다.

'몽땅 다 쓰고 가다.'

3장

:

각별한
현장

말리의 35만 난민, 아니 세상 모든 난민에게는 땀 냄새, 눈물 냄새, 고통의 냄새가 난다. 구호현장요원들은 이 냄새를 잘 맡아야 한다. 구호팀장인 내 몸에서도 난민들의 땀과 눈물과 고통의 냄새가 진동해야 마땅하다. 그게 내가 여기 있는 유일한 이유이다.

우리가
몰랐던
아프리카

최근 에볼라 바이러스 때문에 아프리카가 다시 조명을 받고 있다. 우리나라 의료진이 파견된 시에라리온에는 내 절친의 딸을 포함해 국제 NGO 긴급구호요원들도 목숨을 걸고 일하고 있다. 감염이 쉽고 치사율이 높은 줄 잘 알면서도 기꺼이 나선 용감한 에볼라 파이터들의 안전을 진심으로 빈다.

아프리카라면 나도 좀 할 말이 있다. 세계여행을 할 때 배낭 하나 달랑 메고 많은 나라를 육로로 거치며 다양한 현지인을 만나고 수없이 민박하면서 아프리카의 속살을 살짝이나마 엿볼 수 있었다. 구호 활동을 시작한 후, 아프리카는 내게 더욱 각별한 대륙이 되었다.

지난 15년 구호 활동 중 가장 자주 가고 가장 길게 일했던 대륙은 단연 아프리카다. 각종 회의나 행사차 1년에 두세 차례 가는 건 기본이고 2주일 정도 단기 근무는 수십 차례, 3개월에서 최대 7개월 동안 장기 근무도 여러 번 했다.

하도 다녀서 아프리카 주요 관문인 케냐 나이로비 공항이나 남아프리카공화국 요하네스버그 공항은 손금 보듯 훤하다. 어느 커피숍 카페라테가 맛있고, 어느 식당 어느 자리에서 와이파이가 잘 터지고, 공항 한구석 어느 의자가 장시간 죽치기에 편한지 속속들이 알고 있다. 이렇게 익숙한 곳이지만 누가 "아프리카 어때요?"라고 물으면 순간, 말문이 막힌다. 아프리카를 한마디로 어떻다고 말하기가 매우 어렵기 때문이다. 그러기엔 너무나 크고 변화무쌍하고 다채로운 대륙이기 때문이다.

여러분은 아프리카 하면 어떤 단어가 가장 먼저 떠오르는가?

국제구호와 개발협력을 가르치는 내 수업 시간에 학생들에게 같은 질문을 해보았다. 1분 안에 써낸 단어들은 이랬다.

사바나와 열대우림, 나일 강과 킬리만자로, 사하라 사막, 동물의 왕국, 가뭄, 기아, 쿠데타, 내전, 에이즈, 노예무역, 인류의 발생지, 미스 루시, 영화 〈아웃 오브 아프리카〉, 〈블러드 다이아몬드〉, 〈라이온 킹〉, 마사이족, 넬슨 만델라 대통령, 왕가리 마타이 노벨평화상 수상자, 이태석 신부님, 'We are the World' 콘서트, 독수리 앞에서 죽어가는 아이, 남아프리카공화국의 아파르트헤이트, 여성 할례, 커피에 관심 있는 학생인지 에티오피아와 케냐산 커피, 환경 생태학자 제인 구달을 존경한다는 학생은 침팬지를 쓰기도 했다.

그 외에 선교의 땅, 배낭여행, 엄청난 자원과 잠재 구매력, 어떤

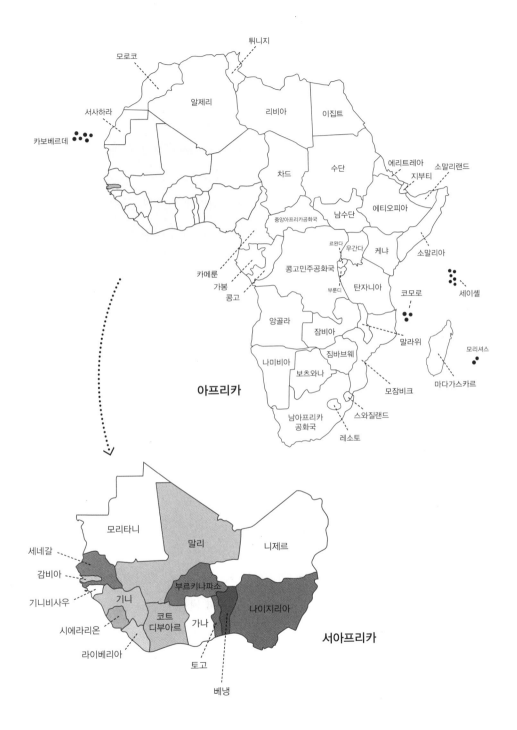

모로코
튀니지
서사하라
알제리
리비아
이집트
카보베르데
차드
수단
에리트레아
소말리랜드
지부티
남수단
에티오피아
중앙아프리카공화국
르완다
우간다
케냐
소말리아
카메룬
콩고민주공화국
가봉
부룬디
탄자니아
콩고
코모로
세이셸
앙골라
잠비아
말라위
모리셔스
나미비아
짐바브웨
보츠와나
마다가스카르
모잠비크
남아프리카
공화국
스와질랜드
레소토

아프리카

모리타니
말리
니제르
세네갈
감비아
기니비사우
기니
부르키나파소
나이지리아
시에라리온
코트
디부아르
가나
라이베리아
토고
베냉

서아프리카

학생은 유난히 피부가 까맣고 지독한 곱슬머리인 자기 남자 친구 애칭이라며 아프리카 토인, 어떤 학생은 '한비야'라고 썼다.

20대 초반 대학생을 대상으로 한 설문 결과지만 다른 연령대를 조사해도 크게 다르지 않을 것이다. 적어낸 키워드들은 대부분 동아프리카에 한정되어 있고 그것조차 겹치는 게 무척 많았다. 아프리카에 대한 우리의 이미지가 천편일률적이고 한쪽으로 치우쳐 있다는 걸 알 수 있었다. 하기야 나 역시 직접 아프리카에 가보기 전에는 마찬가지였다. 내가 어렸을 때는 지금보다 아프리카에 대한 정보가 훨씬 적어서 달나라보다도 멀게 느껴졌다.

내가 처음 만난 아프리카는 〈타잔〉이라는 TV 프로그램이었다. 아프리카 밀림에 버려져 침팬지가 키운 타잔과 그의 절친 치타가 울창한 밀림을 누비다가 맹수나 악당들의 공격을 받으면 아아아, 아아아아~ 라고 요들송 톤으로 구성지게 구원을 요청한다. 그러면 어디선가 코끼리 떼 등이 홀연히 나타나서 극적으로 이들을 구해주는 시리즈물이다. 이국적인 열대우림과 갖가지 동물들이 너무나 신기해서 매번 TV 속으로 빨려 들어갔다.

비슷한 시기에 사바나 초원을 누비는 사자나 치타, 그리고 이들에게 먹히는 초식동물들이 주인공인 자연 다큐멘터리 〈동물의 왕국〉과 아기 사자가 밀림의 왕으로 성장하는 과정을 그린 〈밀림의 왕자 레오〉라는 만화영화도 있었다. 얼마나 열심히 봤는지 초등학교 때 부르던 그 주제가를 지금도 틀리지 않고 부를 수 있을 정도다.

'아프리카 밀림은 동물의 왕국, 땀 흘려 지켜온 정글의 왕국,

여기에 불타는 용감한 레오. 레오 레오 레오 흰 사자 레오.'

이렇게 내 아프리카에 대한 최초 이미지는 밀림과 대초원을 무대로 한 동물의 왕국이었고 오랫동안 그게 아프리카의 전부인 줄 알았는데, 알고 보니 모두 동아프리카 이미지였다.

이제 시대가 많이 달라져 아프리카 여행도 자유로워졌고 정보도 많아졌지만 아프리카에 대한 이미지만은 그다지 변하지 않은 것 같다.

이 일을 어쩌나. 국제구호와 개발협력을 공부하는 우리 학생들이 다른 대륙과 더불어 아프리카를 제대로 이해하는 건 기본 중의 기본인데…….

수업 시간 중 어떻게든 시간을 내서 포괄적인 아프리카 개론을 다뤄야겠다고 생각하고 일단 교재를 만들었다. 그 교재를 학교 수업에 앞서 특강 때 몇 번 활용해보았는데 의외로 반응이 굉장히 좋았다. 일반인들이 아프리카 이야기를 그렇게 재미있고도 진지하게 들을 줄은 정말 예상 밖이다.

특강 때의 뜨거운 반응에 힘입어 이 장에서는 아프리카 총론과 상대적으로 덜 알려진 서아프리카에 대한 미니 강의를 해보겠다. 아프리카를 잘 아는 사람들도 복습 차원이라 생각하고 잘 들어보시길.

이렇게 큰 곳에 이렇게 다채로운 사람들이

본격적인 강의에 들어가기에 앞서 살짝 워밍업!

아프리카 대륙은 우리가 생각하는 것보다 훨씬 크고 다양하고 다채롭다. 우선 땅덩어리가 그렇다. 세계지도에서는 그다지 커 보이지 않지만 그건 동그란 지구를 평평하게 펼쳐놓았기 때문이고 실제 아프리카 대륙은 전 세계 면적의 20퍼센트를 차지한다. 이게 어느 정도냐면 남북한을 합친 우리나라 면적의 약 135배 이상으로 그 안에 미국, 중국, 인도, 동·서유럽 전체를 넣고도 남을 만큼 크다.

나도 맨 처음 아프리카 대륙 동쪽 끝 케냐 나이로비에서 서쪽 끝 세네갈 다카르까지 가는 데 비행기로 아홉 시간이나 걸린다고 해서 깜짝 놀랐다. 미국을 동서로 횡단하는 뉴욕-로스앤젤레스도 다섯 시간밖에 안 걸리는데 역시 아프리카는 비행기도 느리구나 생각했다. 아프리카 북쪽의 이집트 카이로에서 남쪽 끝인 요하네스버그까지의 비행시간도 무려 열두 시간이다.

또한 아프리카 사람들은 모두 흑인일 거라는 것도 오해. 아프리카 총 인구는 2014년 현재 11억 명으로 세계 인구의 15퍼센트를 차지하고 있다.

물론 흑인이 제일 많지만 사하라 사막 부근의 베르베르족이나 투아레그족은 갈색 피부에 서구적인 이목구비가 아랍 사람들과 다름없고 남아프리카공화국이나 짐바브웨에서는 스스로를 화이트 아프리칸이라고 부르는 백인 후예들도 많이 보았다.

흑인들 피부색도 그냥 다 까만 게 아니라 에티오피아 사람들처럼 옅은 아메리카노 같은 커피색부터 수단 사람들처럼 먹물같이 까만 색까지 천차만별이다.

아프리카는 밀림과 열대초원으로 덮여 있을 거라는 오해도 이젠 그만. 이런 지형은 동아프리카나 대륙의 중남부에서 볼 수 있을 뿐,

세상에서 제일 큰 모래사막인 사하라가 아프리카 면적의 4분의 1을 차지하고 있고 거기에 6,700킬로미터의 나일 강변과 2만 9,000킬로미터의 해안도 있다는 걸 잊지 마시길.

이렇게 큰 곳에 이렇게 많은 사람이 인류 탄생부터 450만 년 동안 살고 있으니 얼마나 다채로운 문화와 삶이 있을까 미루어 짐작할 수 있을 것이다. 그래서 아프리카 대륙을 보다 정확하게 이해하려면 아프리카를 한 덩이로 보지 말고 반드시 동·서·남·북·중앙아프리카로 나누어 생각해야 한다.

실제로 사하라 사막 북쪽의 아프리카와 그 남쪽 아프리카는 사람, 역사, 문화, 기후는 물론 경제 수준도 완전히 다르다. 사하라 북쪽의 이집트, 리비아, 튀니지, 알제리, 모로코는 아랍에 더 가깝다.

위에서 말한 대로 사람들의 피부색과 생김새는 물론 종교도 주로 이슬람교를 믿고 지중해와 접해 있어 기후도 온화하며 국민소득도 국제 원조 의존도가 높은 사하라 남쪽 국가들과는 비교할 수 없을 정도로 높다.

그래서 어떤 학자들은 아예 아프리카 대륙을 북아프리카와 블랙아프리카로 나누기도 한다.

한 예로 이집트가 아프리카 대륙에 있긴 하지만 누가 이 나라를 아프리카 국가라고 할 것인가? (그들 스스로도 아프리카 사람이라고 여기지 않는다.) 리비아처럼 국민소득이 8,000달러에 달하고 석유를 팔아 돈이 넘쳐나는 나라도 있는데 이런 나라까지 뭉뚱그려 "굶주림에 시달리는 아프리카를 도웁시다"라고 말하는 건 언어도단이다.

역사적으로도 북아프리카는 기원전 3,000년경에 시작된 이집트 문명부터 세계사를 장식했지만 사하라 남쪽은 15세기가 되어서야 세계사에 등장하기 시작했다. 그곳에 중요한 문명이나 역사적 사건이 없어서가 아니다. 그곳 역사는 문자 없이 구전으로만 내려왔을 뿐 아니라 유럽 중심의 세계사와 접점이 없던 이곳은 세계사의 변방일 수밖에 없었기 때문이다.

알다시피 15세기 이후의 아프리카 근현대사는 피의 역사다. 이 잔인한 역사는 유럽이 그토록 자랑스러워하는 14세기 대항해 시대가 열리면서 시작되었다.

아프리카에 제일 먼저 발을 들인 서구는 포르투갈. 이들이 1440년대부터 아프리카 서해안 항구도시를 중심으로 그 악명 높은 노예무역을 시작한 장본인이다.

그러나 19세기에 시작한 제국주의 시대에 아프리카에서 주인 행세를 하던 나라는 영국과 프랑스이다. 영국은 이집트에서 남아프리카공화국을 잇는 남북 종단으로, 프랑스는 사하라 남서쪽을 중심으로 동서 횡단으로 아프리카 전체를 생일케이크 자르듯 동서남북으로 잘라서 욕심껏 먹은 것이다.

1차 세계대전 이후 민족자결주의의 영향으로 아프리카 국가들이 하나씩 독립하면서 1975년 포르투갈의 식민지였던 앙골라와 모잠비크를 마지막으로 모두 독립은 했지만 종족간의 갈등, 종교 갈등, 군부들의 세력 다툼과 쿠데타 그리고 끊임없는 내전으로 하루도 바람 잘 날이 없다.

각별한 현장

우리나라도 일제에서 해방된 이후에 친미와 친소, 좌우로 나눠진 정치적 이념 대립이 전쟁으로까지 이어졌고 아직도 분단국가로 남아 있는 걸 생각하면 왜 이렇게 싸우는지 이해하기 쉬울 것이다.

여전히 아프리카는 석유, 우라늄 등 에너지 자원은 물론 다이아몬드, 금 등도 풍부해서 서구 열강이 떠난 자리에 미국과 중국 등 새로운 열강들이 어린아이 손에서 사탕 빼앗아가듯 이런 자원들을 호시탐탐 노리고 있다.

엎친 데 덮친 격으로 가뭄, 사막화, 물 부족, 기근, 에이즈, 에볼라 등이 이들 국가 건설과 발전에 결정적인 걸림돌이 되고 있다.

이렇게 천연자원이 풍부하건만 UN 인권보고서에 따르면 경제 수준 최하위 25개국이 모두 아프리카 국가다. 도대체 어디까지가 아프리카의 잘못이고 어디까지가 서구 열강을 비롯한 선진국의 잘못일까?

아프리카를 힘없고 희망 없는 대륙으로 보느냐, 경제적인 블루오션, 자원외교, 기회의 대륙으로 보느냐 아니면 우리와 똑같이 자유, 평등, 평화를 갈망하며 힘들지만 한 발짝씩 나아가고 있는 희망의 대륙으로 보느냐는 우리 각자의 몫이다.

휴우~ 총론 강의는 여기까지.

아프리카 전반에 대해 좀 더 알고 싶은 사람들을 위해 다섯 권의 책을 권한다. 내가 재밌고도 쉽게 읽은 책인데 주제별로 일목요연하게, 또 지도로 잘 설명되어 있어 아프리카 입문서로는 손색이 없다.

1. 《지도로 보는 아프리카 역사》장 졸리 지음, 시대의창, 2014

2. 《아프리카에는 아프리카가 없다》윤상욱 지음, 시공사, 2012

3. 《백인의 눈으로 아프리카를 말하지 말라(1, 2)》김명주 지음, 미래를 소유한 사람들, 2012

4. 《통아프리카사》김상훈 지음, 다산에듀, 2010

5. 《처음 읽는 아프리카의 역사》루츠 판 다이크 지음, 웅진지식하우스, 2005

(순서는 근간 순으로 적었다.)

서아프리카로
들어가는
키워드 네 가지

아프리카 총론에 이어 미니 강의 2탄, 서아프리카다. 생각보다 훨씬 흥미진진하니 잘 들어보시길!

동·서·남·북 그리고 중앙아프리카 중에서 왜 하필 서아프리카냐? 이곳이 다른 지역보다 일반적인 관심과 정보가 상대적으로 떨어져서다. 몇 달간 육로로 아프리카 여행을 하며 나름 아프리카 빠꼼이를 자처했던 나도 서아프리카에 대해서는 깜깜했다. 내가 못하는 불어권이라 심정적인 거리감도 컸을 거다.

2012년, 파견 근무지가 서아프리카로 결정되고서야 울며 겨자 먹기, 억지 춘향으로 사전 조사를 하다가 어느 순간 무릎을 탁 쳤다. 서아프리카를 좀 알게 되니 그제야 아프리카 대륙의 전모가 드러나는 듯했다. 조각 퍼즐 맞추기의 드문드문 빈자리가 채워지면서 드디어 퍼즐이 완성되는 느낌이라고나 할까? 배워서 남 주자는 원칙에 따라 내가 공부하고 경험한 서아프리카에 대해 알려드리겠다.

서아프리카는 내 관심사가 아닌데 왜 거기까지 알아야 해? 하는 분들도 알게 모르게 서아프리카와 연결되어 있다는 걸 명심해야 한다.

과장해서 말한다면, 전 세계 카카오의 60퍼센트를 생산하는 코트디부아르와 가나에 가뭄이 들면 밸런타인데이 초콜릿 값이 확 올라갈 거고 다이아몬드 생산국인 시에라리온과 라이베리아에 계속 에볼라가 확산되면 다이아몬드 값이 오르고 따라서 결혼 예물비도 천정부지로 오를 것이다.

명색이 '강의'니까 내용이 다소 딱딱하더라도 조금만 참고 들었으면 좋겠다. 이게 바로 뒤에 나오는 말리, 세네갈, 모리타니 파견 근무 이야기의 뒷배경이니 앞으로 책을 재미있게 읽기 위한 예습이라고 생각하시길.(살살 달래서 공부시키는 선생님 본능!)

서아프리카는 통상 북쪽으로는 사하라 사막, 서쪽으로는 대서양, 남쪽으로는 기니만, 동쪽으로는 카메룬을 경계로 하는 14개국을 말한다. 이 지역을 이해하기 위해 알아야 할 키워드는 네 가지다. 사하라 사막, 이슬람교, 노예무역, 그리고 프랑스 식민지가 그것이다. 이 키워드가 과거는 물론 현재와 미래까지도 크게 영향을 미치고 있다.

첫 번째 키워드는 이슬람교.

동아프리카 나일 강이 찬란한 이집트 문명을 만들었듯 서아프리카에서는 니제르 강을 젖줄 삼아 기원전 5,000년 경부터 사람이 살았다. 서아프리카 사람들은 8세기부터 사하라 사막을 가로질러 온

무슬림 상인들과 교역하면서 큰돈을 벌었는데 금, 상아, 노예를 주고 소금, 장신구, 무기 등과 바꾸는 무역도 무역이지만 길목을 지키며 낙타 대상들에게 통행세를 톡톡히 받았던 덕분이다. 사막을 넘나드는 무슬림 상인들은 교역물과 함께 이슬람교도 자연스레 가져와 지금의 서아프리카를 만드는 데 큰 역할을 했다.

서아프리카를 호령했던 첫 번째 왕국은 가나 왕국, 두 번째가 말리 왕국, 세 번째가 송가이 왕국이다. 특히 13세기부터 200여 년 동안 번창했던 서아프리카 최초의 이슬람 왕국인 말리 왕국은 강력한 군사력과 함께 막대한 부를 자랑했단다.

금이 어찌나 많았던지 한 황제가 메카로 성지순례를 오가며 쓴 금이 무려 2톤, 그 때문에 이집트를 비롯한 그 길에 걸쳐 있던 나라들이 한동안 극심한 금값 폭락에 시달렸다는 얘기가 전해올 정도다. 메카에서 돌아오는 길에는 수많은 학자와 건축가들을 데려와 화려한 왕궁은 물론 아프리카 최고의 이슬람 사원과 이슬람 최초의 학교를 만들었던 문화와 교육 왕국이기도 했다.

여기서 퀴즈 한 가지. 다음 설명이 가리키는 것은 무엇일까?

1. 서아프리카에 관한 책 표지마다 빠짐없이 등장하는 건물. 여행자들의 바이블로 통하는 《론리 플래닛》 서아프리카편의 표지모델.

2. 전 세계 어디서나 아프리카를 주제로 한 테마파크에는 이집트의 피라미드와 스핑크스와 함께 꼭 들어가는 건물.

3. 결정적인 힌트. 우리나라에도 있다. 제주도 중문단지에 있는 아

프리카 박물관 건물도 이걸 본떠서 만들었다.

답은? 말리에 있는 젠네(Djenne) 사원이다. 진흙으로 지은 아름다운 이슬람 사원인데 멀리서 보면 황금색으로 빛나는 것 같아 전체를 금으로 만들었다는 소문이 파다했다.

신기하지 않은가? 스핑크스와 맞먹는 중요한 상징물을 잘 몰랐던 것도 그렇지만 서아프리카 최대의 아이콘이 이슬람 사원이라는 게 말이다.

조금만 들여다보면 신기할 것도 없다. 서기 610년 아라비아 반도에서 탄생한 이슬람교는 육지로 이어진 북아프리카로 자연스럽게 퍼졌고 교역을 통해 사하라 사막을 지나 11세기경에는 서아프리카 전역으로 완전히 스며들었다.

아프리카 종교는 크게 이슬람교, 기독교, 자연신이나 정령을 믿는 전통 종교로 나뉘는데 예상 밖으로 이슬람교가 신자 수로나 영향력에서 아프리카 최대의 종교다. 특히 북아프리카, 서아프리카 대부분이 이슬람 국가다.

두 번째 키워드는 노예무역.

아프리카 동쪽 해안을 통해서 아랍 상인들이 들어왔다면 서쪽 해안으로는 서유럽 상인들이 들어왔다. 처음에는 이들도 서아프리카를 인도로 가는 길목쯤으로 여기고 금, 상아 등을 교역했지만 곧 노예 장사가 가장 이익이 많이 남는다는 걸 알았다. 그 결과 노예제도가 폐지된 1870년까지 400여 년 동안 서아프리카에서 끌려간 흑인 노예는 최소한 1,500만 명. 이들은 대서양을 건너 쿠바 등 카리브 해, 브라질 등 남미, 미국 등으로 가서 당시 돈 되는 사업이었던 담배나 사탕수수 농장에서 죽도록, 아니 죽을 때까지 일했던 거다.

노예제도가 사라지면서 대규모 노예무역은 사라졌는지 모르지만 아직도 그 그림자가 짙게 남아 있다. 1980년, 세계에서 가장 늦게 노예제도가 폐지된 모리타니는 아직도 인구의 20퍼센트 남짓인 10만 명이 노예 상태로 살고 있다. 그뿐인가. 노예가 존재했던 미국 등 서구 국가들이 지금까지도 사회문제로 골머리를 앓는 인종 갈등도 노예무역이 드리운 그림자일 게다.

프랑스의 민낯

세 번째 키워드는 프랑스.

그 영향력은 한마디로 무지막지하다. 앞서 말했듯이 프랑스는 영국의 종단정책에 맞선 횡단정책을 펴며 북아프리카와 서아프리카 대부분을 장악했는데 식민지 시대가 끝나고 반세기가 지난 지금까지도 서아프리카에서 막강한 힘을 가지고 있다.

아프리카 대륙에서 프랑스어를 공식어로 사용하는 국가는 전체 54개국 중 23개국인데(영어를 공용어로 사용하는 국가는 20개 국) 서아프리카에서도 나이지리아, 가나, 라이베리아를 제외하고는 모두 불어를 사용하고 있다. 돈도 서아프리카 8개국에서는 세파프랑이라는 프랑스 기반의 공통 화폐를 쓰고 있다.

심지어 아직까지도 수천 명 단위의 프랑스 군대가 주둔하고 있다.

독립한 나라에 그 나라를 식민 지배하던 국가의 군대가 남아 있다는 게 의아하지 않은가? 우리나라에 일본군이 주둔하고 있는 것과 같은데 말이다.

2013년 근무했던 말리에도 프랑스 군인들이 많았다. 내전의 최전선이었던 팀북투와 가오 지역에서는 긴장한 얼굴로 중무장을 한 채 장갑차로 이동하는 프랑스 군인들, 수도인 바마코 호텔 수영장에서 아슬아슬한 수영복을 입고 휴가를 즐기는 남녀 프랑스 장교들을 흔하게 볼 수 있었다. 말리의 일반 국민들이 프랑스에 대해 느끼는 감정은 우리가 일본에 대해 느끼는 적대감과는 다르다. 이들은 프랑스 군이 아니었으면 말리는 이미 극단적인 이슬람 세력 손으로 넘어갔을 거라며 그들의 주둔을 매우 고마워했다.

어떻게 프랑스는 지금까지 정치적, 군사적, 경제적으로 이런 영향력을 발휘할 수 있을까?

프랑스가 1960년대에 식민 지배를 하던 국가의 독립을 승인할 때 맺은 '식민지 협약(Colonical Pact)'때문이다. 이 협약의 요점은 다음과 같다.

1) 프랑스 식민지였던 서아프리카 국가는 프랑스에서 지정한 통화인 세파프랑만 사용해야 하고

2) 이들 국가의 외환보유고 중 85퍼센트 이상을 의무적으로 프랑스 은행에 예치해야 하며

3) 유사시에는 이들 국가에 프랑스 군대가 주둔할 수 있으며

4) 이들 국가에서 새로 발견된 천연자원 개발권이나 대규모 공사는 프랑스가 독점 우선권을 갖는다.

이 협약은 문외한인 내가 봐도 명백히 불평등 조약이다. 하나하나 따져보자.

1, 2조항 때문에 이전 프랑스령이던 서아프리카 국가들은 독자적인 통화정책이나 재정정책을 세울 수 없을뿐더러, 경제정책을 세울 때도 프랑스의 간섭을 피할 수 없다. 게다가 이들 국가에서 외환이 필요할 때는 프랑스에 맡겨놓은 보유고에서 비싼 이자를 내고 빌려 와야 하는 일도 생긴다.

1960년 이후 몇몇 서아프리카 국가 지도자들이 이 협약을 반대했지만 이들은 쿠데타에 의해 쫓겨나기 일쑤다. 누가 이 쿠데타의 배후인지는 불을 보듯 뻔하다.

3조항은 식민지였던 서아프리카 국가 내에 무슨 일이 생기면 언제든 프랑스가 군사적으로 개입할 수 있고 그곳에 영구기지를 만들 수 있다는 뜻이다. 그래서 말리나 중앙아프리카 등에서 내전이 생기면 프랑스군이 기다렸다는 듯이 출동하는 거다.

4조항에서 이것이 불평등 조약이라는 게 더욱 확연하게 드러난다. 독점 우선권이란 프랑스령이던 서아프리카 국가에서 새로 발견된 천연자원 개발이나 새로 시작하는 대규모 공사는 무조건 프랑스가 우선 협상할 권리를 가진다는 뜻이다.

다른 나라에서 아무리 좋은 조건, 낮은 가격을 제시해도 프랑스가 맡지 않겠다고 하기 전에는 협상조차 할 수 없다. 또한 독점 우선권이 있는 프랑스가 천연자원 개발권과 공사 대금으로 어떤 가격을 제시하고 요구해도 이들 국가는 프랑스를 거부할 권한이 없다.

이 때문에 이들 국가는 울며 겨자 먹기로 프랑스에 천연자원 개발권을 터무니없이 싸게 팔아야 하고 대규모 공사는 터무니없이 비싼 가격으로 맡겨야 한다.

그뿐인가, 이 공사 대금을 지불하기 위해서 프랑스 은행에 맡겨놓은 자기 돈을 비싼 이자로 빌려와야 한다니 이런 협약이 동등한 주권 국가 간에 가능한 일인가?

아직까지도 프랑스가 서아프리카 국가들에 이 정도로 막강한 영향력을 미치고 있다면, 식민 시대와 도대체 뭐가 다르단 말인가?

마지막 키워드는 사하라 사막.

세계에서 제일 큰 이 사막과 그 주변 사헬은 단연 서아프리카의 모든 면에 지대한 영향을 미친다. 니제르 영토의 80퍼센트, 모리타니의 75퍼센트, 말리의 50퍼센트를 차지하는 사하라 사막의 크기는 미국 영토만 한데, 이곳을 통해 서아프리카 사람들은 교역을 하고 이슬람교를 들여오고 문화를 꽃피웠다.

지금은 사막 마라톤, 낙타 여행 등 다양한 여행 상품이 개발되어 관광 수입을 높이고 있지만 또 한편으로는 기후 변화의 직격탄을 맞아 사하라 주변이 빠르게 사막화되면서 가뭄이 반복되고 메뚜기 떼가 습격하면서 식량 부족에 시달리고 있다. 게다가 넓고 거칠어 접근하기 어렵다는 점을 이용해 사하라 사막이 극단적인 이슬람 무장 세력은 물론 세계적인 마약상과 조직적인 인신매매단의 거점이 되고 있어 국제사회를 바싹 긴장시키고 있다.

과거의 모순과 현재의 문제와 미래의 우려가 섞여 있는 서아프리카가 언제쯤 주권국가로 평화롭고 풍요로운 땅이 될 수 있을까? 그런 날이 오기는 할까?

하루빨리 왔으면 좋겠다. 그러나 나 같은 외부 사람이 아무리 안타까워해도 그날을 단 하루도 당길 수 없다. 그들이 기대고 있는 프랑스는 그렇게 해줄 수 있을까? 당연히 아니다.

제국주의 국가란 그들이 지배했던 나라에서 어떻게든 영향력을 유지하고 발휘해 끊임없이, 교묘하게, 그리고 가혹하게 착취하는 데만 몰두한다. 그것이 제국주의 국가의 속성이자 본심이자 역사적으로 증명된 사실이다.

그러니 서아프리카의 평화와 번영은 오로지 서아프리카 국가와 그 국민들만이 만들 수 있다. 그리고 누가 뭐라고 해도 그들은 그렇게 할 수 있는 잠재력을 가지고 있다. 적어도 나는 그렇다고 믿는다. 그날이 올 때까지 애정과 인내를 가지고 지켜볼 일이다.

거미줄도
모이면
사자를 묶는다

'빨리 가려면 혼자 가고 멀리 가려면 여럿이 가라.'

우리에게 가장 익숙한 아프리카 속담일 거다. 동아프리카 마사이족 속담이라는데, 소를 치느라 매일 수십 킬로미터씩 걸어 다녀야 하는 일상에서 캐낸 보석 같은 말, 들을 때마다 무릎을 치게 하는 말이다. 450만여 년 전, 현생 인류의 직계 조상이 출현했던 곳인 아프리카에서 무릎 치게 하는 속담이 어찌 이뿐일까? 그 오랜 세월 생존을 위해 채집, 수렵, 농경, 목축, 어업 등을 하며 때로는 평화로운, 때로는 모진 시대를 살아낸 아프리카 사람들의 지혜가 듬뿍 담긴 속담이 많고도 많을 것이다.

나는 속담을 좋아한다. 짧은 한 줄 글귀 안에 어떻게 그런 깊은·뜻과 가르침과 해학을 담아낼 수 있을까, 신기하고도 재미있다. 각 나라 속담에는 그 지역 생활 풍습과 문화까지 녹아 있어 더욱 그렇다. 그래서 나는 각국의 속담집을 열심히 사 모으고 책을 읽거나 대화 중 특이한 속담이 나오면 즉시 일기장에 적어놓는다.

재미도 있고 의미도 있는 속담들을 내 것으로 만드는 제일 좋은 방법은 일상에서 많이 쓰는 거다. 실제로 나는 말과 글에 속담들을 자주 인용하는데 그러면 한층 싱싱해지고 다채로워지는 느낌이다.

아프리카 속담도 마찬가지다. 아프리카 대륙의 다양한 나라에서 일하면서 마을 사람들 입을 통해 여러 속담을 접할 수 있었다. 오늘은 그중에서 평소에 즐겨 인용하면서 짭짤한 재미를 보고 있는 '내 맘대로 뽑은 아프리카 속담 베스트 5'를 소개할까 한다.

첫째로는 '거미줄도 모이면 사자를 묶는다.'

아무리 작은 힘이라도 뭉치면 안 되는 일이 없다는 말인데 비유가 기가 막힌다. 동아프리카 에티오피아 깡촌마을 할머니에게 처음 들은 말인데, 세계시민학교 교장으로 특강할 때마다 인용하고 있다.

이 세상에 굶는 아이가 없도록, 설사나 말라리아 같은 허접한 병으로 죽는 어린이가 없도록, 아이들 모두가 초등학교에는 다닐 수 있도록, 가난하고 힘없다고, 생각과 모습이 다르다고 차별받지 않도록 거미줄 같은 미약한 우리 힘을 모두 합해 사자처럼 무서운 가난과 차별을 꽁꽁 묶어버리자, 아니 아예 세상에서 그런 단어를 없애버리자라고 열변을 토하는데 번번이 효과 만점이다.

둘째로는 '잔잔한 바다는 노련한 사공을 만들지 않는다.'

아프리카 하면 푸른 초원, 뜨거운 사하라 사막, 혹은 가뭄으로 쩍 쩍 갈라진 농토가 연상되겠지만 아프리카에는 세계에서 가장 긴 2만 9,000킬로미터의 해안선을 따라 수많은 항구도시와 어촌이 있다. 그 바닷가 어부들의 인생철학이 이 한 줄에 고스란히 담겨 있는 거다. 이런저런 일로 힘들고 고통스런 시간을 보내고 있는 젊은이들을 만날 때마다 들려주는 속담이기도 하다.

안전한 항구를 떠나 큰 세상으로 나선 당신은 큰 바다를 항해하는 배라고, 바다가 어떻게 365일 잔잔할 수 있겠냐고, 항해 도중에 비바람과 풍랑을 만나는 게 지극히 정상 아니겠냐고, 때로는 지금처럼 차갑고 깜깜한 바다에서 집채만 한 파도에 휩쓸려 배가 뒤집어질 것 같아 두렵겠지만 잡고 있는 키를 꼭 붙들고 이렇게 생각해보라고.

'어떻게든 견뎌내자. 이 성난 파도가 나를 괴롭히는 것 같지만 실은 날 노련한 사공으로 만들고 있는 거다. 이 거친 바다를 지나 반대편 항구에 닿을 때면 나는 떠나기 전보다 훨씬 단단하고 노련한 사공이 되어 있을 거니까'라고.

나 역시 예상보다 훨씬 거친 바다를 만나 힘든 싸움을 벌일 때마다 거실 벽에 이 속담을 크게 써서 붙여놓고 오다가다 보면서 마음을 다잡는다. 부디 여러분에게도 도움이 되길.

셋째로는 '우기에는 모기도 많다.'

서아프리카 말리에서 근무할 때 수없이 들은 속담이다. 말리에 길고 고통스런 건기가 끝나고 우기가 시작되면 사람들 얼굴에도 생기가 돈다. 날씨도 선선하고 사람과 동물이 마실 물 걱정 안 해도 되고 수수농사도 지을 수 있기 때문이다. 그러나 그렇게 고대하던 우기가 되면 모기도 극성을 부리면서 말라리아가 창궐하여 수많은 아이들이 목숨을 잃는다.

세상에는 다 좋은 것도 다 나쁜 것도 없는 법. 이 속담은 현장 직원들에게 자주 써먹는데, 아무리 외부 조건이 좋아 보여도 미처 깨닫지 못한 위험요소가 반드시 있을 테니 끝까지 경계를 늦추지 말라고 당부할 때 쓰면 효과 100퍼센트다.

네 번째는 '동이 트면 가젤도 뛰고 사자도 뛴다.'

이 속담의 다른 버전도 있다. '동이 트면 가젤이든 사자든 전속력으로 달려야 한다.' 한순간에 아프리카 대초원의 아침 풍경을 눈앞에 펼쳐놓는 이 속담의 뜻은 심오하다. 동이 트면 가젤은 잡아먹히지 않기 위해 사자보다 더 빠르게 전속력으로 달려야 하고, 사자는 굶지 않기 위해 무리 중 가장 느린 가젤보다 더 빠르게 달려야 한다. 즉 초원에서 제일 힘 약한 가젤이든 제일 힘센 사자든 살아남기 위해서는 최선의 최선을 다해야 한다는 뜻이라고 케냐 운전사가 말해주었다.

그때 같이 있던 짐바브웨 통역사가 고개를 저으며 자기 나라에서도 자주 쓰는 속담인데 그 뜻은 가젤이 아무리 힘이 약해도 도망갈 재주는 있으니 사자보다 먼저 일어나 달리면 살 수 있다, 즉 주어진 상황이 아무리 불리해도 노력과 성실함으로 헤쳐 나갈 수 있다는 뜻이라고 단호하게 말했다.

운전사는 학교에서 그렇게 배웠다고 하고, 통역사는 동네 어른들이 그런 뜻으로 쓴다고 하면서 한참을 언성까지 높이며 설왕설래했다. 둘 다 일리가 있지만 나더러 고르라면 두 번째가 좋다. '먹고 살려면 새벽부터 죽자 하고 뛰어야 한다'고 가혹하게 말하는 것보다 '힘없는 사람이라도 성실하기만 하면 살아갈 방법은 얼마든지 있다'는 쪽이 훨씬 맘 편하고 위로가 되니까. 아무튼 오랜 세월 초원의 생태계를 관찰하고 성찰한 끝에 얻어진 참으로 아프리카다운 속담임에 틀림없다.

마지막 엔트리는 '사자가 말하기 전에는 모든 사냥꾼은 영웅이다.'

아프리카에서 지내다 보면 맨손으로 사자를 때려잡는다는 용맹한 부족 이야기를 자주 듣는다. 어느 부족 청년은 사자를 잡아와야만 비로소 결혼할 자격이 생긴단다. (결혼하기가 그렇게 험난해서야…….)

탄자니아 여행 중에 사자를 두 마리나 몽둥이로 때려잡았다는 마사이족 아저씨를 만난 적이 있다. 사자와 맞닥뜨렸을 때 어떤 느낌이었는지, 사자가 자기를 어떻게 노려봤는지, 달려드는 사자와 어떻게 엉겨 붙었는지, 몽둥이로 사자 앞머리 급소를 어떻게 후려쳤는지를 얘기해주는데 외국 여행자들을 많이 상대해봐서인지 얼굴 표정이나 몸짓이 대단히 섬세하고 극적이었다.

그런데, 이 속담대로라면 이건 순전히 아저씨가 말하는 영웅담이다. 그때 길 가던 아저씨를 덮쳤다가 맞아 죽었다는 사자에게 물어보면 완전히 다른 얘기일 수도 있는 거다. 이를테면, 나와 맞닥뜨린 사냥꾼이 걸음아 나 살려라 도망가다 바위 뒤에 숨었는데 내가 그 사람을 덮치려다 실수로 바위에 머리를 꽝 부딪치는 바람에 기절했다, 그래서 아무 저항할 수 없는 날 몽둥이로 내리쳤을 뿐인 거다. 우리는 진실을 알 수가 없다. 사자가 말을 하기 전에는 말이다.

이 속담도 두 가지 해석이 있다. 하나는 어떤 상황을 판단할 때 양쪽 얘기를 다 들어봐야 한다는 거고 다른 하나는 확인할 수 없는 일이라고 마구 허풍을 떠는 사람을 빗대는 말이다. 내가 보기에는 두 번째 해석이 압도적으로 많이 쓰이는 것 같다.

무용담이라면 구호 활동가도 사자 사냥꾼 못지않다. 구호 현장에서 잔뼈가 굵은 사람이라면 누구라도 한두 가지 무용담은 가지고 있다. 언제 어느 현장에서 어떤 위험한 순간들을 어떻게 모면했나 하는 무용담을 풀어놓으면 제 흥에 겨워 살짝 부풀려서 얘기하기도 하는데 도가 지나치다 싶으면 듣던 사람 중 한 명이 '사자가 말하기 전에는……'이라고 앞 구절로 운을 떼운다. 그러면 나머지 사람들이 웃으며 '모든 사냥꾼은 영웅이다'라는 뒷구절을 합창하곤 한다. "뻥치지 마시오."라는 직설적인 말보다 얼마나 귀여운가?

베스트 5 후보에는 올랐으나 탈락한 속담들이 아까워서 설명 없이 나열이라도 해볼까 한다.

'악어에게 먹히지 않으려면 무리지어 강을 건너라.'

'길을 잃는 것도 길 찾는 방법 중 하나다.'

'거친 강을 건널 때는 돌덩이를 안고 가라.'

'바나나는 원숭이가 먹고 싶다고 익지 않는다.'

'얼룩말을 쫓는다고 다 잡는 건 아니지만, 쫓은 사람만이 얼룩말을 잡을 수 있다.'

하나하나 아프리카 사람들의 지혜와 철학이 듬뿍 담겨 있는 속담이다.

베스트 후보와는 상관없이 우리나라 속담과 너무도 흡사해 한번 들으면 잊을 수 없는 것도 많다. '인내는 돌덩이도 삶는다'(참을 인자 셋이면 살인도 면한다), '으르렁거리는 사자는 사냥감을 잡지 못한다'(짖는 개는 물지 않는다), '코끼리가 싸우면 뭉개지는 건 발아래 풀'(고래 싸움에 새우 등 터진다), '춤 못 추는 사람이 마당에 돌멩이 많다 한다'(일 못하는 목수가 연장 탓한다).

안타까운 건 아프리카 속담이나 격언은 입에서 입으로 전해 내려오기 때문에 마을의 연장자들과 함께 서서히 사라지고 있다는 점이다. 아프리카에는 어느 마을이든지 말 잘하는 할머니, 할아버지가 있다. 그 어르신들은 달밤에 커다란 나무 밑에서 마을 사람들을 모아놓고 부족과 대가족의 역사에 대한 서사를 읊으면서 인생의 진리와 사람의 도리와 선조로부터 내려온 지혜를 얘기하곤 한다.

마을 최고의 엔터테이너이자 역사학자이자 철학자이자 현자들인 셈인데 이분들이 세상을 뜨면 그 마을 역사와 지혜와 철학이 통째로 사라지는 거다. 서양에도 '노인 한 사람이 죽는 건 도서관 하나가 불타버린 것과 같다'라는 속담이 있지만 내 생각에 이 속담은 아프리카에서 가장 생생하게 살아 숨 쉬고 있다.

아프리카에서 이 '도서관'들이 몽땅 사라지기 전에 나라도 한국으로 부지런히 퍼 날라야겠다. 우리 속담에도 발 없는 말이 천 리 간다라고 하지 않는가? (앗, 이 속담이 아닌가벼!)

남수단
파견 일지

소가 있어야 장가간대요

2012년 8월 와랍 주(州)

여기는 아프리카 남수단 와랍 주.

'울지 마, 톤즈'로 우리에게 친숙한 톤즈도 이 지역에 있다. 여기서 앞으로 7개월간 긴급구호 본부장으로 근무할 계획이다.

지난 2년 반 동안 미국 유학과 중국어 연수, UN 자문위원 역할 등으로 못 갔던 현장에 드디어 다시 온 것이다. 한동안 도시와 책상 앞에만 있으려니 얼마나 현장이 그리웠던지…… 떠나기 2주일 전부터는 달력에 하루하루 X 표시를 해가며 손꼽아 기다렸다.

꿀단지라도 묻어놓은 듯 빨리 오고 싶었던 곳이라 현장에 오니 물

191

만난 물고기마냥 생기가 돌긴 하지만 이곳 사정은 그리 호락호락하지 않다. 남수단은 작년 7월 9일, 50여 년간의 전쟁 끝에 수단에서 분리 독립한 신생국이라 아직 전쟁의 상처가 곳곳에 남아 있기 때문이다.

이 긴 전쟁의 표면적 원인은 종교다. 역사적으로 수단은 아랍계 이슬람교도들이, 남수단은 그리스도교와 토속 종교를 믿는 아프리카 주민들이 살고 있다. 영국 식민지를 벗어나면서 힘과 조직을 가진 수단 무슬림들이 상대적으로 열악한 남수단 토착민들을 강제로 무슬림화 하려는 과정에서 남수단 주민 전체에 대해 인종 청소에 가까운 전쟁을 치렀다. 그래서 어떤 책에서는 이슬람교도와 그리스도교도 간의 종교전쟁이라고도 하지만 내 보기에는 수단 땅덩어리와 그 안

각별한 현장

에 묻혀 있는 석유를 누가 차지하는가의 정치적, 경제적 전쟁이다.

우여곡절 끝에 분리 독립의 찬반을 묻는 주민 투표에서 99퍼센트가 넘는 압도적인 찬성으로 탄생한 이 나라 인구는 약 900만 명. 우리나라의 여섯 배에 달하는 국토에는 나일 강이 지나가면서 만들어진 대규모 초지와 습지가 있는데, 이곳을 중심으로 100여 개 이상의 부족이 유목과 농경을 병행하면서 살고 있다.

문명의 혜택을 거의 받지 못한 남수단 문맹률은 75퍼센트, 여자 문맹률은 90퍼센트도 넘는다. 영유아 사망률은 1,000명당 135명, 아이를 낳다가 죽는 산모 사망률이 1만 명당 205명으로 세계에서 가장 높다. 만성적인 식량 부족으로 영양 실조율도 매우 높고 국민의 반 이상이 깨끗한 물을 먹지 못하며 전국이 말라리아 창궐 지역이다.

이런 문제 외에 이곳을 긴급구호 현장으로 만든 것은 다름 아닌 석유다. 분리 독립하면서 남수단은 유전지대의 대부분을, 북쪽은 송유관을 가졌다. 남쪽 석유를 수출하려면 북쪽 송유관이 필요한데, 북쪽에서는 국제 통용가격인 1배럴당 1달러를 무시하고 36달러라는 터무니없는 사용료를 요구했다.

최근 양측이 1배럴당 25달러로 합의했지만 석유를 둘러싼 두 나라 간의 갈등과 충돌은 언제 다시 불붙을지 모른다. 아직 두 나라가 국경을 확정짓지 못하고 유전지대를 각자 자기 영토라고 우기고 있어 더욱 그렇다.

또 하나는 유전지대의 무력 충돌을 피해 고향을 떠나는 20여만 명의 주민들, 독립 이후 고향으로 돌아오는 피난민들, 그리고 안전한 곳을 찾아 남쪽으로 들어오는 수단 난민들이다. 한 달에도 수만 명씩 들어오는 이 사람들은 이미 식량 부족과 물 부족을 겪고 있는 국경 주민들에게 커다란 짐이 아닐 수 없다.

수단이라는 나라 이름이 '검다'라는 토속어에서 나온 것처럼 여기 남수단 주민들은 정말로 피부가 숯덩이처럼 까맣다. (아랍계 수단 사람들의 피부는 커피색이다.) 100여 개의 부족 중에서 가장 큰 부족은 유목을 주로 하는 딩카족으로 여자건 남자건 키가 장대같이 크고 소를 목숨같이 여긴다. 그러다 보니, 소를 둘러싼 부족 간의 갈등도 엄청나다.

이곳엔 전통적으로 '소 약탈' 문화가 있다. 푸른 초원에서 소를 키우는 유목민들이 평화로우리라 상상하지만 이곳에선 강한 부족이 약한 부족의 소를 강탈해 오는 전통이 있다. 사회적, 경제적 힘을 키우기 위해서이기도 하지만 성인식을 하거나 결혼할 때 남자들의 용감함을 보여주려는 문화적, 상징적 의미도 있다.

예전에는 약탈이 창과 화살로 이루어져 그 규모가 수십 마리 정도였고 사상자도 열 명 미만이었으나 언젠가부터 북쪽에서 유입된 소총이 쓰이면서 소 수천 마리에, 사상자도 수천 명에 이른다.

며칠 전, 내가 있는 톤즈 근처에서도 오래전부터 서로의 소를 약탈하며 원수처럼 지내는 두 부족 간에 싸움이 나서 다섯 명이 죽었는데 그중에는 결혼을 코앞에 둔 청년도 있었다. 이번 약탈은 바로 그 청년의 결혼용 소 때문이었단다.

이곳에서는 결혼할 때 신랑 집이 신부 집에 소를 주는 풍습이 있는데 적게는 50마리부터 많게는 200마리에 이른단다. 양쪽 부족에 결혼식이 있을 때마다 이런 일이 생기니 어디 마음 편히 살 수가 있

나. 게다가 이런 일이 있을 때마다 부족 간의 적개심과 복수심이 점점 커지는 데다 소를 지킨다는 명목 하에 젊은이들이 대낮에도 버젓이 총을 들고 다니니 나는 물론이고 마을 사람들이 늘 불안에 떨 수밖에 없다.

이런 환경에서 우리 단체는 150만 명의 주민에게, 특히 북쪽 유목민들을 중심으로 물, 식량, 피난처와 보건의료 등을 제공하고 있다. 이렇게 엄청나게 많은 사람들을, 일개 NGO가 언제까지, 얼마만큼 돌볼 수 있나 생각하면 기가 죽는다. 그래도 할 수 있는 만큼 해보는 거다. 열심히, 기꺼이, 웃는 얼굴로.

아름답고 무서운 나일 강 이야기
2012년 9월 나일 강

세계에서 제일 긴 강이자 아프리카의 젖줄인 나일 강을 직접 본 건 30대 중반 세계 일주할 때다. 이집트 룩소에서 순전히 바람으로만 가는 배를 타고 천천히 나일 강을 따라가는 여행을 했다. 3박 4일간 강물로 밥 해먹고 차 끓여 마시고 강변으로 떨어지는 해와 둥실 뜬 보름달을 하염없이 보다가 밤이 되면 모래사장에 텐트를 치고 자고 다음 날 강물로 세수한 후 다시 배에 오르면서 원 없이 강 위에서 놀았다.

그리고 20년 후, 다시 나일 강에서 3박 4일을 보내게 되었다. 이번에는 긴급구호 본부장으로. 남수단에서 일하던 당시, 도움이 가장 필요한 곳이 수단과의 국경인 나일 강 상류 지역이었는데 우리 단체도 그곳에서 많은 프로그램을 진행하고 있었다.

당연히 출장을 많이 가야 했는데 이 지역 사업장을 방문하려면 상당히 불편한 배를 타야 했다. 그때가 우기라 도로가 몽땅 물에 잠겨 육로 이동이 불가능했기 때문이다.

한번은 월드비전 남수단 회장, 나일 강 상류지역 사업 총책임자, 사업 담당자 두 명과 함께 배를 타고 나일 강가에 있는 주요 사업 현장 대여섯 군데를 방문하기로 했다.

나일 강을 따라가는 배라니 낭만적으로 들리겠지만 속사정은 정반대다. 우리가 탄 6인승 스피드 보트는 그늘 한 점 없어서 사업장 사이를 이동하는 대여섯 시간 내내 살인적인 땡볕을 고스란히 받아야 했다. 도중에 화장실을 갈 수 없으니 물을 마음껏 마실 수도 없고 배 엔진 소리는 또 얼마나 큰지 정신을 쏙 빼놓았다.

배에서 내려도 사정은 마찬가지. 현장 숙소에는 물도 전기도 없지만 모기와 체체파리와 독을 가진 도마뱀은 많다. 샤워는 빗물 받아놓은 걸로 하고 밤에는 손전등에 의지해 나일 강에서 잡은 고기로 저녁을 먹고 잠은 허름한 간이 건물 안에서 텐트를 치고 잤다.

여기선 모기보다 체체파리가 더 무섭다. 말라리아는 치료약 먹으면서 한바탕 고열을 내며 아프면 낫지만 체체파리에 물리면 혼수상태에 빠진 것처럼 전혀 맥을 쓸 수 없으니 말이다. (그래서 체체파리에 물리면 자다 죽는다는 말이 나온 거란다.)

밤새 잠을 설쳐서 아침에 따뜻한 물이라도 한 잔 마셨으면 좋겠건만 장작불 피우는 데 시간이 많이 걸려 생수로 겨우 이만 닦고 바로 배를 탔다.

이동하면서 먹는 아침 겸 점심은 비스킷과 땅콩, 그리고 약간의 물. 이렇게 사흘째가 되니 머릿속에는 먹고 싶은 것으로 가득 찼다. 밀크커피 한 잔, 라면 한 그릇, 매콤달콤한 비빔국수, 굴을 듬뿍 넣은 미역국, 프라이드치킨에 시원한 맥주 한 잔⋯⋯.

게다가 가는 현장마다 문제투성이였다. 나일 강물을 그대로 마시는 이 지역 사람들은 수인성 질환이 문제인데, 5세 미만의 아이가 설사 등으로 사망하는 비율이 세계에서 제일 높을 정도다.

주민 요청에 따라 정수 시설을 만들었는데 주민 대부분이 여전히 강물을 마시고 있었다. 정수한 물에서는 이상한 냄새가 난다면서(소독약 냄새다) 약간 진흙이 섞여 있는 나일 강물이 더 맛있단다. 무엇보다 나일 강의 영혼이 자기들을 더욱 튼튼하게 만들어줄 거라나. 그곳 아이들을 확실히 살려낼 시설이 무용지물이 될 지경이니 이를 어쩌면 좋단 말인가.

또 다른 현장에서는 우리를 반갑게 맞아야 할 마을 지도자가 퉁퉁 부어 있었다. 심지어 자기 관할 지역에서는 더 이상 사업을 벌이지 말라는 엄포까지 놓았다. 어렵게 회의를 끝내고 무슨 영문인지 알아보니 그 지도자는 이곳 다수를 차지하는 딩카족인데 우리 사업은 소수민족이자 더 어려운 슈륙족 지역에 집중된 게 문제였다. 그러나 어쩌랴. 우리에겐 가장 도움이 필요한 지역이 우선인데.

다음 현장에서는 배에서 구호물자를 하역하던 20여 명의 동네 청년들이 우리를 보자 갑자기 몰려들며 뭔가를 강력히 항의했다. 서너 명은 당장이라도 한 대 칠 기세였다. 부둣가라 다행히 경찰서가 있어서 피신한 후 사정을 알고 보니 하역 품값을 그날그날 받고 싶은데 일주일 단위로 주는 것이 불만이었다.

　듣고 있자니 너무하다는 생각이 들면서 이들이 확, 꼴 보기 싫어졌다. 자기들이 하역하는 구호물자는 모두 자기 동네 사람들에게 줄 건데, 자진해서 일해도 모자랄 판에 돈까지 받으면서 어떻게 이럴 수 있나 말이다.

　어깨에서 힘이 쭉 빠져나갔다. 주민들 반응이 저런데, 끼니를 비스킷으로 때우고 모기와 온갖 벌레에 뜯겨가며 땡볕 아래 물 한 모금 제대로 못 먹으면서 일하는 게 다 무슨 소용인가? 속상하고 야속하고 억울해서 눈물이 핑 돌았다. 새삼 이 일을 시작할 때 들은 말이 생각난다.

　'죽을힘을 다해 도와주면서도 욕먹는 걸 잘 견뎌야 구호 일을 계속할 수 있다.'

　구호 현장의 백전노장인 우리 회장과 지역 총책임자는 언성 한번 안 높이고 얼굴색 하나 변하지 않는다. 난 아직 멀었나 보다.

　이렇게 가는 곳마다 현지 주민들에게 시달리고 배로 이동하는 게 힘들었지만 나일 강 풍경은 참으로 아름다웠다. 우기 덕분에 한껏 부푼 강은 멈춘 듯 장엄하고 도도하게 흘렀다.

　서너 시간을 가도 사람 흔적 전혀 없는 원시의 강변, 그 위를 날아

다니는 색색의 새들은 하늘에 뿌려놓은 꽃송이 같았다.

강물 위로는 워터 히아신스라는 진짜 꽃들이 무더기로 떠다닌다. 초록색 이파리 사이로 수줍게 핀 보라색 꽃이 얼마나 청초하고 아름다운지. 내가 "Very pretty, very very pretty." (참 예쁘네요, 정말 예뻐요!)를 연발하니 무뚝뚝한 보트 운전수 피터가 높은 톤의 내 목소리를 흉내 내며 "Very bad, very very bad." (참 나빠요, 정말 나쁘다고요)라고 한다.

이 꽃의 뿌리와 줄기에 걸리면 보트 엔진이 꺼지거나 고장이 나서 그렇단다. 이 꽃은 한 송이가 무려 4,000송이까지 퍼지는 가공할 만한 번식력으로 뱃길을 막고 낚시 등 생업을 방해할 뿐 아니라 물속 산소를 다 써버려 수중 생태계까지 파괴하는 골칫덩어리란다. 한참 가다 보니 이번엔 갑자기 동물 썩는 냄새가 진동했다. 두리번거리니 피터가 말했다.

"악어예요. 악어는 잡은 동물을 습지 나무 밑동에 숨겨놓고 고기가 썩을 때까지 기다렸다 먹거든요."

휘둥그레지는 내 눈을 보고 재미있다는 듯 말을 이었다.

"실은 악어보다 하마가 훨씬 무서워요."

세상에서 가장 강력한 이빨을 가졌다는 나일 악어는 그렇다 쳐도 하마가 그렇게 무서운 동물인지 미처 몰랐다. 길이 약 3미터, 몸무게 3.5~7톤의 대형동물인 하마는 열 마리 이상씩 떼를 지어 다니는데 자기들 영역으로 배가 들어오면 그 배를 뒤집고 사람을 물어뜯어 두 동강을 내는 포악하기 짝이 없는 동물이란다.

겉으로는 평화롭게 흐르는 나일 강도 자세히 들여다보면 생존을 위해 싸우는 피비린내 나는 전쟁터였다.

현장 방문 3일째, 우리 일행 여섯 명은 그 '평화로운 전쟁터 맛'을 톡톡히 보았다. 문제의 발단은 그놈의 워터 히아신스였다.

그날은 북쪽 국경도시인 렝크에서 20여만 명의 난민 상황을 파악하고 UN과의 협력을 논의했다. 회의가 길어질까 염려했는데 오후 두 시쯤 끝나 안심이었다. 일몰 전에 이동을 모두 완료해야 하는 현장 안전지침대로 해 지기 전까지 숙소로 돌아가기에 넉넉한 시간이었다.

그런데 웬걸. 가뜩이나 강물을 거슬러 가느라 속도가 안 나는 데다 자꾸 배 모터에 워터 히아신스에 걸리는 바람에 여섯 시가 넘었는데도 가야 할 길의 반도 가지 못했다. 설상가상으로 지평선에서 먹구름이 몰려오면서 천둥번개가 치기 시작했다.

잠깐 뉘엿뉘엿하더니 곧 칠흑처럼 깜깜해졌다. 고요한 나일 강에 우리 배 엔진 소리만 요란했다. 아무도 말이 없었다. 모두들 겉으로는 침착해 보였지만 속으로는 갖가지 불길한 생각에 빠져 있었다.

비행기 조종사이기도 한 우리 회장은 번개가 제일 두려웠단다. 금속으로 만든 우리 배가 번개에 맞으면 우린 그 자리에서 고스란히 인간 바비큐가 되고 말 테니까.

이 지역 총책임자는 하마가 제일 무서웠단다. 깜깜한 강물 위에 떠다니는 게 워터 히아신스 무더기인지 하마 떼인지 분간할 수 없기 때문이다. 만에 하나 우리 배가 하마 지역에 들어간다면 우리는 말 그대로 뼈도 못 추린다.

운전수인 피터는 워터 히아신스가 신경 쓰였단다. 그 강력한 줄기가 배 모터를 완전히 망가뜨릴 수도 있기 때문이다. 새내기 지역 담당자는 어둠 속에서 우리 캠프를 못 보고 지나치는 게 걱정이었다는데 나는 반군들을 만날까봐 제일 무서웠다. 그날 오후에 UN 안전브리핑에서 수단의 조정을 받는 반군들이 이 지역에서 활발히 활동하고 있다고 들었기 때문이다.

이런 생각을 하고 있는데 갑자기 깜깜한 강변에서 플래시 불빛이 깜빡이며 정지하라는 신호가 왔다. 지역 총책임자가 회장에게 다급하게 물었다.

"우리 경찰 같기는 하지만 어떻게 할까요?"

회장이 단호하게 말했다.

"속도를 최대로 내서 피해 갑시다!"

최대 속도로 15분쯤 갔을까, 한순간 강변에서 10여 개의 플래시 불빛이 동시에 깜빡거렸다. 이번엔 꼼짝없이 반군한테 걸렸구나, 하며 잔뜩 긴장하고 있는데 지역 담당자와 피터가 한목소리로 환호성을 질렀다.

"캠프장이다!"

동시에 우리의 무사귀환을 축하라도 하듯 고막이 터질 것 같은 천둥과 함께 번개가 하늘을 두 쪽으로 가르면서 장대비가 쏟아지기 시작했다.

그 굵은 장대비를 온몸으로 맞으며 생각했다.

'네 목숨을 걸어야 다른 사람 목숨을 살린다는 구호 선배들의 말이 허튼소리가 아니었구나.'

딩카족의 성인식

2012년 10월 와랍 주

우리 현장사무소 운전수 마비울은 전형적인 딩카족이다. 키가 장대같이 크고 군살 한 점 없이 호리호리하다. 새까만 피부에 얼굴이 조막만하고 이목구비가 뚜렷한 미남이다. 아랫니가 네 개 없고 이마에는 세 줄 칼자국 문신이 있다.

30대 중반인데 부인이 두 명에 아이들이 벌써 다섯 명이다. 결혼할 때마다 신부 집에 소 50마리씩을 주었는데 소만 더 있다면 부인을 한두 명 더 얻고 싶단다. 자기는 국제구호 단체에서 일하니 조건 좋은 신랑감이라며 으스댄다. 딩카의 문화와 전통을 자랑스럽게 여기며 자기가 딩카족이라는 데 커다란 자부심을 가지고 있다.

딩카족은 내가 일하고 있는 남수단 인구 1,000만 명 중 약 20퍼센트를 차지하는 최대 종족으로 소를 키우며 산다. 당연히 소는 부의 상징이고 물물교환의 수단이며 노래와 춤의 소재이자 일상생활의 중심이다. 지금은 자기 소 30마리 정도를 친척이 대신 돌보고 있는데 열세 살 된 자기 아들이 빨리 커서 소를 직접 돌봤으면 좋겠단다. 그러면서 하는 말,

"올해 드디어 우리 아들이 어른이 됩니다. 성인식을 치르거든요."

바로 이 딩카족 성인식을 직접 볼 기회가 있었다. 우기 중이라 비가 자주 와서 물 걱정도 없고 곡식 수확철인 10월에, 1년에 단 한 번 있다는 성인식을 10월말 현장 근무 중에 만난 것이다.

솔직히 나는 그게 그렇게 요란하고도 중요한 의식인지 캐틀 캠프

(cattle camp)라는 집단 거주지를 가는 중에 알았다. 캐틀 캠프란 딩카족의 우기 주거 형태로 한 동네 사람들이 수백 마리의 소와 함께 살면서 공동으로 젖을 짜고 돌보는 걸 말한다. 이곳에서 두 살 미만의 어린아이들이 소와 섞여 사느라 위생시설이 불량하여 유아 사망률이 매우 높기 때문에 우리 단체가 어떻게 도와주면 좋을까, 사전 조사를 하러 가던 참이었다.

캠프장에 거의 도착할 때쯤, 갑자기 어딘가에서 몸에 실오라기 하나 걸치지 않은 10대 초반의 남자아이들 20여 명이 손에는 긴 화살을 들고 길 저쪽에서 어슬렁거리며 나타났다.

신기했다. 원시 시대도 아니고 벌건 대낮에 나체로 다니다니. 가까이 다가왔을 때 보니 몸 전체에 버터를 발라 한낮의 이글거리는 태양 아래 반짝반짝 예쁘게 빛났다. 차 안에 있는 우리를 보고는 반갑다는 표시로 두 손을 번쩍 들어 올리니 아랫도리가 그대로 드러났지만 아무도 개의치 않았다.

마비울이 한마디 한다.

"저 친구들, 보름까지 며칠 남지 않았으니 지금이 제일 힘들 때예요. 그러나 참 좋을 때죠."

"보름하고는 무슨 상관이에요?"

"딩카족 성인식은 보름달이 떴을 때 망고 나무 아래에서 거행하니까요."

알고 보니 남자아이들은 성인식을 하기 전에 아랫니 네 개를 제거하고 난 후 이렇게 한 달 동안 벌거벗은 채 같이 먹고 같이 자는 공동생활을 하면서 개인의 용감함을 보여주고 동시에 또래그룹과 긴밀

한 동지의식을 키우게 된다.

그리고 드디어 보름달이 뜨면 식구들과 동네 사람들을 초대한 후 커다란 망고 나무 아래서 칼 문신 전문 기술자(?)가 아이들의 이마에 예리한 칼로 칼자국을 내는 의식을 치른단다.

한 아이당 2~3분 걸리는, 생살을 찢고 피를 철철 흘리는 과정에서 아이들은 몸도 꿈쩍하면 안 된다.

만약 아프다고 해서 몸을 움직이거나 울기라도 하면 이 아이는 평생 겁쟁이로 불리면서 결혼 상대를 찾기도 어려울 뿐더러 설사 찾았다고 해도 결혼할 때 신부한테 소를 훨씬 많이 줘야 한단다.

문신을 받은 아이는 식구들이 소금 넣고 끓인 물로 소독을 하고 지혈을 하는데 한 시간 정도면 지혈이 되고 드디어 동네에서 공동으로 잡은 소의 고기를 나누어 먹으며 잔치가 시작된다. 이 과정을 다 마친 아이들은 비로소 완전한 어른 대우를 받는다. 어른들은 집안의 대소사를 아이와 의논해서 결정해야 하고 당당히 소 모는 일을 하게 된다.

"딩카 남자들에겐 평생 잊을 수 없는 날입니다. 아니, 성인식이 끝나면 부모에게 아예 새 이름을 받으니 새로 태어난 거나 마찬가지죠."

"이름까지요?"

성인식을 무사히 치른 선물로 아이의 아버지는 아들에게 수소를 한 마리 주면서 그 소의 무늬나 색깔을 따 아들에게 새로운 이름을 지어주는데 이 이름이 아이의 평생 이름이다. 자기 이름 마비울도 몸 전체가 하얀 수소를 가리킨단다.

5일간 같은 캐틀 캠프에서 사전조사를 하다 보니 그곳 꼬마 여자

아이들하고도 친해졌는데 여자아이들 최대의 관심사는 당연히 다가오는 성인식이었다.

나만 보면 손가락으로 이마를 긋는 성인식 흉내를 내면서 자기들끼리 손뼉을 치고 온몸을 흔들며 좋아한다. 그러다가 이번 성인식에 참가하지 않은 제 또래의 남자아이가 지나가면 한껏 얕잡아보는 얼굴이 되어 이렇게 놀려댔다.

"우리 사촌은 곧 문신하는데, 넌 겁나서 못하지?"

"넌 아랫니 뺀 지 꽤 오래됐는데 아직도 문신이 없으니 어쩌냐?"

놀림 당한 남자아이는 울상이 되어 여자아이들에게 소똥을 던지며 달아났다.

마비울이 웃으며 말했다.

"저 친구 내년에는 꼭 받을 거예요. 또래 여자아이들의 저런 등살을 견딜 수가 없거든요."

"자기 아이들에게도 저런 성인식 시킬 거예요?"

내가 이렇게 물었을 때 마비울이 단호한 어투로 이렇게 대답했다.

"아랫니는 안 빼겠지만 딩카 남잔데 칼자국 문신은 해야죠. 단, 깨끗이 소독한 칼로!"

남수단 딩카족의 전통은 이렇게 이어져가고 있었다.

내 생일을 묻지 마세요

2012년 12월 주바

"한국에선 새해 첫날이 되면 모두 한 살씩 더 먹어요."

"네? 그럼 12월 31일에 태어난 사람은요?"

"그 사람은 이틀 만에 두 살이 되는 거예요."

"두 살이요?"

"한국에선 태어나자마자 한 살이예요. 열 달간 뱃속에 있던 시간을 나이로 치는 거죠. 잉태되는 그 순간부터 생명이니까요."

"와, 참으로 철학적이고도 과학적이네요."

며칠 전 현지 직원들과 점심을 먹으면서 우리나라 설날 풍습에 대해 얘기해주었더니 감탄사를 연발하며 신기해한다. 재미있어하는 얼굴을 보니 더욱 신이 나서 밥 먹는 것도 잊고 얘기를 계속했다.

설에는 전국에 흩어져 살고 있던 가족이 모두 모인다. 설날 아침 한자리에 모여서 세배를 하고 떡국을 한 그릇 먹어야 비로소 한 살 더 먹는 거라고 했더니 늘 묵주를 목걸이 삼아 걸고 다니는 인사과 직원이 고개를 끄덕이며 말한다.

"한국 사람들은 전 국민이 1월 1일이 생일이고 설날이 공동 생일 잔치인 셈이군요. 남수단에도 1월 1일이 생일인 사람이 아주 많아요. 우리 사무실에만도 700여 명의 현지 직원 중 50명은 훨씬 넘을 걸요?"

아니, 새해 첫날이 길일 중의 길일이라 일부러 그날에 맞춰 아이를 낳는 건 아닐 테고 대체 무슨 일인가. 내가 눈을 동그랗게 뜨고 의

아해하는 모습이 재미있었는지 현지 직원들이 박수를 치며 좋아한다. 우리 직원들은 이렇게 아무것도 아닌 것에 허리가 끊어져라, 목청이 터져라 웃는다. 마치 웃을 기회를 기다렸다는 듯.

설명인즉 이 나라 사람들, 특히 시골 사람들은 자기가 언제 태어났는지 잘 모른단다. 실제로 시골에서 나이를 물어보면 다들 난감해한다. 기껏 들을 수 있는 대답은 큰 가뭄이 들었던 해, 우리 동네 소를 다른 마을에서 몽땅 훔쳐갔던 해 정도니 태어난 날을 물어보는 건 순전히 시간 낭비다. 남수단에서 모든 이의 사랑과 존경을 한 몸에 받고 있는 천주교 대주교님도 홍수가 나던 해, 비 오는 날에 태어났다고 한다.

이렇게 내남없이 생년월일을 모른 채 수백 년 살아와도 큰 불편이 없었지만 재작년, 남수단 분리 독립을 위한 국민투표를 하면서 문제가 생겼다. 투표를 위한 유권자 등록을 하려면 반드시 생년월일이 필요하기 때문이다. 그래서 궁여지책으로 생일을 모르는 사람들은 일괄적으로 1월 1일로 하기로 했다는 거다. 공교롭게도 그날 같이 밥 먹던 30~40대 남자 직원 여덟 명 중 세 명의 생일이 1월 1일이었다.

"와, 다음 달 생일파티는 대성황이겠는데요."

내가 생일 케이크 촛불을 불어 끄는 시늉을 하며 말했다. 우리 사무실에서는 매달 그 달에 생일이 있는 사람들을 위해 파티를 하기 때문이다. 그런데 반응이 영 시큰둥하다. 어, 내가 뭘 잘못 말했나? 잠깐의 침묵이 흐른 뒤 1월 1일이 생일인 30대 초반의 보안요원이 말했다.

"난 생일파티 흥미 없어요. 시골에서 태어나 생일잔치라는 걸 모르고 자랐거든요. 그래서 국제 직원들이 자기들 식으로 고깔모자 씌우고 케이크를 자르게 하는 일이 어색하기만 해요. 진짜 내 생일도 아니고요."

옆에 있던 다른 직원들도 고개를 끄덕인다. 살짝 미안하고도 안쓰러운 마음이 들어서 약간 과장된 어투로 말했다.

"가짜 생일이라도 누가 챙겨주면 좋지 않아요? 다음 달엔 내가 절대 어색하지 않은 생일파티를 준비할 테니 6월 내 생일도 잘 챙겨줘요. 오케이?"

이런 애교가 통했는지 한순간 분위기가 반전되면서 직원들이 앞다투어 한마디씩 한다.

"좋아요. 이번 비야 생일은 우리가 순전히 남수단 식으로 해줄게요. 음, 일단 염소를 한 마리 잡아야 하고요."

"난 집에서 수수를 발효해서 만든 맥주를 구해올게요."

"6월이면 망고가 한창일 테니까 그럼 나는 망고 즙을 왕창 짜서 가지고 와야지."

"우리, 제자리에서 뛰어오르면서 어깻죽지를 접었다 폈다 하는 딩카족 집단 춤도 준비할까?"

"춤추려면 장구도 빌려와야겠다."

하하하 호호호 낄낄낄 깔깔깔.

또 아무것도 아닌 일로 손뼉을 마주치고 배꼽 빠지도록 웃으면서 우리나라 설 이야기로 시작한 점심은 6개월 후 남수단식 내 생일파티 준비로 끝났다.

아, 생일파티라니. 국제구호라는 직업의 특성상 나는 명절이나 생일을 외국에서 보내는 일이 많다. 작년 추석도, 크리스마스도 그랬고 다가오는 새해 첫날도 그럴 것이다. 특히 생일은 최근 몇 년 동안 한국에서 식구들과 보낸 적이 없다. 다 큰 사람이 무슨 생일타령이냐 하겠지만 내게는 해마다 새로 태어나는 기쁨을 누리고 동시에 한 해의 다짐을 중간 점검하는 중요한 날이다.

가까운 사람들은 내가 해외 현장에 있어도 이메일이나 전화로 이 날을 기억해주지만 정작 하루 종일 같은 공간에서 일하는 현장 사람들은 말하기 전까지는 아무도 그날이 내 생일인지 알지 못한다. 제 입으로 생일이라고 말하는 게 쑥스러워 그냥 지나가는 해에는 혼자서 쓸쓸한 생일을 보내곤 한다. 그런 날에는 정말로 집에 가고 싶다. 한국에서 한국말로 수다 떨고 정성스럽게 끓여준 미역국이 먹고 싶다.

그러나 다시 생각해보면 세상 어디에 있건 그런 소중한 날에 같이 일하고 같이 밥 먹고 활짝 웃어주는 그 사람들이 내 가족이자 친구다. 어찌 생일 하루뿐이겠는가? 1년 365일 지금 내 눈앞에 있는 사람이 세상에서 가장 소중한 사람이라는 말을 가슴 깊이 품고 살 일이다.

계획대로라면 올 생일은 내 남수단 가족이자 친구들과 함께 염소 고기 실컷 먹고 아프리카 춤을 추며 요란하게 보낼 수 있겠지. 고맙다. 그리고 기대된다. 6월까지 남수단에 있게 될지는 모르지만.

미사 중에 동이 튼다

2013년 1월 주바

요즘 나는 매일 아침 미사를 드린다. 한국에서도 하지 않던 일인데 벌써 세 달째다.

쓰나미, 지진, 전쟁 등등 엄청난 재난을 당한 곳에서 구호 활동을 벌이는 구호요원들은 현장에서 일하는 동안 믿음이 더 깊어지거나 아니면 완전히 믿음을 잃어버린다고 한다. 다행히 난 첫 번째 경우다. 지금처럼 현장에 있으면 기도해줘야 할 사람과 간절히 기도해야 할 일이 차고도 넘친다. 그래서일까? 평소에는 대충 읽던 성경을 현장에 오면 곱씹으며 읽게 되고 기도 시간이 점점 길어진다.

나 역시 밥 한 그릇, 물 한 모금이 없어 죽는 아이들, 말라리아나 설사 같은 하찮은 병에 걸려도 살아남지 못하는 아이들, 반군들이 마을에 불을 지르고 사람을 잡아가거나 죽이는 게 무서워 고향을 등지고 멀리 도망가야 하는 선하디선한 사람들을 볼 때마다 "하느님 어떻게 이 사람들을 이 지경이 되도록 내버려두시나요? 정말 너무하시는 거 아니에요?"라는 원망의 기도가 절로 나온다.

이런 극한 상황에서 믿음을 잃고 만 동료가 "생사람 목숨을 가지고 장난치는 걸 매일 내 눈으로 보는데 어떻게 계속 하느님을 믿을 수 있겠어요?"라고 분노할 때는 정말 무슨 말을 해야 할지 모르겠다. 그런 판국에 같이 기도하자고 하면 한 대 맞을 것 같아 집으로 돌아와 조용히 그 동료를 위해 기도하곤 한다. 이런 상황에 있다 보니 목마른 사슴이 시냇가를 찾듯 아침 미사를 드릴 수 있는 성당을 찾았던 거다.

다행히 주바 숙소에서 20분 거리에 자그마한 성당이 하나 있다.

미사 시간에 맞추려면 동트기 전에 집을 나서야 하는데 어둑어둑하고 인적 드문 거리를 혼자 걸어가면 누군가 뒤에서 목덜미를 잡아당길 것만 같아서 무섭다. 두려운 마음을 없애려고 성모송을 무수히 외우는데 그 덕에 성당에 도착하기도 전에 이미 성모송과 영광송을 50번 이상 하게 된다.

성당은 소박하면서 단정하다. 제단과 십자가 고상은 단순하고 신자용 나무 의자는 닳고 닳아 연륜이 배어 있다. 작은 성당 평일 아침 미사인데도 고정적으로 오는 사람이 100명도 넘는다. 근처에 UN 등 국제단체가 많아서인지 그중 20명 정도는 나 같은 외국인이고 20여 명은 수녀님들인데 미사가 시작되면 이분들은 '수녀님 밴드'로 변신한다. 네댓 명의 악기 담당 수녀님이 탬버린과 북, 캐스터네츠 그리고 주판 비슷한 타악기로 장단을 맞추면 나머지 보컬 및 댄스 담당 수녀님들은 그 리듬에 맞춰 아프리카식으로 몸을 좌우로 흔들면서 화음을 넣어 합창을 한다.

미사 중에 동이 튼다. 매일 미사를 드리는 사람들이 그렇듯 내게도 지정석이 있다. 성당 맨 앞줄 의자의 중앙에 앉는데 그곳은 제대와 가까워 분심이 덜 들뿐 아니라 제대 뒤에 있는 창문을 통해 동 트는 게 잘 보인다. 매일 아침 미사 중에 둥실 떠오르는 해를 보면서 그 맑은 첫 햇살을 온몸으로 받는 사람이 세상에 몇 명이나 될까? 난 정말 남수단에 와서 만복을 누리고 있다.

60대 후반 신부님 강론은 그날 복음이 무엇이든 한결같이 사랑이 주제다. 신약성경을 꽉 짜면 '엑기스' 한 방울이 떨어지는데 그게 바로 사랑이라며 예수님의 제자인 자기가 만날 사랑타령하는 건 참으로 마땅하고 옳은 일이란다.

며칠 전에는 하느님을 사랑한다면서 형제를 사랑하지 않는 사람은 거짓말쟁이라는 성경구절을 세 번이나 반복해 읽으면서, 자기가 진심으로 사랑하는 여러분이 거짓말쟁이로 사는 건 너무 슬픈 일이니 지금 마음속으로 미워하는 형제나 가까운 사람이 있다면 이 미사 끝나고 남아 기도하면서 다 용서하고 가라고 윽박지르기까지 한다. 자기도 남아 같이 기도하겠다면서.

이 마무리 기도 시간은 정말 좋았다. 외국인 중 한 사람이 각자의 모국어로 용서할 수 없는 사람을 위해 소리 내어 기도하자고 했더니 기도를 시작하자마자 영어, 불어, 아랍어, 독일어, 남수단 토속어 등 갖가지 언어가 한꺼번에 뒤섞여 튀어나왔다. 평소에 조용히 미사만 드리던 사람들이 어찌나 큰 소리로 기도하는지 깜짝 놀랐다.

나 역시 영어가 아닌 한국어로 기도하니 훨씬 수월하고 집중이 잘돼서 오랜만에 목청껏 속 시원하게 통성기도를 했다. 듣는 하느님도 시원하셨을 거다.

땡볕의 미사, 헌금은 망고

2013년 2월 서 에콰토리아 주

여기는 남수단 남동부 서 에콰토리아 주의 수도, 얌비오다. 이 나라 북쪽은 주로 유목을 하는 데 비해 남쪽은 대부분 농사를 짓는다. 주바에서 열 시간 정도 떨어진 이곳은 이 나라에서 가장 전쟁의 피해가 적은데다 토양이 비옥하고 날씨까지 농사에 알맞아 남수단의 식량창고라고 불린다.

고구마, 옥수수, 밀 등 곡물은 물론 감자, 카사바, 땅콩, 토마토, 양파, 파인애플 등을 1년 내내 수확한다는데 내가 갈 때는 사방으로 보이는 커다란 망고 나무마다 어린 망고 수백, 수천 개가 주렁주렁 달려 있었다. 저 망고만으로도 남수단 국민 모두를 먹여 살릴 수 있을 것 같았다.

앞서 말한 것처럼 수단이 수단과 남수단으로 갈라진 이유 중 수단은 아랍의 영향으로 이슬람교를, 남수단은 서구의 영향으로 기독교를 믿는다는 점도 무시할 수 없다. 기독교는 개신교와 천주교로 나뉘는데 주바를 포함한 남쪽은 천주교가 훨씬 강한 곳이다. 특히 전쟁 당시 주교를 비롯한 천주교 성직자와 수도자들은 피신하지 않고 끝까지 주민들과 어려움을 함께 넘겨서 더욱 사랑을 받고 있다. 그래서인지 주일만 되면 온 마을이 축제인 양 들썩거린다.

여기서 맞은 첫 주일 아침, 성당에 가려고 나섰다가 깜짝 놀랐다. 같이 가기로 한 현지 직원들 손에 플라스틱 의자가 하나씩 들려 있는 게 아닌가? 성당이 좁아서 자기 의자는 자기가 가져가야 한다는 거다. 얼떨결에 나도 의자 하나를 들고 길을 나섰다.

그런데 이게 웬일인가. 성당 가는 길에서 만난 사람들은 남녀노소 할 것 없이 의자 하나씩을 머리에 이거나 손에 들고 있었다. 낚시 의

자처럼 엉덩이만 걸치는 나무 의자, 접는 플라스틱 의자, 등받이는 물론 손잡이까지 있는 헝겊 의자, 어떤 남자는 멋진 조각 장식에 돌덩이처럼 무거워 보이는 나무 의자를 등짐으로 지고 갔다. 성당에 가는 게 아니라 피난을 가는 것 같았다.

하얀색 플라스틱 의자를 머리에 이고 가는 내 모습을 보고 아이들은 눈을 휘둥그레 뜨며 가와자!(외국 사람) 외마디 소리를 지르고는 곧 온몸을 비틀며 웃었다. 한 손에는 의자를 든 채 하얀 이와 분홍색 혓바닥이 다 드러나도록 크게 웃는 아이들이 사랑스러웠다.

사람들을 땀나게 하는 건 쨍쨍 내리쬐는 햇빛만이 아니었다. 이곳 사람들은 성당에 갈 때 제일 좋은 옷을 입고 가는데 그 옷이 두꺼운 겨울옷인 경우가 많다. 특히 남자 중에는 두꺼운 울로 만든 겨울 양복이나 패딩이 들어간 겨울 재킷을 입고는 비지땀을 흘리는 사람들이 많이 눈에 띄었다.

30분쯤 걸어서 도착한 성당 마당은 미사를 시작하기 훨씬 전인데도 100개 정도 되는 각양각색 의자로 발 디딜 곳 없이 가득 차 있었다. 성당 안에는 들어갈 생각도 말아야 했다. 일단 건물이 100명도 못 들어갈 만큼 비좁은데 선풍기는커녕 창문도 변변치 않으니 그 안이 찜통이나 다름없을 테니까. 왜 자기 의자를 가져와야 하는지 그제야 알 것 같았다.

차양도 없는 땡볕 아래서 드리는 '땡볕 미사'는 괴로웠지만 매우 특별했다. 성당 안에서 신부님이 미사를 집전하고 바깥에는 그냥 스피커로만 들렸는데 가족 단위로 온 사람들은 잔치에 온 것처럼 즐겁게 노래 부르며 미사를 드렸다. 봉헌 시간에는 미사 예물로 가지고 온 계란, 망고, 파인애플 등을 어찌나 정성스레 바구니에 넣는지 그 자체가 감동이었다.

미사 후, 수녀님의 에이즈 및 공중보건에 관한 30분도 넘는 길고 긴 강의가 있었다. 나는 몸이 비비 꼬여 도중에 나가고 싶었지만 중간 의자에 앉는 바람에 꼼짝없이 끝까지 앉아 있어야 했다.

다행히 강의가 재미있는지 사람들은 5분마다 발을 구르고 서로 손바닥을 마주치며 박장대소했다. 그 두툼한 겨울옷을 입고 비지땀을 흘리며 앉아 발까지 굴러가며 열심히 듣고 있는 사람들이 존경스럽기까지 하다.

이중에는 두 시간 이상 걸어 온 사람들도 많다는데, 미사 한 번 드리려고 매 주일 두 시간을 의자와 미사 예물을 이고 지고 걸어와서는 땡볕 아래서 또 두 시간을 꼼짝없이 앉아 있어야 하다니…… 나 같은 '가와자'는 한 번은 하겠지만 두 번은 못하겠다.

서아프리카
리포트

세상에는 말리라는 나라가 있다

2013년 8월 바마코

"발리요? 이번엔 좋은 데로 가시네요."

"발리가 아니라 말리예요. 아프리카에 있는."

"아, 소말리아!"

"소말리아가 아니라 서아프리카에 있는 말리라니까요."

말리에 오기 전에 수없이 들었던 말이다. 그렇다. 세상에는 말리라는 나라가 있다.

우리에겐 이름도 생소하지만 사하라 사막 아래에 위치한 이 나라는 13세기부터 17세기까지 400년 이상 수많은 속국을 두고 이 지역을 다스리던 강력한 이슬람 제국이었다. 사막을 관통하는 독점 카라반 무역과 해안지방에서 캐내는 막대한 금 덕분에 만사 무사(Mansa Musa)라는 황제는 인류 역사상 가장 부유했던 사람으로 꼽히기도 한다. 이런 말리도 서아프리카 다른 국가들과 비슷하게 19세기 프랑스 식민지가 되었다가 1960년 독립했다.

독립 이후 비교적 평화로웠던 말리에 전쟁이 났다. 작년 4월, 분리 독립을 원하는 북쪽 반군이 외부 이슬람 세력과 힘을 합해 정부군과 싸운 지 불과 몇 달 만에 북쪽 지역을 완전히 장악해버렸다.

이들은 곧바로 장악한 지역에 샤리아법이라는 강력한 이슬람법을 적용하여 여자들은 모두 베일을 써야 하고 남자들은 술과 담배를, 젊은이들에게는 음악과 스포츠를 엄격히 금지시켰다. 이를 어길 시에는 채찍으로 때리는 건 물론 손발을 자르고 돌로 쳐서 죽이는 공개처형도 공공연히 실시되었다.

북쪽 주민 50만 명 이상이 전쟁과 전쟁만큼 무서운 샤리아법을 피해 남쪽으로 내려오거나 이웃 나라로 넘어가 난민이 되었다. 나는 긴급구호 총책임자로 남쪽으로 내려온 이 국내 피난민들을 돌보고 있는데 말리 정부 및 여러 UN 기구와 수많은 회의를 하기 위해 수도인 바마코에서 반, 북쪽 지방의 관문인 몹티라는 구호 현장에서 반을 일하고 있다.

8월 중순 끝난 대통령 선거 결과를 북쪽 반군세력도 받아들이면서 말리의 상황이 빠르게 안정을 되찾아가고 있어 다행이다. 상황은 이렇게 하루가 다르게 좋아지지만 내 머릿속은 복잡하기만 하다. 불어 때문이다.

서아프리카의 많은 나라가 그렇듯 말리도 프랑스 식민지였고 불어가 공용어인데 나는 불어를 못한다. 불어를 못해도 괜찮다더니 웬걸, 우리 사무실 직원들은 영어를 거의 못하고 UN 회의 등 외부 회의가 불어로 진행되며 모든 공식 문건이 불어로만 되어 있어 통역 없이는 도저히 일을 할 수가 없다.

꿀 먹은 벙어리!

서아프리카 말리에서 내 처지가 딱 그렇다. 이곳으로 파견되기 전에 지역 사무실에 불어를 못해도 괜찮겠느냐고 물었을 때 큰 지장은 없을 거라더니, 너무나도 막중한 지장을 초래하고 있다.

그렇게 말한 사람, 도대체 누구야?

일상생활도 마찬가지다. 길에서 과일을 살 때도, 택시 타고 마트에 갈 때도, 내 방 천장 선풍기를 고쳐달라고 할 때도 불어가 안 되니 손짓, 발짓에 그림까지 총동원을 해도 모자랄 판. 땡볕 아래서 한 번씩 그러고 나면 어느새 얼굴은 땀범벅이 된다. 우기가 끝나면서 기온이 40도가 넘는 본격적인 더위가 시작되어 더욱 그렇다.

보통 때의 나라면 당장 불어를 배우기 시작했을 거다. 긴급구호 현장이 아무리 바빠도 어떻게든 시간을 쪼개서 혼자 온라인으로 문법과 어휘공부를 하고 회화 선생을 찾아 하루 한 시간 정도 말하기 연습을 하고 주말에는 현지 직원들 집으로 놀러 다니면서 실전 연습을 했어야 마땅하다.

그런데 나는 일과 일상에서 이런 막대한 불편을 감수할지언정 불

각별한 현장

어를 배우지 않기로 했다. 불어에 대한 안 좋은 추억 때문이다.

내가 다니던 대학교 문과대학은 전공학과를 정하기 전인 1학년 때, 영어는 물론 불어와 독일어를 배워야 했다. 평소 여러 언어에 관심이 많았기 때문에 불어와 독일어를 재미있게 배우고 높은 점수를 받을 자신이 있었다. 그런데 아뿔싸. 첫 학기 첫 시험에서 내 생애 처음이자 마지막으로 C에 해당하는 점수를 받고 말았다.

그때부터 불어와의 악연이 시작되었다. 갑자기 불어가 꼴 보기 싫어진 거다. 그 콧소리도 싫고, 철자를 열 개쯤 써놓고 실제 발음은 그중 한두 가지만 하는 오만함도 싫고, 복잡하고 변화무쌍한 동사 변화도 싫었다.

그래서 수업을 부지기수로 빼먹었다. 출석일수 때문에 마지못해 수업에 들어가는 날도 딴짓하다 교수님에게 지적당하기 일쑤니 불어가 점점 더 싫어질 수밖에.

망친 중간고사 성적과 아슬아슬 턱걸이한 출석일수를 만회하느라 기말고사 때는 그야말로 억지 춘향으로 공부를 했다. 이 시험만 끝나면 내 평생 불어하고 다시는 상종하지 않으리라 호언장담하면서.

그런데 30년이 지난 지금 다시 그 불어가 내 발목을 잡고 있는 거다. 아무튼 나는 100개 남짓한 불어 단어를 가지고 가까스로 연명 중이다.

그중 "아땅!"(잠깐만 기다리세요), "다코!"(오케이), "쎄봉!"(좋아요), "브알라!"(맞아요) 네 마디는 내 생명줄이다. 현지인들에게 둘러싸여 무슨 영문인지 모를 때면 통역이 올 때까지 이 네 마디로 충분히 시간을 벌어야 하기 때문이다.

말이 안 통하는 덕분에

그런데 문제는 불어만이 아니다. 수도인 바마코만 벗어나면 대부분 불어가 아니라 현지어인 밤바라어를 쓴다. 설상가상으로 내가 일하는 곳은 지난 내전 중 정부군과 프랑스군이 파죽지세로 남진하던 반군을 막았던 북쪽 지방인데 여기선 밤바라어와는 전혀 다른 이 지역 언어를 쓴다. 게다가 내전 때문에 남으로 피난 온 30여만 명의 난민들은 각자 자기 고향말만 할 줄 안다.

그러니 불어를 잘하는 외국인 직원들도, 불어와 밤바라어를 하는 말리 현지 직원들도 북쪽 현장에 오면 모두 나처럼 꿀 먹은 벙어리 신세를 면치 못한다. 그래서 현장에서는 서너 명의 각각 다른 언어 통역사가 움직여야 일을 할 수 있다.

지난주에는 한국교육방송에서 말리 내전 난민들의 상황을 찍으러 북쪽 현장에 왔다. 촬영 시간은 예상보다 훨씬 많이 걸렸다. 언어 때문이다.

PD가 난민들에게 궁금한 점을 물으면 한국어 질문을 영어로, 영어를 불어로, 불어에서 현지인이 밤바라어로, 밤바라어에서 현장 지역 언어로, 마지막으로 이 지역 언어에서 난민들의 고향 언어로 물어야 한다.

이렇게 5단계를 거쳐 간 PD의 질문에 난민들이 대답하면 그 대답은 다시 5단계를 거쳐야 되돌아오니 무려 10단계의 통역이 필요하다. 더욱이 우리 주위에 모여 있던 동네 사람들은 자기가 아는 언어로 질문이 통역되는 순간, 앞다투어 각자의 언어로 우리를 향해 한마디씩 하는 통에 호떡집에 불난 것처럼 시끄러워서 촬영을 진행할 수 없을 지경이었다.

한마디도 못 알아듣지만 그렇다고 열심히 뭔가를 설명하는 그들을 막을 수도 없는 노릇이었다. 구약성경에 나오는 바벨탑의 혼돈이 따로 없었다.

아주 오래전에는 온 세상이 같은 말을 썼다는데 바벨탑 사건 때문에 우리가 지금 이런 어려움을 겪고 있는 거다. 만약 인간 스스로의 힘으로 하늘에 닿을 만큼 높은 탑을 쌓아 그들의 이름을 날리려고 하지 않았다면, 그래서 하느님이 온 땅의 말을 뒤섞어놓지 않으셨다면 이런 어려움은 없었을 텐데. 그러면 이렇게 길고도 지루한 통역은 필요 없을 텐데.

그러나 지금 '말리 바벨탑 현장'의 문제는 통역 자체뿐만 아니라 여러 단계의 통역을 거치는 동안 통역하는 사람이 피난민들의 말에 자기 뜻을 조금씩 더하고 빼면서 원래의 뜻을 크게 훼손시킨다는 점이었다.

고향이 어디냐, 가족이 몇 명이냐, 언제 피난 왔느냐 등 간단한 질문에는 정확한 답이 오지만 피난 나올 때 상황은 어땠나, 지금 무엇이 제일 필요한가 등을 물을 때는 '나는 이번에 대통령 선거를 못했다', '삼촌이 바마코에서 학교 선생이다' 등 너무나 엉뚱한 답이 돌아올 때도 많았다.

중간에서 누군가가 엉터리 통역을 하고 있는 게 분명하다. 누군지 심증은 있는데 물증이 없어 엉터리 통역을 뺄 수도 없다. 바빠 죽겠는데 도대체 누구냔 말이야!

이런 혼란스런 상황에서 나는 아주 특별한 경험을 하고 있다. 말이 안 통하니까 저절로 입을 다물게 되고 대신 눈과 귀는 활짝 열어놓게 된 것이다. 그러자 돌봐야 하는 사람들의 눈빛과 표정이 더 잘 보이기 시작했다. 말없이 그들 얼굴을 가만히 보고 있으면 그들의 마음이 고스란히 느껴지는 것 같기도 하다.

요즘 내가 눈여겨보는 게 또 있다. 새파란 하늘에 떠 있는 온갖 모양의 예쁜 흰색 구름이다. 말로 떠는 수다가 적어지니 그동안 무수히 보았던 아프리카의 예쁜 하늘과 구름이 비로소 제대로 보이는 것 같다.

뭉게구름, 새털구름, 양떼구름, 조개구름…….

어떤 구름은 손에 닿을 듯 낮게, 어떤 구름은 고개를 뒤로 완전히 젖혀도 보기 힘들 정도로 높게 떠 있다.

그러다가 오후가 되면 시커먼 먹구름이 몰려오면서 한바탕 소나기를 퍼붓는다. (지금이 우기라서 매일 비가 온다.) 곧이어 언제 그랬냐는 듯 지는 해가 서쪽하늘의 구름을 꽃분홍색과 보라색으로 물들인다.

이렇게 시시각각 변하는 구름이 궁금해서 틈만 나면 사무실에서 5분 거리인 니제르 강변으로 튀어나간다. 사방이 탁 트인 강변에 설 때마다 그 그림 같은 풍경 속으로 빨려 들어가는 느낌이다. 치열한 구호 현장 생활 12년 만에 처음 누려보는 이런 호사, 이게 다 불어를 못하는 덕분이다!

해가 지면 감옥살이

2013년 9월~10월 몹티

내게 말리는 세계 일주 중 만난 장기 배낭여행자들에게 수없이 들었던 아름답고 신비로운 나라였다. 돛단배를 타고 도도한 니제르 강을 따라 일주일 정도 올라가면 어느덧 강이 끝나는 곳에 거짓말같이 광활한 사하라 사막이 펼쳐진다는 말에 침을 꼴깍 삼키며 언젠가는 꼭 가봐야지 했었다.

말리에 긴급구호 총책임자가 아닌 여행자로 왔다면 당장 사막 횡단할 낙타부터 구했을 거다. 하지만 말리 내전 상황이 크게 진정됐어도 사막 여행을 할 만큼 안전하지는 않다. 내전이 공식적으로 끝나고 대통령 선거 후 안정을 되찾았다지만 아직도 북쪽에선 반군들과 정부군 및 프랑스군들 간의 총격전이 간헐적으로 벌어지고 있다.

요즈음 나는 주로 '몹티'라는 북쪽 지방에서 일하는데 이웃 지역에 사제 폭탄이 떨어지는 바람에 첫새벽에 남쪽으로 긴급 철수를 한 적도 있다.

이런 상황이니 반군의 본거지였던 사하라 사막 부근에는 얼씬도 못한다. 특히 피부색 때문에 눈에 띄는 동양인이나 백인들은 안전 수칙에 따라 사무실, 숙소, 현장 이외에는 어떤 곳도 다닐 수 없다.

사무실에서 한 시간 거리에 있는 전설의 젠네 사원도, 돛단배가 유유히 떠다니는 코앞 니제르 강도 여기서 일한 지 두 달이 넘은 지금까지 안전요원에게 잠깐만 돌아보면 안 되느냐는 말조차 못 꺼내고 있다.

심지어 숙소 근처에 사는 친한 현지 직원 결혼식 피로연에도 해 지기 전까지 반드시 숙소로 돌아와야 한다는 규칙 때문에 갈 수 없었 다. 하기야 이곳 동네 아이들이 나만 보면 혼비백산해서 "투밥, 투밥" (백인이야, 백인) 하면서 달아날 정도로 눈에 잘 띄니 반군 잔당들에게 손쉬운 표적이 될 거다. 이유는 잘 알지만 내게는 감옥살이도 이런 감옥살이가 없다.

그런데 해 질 때부터 잘 때까지 숙소에 꼼짝없이 갇혀 있는 이 감 옥살이 덕분에 나는 매일 일기를 길게 쓰고 있다. 메모 형식으로 몇 줄 적어놓는 현장 방문 기록도 요즘은 대학 노트로 두세 페이지가 훌 쩍 넘어가도록 자세히 쓴다.

어제 만난 열여덟 살 파티마의 사연도 그랬다. 농부의 둘째 부인 으로 내전 때 빈손으로 남쪽으로 피난 와 가축우리를 개조한 집에 살 면서 지난달 첫아이를 낳았단다. 둘 다 말라리아에 걸려 몸이 불덩어 리인데 이웃 나라로 돈 벌러 가면서 아기 낳기 전에 꼭 돌아오겠다던 남편은 감감무소식이고 친정 부모님이 있는 고향으로 가고 싶어도 북쪽까지 갈 차비가 없다는 딱한 사정이었다.

공식 방문 사례보고서에는 '○○난민 밀집 지역, 파티마, 18세, 가 오 지역 난민, 지난달 출산, 말라리아 발병, 남편 부재, 귀향 의사 있 음, 귀향 교통비 보조 요망'으로만 기록될 것이다.

그러나 내 일기장에서 파티마는 단어나 숫자가 아닌 한 사람으로 살아 숨 쉰다. 그녀는 입이 아닌 온몸으로 자신이 어떤 고통을 겪고 있는지 말해주었기 때문이다.

얼핏 스친 파티마와 갓난아기의 몸이 얼마나 뜨거웠는지, 병든 아이를 바라보는 그녀의 눈 속에 어떤 두려움이 어렸는지, 고향으로 돌아갈 차비 얘기를 하며 내 손을 잡을 때 그 작은 손이 간절함으로 어떻게 떨렸는지⋯⋯.

숙소로 돌아와서 혼자 눈을 감고 앉아 있으면 그런 세세한 떨림까지 고스란히 되살아난다. 그럴 때마다 마음을 다진다. 이들을 도울 수 있다면 이런 '감옥살이'는 아무것도 아니라고, 이 한 몸쯤은 으스러져도 상관없다고.

밥보다 학교

2013년 10월 두엔자

9월 들어 피난민들이 북쪽 고향으로 돌아가는 속도가 점점 빨라지고 있다. 문제는 그들의 고향이 난리통에 쑥대밭이 되어 생계수단이 몽땅 사라졌다는 거다.

유목민들은 양 한 마리, 염소 한 마리가 없고 농부 손에는 호미도 종자도 남아 있지 않은 상태이기 때문에 우리 단체는 바마코에 남아 있는 피난민과 함께 이 귀향민들이 원래의 생계수단을 하루빨리 회복할 수 있도록 돕는 일을 동시에 진행하고 있다.

나는 지난 전쟁 때 정부군과 반군의 대치 전선이었던 북쪽 두엔자 지방에서 국제 NGO 최초로 귀향민을 위한 프로그램도 맡게 되었다. 중간 사업 점검차 그곳에 갔을 때 초등학교 교사였던 20대 아이

엄마, 파투마다를 만났다.

"우리 여섯 식구는 바마코에서 짐승처럼 살았어요."

그녀는 경직된 얼굴로 머리를 절레절레 흔든다.

"살기가 정말로 막막했어요. 집세가 너무 밀려 장마철이라 매일 비가 오는데도 가축우리로 쓰던 곳을 비닐로 지붕만 겨우 얹은 곳으로 이사해야 했어요. 생쥐와 진드기와 모기가 득실거리는 가축우리에서 아이를 낳았죠. 단돈 1,000원을 벌기 위해 낳은 지 보름도 안 된 갓난아이를 업고 하루 종일 남의 집 빨래를 해야 했어요. 고향에선 운전수라는 좋은 직업을 가졌던 남편도 말라리아에 걸려 펄펄 끓는 몸으로 시장에서 남의 야채 수레를 끌어주고 겨우 야채 한다발을 받아 오곤 했죠."

제일 힘들었던 건 금이야 옥이야 키우던 다섯 살짜리 큰아들이 동네 아이들과 어울려 깡통을 들고 구걸하러 나가는 걸 못 본 척할 때란다.

"그럼 어떻게 해요? 앉아서 굶어죽는 것보다는 낫잖아요?"

그러나 지금도 사정은 크게 달라지지 않았다. 고향이 전쟁통에 폐허로 변해버렸기 때문이다. 집과 논은 불타 없어지고 우물은 메워지고 학교는 부서지고 가축들은 몽땅 약탈당했다.

"그래도 어떻게든 살아봐야죠. 여기가 고향이니까. 당장 어떤 도움이 필요하냐고요? 많이 굶어봐서 식량 지원은 없어도 괜찮아요. 대신 구걸하던 동네 아이들이 공부할 수 있도록 부서진 학교를 고쳐주세요. 그리고 농사지을 종자와 새끼 염소 한 마리만 지원해주세요. 그러면 나머지는 우리 동네 사람들이 다 알아서 할게요. 1년만 도와

각별한 현장

주세요. 딱 1년만."

난민들은 속속 고향으로 돌아오고 있는데 아쉽게도 우리 프로젝트는 6개월 후면 끝난다.

고통의 냄새, 눈물의 냄새

2013년 10월 몹티

오늘 늦은 오후, 사무실로 남자아이 둘이 날 찾아왔다. 우리가 돌보는 난민촌에 사는 열두 살 알라우와 열 살 압둘라마다. 피난 중에 엄마, 아빠를 잃고 할머니랑 사는 형제인데 볼 때마다 생글생글 웃으며 살갑게 굴어 우리가 예뻐하는 아이들이다.

여기까지 웬일이냐고 물어볼 것도 없었다. 찌는 듯한 더위에 덜덜 떨고 자꾸 토하려고 하는 게 말라리아에 걸린 게 분명하다. 둘 다 온몸이 불덩이같이 뜨거웠다.

그때가 토요일 늦은 오후라 시내 진료소는 이미 문을 닫은 후였다. 월요일까지는 도저히 기다릴 수 없었다. 갑자기 전에 방문했던 시골 보건소 소장이 생각났다. 열 통의 전화 끝에 간신히 연결이 되어 차로 20분 정도 떨어진 그곳으로 아이들을 데리고 갔다.

아이들은 차 안에서 무슨 나들이를 가는 양 고열로 빨개진 눈을 동그랗게 뜨고는 발까지 구르면서 싱글벙글 신이 났다. 힘이 없는지 내 어깨에 머리를 기대고 앉은 압둘라마를 꼭 안아주었다. 꼬마의 조그만 몸은 펄펄 끓어 몹시 뜨거웠다.

허름한 티셔츠에서는 쉰내가 진동했다. 얼핏 본 앙상한 두 다리에는 군데군데 진물 흐르는 상처가 나 있다. 내가 움직이면서 어디를 잘못 만졌는지 아! 하며 짧게 비명을 지른다. 다음 순간 꼬마의 그 큰 눈에 눈물이 차올랐다.

"어머, 미안해, 압둘라마."

아이는 내 미안한 표정을 읽고는 눈에 눈물이 고인 채 씩 웃어주었다.

그렇다. 꼬마 난민 압둘라마에게는 땀 냄새가 난다, 눈물 냄새, 고통의 냄새가 난다. 말리의 35만 난민, 아니 세상 모든 난민에게는 이런 냄새가 난다.

그 냄새는 전혀 향기롭지 않다. 코를 막으며 얼굴을 찡그리기도 하고 너무 역겨워 그 자리를 떠나고 싶기도 하다.

그러나 나는 코를 막지도 현장을 떠나지도 않을 거다. 구호현장요원들은 이 냄새를 잘 맡아야 한다.

이런 냄새가 몸에 짙게 배어 있어야 한다. 구호팀장인 내 몸에서도 난민들의 땀과 눈물과 고통의 냄새가 진동해야 마땅하다. 동시에 수많은 압둘라마에게 우리가 가져온 희망의 냄새를 잘 전해줘야 한다. 그게 내가 여기 있는 유일한 이유이다.

달콤한 설탕 속 쓰디쓴 역사

2013년 11월~12월 세네갈과 모리타니

명색이 '바람의 딸'인데 지난 5개월 동안 변변히 가본 곳이 없다. 말리에선 서아프리카의 백미로 꼽히는 도곤 계곡과 젠네 사원 등을 코앞에 두고도 갈 수 없었고, 모리타니에서는 살인적인 모래바람 때문에 계획했던 사하라 사막 여행은 시작도 못했다.

난생처음 와보는 나라에서 멋진 혹은 유서 깊은 볼거리를 눈앞에 두고 발길을 돌릴 때마다 안타깝기 짝이 없었다. 단지 볼거리 때문만은 아니었다. 이런 곳에는 서아프리카를 이해하는 주요 키워드인 프랑스 식민지, 이슬람교, 사하라 사막, 사막 이남의 만성 기근, 노예무역 등이 자연스레 배어 있기 때문이기도 하다.

아무튼 한국으로 돌아갈 날도 몇 주 안 남았으니 마지막 근무지인 세네갈에서는 열심히 다니리라 굳게 마음먹었다. 그리하여, 세네갈에서 맞는 첫 주말, 보고서 제출 마감일임에도 불구하고 서아프리카 노예무역의 거점, 고레 섬에 다녀왔다.

다카에서 배로 20분 정도 푸른 대서양을 가로질러 가니 자그마한 섬이 나타났다. 섬 주변에는 예쁘장한 관광객용 찻집과 식당들이 즐비하고 섬 안쪽에는 유럽풍의 아기자기한 골목길 양 옆으로 갖가지 색깔의 꽃들이 피어 있었다.

현지인들은 화려한 반바지에 끈 달린 티셔츠를 입고 다니며 유창한 불어를 구사했다. 마치 남부 유럽의 어느 작은 마을에 와 있는 듯했다.

이 골목 저 골목을 기웃거리다 노예상 건물이었던 곳에 들어가보았다. 겉보기엔 섬의 여느 건물과 크게 다르지 않은 그곳이 서아프리카 각처에서 잡혀 온 흑인들을 가뒀던 곳이다.

처음에는 족장들이 부족 간의 전쟁 중 잡혀 온 전쟁 포로들을 럼주나 총을 받고 백인에게 팔아넘겼는데 장사가 된다 싶으니 이후에는 그야말로 무자비하게 '인간 사냥'하듯 잡아들였다고 한다.

건물은 여러 개의 방으로 나뉘어 있었는데 체중을 기준으로 130킬로그램 이상 남자 방, 130킬로그램 미만 남자 방, 여자 방, 어린 여자 방, 아이들 방, 그리고 말썽을 부리는 자를 가두는 방으로 구분돼 있었다. 한 식구가 끌려와도 아빠는 남자 방, 엄마는 여자 방, 아이는 아이 방에 갇혀 같은 건물에 있어도 얼굴도 못 보고 각각 다른 곳으로 팔려 갔다고 한다.

짧게는 몇 주, 길게는 몇 달을 갇혀 있었던 방은 하나같이 깜깜하고 축축하고, 한 방에서 100여 명이 지냈다고 믿을 수 없을 만큼 비좁았다. 그중 건장한 남자 노예들이 제일 비싸게 팔리고 여자들은 남자 가격의 4분의 1, 초경 전인 여자는 남자 가격의 반이었단다.

가이드에 따르면 동아프리카 노예무역은 별도로 치고, 서아프리카에서만 1440년대에 포르투갈 인이 열 명의 흑인을 잡아간 것을 시작으로 1848년 프랑스에서 공식적으로 노예제도가 폐지되기까지 400여 년 동안 포르투갈, 영국, 스페인, 프랑스 등 당시 유럽의 열강 노예상이 대서양 너머로 끌고 간 흑인의 수가 무려 1,500만 명이라고 한다.

이건 잔인하게 잡히는 과정, 내륙에서 해안으로 족쇄에 채워져 수십 일간 끌려오는 과정, 이 건물처럼 좁고 더러워 온갖 질병이 만연하는 곳에서 배를 기다리는 과정, 노예선 밑바닥에 고등어 통조림처럼 차곡차곡 포개져 두세 달간 배를 타고 가는 과정을 견디지 못해 죽은 사람 600만 명을 제외한 수란다.

살아남은 흑인들은 지금의 쿠바, 아이티 등이 있는 서인도 제도나 포르투갈의 식민지였던 브라질의 사탕수수 농장으로 팔려 갔다. 전 유럽을 강타하며 선풍적인 인기를 끌고 있는 '신상품' 설탕을 생산하기 위해서인데 사탕수수로 설탕을 만들려면 사탕수수를 베서 즙을 짜고 끓이는 강도 높은 노동력이 필요했기 때문이다.

흑인 노예들은 채찍을 맞아가며 땡볕 아래서 하루 열일곱 시간 이상 중노동에 시달렸고 아무리 건장한 흑인 남자라도 5년을 못 버티고 죽고 말았다.

갑자기 머릿속이 혼미해진다. 무려 2,000만 명 이상의 흑인들이, 그것도 반 이상이 건장한 남자들이라는데 노예들을 사고파는 사람들이 얼마나 힘이 세기에 자기 땅에서 그렇게 긴 세월 저항하지 못했을까?

이들은 어디서 어떻게 잡혀 와서 어디로 팔려 갔을까?

거기서 무슨 일을 하면서 어떻게 살았을까?

아버지나 아들, 형제를 빼앗긴 가족들은 어떻게 살아남았을까?

수백 년 계속된 이 대규모 노예무역이 현재에는 어떤 영향을 미치고 있을까?

질문이 꼬리에 꼬리를 물었다. 어렴풋이 생각나는 세계사 지식이나 이런저런 책에서 보았던 내용으로는 답을 찾을 수가 없었다.

그날 저녁, 궁금증을 이기지 못해 다음 날까지 중요한 보고서를 써야 함에도 불구하고 열심히 인터넷을 검색해보았다. 그랬더니 설탕이 보였다. 그런 비인간적이고 반인륜적인 역사의 중심에 희고 달콤한 설탕이 있었던 거다.

통계를 확인해보지는 않았지만 말리의 설탕 사용량은 아마 같은 인구를 가진 나라에서 쓰는 양의 서너 배는 훌쩍 뛰어넘을 거다. 이들이 즐겨 마시는 차 때문이다.

말리 첫 출근 날, 책상에 앉기도 전에 차를 권하기 시작해서 퇴근할 때까지 두 시간마다 차 담당 직원이 둥근 쟁반에 잔을 가득 담아 차를 돌렸다. 이 차에 설탕을 아주 듬뿍 넣는데, 귀한 손님일수록 설탕을 많이 넣어주는 바람에 단 걸 안 좋아하는 나로서는 무척 괴로웠다. 누구 건 마시고 누구 건 안 마실 수가 없어 매번 주는 대로 다 마시느라 잠도 안 오고 속도 쓰렸다.

이렇게 한두 잔만 마셔도 속이 쓰린데 현지인들은 아침에 눈뜨면서부터 저녁에 잘 때까지 하루 평균 열 잔쯤 마신다고 하니 설탕은 또 얼마나 많이 들까? 모르긴 해도 이 지역 사람들의 설탕 값이 생활비에서 차지하는 비중은 우리나라 통신비용에 맞먹을 거다. 그렇게 먹는 설탕에 자기 조상들의 슬픈 역사가 숨겨져 있는 줄 알고 있는 걸까. 참으로 아이러니하다. 언뜻 보기에는 하얗고 달콤하여 한없이 매력적인데, 조금만 알고 보면 이런 가슴 아픈 이야기가 숨어 있는 게 어찌 설탕뿐일까.

불현듯 지난달까지 일했던 모리타니 노예제도가 생각났다. 이 나라는 1981년, 세계에서 제일 늦게 노예제도를 폐지했다. 영국이 1833년, 미국이 1869년에, 우리나라도 1894년 갑오개혁 때 공사노비법을 혁파했으니 늦어도 한참 늦었다. 문제는 공식적으로 없앤 노예제도가 고스란히 남아 있다는 거다.

모리타니에는 아직까지도 수백 년 전 이곳을 정복했던 갈색 피부의 무어인이 피정복지 주민이었던 흑인 노예를 거느리고 있는데, 인구의 약 10~20퍼센트, 그러니까 많게는 약 60만 명 정도가 노예 생활을 하고 있다.

이들은 주인 마음대로 사고팔고 죽이거나 살릴 수도 있는 소유물로, 평생 돈 한 푼 받지 않고 매를 맞아가며 죽도록 일할 뿐만 아니라 그들의 아이들도 자동적으로 노예가 된다. 어디 노동착취뿐이겠나. 남자 주인들이 여자 노예들을 어떻게 성적으로 착취했을지 불을 보듯 뻔하다.

내가 방문했던 모리타니의 시골 동네에서도 노예로 짐작되는 사람들을 흔히 볼 수 있었다. 그런데 부와 권력을 쥐고 있는 무어인 집만이 아니라 살림이 넉넉지 못한 흑인 집에도 한 가족처럼 보이는 흑인 노예가 있었다. 주인의 허름한 옷차림이나 세간을 보면 도저히 노예를 둘 형편이 안 돼 보였는데, 알고 보니 노예도 재산처럼 대대로 상속되기 때문이란다.

주인은 하루 종일 비스듬히 누워서 차를 마시고 노예 부부는 진종일 양 떼를 돌보고 농사일과 집안일을 한다. 곡식을 넣어 말리는 마당에선 노예의 어린 딸이 아장아장 걸으며 닭을 쫓고 있었다. 마치 자기도 일을 해야 하는 노예라는 걸 알고 있다는 듯이. 갑자기 분한 마음이 솟구치면서 얼굴이 화끈 달아올랐다. 내가 퉁명스럽게 주인에게 물었다.

"아저씨네 형편도 어려운데 저 사람들을 자유인으로 놓아주면 안 되나요?"

그런데 아저씨 대답이 찬물을 한 바가지를 끼얹었다.

"이들이 원하지 않아요. 조상 대대로 노예였기 때문에 그 상태가 편한 거죠."

뭐라고? 그럴 리가 있나! 그러나 작년 말 이 나라 노예제도에 맞서 싸운 공으로 UN 인권상을 받은 모리타니 노예 출신 아베이드도 같은 말을 했었다.

"우리나라 노예들은 이렇게 말하곤 하죠. 주인의 명령을 따르는 것 외에는 아무것도 할 줄 모르는 내가 자유인이 되면 굶어죽을 게 뻔하다고. 그러느니 차라리 노예로 사는 게 낫다고."

아베이드는 단언했다.

"이런 생각이 노예제도 척결의 가장 무서운 적입니다."

200~300년 전 고레 섬에서 족쇄와 사슬에 꽁꽁 묶여 총으로 중무장한 노예 상인에게 끌려간 흑인 노예는 그렇다 쳐도, 지금 모리타니 노예들은 왜 자유를 두려워하며 누군가의 노예로 사는 것을 더 편하게 생각하는 걸까?

그러다가 퍼뜩 이런 생각이 스쳤다. 나 역시 그 무엇의 노예는 아닌가? 늘 시간에 쫓기고 정신없이 바쁘고, 항상 뭔가 부족하다고 느끼면서 스스로 시간의 노예, 일의 노예, 욕심의 노예로 살고 있는 건 아닐까? 내가 진실로 자유로우려면 내 마음 가장 깊은 곳에 누구를 주인으로 두어야 할 것인가?

주님, 오직 당신뿐입니다.

현장,
그 괴로운
천국

동가숙 서가식(東家宿 西家食)이라더니, 아시아 지역에서 구호 활동을 하던 지난 넉 달 내내 사흘이 멀다 하고 짐을 쌌다. 한국에서 태국으로, 태국에서 필리핀으로⋯⋯. 같은 나라 안에서도 한 현장에서 다른 현장으로 늘 옮겨 다녔다. 필리핀에서도 수도인 마닐라에서 작년 하이옌 태풍 피해 현장으로, 지진 현장으로, 모슬림 과격단체들과 대치 중인 지역으로 다녀야 했다.

다른 구호 현장에서도 사정은 다르지 않다. 서아프리카에서 구호활동 중일 때도 말리에서 세네갈로, 세네갈에서 모리타니로 왔다 갔다 하느라 정신이 없었다. 내가 좋아 하는 일이지만 이렇게 잦은 이동은 여전히 힘겹기만 하다.

비행기로 움직이는 나라간 이동보다 국내 이동이 더하다. 어느 때는 차로 스무 시간 이상 가야 하고 어느 때는 오토바이 뒤에 타고 비포장도로를 하염없이 달려야 하고 어느 때는 기름통을 너무 많이 실어 아슬아슬한 짐배 안에서 마음을 졸이기도 한다.

먹고 자는 것 또한 만만치 않다. 그 나라 수도에서는 보통 에어컨, 온수, 무선 인터넷이 갖춰진 숙소에 묵지만 조금만 벗어나도 전기가 들어오고 물만 나와도 감지덕지다. 남수단에서는 텐트에서 몇 주일을 지냈는데 샤워를 하려면 근처 펌프장에서 물을 길어다가 나뭇가지로 얼기설기 만든 간이 샤워장을 이용해야 했다. 말라리아 창궐 지역이라 모기에 물리지 않으려고 갖은 노력을 하지만 샤워하는 동안 물어뜯는 모기까지는 어쩔 수가 없었다.

장기 외국인 직원들은 단체 숙소에서 생활하는데 치안이 나쁜 곳은 주말 내내 집 안에 갇혀 있는 게 고역 중의 고역이다. 눈만 뜨면 같은 사무실로 나가 하루 종일 같은 공간에서 일하다 일과 후에 같은 집으로 퇴근해서는 같이 밥 해 먹고 자기 전까지 같이 일 얘기하고는, 아침에 눈뜨면 또 같은 사무실로 출근한다.

이렇게 한두 달만 지나다 보면 참말이지 그 얼굴들, 보기만 해도 신물이 날 지경이다. (물론 다른 사람들에게 나도 마찬가지다.) 그러니 일주일에 반나절만이라도 똑같은 얼굴과 단체생활에서 벗어나고 싶은 마음, 참으로 간절하다.

구호 활동 중 제일 까다로운 건 안전이다. 특히 방금 전쟁이 끝난 곳에선 조심 또 조심해야 한다. 이라크전 후 복구를 위해 북부 모술에서 일할 때는 섭씨 45도를 넘나드는 지독한 더위가 계속되었다. 햇빛 아래 5분만 서 있어도 가슴 사이로 티크리스 강이 흐르고 입에서는 단내가 났다.

그 더위 속에 우리는 안전 때문에 두꺼운 쇠로 만들어 통풍이 전혀 안 되는 방탄조끼를 하루 종일 입고 다녀야 했다.

며칠 만에 몸통 전체에 좁쌀만 한 땀띠가 돋더니 땀띠 하나하나가 물집으로 변했다. 그 무거운 조끼를 입고 벗을 때마다 물집이 터지면서 얼마나 따가운지 벌 수천 마리가 한꺼번에 쏘는 것 같아 입술을 꽉 깨물어야 했다. 잘 때는 땀띠 때문에 제대로 눕지도 못하고 옆으로 비스듬히 기대 자야 했는데 몸을 뒤척이다 터진 땀띠 상처를 건드리면 비명이 절로 터져 나와 늘 잠을 설쳤다.

하지만 나를 가장 힘들 게 했던 건 역시 사람들이다. 남수단에서는 이런 일도 있었다. 남동부에 있는 콩고 난민촌에 갔을 때다. 신임 난민촌 책임자로서 고충 조사를 위해 난민 대표들을 만나는 자리였다. 난민촌 입구에 도착하니 커다란 나무 밑에 이미 30여 명의 대표가 모여 있었다. 그런데 이들의 얼굴이 험악하게 일그러져 있었다. 악수를 청해도 하는 둥 마는 둥 하더니 한 젊은이가 다짜고짜 이렇게 소리쳤다.

"고기를 달란 말이야, 고기를! 만날 콩만 주지 말고!"

가슴이 덜컹 내려앉았다.

우리가 지원하는 구호식량은 밀가루, 콩, 식용유, 소금, 설탕 그리고 찻잎으로 이루어졌는데, 고기를 주로 먹는 부족인 이들이 몇 년째 이렇게만 먹으려니 진력이 난 건 충분히 이해한다.

　그러나 단백질원으로 콩 대신 고기를 주려면 구호자금이 천문학적으로 든다. 고기 값도 그렇지만 냉장 운반차도 필요하고 각 가정에 보관용 냉장고도 있어야 하고…… 게다가 후원자들에게 무슨 수로 난민들 고기 값을 대달라고 설득할 수 있겠느냔 말이다.

　내가 통역을 통해 왜 고기 배급이 어려운지 조목조목 차분히 설명하고 있는데 갑자기 그중 가장 덩치 큰 청년이 눈썹을 치켜뜨며 한 대 칠 기세로 소리를 버럭 질렀다.

　"웃기고 있네. 너희들은 우리 난민들 얼굴 팔아서 걷은 돈으로 월급 받아 잘 먹고 잘 살고 있잖아? 그러니 시키는 대로 하란 말이야!"

　그 순간, 피가 거꾸로 솟았다. 같이 갔던 안전요원이 빨리 자리를 피하자고 하지 않았다면 무리한 요구를 하는 그들과 한바탕 설전이 벌어졌을 거다. 돌아오는 차 안에서도 억울해서 눈물이 났다.

　"내가 저런 놈들을 위해 내 청춘을 바치고 온갖 어려움과 오해를 이겨가며 이 일을 하고 있단 말인가!"

　하지만 이렇게 다른 사람 때문에 마음 상하는 건 시간이 지나면 희미해지니까 얼마든지 견디겠다. 더욱 힘든 건 내가 다른 사람에게 돌이킬 수 없는 해를 끼쳤던 기억이다. 최근 이슬람 과격 무장단체인 '이슬람 국가(IS)'가 장악, 연일 톱뉴스가 되고 있는 이라크 북부 모술에서 일할 때다.

　구호 초기에 내가 우겨서 고용했던 이라크 현지인이 있었다. 30대 초반의 이 친구는 지역 종교 지도자의 큰아들이자 유능한 엔지니어로 영어도 잘하고 정직하며 정이 넘치는 사람이었다.

4개월 파견 근무가 끝나갈 즈음 어느 날, 잠깐 출장 갔던 요르단에서 믿지 못할 비보를 들었다. 퇴근길에 그가 외국인과 일하는 것을 배신이라고 여긴 현지인이 쏜 총에 맞아 즉사했다는 거다. 그에게는 아름다운 부인과 두 명의 어린 아들, 그리고 갓 태어난 딸이 있었다.

'오, 하느님, 하느님! 어떻게 이런 일이…… 어떻게…….'

나는 놀라움과 괴로움에 몸부림쳤다. 지역 주민 모두에게 존경받는 아버지를 둔 그가 인맥과 실무로 우리에게 결정적인 도움을 줄 거라고 판단했다. 그에게 함께 일해보자고, 우리를 도와달라고, 그러는 게 이 지역 주민들에게도 큰 도움이 되는 거라고 간곡하게 설득했던 사람이 바로 나였다.

내가 그러지 않았다면, 그래서 우리랑 일하지 않았다면 그는 그렇게 젊은 나이에 그렇게 허무하게 죽지 않았을 것이다. 미안하고도 미안하다. 아, 그의 부인과 어린 아이들은 또 어쩐단 말인가?

괴로워하는 나에게 동료들은 절대 내 잘못이 아니라고 위로했지만 한동안 말할 수 없는 죄책감에 시달렸다. 매일매일 마음을 다해 기도하며 그 사람의 명복을 빌었으나 마음은 여전히 무거웠고 지금도 한없이 미안하다.

어느 때는 꿈이 생시보다 더 나를 힘들게 한다. 괴롭기 짝이 없는 꿈의 발단은 언제나 어떤 냄새, 더 구체적으로 말하면 시체 썩는 냄새다. 우리나라가 전쟁 중도 아닌데 어디서 그런 냄새가 나나 하지만 한국 음식 중에 그 냄새를 연상시키는 젓갈류가 있다.

각별한 현장

우연찮게 들른 토속음식점 등에서 그 냄새를 맡게 되면 그날 밤에는 영락없이 건물 더미에 갇히는 악몽을 꾼다.

2004년 쓰나미 현장 근무를 하면서 하루에도 수십 구의 시신을 보고 그 냄새를 맡았던 게 트라우마로 남았기 때문이란다. 처음에는 일시적인 현상이라며 대수롭지 않게 여겼는데 이렇게 오래갈 줄은 몰랐다. 인간의 오감 중 냄새의 기억이 제일 오래간다더니 나 역시 그때 그 냄새가 지금까지 내 기억 어딘가에 생생하게 남아 있는 거다.

그런데, 이런 냄새의 기억 때문에 구호 현장에서 도움이 된 적도 있으니 아이러니하다. 쓰나미 구호 활동 2년 후에 파키스탄에서 대형 지진이 일어났을 때의 일이다. 긴급구호 팀장인 나는 파키스탄 정부의 요청으로 재난 발생 사흘 만에 의료진을 꾸려 지진 피해가 가장 큰 산악 지역으로 떠났다.

산속으로 가는 도중, 우리 일행이 지진으로 완전히 폐허가 된 도시를 둘러보며 피해 상황을 파악하고 있는데 글쎄, 어느 건물 더미에서 쓰나미 현장에서 나던 그 냄새가 나는 게 아닌가?

통역사에게 아무래도 여기에 시신이 있는 것 같다고 했더니 이곳은 초등학교 자리였고 600여 명의 어린 학생들이 수업을 받다가 고스란히 목숨을 잃었는데 이미 독일 구조대와 구조견의 철저한 수색이 끝난 곳이라 그럴 리가 없다는 거다. 그래도 이 지역 재난대책본부에 내 말을 전해달라고 당부했는데 아니나 다를까, 그날 오후 그 건물 더미에서 어린 여학생 시신 두 구를 발굴했다고 한다.

이 트라우마는 쓰나미 현장에서 돌아온 직후 치료했어야 했는데 그러지 못했다. 시간도 마음의 여유도 없었거니와 10년 전 우리나라는 구호 현장 근무 후의 심리치료에 대한 인식이 높지 않았기 때문에 귀국 후 다른 나라의 국제 직원들처럼 나도 심리치료를 받고 싶다는 말을 꺼낼 수가 없었다.

이제는 어쩔 수 없는 일이란다. 이 말은 죽을 때까지 어떤 냄새를 맡을 때마다 저 마음 깊숙한 곳에 웅크리고 있는, 치료되지 않은 상처가 비명을 지르며 몸부림칠 거란다. 그러니 그때마다 지금처럼 악몽에 시달리며 잠옷이 진땀에 흥건히 젖을 것이다.

그래도 할 수 없다. 아니 그래도 좋다. 그리고 나만 그런 것도 아니다. 현장에서 잔뼈가 굵은 구호 활동가는 보통 이런 트라우마를 한두 개쯤은 가지고 있다. 그럼에도 불구하고 우리들은 현장이 부르면 기꺼이 달려간다.

나 역시 그렇다. 이런 트라우마는 뜨거운 가슴으로 일하는 현장, 그 현장에서 일하기 위해서 치러야 하는 대가이자 수업료라고 생각한다. 그래서 대형 재난이 발생하면 아무리 험한 현장이라도 가게 될까 봐 걱정이 아니라 못 갈까 봐 안달이다. 큰불이 났는데 그 불구덩이 속에 사람들이 있는데 불 끄는 기술과 장비가 있는 소방관이 그저 불구경만 하고 있을 수는 없지 않은가?

그럼,
3일을 더
굶길까요?

'이건 또 누가 만든 거야?'

현장 근무할 때마다 입에 달고 사는 말이다. 현장에서 날 괴롭히는 게 어찌 사람뿐이랴. 어느 때는 너무 어이없고 어느 때는 너무 화가 나고 또 어느 때는 화만 내고 있는 나를 한심하게 만드는 게 있으니 그건 다름 아닌 구호 현장과 국제구호 정책 사이의 괴리다.

괴로움을 주는 주체가 개인이라면 그 개인을 미워하며 오늘 재수 없어서 그런 인간을 만났다고 생각하면 그만이지만 그것이 일개 구호 활동가가 어찌 해볼 수 없는 거대한 시스템과 정책의 문제라면 얘기가 전혀 달라진다.

현장에서 일하다 보면 당랑거철(螳螂拒轍), 거대한 전차 앞에서 그 차를 멈추게 하려 애쓰는 작은 사마귀가 된 느낌이다. 구호 시스템과 갖가지 정책이 과연 현장을 잘 아는 사람이 도와야 하는 사람들을 위해 만든 것일까라는 의구심이 든다.

쉽게 예를 들어보겠다. 구호 현장은 삶의 인프라가 다 망가진 현장이니, 구호 활동을 반쯤 무너진 5층짜리 건물을 복구하는 일이라고 생각해보자. 시스템과 정책은 이 5층짜리 건물의 복구 설계도와 마찬가지다. 상수도도 망가지고 엘리베이터도 작동되지 않는 상황에서 가장 중요한 식당이 5층 맨 꼭대기에 위치해 있다면 어떨까. 식수라곤 건물 마당의 우물물밖에 없는데 말이다.

이 건물의 설계자는 식당을 경치가 제일 잘 보이는 곳에 배치하는 것만 생각했지, 음식을 만들고 설거지를 하기 위해 필요한 물을 일일이 1층 마당에서 길어 와야 하는 어려움은 염두에 두지 않은 거다.

평상시라면 멋진 경치를 위해 5층이 아니라 50층까지라도 물을 길어 올릴 수 있겠지만 그 식당에서 하루 수백 명에게 비상 급식을 해야 하는 긴급한 상황이라면 이렇게 설계한 사람에게 어찌 분노하지 않을 수 있단 말인가?

이건 누가 봐도 현장 사정을 모르는 사람이 만든 설계도임에 분명하다.

현장과 동떨어졌거나 현장에서 일하는 데 발목을 잡는 시스템과 정책에 대한 대표적인 예는 지원국가나 UN 기구들을 통한 긴급구호 자금의 집행 속도다. 긴급지원금이라면 현장에서 당장 쓸 수 있어야 하겠지만 실상은 현장까지 내려오는 데 빨라야 3개월, 늦으면 6개월까지 걸리기 일쑤다. 너무나 복잡하게 얽히고설킨 내부 시스템과 셀 수 없는 규정과 지난한 절차 때문이다.

마치 큰불이 나서 당장 소방차를 출동시켜야 하는데 그 소방차가 어떤 보험에 들었으며 그 보험은 어디까지 보상되나 등을 보고하기 전에는 시동조차 걸 수 없는 것과 같다.

이런 지난한 절차는 마침내 소방차가 현장으로 출동했을 때도 발목을 잡는다. 불구덩이에 있는 사람들을 모두 살려내려면 소방대원 전원이 불 끄는 데만 전력해도 모자랄 판에 그중 몇 명은 소방차 안에서 피해 상황과 구조 상황에 대한 자세한 보고서를 써서 지원국과 지원기구에 보내야 한다.

설상가상으로 불구덩이 안에 있는 사람들의 목숨과 바꾼 이런 귀한 시간에 비슷한 보고서를 여러 건 써야 한다. 국가와 단체마다 보고서의 형식과 제출 시기가 다르기 때문이다.

기가 막히지 않은가?

도대체 구호 현장에서 무엇이 제일 중요하고, 무엇이 본질인가?

사람의 생명을 살리고 고통을 최소화하고 재난 중에도 인간으로서의 존엄성을 유지할 수 있도록 해주며 하루빨리 일상생활로 돌아가게 도와주는 것 아닌가?

그러나 지원국가와 지원 기구들의 그 복잡한 절차에 따른 산더미 같은 서류를 만드느라 이 일을 제대로 할 수 없다면 무엇이 잘못되어도 크게 잘못된 거다.

이런 시스템과 절차와 규정은 도대체 누구를 위한 건가?

이런 규정이란 절대로 간소화하거나 단일화할 수는 없는 건가?

이 모든 게 재난민의 신속한 구호는 뒷전이고 자기들의 행정 편의를 위한 것이 아니라고 자신 있게 말할 수 있는가?

구호인력과 자원의 쏠림 현상, 이른바 'CNN 현상'도 큰 문제다. 필리핀의 보홀 지진 복구 현장에 갔을 때 CNN 현상의 부작용과 위에서 언급한 국제기구 시스템의 비효율성을 똑똑히 목격했다.

우리에게 친숙한 관광지 세부에서 배로 두 시간 거리인 보홀에 2013년 10월 15일에 일본 히로시마에 떨어진 원자폭탄의 서른두 배가 넘는 강도 7.2의 지진이 났다.

불과 33초간의 지진으로 1,200여 명의 사상자가 생겼고 7만 3,000여 개의 건물이 무너졌다. 완파된 건물 중에는 필리핀에서 가장 오래된 석조성당을 비롯, 1700년대 초기에 지어진 아름다운 국보급 성당들이 열 개나 포함되어 있었다.

최고의 공법과 막대한 자금으로 100년 이상 공들여 지은 성당도 단 33초 만에 흔적도 없이 주저앉아버렸는데 대나무와 코코넛으로 지은 가정집들은 어땠겠는가? 그날이 공휴일이었기에 망정이지 학생들이 수업 중이었다면 포개놓은 빈대떡처럼 내려앉은 콘크리트 더미에 깔려 큰 인명피해가 났을 거다.

지진 발생 직후, 필리핀 정부와 국제사회는 즉각 가장 높은 재난 수준인 카테고리 3을 선포, 건물 더미에 깔린 사람들을 구해내고 생존자들에게 물과 식량, 안전한 피난처 등을 제공하는 등 긴급구호를 펼쳤다.

그런데 엎친 데 덮친다고 보홀에 강진이 발생한 지 3주 만에 초강력 태풍 하이옌이 필리핀 중부를 강타해 7,000명이 넘는 사상자와 400만 명 이상의 이재민이 발생했다.

재난 발생 후 CNN과 BBC 등이 앞다투어 태풍 피해를 특집 보도한 덕분에 전 세계로부터 막대한 도움을 받을 수 있었다.

문제는 보홀 지역의 구호 인력과 자원까지 하이옌 현장으로 재배치되면서 이 지역 구호는 제대로 시작도 못 해보고 3주일 만에 관심 밖으로 밀려나버렸다는 거다. 국제 미디어가 집중 보도하는 재난 현장에만 관심과 자원이 쏠리는 이른바 'CNN 현상' 때문이다.

그리하여 지방정부와 현지 주민들, 그리고 남은 구호단체들이 최선을 다했지만 내가 구호 활동을 하던 당시, 그러니까 재난이 일어난 지 1년이 지나서까지 보홀에는 무너진 건물 더미가 그대로 방치되어 있고 많은 재난민들은 비닐 천막 등에서 지내며 상수도 시설조차 완전 복구가 되지 않아 큰 어려움을 겪었다.

그러면 관심과 자원과 인력을 독점한 하이옌 현장은 어땠을까? 각 나라 정부, UN, 적십자 그리고 세상에 있는 NGO란 NGO는 다 와서 돕고 있는 그곳 사정도 크게 다르지 않았다. 대형 재난 현장이 그렇듯 각 단체들의 로고가 선명한 현수막과 차량이 여기저기 눈에 띄고 호텔과 고급 식당마다 구호요원과 신문·방송팀들이 넘쳐나고 하루가 멀다 하고 갖가지 업무조정 회의를 했다.

허나 거기도 재난 발생 1년이 다 되어가도록 많은 피해 주민들이 여전히 임시 숙소에서 기거하고 있었다. 도와주겠다고 하지 않았으면 벌써 주민들이 알아서 대나무 등으로 집을 지었을 거라고 했다.

실제로 UN 및 국제 NGO들의 대형 창고에는 몇 달 전에 배분되었어야 마땅한 긴급구호 물자와 주택수리 및 건축에 필요한 자재들이 산더미처럼 쌓여 있었다.

오랫동안 대형 재난 현장에서 일한 내게는 너무나 익숙한 광경이고 볼 때마다 안타깝고 화가 나는 일이다. UN을 비롯한 국제구호 단체들은 저마다 시스템이 있고 필요한 절차와 과정이 있다는 점, 당연히 인정하고 존중한다.

더불어 많은 단체들이 같은 지역에서 같은 목적으로 일하려면 수많은 회의와 조정이 필요하다는 것도 잘 알고 있다. 그럼에도 긴급구호 물자를 쌓아놓고 1년이 다 되도록 이재민에게 전달하지 못하는 시스템과 절차에는 분명히 문제가 있고 입이 열 개라도 변명의 여지가 없다.

누구를 위한 시스템인가

현장에서의 손실은 시간뿐만이 아니다.

국제 구호금 시스템에 따라 지원금이 여러 단체와 여러 단계를 거쳐야 현장에 내려오는데 그 자금이 각 단계를 거칠 때마다 행정비를 제하느라 정작 현장에서는 지원금의 반도 못 받는 경우가 흔하다.

거칠게 혹은 극단적으로 말하면 현장을 빌미로 한 '국제구호' 거간꾼이나 중간상이 많다는 말이다. 왜 국제사회는 모든 지원금의 80퍼센트 이상을 반드시 현장에 써야 한다는 규정을 만들지 못하는가?

이건 못하는 게 아니라 안 하는 거라는 거 잘 알고 있다. 그래서 화가 난다.

현장 주민들의 식량이 되고 물이 되고 약이 되고 피난처가 되어야 마땅한 돈으로 출장 갈 때마다 비즈니스석을 타고 최고급 호텔에 묵고 현장 근무 중 받는 눈 돌아갈 만큼 많은 월급도 모자라 승용차, 주택, 자녀교육비 지원, 특별휴가 등 듣도 보도 못한 온갖 혜택을 받고 있는 UN을 비롯한 많은 국제기구 구호 직원들을 볼 때마다 현기증이 날 지경이다.

그런 혜택을 누리는 개인이 아니라 그 시스템이 말이다.

그들이 그만큼의 돈이 아깝지 않을 정도로 중요한 일을 한다 하더라도 누군가의 선의를 담은 구호자금을 그렇게 쓰는 건 죄악이라고 생각한다. 각 단체나 기구에 직접 낸 후원금은 물론 국가에 낸 내 세금이 그렇게 허접하고 허무하게 쓰이는 걸 볼 때마다 속이 쓰리다 못해 분노가 치민다. 우리가 낸 세금의 일부는 공적개발원조금(ODA)으로 나도 모르게 국제기구로 흘러 들어가 인도적 지원금으로 쓰이기 때문이다.

현장 사람이면 누구나 공감하는 구호 현장과 정책 사이의 커다란 괴리가 또 있다. 재난 대비에 대한 시스템과 정책이 긴급구호나 재난 복구 단계에 비해 턱없이 부족하다는 점이다.

구호라고 하면 긴급구호만 생각하기 쉬운데 실은 구호는 여섯 단계로 나뉘어져 있고 긴급구호는 그중 한 단계다. 그 여섯 단계는 재난 전 3단계와 재난 후 3단계인데, 재난 전 단계는 재난 조기 감지,

재난 대비, 재난 경감 단계로, 재난 후에는 긴급구호, 재건 복구, 그리고 지속가능한 일상으로 돌아가는 단계로 나눈다.

어떤 재난이든 재난이 일어나기 전에 재난을 예견하고 철저히 대비하면 재난 피해를 크게 줄일 수 있다.

말라리아 창궐 지역으로 떠나기 전에 예방약을 준비하고 현지에서 모기에 물리지 않도록 만전을 기하고 만약 말라리아에 걸렸다면 곧바로 치료받을 수 있는 보건소가 어디 있는지 미리 알아놓으면 말라리아 피해가 크게 줄어드는 것과 같다.

구호도 마찬가지다. 홍수 창궐 지역에 홍수가 날 때마다 부랴부랴 긴급구호를 하는 게 아니라 미리 홍수 방지 댐을 쌓거나 나무를 심는 대비를 하면 아무리 큰 홍수가 난다 해도 피해를 크게 줄일 수 있다. 실제로 재난 경감 단계에서 쓴 1달러가 긴급구호 자금의 4달러에서 10달러와 맞먹는 효과가 있다는 연구 결과도 많이 나와 있다.

그럼에도 불구하고 지원국, UN 산하 인도적 지원기구들, 적십자, 심지어 현장과 가장 가까이 일하는 국제 NGO들조차 이 재난 대비 단계에 긴급구호나 재난 복구 단계만큼 관심을 보이지 않는다. 후원국의 정부와 UN은 효고행동강령(Hyogo Framework for Action)을 채택하고 UN 국제재해경감기구(UNISDR)를 만들어 구호개발기금의 일정 비율을 쓰도록 권고하면서 재난 경감을 위해 노력하고 있지만, 아직까지 재난 전과 재난 후의 총 예산 규모는 비교할 수 없이 큰 차이가 난다.

도대체 왜 이럴까? 병원의 응급실처럼 피를 철철 흘리며 구급차에 실려 온 환자를 살리는 일이 예방주사를 놔주는 것보다 훨씬 폼나고 생색이 나서 그러는 건 아닐까?

말 나온 김에 현장에서 겪는 괴로움을 몽땅 다 털어놓아볼까? 국제구호 단체를 돈주머니, 호구, 봉, 물주로 알고 어떻게든 돈을 뜯어내려는 부패한 현지 정부 관료 및 현지인들도 큰 문제이자 골칫거리다. 어쩌다 한 번이면 좋겠는데 현장 근무 때마다 예외 없이 복장 터지게 하는 사람들을 만난다. 이것 역시 개인의 문제라기보다 그렇게 하기 쉽게 되어 있는 그 나라 구호 시스템의 문제라고 생각한다.

몇 년 전 남아프리카 짐바브웨에서의 일이다. 그때 나는 식량 담당으로 기근 피해 주민 수십만 명에게 구호식량을 배분하는 등 식량 지원 사업을 하고 있었다. 한번은 창고에 있는 밀가루, 콩가루, 식용유를 운송트럭에 옮겨 실으면서 약간 착오가 발생, 현장으로 출발하는 시간이 늦어졌다. 시간은 어느새 5시 5분. 그날은 금요일이었고 식량 트럭 운송 허가를 받아야 하는 공무원들은 5시 칼퇴근이었다.

헐레벌떡 사무실로 달려가니 50대 후반의 뚱뚱한 남자 담당 공무원이 퇴근하려고 사무실 밖으로 나오는 참이었다. 안도의 한숨을 쉬며 허가증을 받으러 왔다고 하니까 너무나 자연스럽게,

"Come back on Monday."(월요일에 다시 오시오.) 하는 거다.

나는 웃으면서 말했다.

"O.K. I will come back on Monday after distribution. Let's have coffee together."

(좋아요. 식량 배분 후 월요일에 다시 올게요. 같이 커피나 한 잔 해요.)

그런데 이게 웬일? 내가 내미는 서류를 본 척도 안 하고 돌아서서 가려고 하는 게 아닌가?

아니, 이렇게 가면 어떡해? 내일도 아니고 3일 뒤에나 오라고?

통행 허가증이 없이는 한 발자국도 움직일 수 없다. 3일 동안 식량을 트럭에 그냥 실어놓을 수도 없고 다시 내리고 실으려면 하역비도 만만치 않다. 무엇보다 몇날 며칠 끼니를 거르며 저 식량이 오기만을 기다려온 주민 수천 명은 어떻게 하란 말인가. 생각이 여기에 미치자 나도 모르게 그 사람의 팔을 붙잡으며 말했다.

"늦게 온 건 정말 죄송합니다. 그러나 저 트럭에 실어놓은 식량을 기근 주민에게 한시바삐 가져다주어야 하지 않겠어요? 3일이나 더 굶길 수는 없잖아요?"

돌아오는 말이 가관이었다.

"It is none of my business.(그건 내가 알 바 아니죠.)"

그러면서 자기는 공무원이니까 다섯 시에 퇴근할 권리가 있다고 하는 게 아닌가? 하도 어이가 없어서 나도 모르게 언성을 높이고 말았다.

"당신은 짐바브웨 사람 아닌가요? 저 트럭에 실린 식량은 한국 사람한테 가는 게 아니라 저 위 지역에서 굶고 있는 당신 나라 사람들에게 가는 거라고요. 적극적으로 도와주진 못할 망정 5분 늦게 왔다고 어떻게 이럴 수가 있나요, 네?"

이 말에 약간 흠칫하더니 아주 많이 해본 듯 익숙한 솜씨로 미소를 지으며 그럼 허가증을 내줄 테니 대신 자기가 근무시간 외로 일하는 거니까 돈을 달란다. 요구 금액은 무려 미화 500달러, 이 사람 한

각별한 현장

달 월급보다 훨씬 많다. 이런 날강도가 있나. 그러나 길길이 뛰어봐야 아무 소용없다는 것 역시 잘 알고 있다.

그러니 내가 어떻게 했겠는가? 요구하는 금액을 애교와 협박과 읍소로 깎고 깎고 또 깎아 100달러까지 내려서 내 생돈으로 뇌물을 주고 허가증을 받아 무사히 다섯 대의 트럭과 함께 떠날 수 있었다.

그러나 같이 일하는 동료들에게는 아무에게도 이 분통 터지는 일을 말하지 않았다. 아니 그럴 수가 없었다. 어떤 경우에도 누구에게도 절대 뇌물을 주면 안 되는 우리 단체 규정 때문이다.

구호자금을 투명하고 공정하게 써야 한다는 원칙에 따라서인데, 현실은 사뭇 다르다. 현장에서 이런 부패한 정부 관리들과 일하다 보면 이렇게 '피할 수 없는 비용'이 발생하기 때문이다. 현장 사정이 이럼에도 불구하고 1달러라도 뇌물을 준 게 알려지면 시말서를 제출하고 윤리위원회에 회부되는 등 강한 조치가 뒤따른다. 엄격한 규정과 엄연한 현실의 틈바구니에서 도와야 할 사람들을 제대로 도우려고 자기 '쌩돈'까지 바친 죄가 이리도 큰 것이다. 내 돈 돌리도!!!

현장에
답이 있다

허나, 현장 근무 중 이런 괴로움만 있다면 지난 15년간 어떻게 이일을 할 수 있었겠는가? 나도 나름 약은 사람인데 그럴 리가 없다. 당연히 현장 근무에는 이 모든 괴로움을 상쇄하고도 남을 기쁨이 있다.

소방관이 불구덩이에서 사람을 꺼내 오는 것처럼 결정적인 시기에 결정적인 도움을 준다는 기쁨, 엄청난 재난 앞에서 삶의 끈을 놓으려는 사람들과 그 끈을 부여잡고 같이 버티고 있다는 기쁨, 그럴 수 없는 상황에서도 재난민들이 인권과 존엄성을 지킬 수 있도록 돕는다는 기쁨, 도움 주는 선한 얼굴과 도움 받으며 고마워하는 얼굴을 모두 볼 수 있는 기쁨, 그동안 확 바뀐 우리나라 사람들의 해외 원조에 대한 인식을 체감하는 기쁨, 그저 도와주는 나라에서 잘 도와주는 나라가 되려는 정부 차원의 노력을 가까이에서 지켜보는 기쁨…….

솔직히 괴로움은 길고 기쁨은 짧긴 해도 그 기쁨은 농도가 짙고 본질적이다.

그래서 나는 지금도 1년에 6개월은 현장에서 일한다. 이 분야에 몸담고 있는 한, 그리고 국제구호 전문가라고 불리는 한 어떻게 하든 현장에 가야 한다고 생각한다. 물론 구호 활동은 현장에서만 하는 건 아니다. 누군가는 이 분야를 연구해야 하고 또 누군가는 그 연구 결과에 근거를 둔 정책을 세워야 한다.

그러나 구호와 관련된 어떤 일을 하든지 반드시 현장을 바탕으로 해야 하고 현장 주민에게 실질적인 도움이 되어야 한다. 그래야만 비로소 할 가치가 있고 힘이 생기는 거다.

나 또한 현장과의 연결고리가 끊어지는 순간, 코드 뽑힌 발전기처럼 아무런 힘도 없을 거다. 현장에서 일하기 때문에 사람들이 내 말에 귀 기울이고 내 글을 눈여겨보는 거라고 굳게 믿는다.

이런 현장의 힘은 과분하게도 내게 2006년부터 2012년까지 7년간 국제개발협력위원회의 민간 위원으로 일할 기회를 주었다. 이 위원회는 국무총리가 주재하고 외교부, 기획재정부를 비롯한 열세 개 부처 장관, KOICA 이사장과 수출입은행장 그리고 여섯 명의 민간 위원으로 구성되어 있으며 우리나라의 인도적 지원과 국제개발협력에 관한 정책을 토론하고 심의·조정하는 역할을 한다.

ODA를 어느 수준으로까지 높일 것인가, 원조를 어느 국가, 어느 분야에 집중할 것인가, 우리 국민들의 해외 원조 인식과 세계시민 의식을 어떻게 고취시킬 것인가에 대해 논의할 때 현장 경험을 바탕으로 한 내 발언이 미약하게나마 기여했다고 생각한다.

7년간 여섯 번 바뀐 위원장 국무총리를 비롯, 위원들이 회의 때마다 "한비야 위원님의 현장 경험을 바탕으로 한 의견 들어보겠습니다"라거나 "현장을 다니는 분이 저렇게 강력히 말씀하시니 그 안건을 좀 더 살펴보도록 하겠습니다"라며 진지하게 들어주고 정책 수립에 적극 참고해주었다.

또한 현장의 힘 덕에 2012년부터 2014년까지 3년간 UN 자문위원 역할까지 하게 되었다. 정확히 말하면 UN의 인도적 지원 기구인 UNOCHA의 CERF(Central Emergency Response Fund, 중앙긴급대응기금)의 자문위원이다.

전 세계의 인도적 지원 전문가 열여덟 명이 한 해에 미화 6억 달러, 한화 6,600억 원의 긴급구호 기금을 어느 나라의 어느 분야에 쓰는 것이 좋을까에 대해 UN 사무총장에게 직접 자문하는 일이다.

다른 자문위원들은 전직 국무총리, 적십자사 총재, 현직 고위 외교관 등으로 NGO 출신은 나 외에 한두 명뿐인데 아직도 현장 근무를 하고 있는 사람은 나뿐이다.

나 같은 일개 국제 NGO 팀장이 CERF 자문위원이 될 수 있었던 건 UN 내에 개혁의 바람이 불었기 때문이다. 그동안 CERF 자문위원 자리는 UN 회원국 정부가 전직 고위 관리들에게 감투를 씌워주듯 주던 자리였는데 최근 인도적 지원 분야가 개혁되어야 한다는 주장이 확대되면서 CERF 자문위원도 현장을 잘 아는 사람, 실질적이고 구체적인 자문을 할 수 있는 사람으로 구성해야 한다는 의견이 힘을 얻게 되었다.

그리하여 NGO 출신과 학계 출신을 늘려가기 시작했고 그런 흐름을 파악한 우리 외교부가 현장 출신이자 NGO 출신인 나를 추천, 다른 나라의 쟁쟁한 후보들과의 경합을 거쳐 최종 합류하게 된 것이다.

더구나 내가 자문위원이었던 3년 동안 파견 근무를 한 구호 현장이 그해에 CERF 기금의 집중 수혜국가였던 남수단, 말리, 필리핀이었으니 내가 회의 때마다 얼마나 기고만장해서 현장의 어려움을 토로하며 일 못하게 발목 잡는 시스템과 규정, 절차에 대해 목소리를 높였겠는가?

회의에 참석하는 UNOCHA 총재 및 WFP, UNICEF, UNHCR 등 UN 산하 인도적 지원 담당 기관의 고위 정책 결정자들은 물론 각국 정부와 국제 NGO의 고위 정책 결정자들 모두가 내 발언에 귀를 기울이며 많은 질문을 한 이유도 딱 한 가지, 내가 그 현장에서 바로 그 일을 하다가 왔기 때문이다.

이런 현장의 힘은 학교 수업에서도 진가를 발휘한다. 앞서 말한 대로 나는 2012년부터 이화여자대학교 국제대학원에서 수업을 맡고 있다. 학부에서는 '국제구호와 개발협력', 대학원에서는 'Linkage between Relief and Development(구호와 개발의 연계점)'이라는 과목이다. 봄 학기 수업 바로 직전에 다녀온 따끈따끈한 현장 경험을 사례 삼아 가르치는데 대학원생들과는 현장에서의 문제점을 사례로 연구해서 집중 토론하기도 한다.

현장을 바탕으로 한 학문적 연구는 내가 앞으로 적어도 10년은 집중해야 할 분야라고 생각한다. 풍부한 현장 경험이 단지 '흥미로운 에피소드', '감상적인 얘깃거리', '눈물샘을 자극하는 스토리'가 아니라 통계와 분석, 비교를 거친 '객관적인 연구 결과물'이 되어야 비로소 관련 정책을 만드는 데 바람직한 영향을 미칠 수 있다고 믿기 때문이다.

몇 년 전 한 방송에서 현장의 어려움을 토로하며 이런 말을 했다.

"지금은 설계도대로 집을 지어야 하는 목수지만 언젠가는 설계도까지 그리는 목수가 되고 싶어요."

누구를 위한 구호인가

아직도 현장에서는 망치와 톱을 가지고 설계도면대로만 집을 짓지만 각종 위원이 된 덕분에 이제는 이따금 설계 사무소 안에 들어가 설계사에게 조언을 할 기회를 얻곤 한다.

우물은 1층 마당에 있는데 5층 꼭대기에 식당을 만들면 절대로 안 된다고, 지금 중요한 건 경치가 아니라 수천 명이 먹을 밥을 얼마나 신속하고 안전하게 하는가라고 말할 기회가 주어져 다행이다.

그 설계사가 재난민들도 좋은 경치를 볼 권리가 있다며 물을 5층까지 길어 올리는 게 무슨 대수냐고 우기면 그 물을 긷는 사람들이 얼마나 힘들겠느냐라는 감정적인 얘기를 하는 게 아니라 조금이라도 공부를 한 덕분에 왜 그게 말이 안 되는지 객관적으로 설득할 수 있어 다행이다.

수백 명의 식사 준비에 필요한 하루 물의 양, 그 물을 길어 올리기 위해 필요한 인력과 시간, 수백 명이 5층 식당까지 오가는 시간, 무엇보다도 그곳에서 식사하는 사람들에게 5층 식당과 1층 식당 중 어느 것이, 왜 좋으냐고 물어 그 결과를 담은 보고서를 보이면서 말이다. 앞으로도 현장과 학교 모두에서 열심히 해 이런 기회를 점점 더 많이 만들고 싶다.

오로지 한국 사람이기 때문에 구호 현장에서 중요한 역할을 할 때도 큰 보람을 느낀다. 긴급구호 팀장으로 처음 파견된 아프가니스탄에서 있었던 일이다. 그곳에서 나는 공식적으로는 식량 담당, 비공식적으로는 현지 주민과 서구 선진국에서 온 요원들의 중재자 역할을 톡톡히 해냈다.

두 번째 역할은 전적으로 내가 대한민국 사람이기 때문에 가능했다. 현지인들은 이렇게 불평했다.

"서양 사람들은 주는 태도가 너무 불량해요. 필요 없이 사무적이고 사사건건 따지고. 한마디로 우리를 무시하는 거죠."

그러면 내가 이렇게 대변한다.

"그럴 리가 있나요? 그건 그들이 반드시 지켜야 하는 원칙과 일하는 스타일 때문이죠. 한 번도 다른 나라에게 도움을 받아본 적이 없으니 받는 사람들이 얼마나 조심스럽고 마음 불편한지 잘 몰라서 그러는 거니까 이해하세요."

반대로 서양인들은 이런 불평을 털어놓는다.

"아프가니스탄 사람들은 받는 태도가 아주 불량해요. 필요 없이 뻣뻣하고 아무리 해줘도 고마워하지 않는 것 같아요."

그러면 내가 이렇게 말한다.

"그럴 리가 있나요? 이렇게 어려울 때 도와주고 있는데 얼마나 고맙겠어요? 서양 사람처럼 호들갑스럽게 고맙다, 고맙다 하지 못할 뿐이죠. 한국 사람들도 그랬는걸요. 너무나 고마우면 오히려 그 말이 안 나오니까 더 무뚝뚝해 보이는 거랍니다."

그러면 고개를 끄덕였다.

'누구를 위한 구호인가?'

내가 현장에 갈 때마다 현장에서 쓸 수첩 맨 앞에 써놓는 글귀다. 긴급구호 팀장으로의 첫 근무지 아프가니스탄에 간 첫날, 어리바리 햇병아리에게 백전노장 네덜란드인 보스가 한 질문이다. 항상 재난민을 최우선으로 생각해야 한다는 그의 당부이자 명령이었다. 인도적 지원의 현장, 연구, 정책에 관여하는 모든 사람들도 끊임없이 자문해야 할 말이다.

'누구를 위한 구호인가?'라는 질문을 곰곰이 생각하면 할수록 답은 현장에 있다는 게 확실해진다. 이름하여 우.문.현.답! (우리의 문제는 현장에 답이 있다.) 얼마 전 필리핀 현장에서도 뼈저리게 깨달았다. 앞에서 말했듯이 3주 간격으로 보홀 지역 지진과 하이옌 태풍이라는 참사를 겪은 필리핀에서도 'CNN 효과'다. 게다가 현재진행형 재난에만 관심이 쏠리면서 새로운 재난 지역에서 몰려든 구호단체들은 서로의 의견과 지원책을 조율하느라 정작 도와야 하는 재난민에게는 제대로 신경을 쓰지 못하고 있었다.

자칭 타칭 구호 전문가라면서도 어쩔 줄 모르고 우왕좌왕하는 국제단체들과 대조적으로, 하이엔 태풍 때문에 졸지에 '잊혀진 현장'이 된 보홀에서 만난 재난 생존자들은 발 빠르고 용감하고 지혜로웠다.

지진 피해를 입은 한 마을 주민 300여 명은 길이 모두 유실되고 전기와 통신이 완전히 두절된 와중에도 촌장을 중심으로 부서진 집과 살림살이를 정리하고 떠내려 온 시신 20여 구를 수습하고 군용 헬리콥터로 투하되는 최소한의 비상식량과 구호물자를 골고루 나누고 특히 지진 당일 아이를 낳은 집에는 마른 땔감이 떨어지지 않도록 각별히 신경을 썼단다.

언제 고립에서 벗어날지 모르는 상황에서도 주민들은 서로 가진 것을 기꺼이 나누면서 한 달가량을 버텼는데, 그 과정에서 주민들 사이에는 말할 수 없는 신뢰와 동지애와 자신감이 생겼다고 한다.

봉화 조기 축구회라고 쓰인 초록색 티셔츠를 입고 수줍은 듯 웃고만 있던 50대 촌장이 성공적인 초기 재난 대응 비결을 말해달라니까 눈을 동그랗게 뜨고는 한마디 한다.

"재난 최초 대응자는 우리 주민들입니다. 이번에 대피소에 대형 물통을 준비해둔 게 얼마나 잘한 일인지 몰라요. 재난 대응을 잘 하려면 재난 대비부터 잘 해야죠. 안 그런가요?"

현장에 올 때마다 깨닫는다. 언제나 답은 현장에 있다고. 아니 현장만이 답이라고. 구호 활동가로서 그런 현장의 한가운데에 있는 것 자체가 대단한 행운이자 특권이며 무엇과도 바꿀 수 없는 기쁨이요 보람이다.

그래서 나는 늘 현장이 그립다.

중국과 아프리카
사이에는
무슨 일이 있나

어느 정도 예상은 했지만 이 정도일 줄은 몰랐다.

지금 아프리카는 단 한순간도 중국의 영향에서 벗어날 수가 없다. 중국인이 만든 공항에서 내리고 중국인이 만든 도로를 달리고 중국인이 건설한 항만을 통해 중국 배가 가져온 중국제 물건을 사서 쓰고 중국인이 만든 댐에서 생산한 전기로 선풍기를 돌리고 중국집에서 밥을 먹고 좋은 환율로 돈도 바꾼다.

어느 아프리카 대도시에서든 조금만 눈여겨보면 중국 사람과 중국 가게 간판이 보이고 중국말이 들린다. 그도 그럴 것이 10년 전만 해도 아프리카에 체류하는 중국인이 수만 명 정도였는데 지금은 수백만 명이 넘는다.

나이지리아만 봐도 2000년에는 대사관 직원을 포함, 체류 중국인이 100명 남짓이었는데 지금은 20만 명이 넘는다고 한다. 그 때문인지 20여 년 전 아프리카 배낭여행을 할 때 현지인들은 나를 '무중구(하얀사람)', '파르시(외국인)', '헬로'라고 불렀지만 지금은 백이면 백 '치나(중국 사람)'라고 한다. 큰 도시에서는 유창한 중국어로 말을 걸어오는 아프리카 젊은이들도 적지 않고 심지어 몇 년 전 서아프리카 말리에서 일할 때 나는 그곳 공용어인 불어보다 중국어를 훨씬 많이 썼을 정도다. 일과 후나 공휴일마다 어울렸던 사람들이 말리에 파견 나온 중국인 의사와 간호사들이었기 때문이다. (40대에 '그냥' 배워둔 중국어를 이렇게 유용하게 쓸 줄이야.)

도대체 그동안 아프리카와 중국 사이에는 무슨 일이 있었던 걸까? 그리고 나는 이 일에 왜 이토록 관심이 있는가? 앞에서도 말한 대로 아프리카는 여행자로서의 호기심뿐 아니라 구호 활동가로 가장 자주 가고 가장 길게 일하는 곳이다. 알면 사랑하게 된다던가, 아프리카는 서구 중심의 세계사에 등장한 16세기 이후 고통스런 역사를 겪었고 지금 이 순간에도 가난, 질병, 내전, 무능한 정부에 시달리는 선량한 아프리카 국민들에게 늘 마음이 쓰인다.

게다가 중국은 같은 아시아이자 한자 문화권이라는 공통점과 더불어 엄청난 규모나 성장 속도에서도 주목할 수밖에 없는 나라다. 8개월간의 배낭여행과 두 번에 걸쳐 2년 정도 중국어 연수를 다녀온 덕에 중국 내에서의 숨 가쁜 변화, 국제적으로 커지는 영향력과 높아지는 위상을 목격할 수 있었는데, 그건 영향력이 자주 드나들며 마음 쓰고 있는 아프리카에서도 크게 퍼져나가고 있었다.

보스턴에서 유학할 때 전공도 아닌데 '중국의 근현대사-외교 분야를 중심으로'라는 과목을 굳이 수강한 이후는 중국이 아프리카에 미치는 영향에 대해 자세히 배우고 싶었기 때문이다. 졸업 후, 다시 아프리카 현장에 오니 막강한 중국의 영향력이 더 보이고 더 크게 느껴졌다.

마침 남수단 근무 중 이화여자대학교 교수 자격으로 아프리카에서의 중국의 영향력에 대한 논문을 쓸 기회를 얻었는데 그 덕분에 이 주제를 좀 더 깊이 연구할 수 있었다.

이 분야에 관심 있는 사람들이라면 몇 시간만 인터넷 검색을 해도 알아낼 수 있는 정보일 수도 있지만 지금부터 하는 얘기는 내가 아프리카와 중국에서 직접 보고 느끼고 연구한 거니까 인터넷 정보와는 뭐가 달라도 다를 거다.

그럼 다시 처음 질문으로 돌아가자.

지난 10년, 중국과 아프리카 사이에는 무슨 일이 있었던 걸까?

우선 중국. 중국은 1978년 시장 경제를 도입한 이후 급속한 경제 성장과 함께 세계의 공장 역할을 하고 있다. 이러기 위해서 필요한 에너지 자원과 원자재의 양은 그야말로 어마어마하다.

예를 들면, 중국은 전 세계 쌀과 담배 총량의 3분의 1, 석탄의 49퍼센트, 시멘트 소비량의 40퍼센트, 아연과 구리의 40퍼센트, 철강석의 30퍼센트, 알루미늄의 25퍼센트를 사용하고 있다.

내수와 수출에 필요한 이런 막대한 에너지와 원자재는 어디서 구하는 걸까? 바로 중남미, 중동, 아프리카로부터다.

그래서 중국은 2001년 '세계로 나가자(走出去)'라는 전략 아래 자원이 풍부한 나라에 외국인 직접 투자와 무역과 해외 원조 이 세 가지를 합친 소위 '패키지 딜'을 엄청나게 늘리고 있다. 그중에서도 서방세계와의 경쟁이 상대적으로 적은 아프리카에 집중하는 것이다.

자원 때문만이 아니라 미국과 함께 G2라고 불리는 중국 입장에서는 아프리카에서 지정학적 입지를 굳혀야 할 이유가 분명하다. 1971년 UN 상임이사국 자리를 타이완에게서 빼앗아 올 때 아프리카 국가들의 도움이 컸다는 역사적 빚도 있다. 게다가 아프리카는 절대 놓칠 수 없는 10억 인구의 거대 시장이라는 점도 중국이 아프리카에 진출해야만 하는 명백한 이유다.

그럼 아프리카는 어땠을까?

1950년에서 60년대에 대부분의 국가가 독립을 했지만 홀로서기에는 역부족이었다. 엄청난 부채, 끊임없는 쿠데타와 내전, 가뭄과 굶주림, 에이즈 확산 등으로 누군가의 도움이 절실히 필요했다. 냉전 시대에는 미국과 러시아 사이를 왔다 갔다 했지만 1990년대 들어 냉전 시대가 끝나자 다시금 미국과 서유럽에 기대야 했다.

누군들 가혹했던 '예전의 상전'에게 다시 머리를 조아리고 싶을까? 그래도 목구멍이 포도청이라 그럴 수밖에 없는 이들에게 서방은 민주주의니 인권이니 해당 정부의 투명성을 따지고 거의 이행 불가능한 조건을 내걸며 벼랑으로 몰고 갔다.

벼랑 끝에 선 이들에게 든든한 도움의 손길을 내미는 나라가 있었으니, 바로 중국이었다.

중국은 근본적으로 달랐다. 스스로도 개발도상국이자 서구 열강들의 반 식민지화를 겪은 중국은 고자세로 까다롭게 굴던 서구와는 반대로 이들에게 그야말로 '묻지도 따지지도' 않고 통 큰 무상 지원을 하거나 '위험한' 투자를 하거나 위험성이 매우 높은 투자를 하거나 아주 낮은 이자로 돈을 빌려주었다. 심지어 갚을 수 없는 빚은 아예 탕감까지 해주었다.

게다가 그동안 효율성 및 지속가능성 제고와 같은 소프트웨어에 중점을 둔 서구의 지원과는 달리 도로, 항만, 댐, 대규모 토목공사 같은 하드웨어와 지역 인력 개발에 역점을 둔다는 점이 크게 달랐다. 프랑스 식민지였던 콩고의 한 지도자는 중국을 이렇게 극찬하기에 이르렀다.

"프랑스 사람들은 이 나라를 위해 한 일이 하나도 없다. 보라, 콩고에는 변변한 도로나 공장 하나 없질 않은가? 우리가 프랑스가 아니라 중국의 식민지였다면 바닷가에도 고층 빌딩이 빽빽이 들어서 있을 것이다."

이렇게 이해관계가 딱 맞아 떨어진 중국과 아프리카의 관계는 짧은 시간 내에 눈부시게 진전되었다.

중국은 2006년 후진타오 주석이 대규모 방문단을 끌고 아프리카를 순방한 그해 11월, 베이징에서 중국-아프리카 협력 포럼을 개최하여 48개국 정상이 모인 자리에서 놀랄 만한 선물 보따리를 발 빠르게 풀어놓았다.

주요 골자는 아프리카 발전기금 50억 달러(한화 약 5조 5,000억 원) 조성, 30억 달러 우대 차관과 20억 달러 우대 신용대출, 개발 수준이 매우 낮은 국가들에게는 전격적인 채무 탕감, 향후 3년간 1만 5,000명의 아프리카 인재들에게 연수 제공 등이 들어 있었다.

2년마다 열리는 이 회의에서 중국은 번번이 거대 규모의 원조와 투자를 약속하고 동시에 중국 최고 지도자들은 해마다 아프리카를 방문, 중국-아프리카의 관계를 돈독히 하고 있다. 중국은 나이지리아의 9조 원짜리 프로젝트를 비롯, 42개국에서 800조 원 규모의 대아프리카 원조 사업을 진행 중인데 이것은 부자나라 클럽이라는 DAC(Development Assistance Committee, OECD 산하 개발원조위원회) 원조 총액의 세 배가 훨씬 넘는다고 한다.

덕분에 아프리카는 더 이상 서구나 IMF, 세계은행에만 의존할 필요가 없어졌다. 실제로 2007년 앙골라는 무역자유화, 민영화, 정부 역할 축소를 요구하는 IMF 구제금융을 마지막 순간에 철회하고 아무 조건을 달지 않는 중국 차관을 도입했다.

아프리카 국가들에게는 민주주의 실현보다는 강력한 정부의 역할을 중시하고 선 경제개혁, 후 정치개혁이라는 중국식 개발모델이 훨씬 받아들이기 쉬웠을 터다.

중국도 할 말이 있다

세상 모든 일은 주고받는 것. 그럼 중국은 무엇을 얻었을까?

석유만 보면 수단에서 생산하는 원유의 40퍼센트, 앙골라의 60퍼센트, 나이지리아의 16.7퍼센트를 중국으로 수출하기로 합의하여 중국은 전체 원유 수입량의 25퍼센트 이상을 아프리카에서 안정적으로 충당하게 되었다.

또한 중국은 원조와 함께 광산과 댐, 수력발전소, 철도, 제련소 등의 대형 공사를 묶는 이른바 '패키지' 원조로 아프리카 국가들의 환영을 받으며 도로, 항만 등 국가 기간 시설의 대형 공사를 싹쓸이하고 있다.

예를 들어, 나이지리아의 경우 수도인 라고스에서 카노를 잇는 대규모 철도 건설 공사에 중국 기술자만 1만 1,000명을 보내 수력발전소까지 공사했다. 앙골라에서는 전체 길이 1,344킬로미터의 횡단 철도 공사를, 가봉에서는 모리타니까지 잇는 석탄 수송 철도 공사를, 에디오피아에서는 국가 통신망 구축 사업 등을 진행했다.

이렇게 대형 프로젝트마다 중국이 싹쓸이 수주를 할 수 있게 된 데는 몇 가지 이유가 있다.

우선은 세계은행이 내부 거래와 부패 방지 등 효율성과 투명성을 높이는 차원에서 국가가 주도하는 대형 공사를 공개 입찰로 바꾼 덕분인데 중국의 입찰가가 경쟁 국가의 절반, 심지어 3분의 1 정도이기 때문이다.

또 기술이 뛰어나고 노동자들의 임금이 싸다. 도로 공사만 하더라도 중국은 자국에서 이미 온갖 험한 지형에서 수만 킬로미터의 길을 닦아본 경험이 있기 때문에 기술이 매우 뛰어난 반면 숙련공의 임금이 저렴한 것이다.

하기야 선진국 감독관은 이틀 방값이 현지인의 한 달 임금과 맞먹는 최고급 호텔에서 묵지만 중국 감독관은 현장 가건물에서 노동자들과 함께 지내니 입찰가가 떨어질 수밖에. 더구나 연중무휴에 밤샘 작업도 마다하지 않아 공사 일정을 선진국에 비해 훨씬 잘 맞춘다는 점도 대형 공사 수주자로 중국인을 선호하는 주요 요인이다.

나 역시 장기 파견 근무를 했던 2005년 짐바브웨의 댐 공사 현장과 2012년 남수단의 공항 청사 공사, 2014년 말리의 도로 공사 등을 직접 목격할 수 있었는데 뜨거운 태양 아래 구슬땀을 흘리며 밤낮없이 일하는 중국인들이 참으로 대단해 보였다. 이런 구슬땀이 매우 익숙한 한국 사람에게도 이런데, 아프리카인들에게는 어떻겠는가?

짐바브웨 현지인 정부 관리에게 직접 들은 얘기다.

"영국은 아직도 우리를 가르치려고만 들죠. 도와주겠다면서 고급 호텔에서 죽어라 회의만 하지만 중국을 보세요. 말이 아니라 온몸으로 보여주며 눈에 보이는 결과를 내고 있잖아요?"

우리 선입견과는 달리 아프리카인들에게 중국인들은 근면과 끈기, 효율성의 화신이다. 또한 하루 종일 냉방이 잘 되는 사무실에 앉아 있는 서구인들에 비해 현장에서 같이 땀을 흘리는 중국인들에게 훨씬 신뢰감이 생긴다고도 한다.

그뿐 아니라 중국 정부와 사기업의 절묘한 협업도 중국이 성공하는 커다란 요인이다.

중국 정부는 정부 대 정부 간의 대형 사업을 진행하면서 공사 후 그 사업에서 일했던 사람들이 민간 기업을 설립하는 것을 적극 지원하고 협조를 아끼지 않는다.

정부는 굵직한 사업을, 민간인은 틈새 사업을 수주하면서 싹쓸이를 하고 있고 대사관이 중간에서 교량 역할을 하고 있다.

이렇게 민관이 협력해서 전력투구하고 있는 이들을 어찌 상대할 수 있겠는가.

아프리카 주재 중국 대사관 이야기가 나왔으니 말인데 중국 대사관에 대한 좋은 경험이 있다. 위에서 말한 세계적인 학회에 연구 논문을 발표하기 위해 갖가지 자료를 모을 때의 일이다. 연구자로서 세계 무대에 처음 서는 거라 바싹 쫄았지만 연구 주제가 '수단과 남수단을 예로 본 중국의 원조 정책 변화'라 어느 정도 마음이 놓이기도 했다. 남수단 현장 근무 중이었으니 누구보다도 정확한 최신 자료와 정보를 얻을 수 있기 때문이다.

그때 수차례 만난 중국 대사관의 대외경제협력 외교관은 정말로 놀라웠다.

수천억 원 규모의 차관 및 원조 예산을 집행하고 감독하는, 남수단에서 제일 바쁜 외교관 중의 한 명인 그는 일개 국제 NGO 구호팀장이자 연구자인 내가 방문할 때마다 성실하게 인터뷰에 응해준 것은 물론 자기 권한 내에서 원하는 정보를 성의껏 준비해주었다. 막판에는 휴일에도 전화로 급하게 정보를 요청했는데 단 한 번도 싫은 기색 없이, 오히려 중국의 대외원조에 대해 정확하게 쓰려는 내 노력에 힘이 되어서 영광이라는 매우 '외교적'이지만 진심이 느껴지는 발언도 했다. 나는 그분의 적극적인 도움 덕분에 런던학회에서 연구자로서의 첫 번째 데뷔작인 'Evolution of China's Humanitarian Assistance: From the Darfur Crisis to South Sudan' 발표를 성공적으로 마칠 수 있었다. (지금 생각해도 정말 고맙다.)

기대 반 우려 반

그렇다면 중국의 아프리카 진출이 모두에게 좋기만 한 걸까?

그럴 리가 없다.

내가 몸담고 있는 원조 부문만 봐도 제일 큰 문제는 중국이 짐바브웨의 무가베 정부나 수단의 오마르 알 바시르 등을 직·간접으로 도와 독재 정권이 유지되도록 도움을 준다는 점이다. 겉으로는 중국의 내정 불간섭과 상호 이익 원칙에 따른 원조라지만 속으로는 자원 확보와 입지 강화라는 자국의 이익만 따지고 있다는 거다.

내 연구 논문 주제 나라였던 수단에서는 원조 형태로 총 100억 달러, 우리 돈으로 무려 11조 원을 쏟아 부으며 석유 기반 시설, 석유 시추, 165킬로미터에 달하는 송유관, 국제공항과 항만 등을 건설하였다. 그러나 일명 '패키지 원조'의 내용을 들여다보면 이 모든 시설은 수단의 자원을 중국으로 쉽게 가져가기 위한 전략이었다.

실제로 중국은 석유 수입량 전체의 10퍼센트를 수단에서 공급받고 있다. 서방 국가가 아프리카 독재자들과 거래하는 중국을 비난하지만 중국은 중동 독재자들과 거래해온 서방들은 그런 말할 자격이 없다며 맞서고 있다.

무기 거래도 문제다. 예전에 들어온 미국, 러시아제 무기에 최근 중국제 무기까지 합세해 아프리카에는 무기가 넘쳐난다. 중국은 소총 같은 소형무기뿐 아니라 전투기 등까지 2005년에만 1억 달러어치를 팔았는데 특히 독재자들에게 무기를 공급해서 국제적인 비난을 받고 있다.

그 부작용은 어마어마하다. 예를 들어 다르푸르 사태를 진정시킬 목적으로 수단에 공급한 무기는 남수단의 유목민들에게까지 들어가 칼과 화살을 가지고 소규모로 싸우던 부족 간의 다툼이 요즘은 총으로 싸우는 대규모 분쟁으로 번지면서 번번이 수십에서 수백 명의 사상자를 내는 진짜 전쟁으로 변하고 있다.

이 때문에 아프리카 내에서도 독재 정권이나 반군들을 군사적으로 지원하고 무기를 팔며 자원을 거저먹는 다른 강대국과 비교해 중국이 무엇이 다르냐는 반발이 나오고 있다. 그러나 중국은 무기 수출량이 미국의 30퍼센트에도 훨씬 못 미치는데 무슨 말이냐며 콧방귀를 뀌고 있다.

중국의 원조 내용과 방법도 항상 도마에 오른다. 이미 국제사회에서 국가투명성 등 소프트웨어를 돕겠다는 명목으로 하지 않기로 한 대형 토목 공사 중심이라는 점도 그렇고 원조 조건으로 자국의 인력과 자재, 운반수단 등을 제공함으로써 원조한 금액의 75퍼센트 이상을 본국으로 도로 가져간다는 점도 그렇다.

이런 비난에 대해 중국은 우리는 원조국이 원하는 것을 도와줄 뿐이며, 선진국의 원조란 각종 컨설턴트 및 국제 직원들의 엄청난 인건

비와 경비를 대느라 정작 현지인들과 프로젝트에는 돌아가는 게 없다며 맞서고 있다. 그 외에도 중국의 원조와 투자의 불분명한 경계, 원조 이후 모니터링 부족, 환경파괴나 인권문제 간과도 국제 회의 때마다 문제가 되고 있다.

이런 국제사회와의 마찰 이외에도 아프리카 내의 중국인들의 수가 10여 년 만에 수백만 명 단위로 기하급수적으로 늘면서 나라마다 기존 상권을 쥐고 있던 인도와 레바논 상인들과의 상권 다툼도 늘고 있다.

또한 중국인들의 인종차별적인 태도와 임금 격차, 도박, 마약, 매춘 등으로 반(反)중국 정서가 만들어지고 있다. 급기야는 나이지리아나 에티오피아에서처럼 테러 단체의 표적이 되기도 한다.

아프리카 지식인 혹은 지도자들 중에는 자원을 둘러싼 강대국 간의 새로운 아프리카 쟁탈전이 벌어지고 있다며 우려의 목소리를 높이는 사람도 있다. 유럽 열강이 떠난 자리에 중국이란 새 주인이 들어섰다고도 한다. 잠비아의 야당 지도자는 "아프리카는 중국의 일개 성이 되어가고 있다"고 일갈했다.

그도 그럴 것이 짐바브웨에서는 국영 전기 및 철도 공사, 국영 항공사 심지어는 국영방송까지 운영하고 있으니 말이다.

'아프리카에서 이루어지는 중국의 인도적 지원'을 공부하는 제삼자인 나도 안타깝기는 마찬가지다. 중국은 아프리카에 대한 확실한 전략을 가지고 있다. 그러나 아프리카는 과연 중국에 대해 어떤 전략과 정책을 갖고 있는지, 자국의 자원과 자국민을 보호할 어떤 대안이 있는지 의문이기 때문이다.

노예무역부터 제국주의 시대까지 아프리카를 무자비하게 약탈하고 착취해왔으면서 한줌의 지원을 한다는 이유로 까다롭게 구는 서구보다 조건 없이 거액을 지원하는 중국을 편하게 생각하는 것을 이해 못할 바는 아니다.

그러나 국가 간에 과연 순수한 의미의 인도적 지원이라는 게 가능할까. 나는 가능하지 않다고 생각한다.

어떤 멋진 말로 꾸미든 본질은 하나, 모든 국가는 자국의 이익이 최우선이기 때문이다. 백 번 양보해서 그런 게 있다고 하더라도 한 국가의 자원을 한 나라에 50퍼센트 이상 수출하며 그 나라의 원조와 투자에 의존한다는 건 분명 문제가 있다.

어찌되었든 지금 아프리카에는 중국 바람이 강하게 불고 있다. 현지인들은 중국산 비누나 치약부터 텔레비전과 냉장고까지, 전에는 그림의 떡이던 물건을, 품질은 떨어지지만 거의 반의 반값에 살 수 있다는 것에 환호하고 있다.

내막이야 어찌되었든 중국 덕분에 고속도로와 공항과 댐이 건설되고 동네에는 무료 병원과 급식소가 생겨나니 어차피 누구한테라도 뺏길 게 뻔한 자원인데 이런 거라도 건지는 게 남는 장사라는 사람들이 대부분이다.

야심찬 아프리카 젊은이들은 각국에 퍼져 있는 지역 인력 개발 프로젝트에 들어가 공부하고 '공자 학원'에 다니며 중국말을 배우고 있다. 해마다 수천 명의 젊은이들이 중국 정부 장학금으로 중국으로 유학을 가고 각 나라 정상들은 어떻게 하면 중국 정부 및 지도자들과 가까이 지낼 수 있을까가 최대 고민이다.

아프리카에서 그 영향력이 점점 커지는 중국을 향한 국제사회의 요구와 기대도 커지고 있다. 그중 하나는 분쟁 중재자로서의 역할이다. 예를 들면 수단과 남수단 사이의 갈등 해결에 양국에 커다란 영향력이 있는 중국이 결정적인 역할을 할 수 있을 거다.

이외에도 중국이 아프리카 경제 개발의 견인차 역할과 평화유지군 파견 등 평화를 정착시키는 역할 등을 할 수 있을 거라 기대한다. 이 정도는 중국이 마땅히 해야 할 일이고 충분히 할 수 있는 역할이라고 생각한다.

아프리카에서 중국이 가지고 있는 막강한 힘, 그 힘이 앞으로 어떻게 쓰일지 두고 볼 일이다.

솔직히 나는 기대 반 우려 반이다.

필리핀의
마욘화산
이야기

2014년 10월. 여기는 필리핀.

산 정상에서 하얀 연기가 무럭무럭 피어나는 활화산, 마욘화산을 바라보며 이 글을 쓴다.

필리핀 활화산 중 가장 활동이 활발하다는 해발 2,460미터 마욘화산은 완벽한 원뿔 모양의 화산이 주변 야자수 숲과 기막힌 조화를 이루며 전 세계 관광객을 유혹하는데 이 나라 열여덟 개 활화산 중 가장 폭발이 잦은 산이기도 하다.

가까이에서 지켜보니 활화산이란 이런 거구나 싶다. 말 그대로 살아 꿈틀거리는 산이다. 내 숙소에서 정면으로 보이는 분화구에서 하얀 가스와 돌덩이가 뿜어져 나오고 붉은 마그마는 산비탈을 따라 불꽃처럼 흘러내리고 하루에도 수십 차례 온몸을 뒤틀며 땅을 진동시킨다. 명백한 폭발 조짐이다.

외국인 친구에게 마욘화산 지역으로 긴급구호 떠난다니까

"우아, 잘하면 화산 폭발 장면을 현장에서 보겠네요. 구경 중의 구경은 불구경이죠"라고 한다.

웬 구경 타령인가 했는데 마닐라에서 마욘화산으로 오는 비행기가 완전 만석이었다. 대부분 나처럼 재난 지역으로 파견된 구호요원일 거라는 예상과는 달리 승객들 대부분이 '불구경' 가는 각국 관광객들과 방송 관계자들이었다. 내 옆자리에 앉은 30대 유럽인 커플도 필리핀 다른 지역을 여행하다 마욘화산이 폭발 직전이라는 소식을 듣고 부랴부랴 행선지를 바꿨단다.

"좀 비싸지만 마욘화산이 정면으로 보이는 호텔방을 예약했어요. 누가 알아요? 화산 폭발 장면을 생방송으로 보게 될지. 호호호"

화산에 대해 나는 문외한이다. 여태껏 화산이 폭발하면 1,000도 이상의 뜨거운 마그마가 가장 위험할 거라고 생각했는데 돌이 녹아 있는 상태인 마그마는 점도가 높기 때문에 6킬로미터 이상 흐르지 못해 그 밖으로만 대피하면 안전하단다.

그보다 치명적인 건 수 킬로미터까지 치솟는 화산가스, 화산재 그리고 쏟아지는 돌덩이란다. 특히 그 시기에 태풍이 겹치면 위에서 말한 모든 것들이 물과 뒤섞여 시속 70킬로미터 이상으로 흘러내리면서 화산 일대를 순식간에 초토화시키는데 주민들은 이걸 제일 두려워하고 있었다.

마욘화산은 최근 거의 10년을 주기로 분화하는데 두 달 전부터 확실한 분화 조짐을 보이고 있다. 분화구 주변이 붉게 물들면서 용암과 돌이 쏟아져 나오고 하루에 40차례 이상 꿈틀거리더니 지난 9월 16일 지역정부가 재난 경고 수준 3단계를 발표하기에 이르렀다. 3단계는 24시간에서 수 주일 내에 폭발 가능성이 있는 상황으로, 화산 주변 8킬로미터 이내 거주민들은 모두 대피해야 하기 때문에 그곳 주민 5만여 명이 인근 학교 등으로 피해 있는 상태다.

그런데 대피소 역할을 하는 학교 내 거주 공간이나 화장실 등이 턱없이 부족해 큰 어려움을 겪고 있다.

"하루빨리 마욘이 폭발해서 얼른 이 생활이 끝났으면 좋겠어요."

대피소에 있는 사람들의 한결같은 바람이다.

학교를 숙소로 쓰고 있는데 교실 한 개당 적어도 20여 가족, 100명 이상이 함께 지내야 하니 얼마나 불편할까?

30도가 넘는 날씨에 씻을 물은커녕 마실 물도 없고 화장실도 부족하고 식량도 모자라고 샤워할 공간이나 밥 해 먹을 공간도 마땅치 않다.

워낙 자연재난이 잦아 재난 대비와 대응에 능숙한 지역정부는 긴급구호 자금을 풀어 비상식량 지원을, 소방서는 소방차를 동원해 물 배급을, 군인들은 취사용 땔감 공급을, 간호사 및 공중보건요원들은 위생 및 보건에 만전을 기하고 있지만 피난민 숫자가 많고 언제 돌아갈지 모르는 상황이라 외부 도움이 절실히 필요하다.

따라서 우리 단체도 30여 명의 미니 긴급구호팀을 꾸려서 지역정부와 함께 2주일 전부터 1만 5,000여 명의 이재민을 대상으로 식수 및 생활용수 공급, 화장실 수리 및 반영구 화장실 건축, 긴급물자 배분 등의 구호 활동을 펴고 있다.

다행히 다른 현장 근무에 비해 이곳 일은 마음 가볍게 하고 있다. 이미 발생한 재난의 뒤치다꺼리가 아니라 앞으로 발생할 재난을 대비하는 거라 일이 수월키도 하지만 열악한 상황에도 늘 웃으면서 서로에게 피해를 주지 않으려고 애쓰는 피난민들에게 매일매일 감동을 받아서 더욱 그렇다.

화산이 노래를 부르는 거예요

이 정도 열악한 환경에서 3주일 이상 지냈다면 피난민들은 예민해질 대로 예민해져서 조그만 일에도 짜증을 내고 언성을 높이며 크고 작은 몸싸움이 끊이지 않기 마련인데 여기서는 그와 반대로 서로에게 최대한 친절하고 어떻게든 피해를 주지 않으려고 노력하는 게 인상적이다. 예를 들면 앞다퉈 자발적으로 청소를 해 5,000여 명이 넘는 대피소도 교실 안팎이 얼마나 깔끔한지 모른다. 비닐봉지 한 장 떨어져 있지 않고 쓰레기 분리수거까지 하고 있다.

세계 어디든, 대형 난민촌이나 대피소 근처에 사는 사람들은 피난민들을 달가워하지 않는다. 물가가 오르고 치안이 불안해지고 동네가 지저분해지기 때문이다. 이곳도 피난민 때문에 인근 동네의 물 사정이 훨씬 열악해졌다. 그럼에도 오히려 점점 더 많은 동네의 사람들이 피난민들에게 자기 집 화장실이나 욕실을 쓰게 하고 있다. 갓난아이나 노약자, 장애인이 있는 가족들을 아예 자기 집에서 묵게 하자는 캠페인까지 확산되고 있어 마음을 훈훈하게 한다.

이런 아름다운 캠페인의 중심에는 가톨릭 사제들이 있다. 이 지역 젊은 필리핀 신부님들이 자원봉사자와 함께 직접 이 집 저 집을 돌며 신자들을 이렇게 재미있게 설득한단다.

"우리들이 자랑스럽게 생각하는 당신의 친절을 보여줄 기회가 드디어 왔습니다. 자주 없는 기회이니 부디 놓치지 마시기 바랍니다."

그러고는 대문에 붙이라며 '우리 집 화장실을 대피 중인 사람들에게 기꺼이 개방합니다'라고 쓰인 스티커를 건네준단다.

전 인구의 90퍼센트 이상이 가톨릭 신자인 이곳에서 신부님들이 직접 나서 이렇게까지 말하는 데야 거절하기 어려울 것이다.

화장실 개방 캠페인이 대박 나자 한술 더 떠 지금은 대피 중인 1만 2,000여 가족의 10퍼센트인 1,200가족을 신자들 집에 묵게 하자는 야심찬 캠페인을 벌이고 있다.

지난 주말, 이 신부님들과 점심을 먹으면서 배꼽 빠지는 줄 알았다. 주민들이 주식으로 먹는 마른 생선을 배분하다 왔다며 생선 냄새 풀풀 피우면서 식당으로 들어오더니 나를 보자마자 인사도 생략한 채 내 숙소에 화장실이 따로 있냐고 물었다. 그렇다고 했더니 그러면 나도 한 가족 책임져야 한다며 '예수님의 사랑으로 우리 집에 묵게 된 여러분을 환영합니다'라는 스티커를 건네주었다.

그러면서 인심 쓰듯 오늘 내일은 화산이 절대로 폭발하지 않을 테니 이번 주말엔 마음 졸이지 말고 푹 쉬란다. 왜냐고 했더니 너무나 자신 있게 하는 말.

"마욘화산이 필리핀산이잖아요? 필리핀에선 주말에 일을 하지 않습니다."

14년째 전 세계 대형 재난 현장에서 근무하고 있지만 이렇게 즐겁고 엉뚱하고 유쾌하게 일하는 분들은 처음 본다. 그런 유쾌한 엉뚱함이 피난민은 물론 구호요원들에게까지 얼마나 큰 힘과 위로가 되는지 이 신부님들은 모르실 거다. 로만칼라도 없이 허름한 티셔츠와 청바지를 입고 생선 냄새 풀풀 풍기며 산처럼 높이 담은 밥을 허겁지겁 먹고 있는 젊은 신부님들에게서 나는 작은 예수님을 보았다.

긴급구호 현장이라고 늘 숨 가쁘게만 돌아가는 건 아니다. 마욘화산에서도 그랬다. 어느 날 마욘화산이 고화질 사진처럼 선명하게 보이는 대피소에서 교사 출신 70대 '반장' 할머니랑 수다가 벌어졌다. 구연 동화식으로 어찌나 말을 잘하시는지 시간 가는 줄 몰랐다. 수다 중, 뜬금없이 할머니가 산을 가리키며 물었다.

"저 마욘화산, 참으로 아름답지요?"

"아름다우면 뭐해요. 성질이 사나워서 저렇게 주기적으로 화를 내고 있는데."

짐짓 투덜대는 투로 대답했더니 할머니가 정색하며 말을 잇는다.

"화를 내는 게 아니라 노래를 부르는 거예요. 이루지 못해 가슴 아픈 사랑 노래를……."

"아니, 무슨 사랑 노래가 저렇게 요란해요?

달변의 할머니 버전 '요란한 사랑' 얘기는 흥미로웠다. (화산에 얽힌 몇 가지 다른 버전도 있다.)

옛날 옛적, 이 지역 대족장에게 마가온이라는 딸이 있었다.

그녀의 눈부신 아름다움에 반한 근방의 왕자와 전사들은 공주와 결혼하길 원했으나 정작 마가온은 철천지 원수 부족의 왕자와 사랑에 빠진다. 양쪽 집안의 엄청난 반대를 견디다 못한 두 사람은 먼 곳으로 도망갈 계획을 세웠지만 이 계획은 들통이 나버렸고 이로 인해 두 부족 간에 피비린내 나는 전쟁이 벌어졌다.

두 사람은 죽음으로 사랑을 이루기로 결심하고 함께 묻어달라는 부탁을 남긴 채 나란히 생을 마감한다. 그러나 두 부족은 두 사람의 시신을 따로따로 묻어버렸는데 몇 달 후 마가온을 묻은 자리가 점점 커지더니 완벽한 원뿔 모양의 아름다운 화산으로 변했다. 한편 왕자를 묻은 자리에서는 흰 구름이 솟아나 화산 꼭대기에 머물기 시작했다고 한다. 마치 구름이 된 왕자가 화산으로 변한 연인의 얼굴을 어루만지는 것처럼.

그러다 이따금씩 두 남녀는 못다 한 사랑의 안타까움을 주체할 수 없다는 듯 울부짖는데, 그게 바로 화산 폭발이란다.

"지금 저 분화구 안을 꽉 채우고 있을 붉고도 뜨거운 마그마, 그게 바로 왕자와 공주의 눈물이죠. 더 이상 참을 수 없을 때 산기슭을 타고 흘러내리는 그들의 피눈물이랍니다."

아, 아름다운 두 연인이 피눈물을 흘리며 애통한 사랑 노래를 부르기 직전인 산, 마욘화산은 가슴까지 살아 있는 진정한 활화산이다.

4장

:

씩씩한
발걸음

어쩌면 우리 모두는 스스로가 생각하는 것보다 훨씬
멋지고 잠재력이 풍부할지 모른다. 그러니 섣불리
나는 이 정도의 사람이라고 단정 지어서는 안 된다.
해보지도 않고 자기가 어디까지 할 수 있는지 어떻
게 알겠는가.

쑥쑥
커가는
세계시민학교

UN 중앙긴급대응기금 자문위원, 이화여자대학교 국제대학원 초 빙교수, 국제구호 현장 전문가, 작가, 특강 강사……. 지난 몇 년간 '한 비야'라는 이름 앞에 많은 직함이 붙었다.

그중에서 내가 제일 좋아하는 직함은 '월드비전 세계시민학교 교 장 한비야'이다.

좀 뜬금없지 않은가? 자유롭고 즐겁게 기왕이면 남 도와주면서 사 는 게 인생 최대의 목표인 내가 고리타분함의 대명사인 '교장 선생 님'이 되었다니 말이다. 여기에는 말 못할(!) 사연이 있다.

발단은 2005년 파키스탄 대지진 긴급구호를 다녀온 직후였다. 현 장에서 돌아오자마자 TV 모금 방송에 출연해서 매달리듯 도움을 호 소했는데 그 밤중에 순식간에 몇 억 원이 걷히면서 그야말로 대박이

났다.

하지만 전화가 한꺼번에 쏟아지는 바람에 일단 전화번호만 받아 놓았던 사람들에게 다음 날 다시 연락을 했는데 하룻밤 사이에 마음 변한 사람들이 적지 않았다. 정기후원이 일시 후원으로, 1만 원이 몇 천 원으로, 아예 후원 의사를 철회하기도 했다.

마음이 편치 않았다. 후원금이 줄어서가 아니다. 혹시 내가 방송에서 사람들의 눈물샘을 자극하고, 사람들은 그 자극에 대한 반응으로 동정을 베푸는 건 아닌가 하는 자괴감 때문이었다.

좀 더 본질적인 마음을 움직였어도 하룻밤 사이에 마음이 변했을까? 다른 나라 재난민이 딱하고 불쌍해서가 아니라, 그들도 우리의 '이웃'이자 재난에서 살아남아야 하는 '사람'이니까 이들을 돕는 건 마땅한 일이라고 생각했다면 말이다.

지도 밖 사람까지 내 이웃으로 생각하는 세계시민의식을 높이는 게 관건인데 도대체 그걸 어떻게 한단 말인가? 당시 우리 단체에는 이 일을 할 수 있는 부서가 없었다. 안타까웠다. 마음 맞는 팀장들과 틈만 나면 머리를 맞대고 고민에 고민을 했다.

당장 죽어가는 생명을 구하기 위한 돈과 인력도 부족한 상황에서 '한가하게' 교육 이야기를 하기가 참으로 어려웠다. 1억 원만 있으면 시작이라도 해볼 수 있을 텐데, 무슨 좋은 수가 없을까?

간절히 원하면 전 우주가 도와준다던가, 놀랍게도 바로 얼마 후 어느 대기업으로부터 광고 제안이 들어왔다. 광고료는 1억 원. 상업 광고는 절대 안 한다는 내 원칙을 처음이자 마지막으로 깨고 그 돈을 받아 드디어 '지도 밖 행군단'이라는 이름으로 세계시민학교를 시작할 수 있게 된 것이다. 야호!

이 대목에서 교장 선생님 직권으로 3분 미니 강의를 하겠다. 약간 딱딱해도 중요한 거니까 그러려니하고 귀 기울여주시길.

강의 시작!

한국 월드비전은 2007년에 세계시민교육을 시작했지만 국제 세계시민교육의 역사는 2차 세계대전이 끝난 1945년으로 거슬러 올라간다. UN 교육문화기관인 유네스코가 전쟁이 끝난 직후 세계 공동체를 위한 교육을 시작한 것이다. 그 후 세계가 정치, 경제, 문화, 사회적으로 점점 긴밀하게 연결되면서 타 문화에 대한 이해와 국제협력의 중요성이 강조되었다.

그뿐 아니라 지구온난화, 경제 불평등과 양극화, 식량 위기, 평화와 안보 등 세계가 힘을 합쳐야만 해결 가능한 문제들이 늘어나면서 자연스럽게 세계시민교육의 중요성이 강조되고 확대 되었다. 급기야 2012년 UN 반기문 사무총장은 범세계적 교육운동의 일환으로 세계시민의식 고취를 3대 우선순위 중 하나로 정하기까지 이르렀다.

이런 추세에 발맞추어 한국에서도 월드비전과 같은 국제구호개발 단체 30여 곳을 포함해 인권, 평화, 시민사회, 환경 등 많은 단체들이 국제이해 교육, 지구촌 시민교육, 글로벌 시민교육, 글로벌 리더 교육 등 여러 가지 이름으로 세계시민교육을 실시하고 있다.

그럼 이 교육은 어떻게 하는 걸까? 세계시민교육이라니 뭔가 거창하고 복잡해서 우리 일상생활과는 동떨어진 것 같지만, 뭐든 단순

명료한 걸 좋아하는 나 같은 사람이 교장인데 그럴 리가 없다.

어떤 단체가 어떤 이름으로 세계시민교육을 실시하든 핵심은 딱 두 가지이다. 첫째는 '자신의 소중함 깨닫기'고 둘째는 '우리의 범위 넓히기'다.

세계시민이 되기 위한 첫걸음은 우리 각자가 얼마나 소중하고 특별한 존재인가를 깨닫는 거다.

우리 모두는 공부를 얼마나 잘하고 얼굴이 얼마나 잘 생겼고 돈이 얼마나 많고 지위가 얼마나 높고 어떤 능력이 있는가 등의 잣대로는 절대로 잴 수 없고 재서도 안 되는 소중한 존재이다. 세상에 단 하나밖에 없는 특별한 존재이기도 하다.

갓 태어난 아이는 돈도 없고 지위도 없고 아무 능력도 없지만 그 존재만으로 너무나 사랑스럽고 귀하지 않은가? 얄팍한 겉모습과 인위적인 조건이라는 옷을 한 꺼풀만 벗겨내면 우리 역시 갓난아이처럼 그 자체로 사랑받아 마땅한 소중한 존재라는 걸 깨닫고 자존감을 높여주는 것이 세계시민교육의 최우선 과제다.

이 '자기 소중함 깨닫기'가 해결되면 다른 사람 역시 나만큼 소중하고 특별하다는 것, 다른 사람의 인권을 존중해야 내 인권도 존중받는다는 것, 이들과 평화롭게 사는 것이 얼마나 중요하고 누군가를 차별하는 것이 얼마나 나쁜지도 금방 깨닫게 된다.

두 번째 핵심, '우리의 범위 넓히기'는 첫 단계를 통과한 사람들에게는 매우 쉽다.

각자의 자존감이 있어야 비로소 주위를 둘러볼 여유가 생기기 마련이니까. 그리하여 이제까지의 '우리'가 우리 집, 우리 학교, 우리 도

씩씩한 발걸음

시, 기껏해야 우리나라까지였다면 그 범위를 우리 아시아, 전 세계로 까지 확 넓히자고 권한다.

그래야 우리 관심과 사랑도 전 세계로 넓어지고 그래야 비로소 대한민국 국민이자 세계시민이 되는 거라고 말이다.

우리 학교에서는 지구를 서로가 훤히 들여다보이는 유리로 된 집, 지구집이라고 부른다. 70억 인구는 이 집에 사는 한 가족이므로 서로를 돕는 건 당연한 일이라고 말한다. 또한 '우리 집'의 문제인 빈곤과 불평등, 인권, 환경, 평화 문제 등을 함께 고민하고 해결책을 찾자고 가르친다.

예를 들면 멋진 커피숍에서 우아하게 커피를 마시면서도 가끔씩은 학교는커녕 그 커피콩을 따야 끼니를 이을 수 있는 케냐 여자아이를 생각하고, 브라질 월드컵 경기를 신나게 즐기면서도 그 축구공을 만드느라 손톱이 으스러져라 일하고 있는 파키스탄의 어린 아이들을 생각하고, 손가락에서 반짝이는 은반지를 보면서는 하루 종일 은광 막장에서 뼈 빠지게 일하지만 식구들에게 하루 한 끼도 배불리 먹일 수 없는 볼리비아의 가장을 떠올리는 거다.

그리고 열심히 일하는 이들이 왜 이런 지독한 가난에 시달려야 하고 경제구조는 왜 이렇게 불평등하고 불공정한가를 생각하면서, 이들을 위해 내가 할 수 있는 일은 무엇일까를 고민하고 작은 것이라도 실천하는 세계시민으로 만드는 게 우리 학교의 목표다.

강의 끝!

10년만 두고 보라

여기서 한 가지 꼭 집고 넘어갈 게 있다. 세계시민학교를 '학교'라고 부르긴 하지만 우리 학교는 일반 학교와는 달리 교실도 운동장도 없다. 교복도, 시험도, 조회도, 수업료도 없고 나이 제한은 물론 학생 수와 재학 기간에도 제한이 없는 활짝 열린 학교다. 교장인 나는 사무실도 없고 월급도 0원이고 교사들 역시 교무실도 책상도 없다.

그뿐 아니다. 우리 학교 학생들은 학교에 올 필요가 없다. 교사들이 직접 학생들을 찾아가서 수업을 하니까. (대박!)

없는 게 이렇게 많은 학교가 2007년 '지도 밖 행군단'이라는 청소년 프로그램을 통해 50명의 졸업생을 배출했다.

그 후 7년이 지난 2014년 한 해에만 650명 강사들의 '찾아가는 수업'으로 무려 50만 명의 학생이 우리 학교를 거쳤고 지금까지 누적 학생 수는 100만 명이 넘는다.

학교 업무도 수업 교재 개발은 물론 교육강사 양성, 일선 교원들의 직무연수, 청년활동가 지도 밖 행군단 운영, 세계시민교육관 운영으로 다양해졌는데 특히 2012년에 교육부와 교육기부 MOU를 맺은 이후에는 초·중·고등학교 정규 수업 과정 안에서의 세계시민교육 요청까지 폭발적으로 늘고 있다.

그러나 빛이 있으면 반드시 그림자도 있는 법. 이렇게 관심이 높아지면서 세계시민교육에 대한 우려의 목소리도 들린다.

우선 이것이 자칫 국제 교류, 해외 경험이나 지식 등에만 중점을 두는 엘리트 교육으로 변질되거나 입시에 필요한 스펙용으로 사용될 수 있다는 우려가 있다. 특정 국가, 대륙에 대해 선입견을 주거나 가난한 나라 사람들에 비해 우리는 얼마나 행복한가라는 안도감이나 가난한 나라를 돕고 있다는 경제적, 도덕적 우월감을 부추길 수 있다는 걱정도 많다. 이는 우리도 늘 경계하고 있다.

아무튼 최근 세계시민의식 고취에 대한 국내외 분위기와 관심으로 볼 때 세계시민교육을 하는 모든 국가기관, 공공기관 및 NGO 단체들이 힘을 합한다면 우리 국민 모두를 세계시민으로 만들고 싶다는 꿈이 그리 허황된 건 아닐 것이다.

나는 2012년 1월 정식으로 세계시민학교 교장 임명장을 받던 날, 같이 일할 친구들에게 이런 말을 했다.

"10년만 두고 보자고요. 그때 우리가 어떤 세상을 보게 될지 벌써부터 궁금해요."

그때부터 10년 후라면 2022년인데 정말 그때쯤 우리 학교는 어떤 모습일까?

수업 내용이 시대에 맞게 더욱 충실해지고 지속가능한 학교 운영 시스템이 구축되고 더불어 재정 자립까지 이룬 학교가 되었으면 좋겠다. 돈 있는 만큼만 일하겠다고 마음먹으면 애쓸 필요가 없지만 그래도 기왕 나선 일이니 예산이 없어서 교재 개발을 못하고 강사들을 요청하는 곳에 보내지 못하는 일은 없도록 하고 싶다.

그래서 생각이 많다. 지속가능한 세계시민교육을 위해 틈만 나면 다양한 경로로 재원을 마련할 궁리를 거듭하고 있다. 우리 학교도 명색이 학교니까 재학생, 졸업생, 동창회, 학부모회 등 후원회를 만들어볼까? 내 친구들이나 교육 관련 기업의 후원을 받아볼까? 재미있는 모금 이벤트를 해볼까?

따지고 들면 국민 세금으로 유치원생과 초·중·고등학생들에게 세계시민교육을 해야 할 주무 정부기관인 교육부나 외교부 등이 자신들 대신 이 일을 주도적으로 하는 NGO에게 아낌없이 예산 지원을 팍팍 해주어야 마땅하지 않은가?

이런저런 점이 아쉽긴 하지만 이만큼 온 것만도 참 고맙고 신기하다. 《그건, 사랑이었네》의 '이제 세상에 나가겠습니다' 꼭지에 썼던 세계시민교육에 대한 나의 바람이 세 가지나 이루어졌기 때문이다.

첫째, 그 책에서 '나는 여건상 지금은 어렵지만 앞으로 청소년은 물론 일선 교사, 학부모, 나아가 일반인을 위한 세계시민학교를 정기적으로 열고 싶다. 아니 아예 5,000만 국민의 교육 차원에서 일을 대대적으로 벌여보면 어떨까?'라고 썼다.

그때는 고작 1년에 100명 정도였지만 지금은 연간 50만 명이 월드비전 세계시민학교를 통한 교육을 받고 있고 다른 단체들도 열심히 하고 있으니 지금 추세로만 간다면 세계시민교육이 보편적인 국민교육이 되는 날도 머지않을 것이라 확신한다.

둘째, '이번 책 인세 중 일부도 세계시민학교에 쓸 예정이다'라고 썼는데 출간 후 그 책 인세 중 1억 원을 세계시민학교에 기부해서 교재를 개발하고 보급하는 데 매우 요긴하게 썼다. 그 책을 구입해준 독자들이 아니라면 내가 어디서 그렇게 큰돈이 났겠는가? 이 또한 내 보스턴 대학원 학비와 함께 독자들에게 받은 '독자 장학금'이 분명하다.

셋째, 그 꼭지 마무리에는 '우리나라 젊은이들의 세계시민교육을 위해 내가 가진 어떤 힘도 아끼지 않을 생각이다. 이 일을 할 수 있는 게 행운이자 영광이다'라고 했는데 지금도 그 마음 변치 않았다. 더구나 지금은 지도 밖 행군단장에서 세계시민학교 교장으로 승진(!)했으니 더 열심히 일해야 할 거다.

솔직히 말하면 세계시민학교 교장 일은 순수한 재능기부 차원에서 하기에는 업무량이 많고 시간도 무한정 든다. 처음 가는 길이라 어렵고 두렵기도 하다. 그러나 나는 이 멋진 일에 내가 가진 재능과 시간과 열정을 아낌없이 쏟아붓기로 결심했다.

머릿속에는 세계를, 가슴에는 견딜 수 없는 뜨거움을 품고 두 손을 어떻게 써야 하는지를 잘 아는 우리 아이들과 젊은이들이 한국을 베이스캠프로 그러나 세계를 무대로 맹활약하는 모습을 상상해보라. 생각만 해도 가슴이 벅차오른다.

구호 활동가를
꿈꾸는
친구들에게

"우리 딸 좀 말려주세요."

얼마 전 어떤 아버지의 간곡한 부탁이 담긴 메일을 받았다. 사연인즉 이렇다. 소위 명문대학을 다니면서 대기업 입사 시험을 착실히 준비하던 졸업반 딸이 돌연 유니세프에 들어가 전 세계 어려운 아이들을 돕는 일을 하겠다고 선언하고는 매일 그 단체 사이트만 들여다보고 있단다. 이러다 자기 아이가 진짜 유니세프에 들어가 위험한 곳으로만 다닐까 봐 걱정이라며 내 책을 보고 결심을 했으니 나더러 아이를 좀 말려달라는 내용이었다.

얼마나 급하면 일면식도 없는 내게 이런 편지를 보냈을까마는, 내 경험상 그 아버지는 크게 걱정하지 않아도 될 것 같다. 일단 유니세프라는 UN 기구는 다른 국제기구와 마찬가지로 마음만 먹으면 누구나 들어갈 수 있는 단체가 아니다. 솔직히 말하면 들어가기가 매우 어렵다. 또한 그런 어려운 관문을 뚫고 들어갔더라도 딸이 위험한 현장에 꼭 가야 하는 건 아니다. 한 단체의 모든 직원이 현장에서 일하는 건 아니기 때문이다.

재난 최전선에서 일하는 사람도 있지만 유니세프의 경우 UN 본부, 각 대륙 혹은 각 나라 사무소에서 사무를 보거나 연구하는 사람이 훨씬 많다.

결정적으로 만약 딸이 원하는 단체에 들어가 현장 근무를 한다고 해도 재난 현장은 이분이 생각하는 것만큼 위험하지 않고 위험에 대한 대비 또한 아주 엄격하고 철저하다.

우선 재난 구호요원은 현장에 가기 전에 강도 높은 안전교육을 받는다. 모든 구호단체가 그렇진 않지만 적어도 월드비전이나 유니세프 등 규모 있는 국제단체는 예외 없이 그렇다. 내 경우에는 하와이 미국 해군기지에서 월드비전 안전훈련을, 태국에서 UN 안전훈련을 각각 일주일 정도 이수했는데 5년마다 재교육을 받아야 한다.

이 안전교육에는 복사한 여권과 직원증을 늘 몸에 지니고 다닌다는 일상생활의 지침부터 인공호흡법, 무전기 쓰는 법, 지뢰 지역을 통과할 때나 폭도들에게 둘러싸였을 때 대처하는 법, 최악의 경우 납치되었을 때 어떻게 행동해야 하는가 등이 포함된다. 이 훈련을 받은 사람만이 최전선에 갈 수 있다.

현장에서도 지나치다고 생각될 정도로 최대한 직원과 프로그램의 안전에 만전을 기한다. 안전사고가 나면 개인도 문제지만 진행하는 모든 구호 프로그램이 중단될 수도 있기 때문이다. 그래서 대부분의 구호단체는 프로그램을 진행할 수 있을 만큼 안전한 곳에서만 일한다. 한마디로 직원과 프로그램의 안전이 보장되지 않은 곳에서는 일하지 않는 것이 원칙이다.

구호 활동에 대해 오해하거나 잘못 알고 있는 사람은 이 아버지뿐만이 아니다. 그동안 이 일을 하면서 이메일로나 특강 후 질의응답 시간에 학생들에게 제일 많이 받는 질문 1위는 바로 이거다.

"저도 세계를 다니며 구호 활동을 하고는 싶지만 자원봉사하면서 가난하게 살긴 싫어요. 나중에 결혼하면 가족도 굶길 것 아니에요?"

며칠 전 어느 대학에서 주최한 토크 콘서트에서도 받은 질문이다. 이 질문을 한 친구도 크게 걱정할 필요가 없다. 국제구호 활동은 무료 자원봉사가 아니라 합당한 보수를 받는 직업이고 급료도 생각보다 높아서 식구들을 굶길 일은 전혀 없기 때문이다.

물론 현장에 무보수로 단기간 자원봉사를 오는 사람들이 있다. 특히 의료진이나 중장비 기사, 그림, 음악 등을 이용한 심리치료사들은 현장에 꼭 필요한 기술을 가진 사람들이라 언제나 환영이고 성과나 만족도가 매우 높다.

그러나 현장에 붙박이로 있으면서 구호 프로그램을 진행하는 사람들, 예를 들면 식수, 의료, 영양, 난민촌 운영 등 프로그램 분야 담당자나 행정, 재무, 인사, IT 등 프로그램 지원 담당자들은 모두 그 분야 전문가들로, 무보수로 일하거나 자비를 들여 오는 마음만 뜨거운 미숙련 자원봉사자들이 아니다.

예전에는 현장 경험만 풍부하면 됐지만 지금은 최소한 해당 분야의 석사학위를 요구하고 있고 그 대신 이들을 자원봉사 수준이 아닌 전문가 집단으로 처우하고 있다.

우리나라에서는 구호단체를 비롯한 거의 모든 NGO 직원들의 봉급이 매우 낮아서 이런 일을 하면 가난할 거라고 생각하지만 웬만한 국제기구의 국제구호 담당 직원들은 자격에 합당한 보수를 받는다. 재난 현장에서 근무하면 월급뿐 아니라 위험지 근무수당, 식비 보조, 교통 및 통신비 보조, 의료보험 및 생명보험 보조, 자녀학비 전액 지원 등 각종 복지 시스템이 엄청나다.

게다가 짧게는 6주일에 한 번 길게는 두 달에 한 번씩 R&R(Rest & Recuperation, 휴식과 재충전)이라는 일주일 휴가를 보내주는데 왕복 항공권은 물론 휴가지를 오가는 이틀도 근무일로 쳐주고 휴가 기간 중 쓸 용돈도 적지 않게 지원해준다.

이렇게 좋은 단체가 어디 있냐고 하겠지만 이건 내가 남수단에서 월드비전 국제 직원으로 일할 때의 실제 경우이고, 우리 단체의 직원 복지 수준이 여타 국제구호 단체들 중 중간 정도라니까 UN 등 다른 국제기구들은 더 좋으면 좋았지 이보다 적지는 않을 것이다. 그러니 이 일을 한다고 가족이 굶을 리는 없을 테니 염려 붙들어 매시길.

물론 가족과 떨어져 살아야 한다는 어려움은 있다. 일반적으로 대형 재난 현장은 가족과 함께 살 수 없는 근무지이기 때문이다. 또한 재난 구호 활동이 장기간 계속되는 게 아니기 때문에 짧게는 6개월, 적어도 1~2년에 한 번씩은 직장을 다시 찾아 근무지를 옮겨야 한다. 현재까지는 전 세계적으로 이 분야의 전문가가 부족한 상황이라 새로운 일자리를 구하는 데 큰 어려움은 없다고 해도 이렇게 자주 옮겨 다니는 게 참 번거로운 일이기는 하다.

여기서 한 가지 꼭 짚고 넘어가야 할 게 있다. '긴급구호'라는 용어이다. 이 분야에 관심 있는 사람들조차 구호 활동이란 지진이나 쓰나미 등 초대형 재난이 발생했을 때 촌각을 다투는 현장에 될수록 빨리 달려가서 도움을 주는 긴급구호가 전부라고 생각한다.

솔직히 내 죄가 크다. 2005년《지도 밖으로 행군하라》를 쓸 때 내 직함은 긴급구호 팀장이었고, 책 내용도 대부분 긴급구호 현장에서 일어난 일과 생각들이었으니까.

한마디로 긴급구호는 구호 활동 혹은 인도적 지원 (humanitarian assistance)의 6단계 중 한 단계일 뿐이다. 앞에서 얘기한 것처럼 그 6단계는 재난 전, 재난 발생, 재난 후로 나뉘는데 재난 전에는 조기 감지, 재난 대비, 재난 경감 단계가 있고 재난이 발생했을 때의 긴급구호 활동 단계, 재난 후에는 재건 및 복구 단계를 거쳐 지역 개발 사업과의 연계 단계로 이어진다. 병원으로 비유하자면 재난 대비나 경감 단계는 예방접종실, 긴급구호는 응급수술실, 그리고 재건 및 복구는 일상생활로 가기 위한 중환자실, 회복실, 혹은 재활치료실이다.

이걸 번연히 알면서 왜 구호 활동의 동의어로 긴급구호라는 용어를 썼느냐? 그건 그렇게 써야 마케팅, 더 정확히 말하면 모금에 결정적인 도움이 되기 때문이다. 생각해보라. 그냥 '구호'라고 하는 것보다 '긴급구호'라고 해야 더욱 긴박하고 절실해 보여서 사람들의 관심과 지원을 더 많이 얻지 않겠는가?

구호 활동을 하려면 지원금이 절실하게 필요했기 때문에 나 역시 입 다물고는 있었지만 마음이 늘 불편했다. 그러나 지도부를 끈질기게 설득한 끝에 드디어, 마침내, 기어이, 종국에는 내 직함을 '긴급구호 팀장'에서 '국제구호 팀장'으로 바꿀 수 있었다. 무려 7년 만이다.

말 나온 김에 구호요원에 대해 좀 더 말해보겠다. 구호 활동가를 일컫는 영어 단어는 여러 가지지만 보통은 relief worker(구호 활동가) 혹은 humanitarian assistance worker(인도적 지원 활동가)라고 쓴다.

몇 년 전까지는 이 두 가지 용어를 섞어 썼는데 최근에는 후자를 압도적으로 많이 쓴다.

나도 공항에서 입국 서류를 작성하는 등 직업을 써야 할 경우엔 후자로 쓰는데 쓸 때마다 일에 대한 자부심으로 가슴이 뻐근하다. human(인간)을 어근으로 하는 humanity(인류애)를 구현하는 사람이란 뜻으로, 말 그대로 어려움에 처한 인간을 다른 인간이 마음을 다해 기꺼이 돕는 일이니 세상 어떤 직업명이 이보다 아름다울까?

구호 활동가를 꿈꾸는 친구들은 내게 묻는다. 내 수업 첫 시간에도 언제나 받는 질문이다.

"이 일을 하려면 뭘 어떻게 준비해야 하나요?"

이 분야도 다른 전문 분야와 마찬가지로 전문적인 지식과 기술이 필요하다. 그러나 구호라고 해서 식수, 식량, 보건의료 등을 전공한 사람만 필요한 게 아니다. 병원에는 의사와 간호사가 필요하지만 장비, 재무, 식당 담당이 없으면 안 되는 것처럼 이 분야에도 각종 직업군이 필요하니 지금 하고 있는 일이나 전공과 어떻게 연관 지을지를 생각하는 게 중요하다.

여기서 한 가지, 국제구호가 사회복지와 크게 연계되어 있다고 생각하는 사람이 많은 것 같다. 그래서 중·고등학교에서도 구호 활동 지망생에게 사회복지학을 권하기도 하고 사회복지사 지망생이 내게 진로 상담을 부탁하기도 한다. 하지만 실제로 구호 현장에 가면 사회복지를 전공한 사람이 그리 많지 않다. 이 전공을 통해 사람을 제대로 돕는 마음과 기능을 배우면 도움이 되는 것은 사실이지만 생각만큼 결정적인 관련이 있는 게 아니라는 걸 밝혀둔다.

이외에도 국제구호는 전 세계를 무대로 하는 일이니 당연히 영어는 필수고 험한 곳에서 일해야 하는 경우가 많으니 몸도 튼튼해야 하고 항상 다양한 국적의 사람들과 함께해야 하니 타 문화를 존중하고 잘 적응하는 것도 매우 중요하다.

그러나 무엇보다도 왜 이 일을 하고 싶은지, 어떤 마음으로 일하고 싶은지가 제일 중요하다.

나와 같은 구호 활동가가 되는 게 꿈이라는 학생들에게 이렇게 조언한다. 자기가 되고 싶은 직업인 구호 팀장 앞에 형용사를 바꿔보라고. 대형 재난의 현장에서 언론의 집중 조명을 받는 구호 팀장, 남 돕는 게 일이라서 늘 칭찬을 받는 구호 팀장, 텔레비전에도 나오는 유명한 구호 팀장, 베스트셀러 작가도 될 수 있는 구호 팀장이 아니라 가난한 구호 팀장, 죽을힘을 다해도 오해를 받고 욕을 먹는 구호 팀장, 뜨거운 자갈밭에 온몸에 피멍이 들도록 굴러도 아무도 알아주지 않는 구호 팀장……. 이런 구호 팀장일지라도 그 일을 하고 싶다면 그건 너의 길이니 두려워하지 말고 그 길을 가라고. 그 마음 변치 말고 가라고. 진심으로 건투를 빈다고.

특강의
괴로움과
즐거움

최근 들어 대중 강연이 각광을 받고 있다. 해외에서는 TED라는 짧은 강의가 인기 폭발이고 국내에서도 각급 학교, 관공서, 기업은 물론 종교단체, 각종 회의 등 사람이 모이는 행사마다 특강이 빠지지 않는다. 《정의란 무엇인가》처럼 대학 강의를 묶어 베스트셀러가 되는 일도 있지만 책을 쓴 저자가 인기 강사가 되는 경우는 더 흔하다.

한두 시간 청강으로 한 권의 책을 읽은 효과가 나기도 하고 글로 읽는 것보다는 말로 듣는 게 이해가 더 잘 될뿐더러 강사와의 직접 소통에서 오는 만족감이 높기 때문이라는 분석이 있다.

책 읽기 귀찮아서 그렇다고도 하지만 강연 정보를 알아내고 직접 강연장을 찾는 시간과 정성도 만만치는 않다.

아무튼 나 역시 첫 책이 나오자 인터뷰 요청과 함께 강연 요청이

들어오기 시작했다. 처음에는 도서관이나 대형 서점에서 주최하는 강연이었는데 독자들을 직접 만나는 일이 신기하고 재미있었다. 여행 때의 주요 에피소드를 사진과 곁들여 얘기하다 보면 강연이 아니라 마치 친한 친구들에게 수다를 떠는 것 같았다.

이렇게 시작한 특강을 벌써 20년째 하고 있다. 한국에 있을 때는 최소한 일주일에 한두 번은 하니까 지금까지 1,000번도 넘게 한 셈이다. 그래도 여전히 강연 때마다 처음인 양 설레고, 무대에 서서 청중과 처음 눈 맞추는 그 순간이 짜릿하기만 하다.

여행 다닐 때는 여행 이야기, 긴급구호 팀장일 때는 세계 구호 현장 이야기, 세계시민학교 교장이 되고 나서는 세계시민이란 무엇인가에 대한 이야기를 하지만 무슨 얘기를 하든 '무엇이 내 가슴을 뛰게 하는가?'라는 물음이 내 강의의 주제이자 핵심이다.

강연 주제 때문인지 강연 열풍 때문인지 해가 거듭될수록 강연 요청이 점점 늘고 있다. 그러나 강연이 본업이 아니라서 시간을 쪼개고 쪼개도 할 수 있는 강연보다 못하는 강연이 훨씬 많아 늘 죄송하다. 사정을 설명하면 바로 깔끔하게 포기하는 경우도 그렇지만 아무리 사정을 말해도 더욱 간곡하게 청하는 분들에겐 더욱 그렇다.

통화 전에 세게 기도했다는 말을 들으면 '나까짓 게 뭔데…….' 하며 어떻게든 해보려고 일정표를 다시 살핀 적도 많았다. 반면 열심과 간곡함이 지나쳐 무리한 요구를 하는 경우도 적지 않다.

자기 회사 회장님이 꼭 모시라고 했다며 강연료는 달라는 대로 줄 테니 선약을 깨고라도 와 달라는 사람 (정말 밥맛없지 않은가? 당연히 안 갔다), 대장 수술 직후 입원해 있는 병원으로 찾아와 일주일 후 강연을 해달라는 사람 (너무하지 않은가? 당신이라면 사람 목숨이 달린 일도 아닌데 수술 실밥도 안 빼고 경상도까지 가겠는가?), 자기 모임에서 강연하는 자체가 내게 영광일 거라며 무료 강연을 해달라는 사람. (웃기지 않은가? 돈을 받건 공짜로 하건 그건 순전히 내 마음이고 내가 정한다!)

오랜 시행착오와 고심 끝에 강연을 어떤 기준으로 선택할까에 대한 나름의 원칙을 세우게 되었다.

1) 일주일에 두 번 이상 하지 않는다.
2) 다양한 계층과 지역 사람들을 골고루 만난다.
3) 세계시민학교 교장으로 세계시민의식 고취를 위한 교육청 강연이나 교장 선생님 대상 강연 등을 우선으로 한다.
4) 강연료는 정해놓은 액수와는 무관하게 요청하는 곳이 강사에게 주는 최대치로 한다.
5) 열 번에 한 번은 재능기부 차원으로 무료강연 혹은 공익강연을 한다.
6) 선약은 반드시 지킨다.
7) 특별하고 불가피한 명분이 없는 경우 앞의 원칙을 깨지 않는다.

물론 이런 거창한 원칙을 정해놓고도 마음이 약해서, 가까운 분의 청에 못 이겨, 섭외하는 분의 성의와 열정에 감동해서 반칙(!)하는 경우도 있는데 그러면 꼭 뒤탈이 난다. 이번 달에는 학교 수업이 많아서 어떤 강연도 할 수 없다며 여러 강연을 거절하고도 이런 강연을 하면 금세 소문이 나서 '원망 폭탄'을 맞는다.

도저히 강연할 수 없는 형편인데 섭외하시는 분에게 하도 쫄려서 이러다 죽겠다는 생각으로 왔지만 절대 소문 내면 안 되는 '이순신 강의'(내가 강의하는 것을 아무에게도 알리지 말라)라고 하면 그 말까지 고스란히 소문이 난다.

요즘 세상에 비밀이란 없다. 행사 사진을 웹사이트에 올리거나 개인이 찍은 사진을 페이스북에 올리는 것까지야 어쩌겠는가. 그러니까 어렵더라도 원칙을 지키는 게 최선이다.

청중들과 에너지를 주고받으며

그래도 이런 특강 덕분에 별별 곳을 가보고 별별 사람들을 만난다. 제주도에서 민통선까지 전국 구석구석은 물론 어느 날은 청와대에서, 다음 날은 이름 없는 시골 분교에서, 어느 날은 대검찰청에서 다음 날에는 교도소에서, 또 어느 날은 별들로 가득한 계룡대 장군들을, 또 어느 날은 자립을 준비하는 노숙자들을 만나기도 한다.

규모도 천차만별이라 100명 미만인 소수정예 강의도 있지만 수천 명 심지어 1만 명이 넘는 초대형 강연을 할 때도 있다. 벼르고 별러서 오는 사람도 있지만 학교 수업 차원이나 인사고과에 들어가는 교육이라 반강제로 몸만 와 있는 사람도 있다.

연령대도 엄마 등에 업힌 갓난아이부터 80대 어르신까지 다양하다. 강연 내내 받아쓰고 맞장구를 치며 적극적으로 듣는 사람도 있고 시종일관 무표정으로 팔짱을 끼고 앉아 있는 사람도 있다. 강연 중

졸거나 휴대폰으로 인터넷 검색을 하거나 문자를 주고받는 건 보통이고 아예 신문이나 책을 펴놓고 보고 있는 사람도 있었다. (세상에는 별사람 다 있다!)

가끔은 완전 기분 잡치게 하는 사람도 있다. 실무자들이 몇 달 동안 갖은 공을 들여서 강연을 성사시켰는데, 당일 그 주최 측의 높은 사람이 나타나서 나를 마치 도급업자 대하듯 하찮게 여기거나 시혜하듯 거만하게 굴 때는 마음이 언짢다. (이건 웬 황당 시추에이션? 내가 제발 여기서 강연하게 해달라고 조르기라도 했단 말인가? 초대받아 간 손님에게 이건 뭔가?)

한번은 이런 적도 있었다. 어느 충청도 지방 자치단체 강연이었는데, 먼 곳이라 엄두를 못 내고 있다가 2년 넘는 간곡한 요청에 시간을 냈다. 강연장 귀빈실에 도착하니 60대의 시의원이라는 사람이 앉아 있었다. 인사를 하려는데 그 시의원이 "아, 한비야, 당신 내가 불렀어. 아직도 여행 다니지?"라며 한 손으로 명함을 던지듯 건네는 게 아닌가.

안절부절 못하는 실무자들이 곤란할까 봐 아무 말 안 하고 넘어갔는데, 그 사람의 만행은 거기서 그치지 않았다. 강연이 시작되자마자 맨 앞자리 귀빈석에서 꾸벅꾸벅 졸기 시작하더니 한창 강연 중에 앞문으로 강연장을 빠져나갔다. 설상가상으로 그 문이 잘 열리지 않아 한참을 달각거리는 바람에 청중들도 주의가 흐트러져 강연이 잠시 중단되었다. (그 사람 이름을 확 불어버려? 으음, 성격 좋은 내가 한 번 더 참겠지만 당사자는 뜨끔할 거다. 반성하시라!)

하기야 1,000번쯤 강연한 사람이 이런 일을 한두 번 겪지 않았다면 비정상일 거다. 이런 일은 아주아주 가끔이고 100번에 99번은 기분 좋게 강의를 시작한다. 시작 직전에는 강연에 오신 분들에게 선한 에너지를 듬뿍 줄 수 있게 해달라고 세게 기도하고 무대에 오른다.

강연 중에는 청중들과 내내 함께 울고 웃고 감탄하고 탄식하고, 이에 청중들은 고개를 끄덕이거나 꼼꼼히 받아 적으면서 재미있고 즐거운 시간을 보내는데 그러고 나면 힘은 들어도 하나도 안 피곤하다. 나 역시 청중들에게 무한한 에너지를 얻었기 때문일 거다. 그 시간이 나와 청중 간에 짜릿한 교감의 시간, 통쾌하고 유쾌한 소통의 시간 그리고 따뜻한 위로의 시간이어서일 거다.

그러나 강연 도중 이따금씩 '수업 태도가 불량한' 사람들이 눈에 띄면 순간 기분이 팍 상한다. 처음엔 속만 끓였는데 요즘은 이런 사람들이 거의 없다.

강연 시작할 때 이런 말을 하는 덕분일 거다.

"여러분이 어떻게 시간을 내서 오신지 잘 알고 있습니다. 300여 명이 모이셨으니 오늘 강연 시간은 100분이지만 저에게 3만 분의 소중한 시간이 맡겨진 거죠.

와, 떨리네요. 어떻게든 여러분의 시간을 알뜰하게 쓰도록 최선을 다해보겠습니다. 저도 오라면 오고 가라면 가는 사람이 아닙니다.

예를 들어 이 100분의 강연을 돈 많은 잠재 후원자들을 대상으로 한다면 그 자리에서 수백, 수천만 원 심지어는 수억 원까지 모금할 수도 있죠. 그리고 그 후원금으로 재난 현장에 있는 수백, 수천 명의 아이들을 살릴 수도 있을 겁니다. 다시 말해 지금 이 시간은 아이들의 목숨과 바꾸는 시간일 수도 있는 거죠.

지금 이 순간, 제게는 여러분이 세상에서 제일 중요합니다. 제 경험, 제 에너지, 제 열정, 제 마음은 몽땅 여러분 것입니다. 그리고 여러분도 제 것입니다. 이 시간 이후, 고개를 숙이고 있다든지 문자를 주고받는다든지 하는 사람이 있으면 데이트 신청할 겁니다. 저만 바라보셔야 합니다. 저는 여러분의 눈길이 저 말고 딴 데로 가는 게 싫어서 강연 중 슬라이드 한 장 사용하지 않습니다.

앞으로 100분간 저는 여러분에게, 여러분은 저에게 서로에게만 뜨겁게 몰두하는 겁니다. 100도의 온도, 100퍼센트의 순도로 뜨겁게 몰두했다면 뭐가 남아도 남지 않겠습니까?"

나 자신이 강연에만 집중하기 위해 강연 담당자들에게 늘 하는 부탁이 있다. 이것 때문에 까다롭다, 유별나다는 사람도 있지만 이게 다 좋은 강연을 하고 싶은 나의 노력이자 몸부림이니 부디 이해해주시길.

일단 나는 강연도 기승전결이 있는 하나의 퍼포먼스로 만들어야 메시지가 잘 전해진다고 믿는다. 그래서 약간 연극적인 요소가 필요하다. 예를 들면 강연장에 들어설 때까지 청중들 눈에 띄어서는 안 된다. 그래서 어떻게 하든 몰래 무대 뒤 대기실에 들어가거나 대기실이 없는 강연장은 무대 근처 옆문이나 객석 맨 앞에서 미리 대기할 수 있게끔 부탁한다.

사회자의 강사 소개는 될수록 간단하게, 1분 혹은 다섯 줄 미만으로 하고 소개 말미에 '본격적인 강연에 들어가기 전에 준비한 동영상을 보겠다'고 하며 동영상을 튼다. (이때 진행자가 무대 뒤나 객석 맨 앞줄에 앉아 있는 나를 불러내 인사시키면 절대 안 된다. 절대! 신비 마케팅이라니까요.)

동영상 마지막 장면에서 무대가 환해지기 직전, 그 찰나를 이용해 무대 중앙으로 나가 있다가 무대에 불이 들어옴과 동시에 청중들에게 첫인사를 한다.

이렇게 하면 청중들은 마치 내가 방금 영상 속에서 튀어나온 것 같은 생동감을 느끼면서 반가움과 집중도가 최고조에 달하는데 그 분위기가 강연 내내 이어진다.

시작 순서뿐만 아니라 무대도 될수록 심플하게 꾸며달라고 부탁한다. 현수막까지야 어쩔 수 없지만 연단이나 꽃바구니 등은 말끔히 치워 무대가 텅 비어야 한다. 그래야 무대 한쪽 끝에서 끝까지 마음껏 오가면서 청중들과 눈 맞출 수 있고 그래야 직성이 풀리기 때문이다. 또한 강의 전 짤막한 5분짜리 영상 이외는 칠판도, 스크린도 필요 없고 사진, 음악 등 어떤 시청각 자료도 사용하지 않는다.

내게 필요한 건 오로지 무선마이크뿐. 나의 이야기와 육성, 몸짓만으로 청중들과 소통하고 싶어서다. 그거면 충분해야 한다고 믿는다. 그리고 실제로도 책에 비해 강연을 통해 전달받은 것을 사람들은 훨씬 강렬하게 기억한다. 이게 바로 대면의 힘, 라이브의 힘, 현장의 힘이 아니겠는가.

강연 중 주고받는 에너지와 짭짤한 강연료 이외에도 강연은 내 글의 산실이자 그 글이 대중에게 얼마나 가까이 갈 수 있는지 알아보는 시험대이기도 하다. 강연에서 말했던 에피소드나 비유 중에서 특별히 청중들의 반응이 좋은 건 반드시 글로 쓰고, 반대로 글에 쓰려고 하는 주제는 강연 중에 쉬운 입말로 풀어서 생생하고 리듬감 있는 문장으로 옮긴다.

강연이 글이 되고 글이 강연이 되는 건 강사이자 글쟁이인 내게는 환상적인 콤비 플레이다. 지난 20년간 그랬고 앞으로도 그럴 거다. 강연과 글쓰기는 내 경험과 생각을 세상과 나누는 두 가지 중요한 소통 방법인데 이 두 가지를 한 덩이로 뭉칠 수 있는 건 다 꾸준히 강의하는 덕분이고 내 말에 귀를 기울이며 호응해주는 청중들 덕분이다. 땡큐!

이런 고마운 마음에 강연이 끝난 후에는 청중이 500명 미만이고 그 장소에서 이어지는 행사가 없는 한 '팬 서비스' 시간을 갖는다. 강연 후 사인을 하려면 시간이 무한정 걸리지만 사진은 진행자가 동선만 잘 확보하면 한 컷당 열 명 정도씩 찍어도 20분 정도면 다 끝난다. 사진을 찍기 위해 가까이 서야 하니 청중들의 얼굴도 자세히 보고 악수도 할 수 있어 나도 참 좋다.

청중들도 이른바 '인증샷'을 찍어 강연과 강연에서 생각한 것을 기억할 수 있어서인지 몹시 즐거워한다. 아무것도 아닌 서비스에 그렇게들 좋아하니 아무리 기차 시간이 급해도 이 순서를 빼먹을 수가 없다.

하지만 무엇보다 특강이 주는 최대의 기쁨은 내 강연을 들은 후 자기 삶이 변했다는 사람을 만나는 일이다. 최근에는 강연을 할 때마다 마무리를 이렇게 한다.

"제가 여러분 모두를 기억할 수 없으니 어딘가에서 다시 만나면 부디 저를 먼저 아는 척해주세요. 그러면 제가 물을게요. '지금 무슨

일을 하고 계세요?' 그때 여러분에게 이런 말을 듣고 싶어요. '내 가
슴을 뛰게 하는 일을 하고 있습니다.' 적어도 '그 일을 향해 한 발짝
한 발짝 나아가고 있습니다.' 저 역시 여러분에게 그렇게 대답할 수
있도록 제 길을 가겠습니다."

바로 며칠 전 길을 가다 어떤 30대 아가씨가 날 보고는 하도 반색
을 해서 깜짝 놀랐다. 몇 년 전 내 강연을 들었다며 뜬금없이 그때 다
시 만나면 물어보겠다는 말을 물어봐달란다.

내가 짐짓 정색을 하며 "지금 무슨 일을 하고 있어요?"라고 물었더
니 환하게 웃으며 "제 가슴이 뛰는 일을 하고 있어요"라고 답하며 나
를 꽉, 껴안았다.

그리고는 강연을 듣고는 다니던 출판사를 그만두고 망설이고만 있
던 불문학 번역을 시작했다며 반가움에 북받친 듯 눈가에 눈물이 맺
혔다. 이 친구가 너무나 사랑스럽고 기특했다.

"다시 1그램의 용기가 필요할 때 언제라도 내 강연장을 찾아와요.
얼마든지 줄게요."

한 번 들은 강연으로 한 사람의 인생이 바뀔 수 있을까. 그럴 수는
없을 거다. 그렇지만 앞으로도 나는 강연을 계속할 작정이다.

내 강연을 듣는 사람들에게 1그램의, 아니 단 0.1그램의 용기와 위
로를 전할 수 있는 한 그렇게 하고 싶다. 아니, 그렇게 할 거다. 틈틈
이 내 볼일도 보고 위의 일곱 가지 원칙도 철저히 지키면서.

산에서
만나는
놈, 사람, 분

사람에게 가장 중요한 걸 세 가지만 꼽으라면 어떤 게 있을까?

각자의 인생관이나 가치관, 현재 처한 상황에 따라 천차만별의 대답이 나올 거다. 돈, 명예, 인기, 건강도 있겠고 부모 형제, 아이들, 가족 간의 화목도 있겠고 신앙인이라면 그가 믿는 신과 경전, 나 같은 직업을 가진 사람들이라면 재난과 전쟁 없는 세계 평화를 꼽을 것이다.

최근 발표된 권위 있는 논문에 따르면 생명공학적으로 인간에게 가장 중요한 것은 다름 아닌 햇빛, 물, 공기라고 한다.

이 논문이 덧붙이기를 사람이 정신적, 육체적, 영적으로 건강하게 살기 위한 필수 요건은 하루에 30분 이상 햇볕을 쬐고 1.5리터 이상 물을 마시고 좋은 공기를 깊숙이 들이마시는 것이라고 한다.

아니, 이런 기쁜 소식이 있나. 인간의 삶에 필수적인 세 가지가 누구나 어디서라도 돈 한 푼 안 들이고 얻을 수 있는 것이라니 말이다. 이 기사를 읽으면서 '난 잘하고 있는 거네'라는 안도감이 들었다. 왜냐하면 내가 자다가도 벌떡 일어날 만큼 등산을 좋아하는데 평소대로만 해도 이 세 가지를 정기적으로 얻을 수 있기 때문이다.

시간이 있어야 등산을 할 수 있다고 누가 그러는가? 모든 등산에 통시간이 필요한 게 아니라 낼 수 있는 시간에 할 수 있는 만큼만 하면 된다.

나는 한 시간 미만의 자투리 시간이 나면 집 뒤에 있는 작은 동산을 몇 바퀴 돌고 반나절 이상 시간이 나면 집 앞 북한산을 오르고, 하루 이상 시간을 낼 수 있으면 큰 산으로 야영을 떠난다.

산행이 길든 짧든 장소가 멀든 가깝든 등산 중에 이 '중요한 세 가지'를 얻는 건 똑같다. 어떤 산행이든 쏟아지는 햇볕 아래에서 신선한 공기를 충분히 들이마시고 약수터 물이나 싸 간 물을 실컷 마실 수 있기 때문이다.

이런 점에서 보면 우리나라 자연은 내게 축복이나 다름없다. 한국에서 태어난 게 얼마나 다행인가. 2011년 산림청 통계에 따르면 우리나라 산은 무려 4,400개로 국토의 70퍼센트를 차지하고 있다. 그야말로 눈만 돌리면 산이고 신만 신으면 산에 오를 수 있는 나라다. 그래서인지 등산 인구도 2,000만 명에 육박한다. 한국인 다섯 명 중두 명은 인간에게 제일 중요한 세 가지를 정기적으로 얻어 누리는 혜택을 받고 있는 거다.

나야말로 한국 산 최대의 수혜자다. 아장아장 걸을 때부터니까 등산한 지 어언 50여 년. 이 때문에 잔병치레도 안 하고 조금만 자도 피곤이 싹 풀리고 늘 기분이 좋은 게 틀림없다.

이렇게 한국 산에서 충분히 훈련한 덕에 세계 어디에서도 산에 오를 엄두가 난다. 해외에서도 정기적으로 그 지역의 이름난 산을 다니는 나름의 비법이 있다. 석 달 이상 해외에서 장기 체류할 때는 무조건 그 도시 한인 산악회에 가입하는 거다.

놀랍게도 잠깐만 찾아봐도 전 세계 웬만큼 큰 도시에는 한국 산쟁이들을 위한 산악회가 있었다. 그래서 보스턴 유학 중에는 '보스턴 한인 산악회', 북경에서 어학연수 할 때는 '북경 구락부', 필리핀 파견 근무 중일 때는 마닐라 현지인 등산 클럽에 가입해서 주말 산행이나 격주 야영 산행에 빠지지 않으려고 애를 썼다.

덕분에 혼자서는 도저히 알 수도 없고 갈 수 없는 산들을 숱하게 다녔다. 게다가 산악회를 통해 '아름다운 산쟁이들'을 만나는 건 커다란 보너스다.

산악회 회원들은 하나같이 어찌 그리 순수하고 따뜻한지, 산악회 대장들은 또 어찌 그리 든든한지. 보스턴의 김상호 대장님, 북경의 소소 대장님, 필리핀의 아린 대장님…… 누구라고 할 것 없이 한마디로 멋져부러!

평생 산에 다니면서 온갖 좋은 것을 얻어서일까? 요즘에는 산에 갈 때마다 산의 아름다움에 탄복하는 만큼, 이 아름다운 산을 어떻게 유지해야 하나, 하는 염려가 든다. 산에 다니는 사람이라고 다 같은 '사람'이 아니기 때문이다.

그렇다. 산 쓰레기 얘기를 하려고 하는 거다. 내가 산에서 사람을 판단하는 중요한 기준 중의 하나는 그 사람이 쓰레기를 어떻게 처리하느냐다. 그 기준에 따라 세 부류로 나누면

1) 쓰레기를 함부로 버리는 '놈'

2) 자기는 버리지 않지만 남의 쓰레기를 줍지는 않는 '사람'

3) 자기가 버리지 않는 것은 물론, 남이 버린 것까지 주워오는 '분'
   이다.

일단 산이 좋아, 건강에 좋아, 친구가 좋아 산에 왔다면 적어도 첫 번째 부류에 속하면 안 되는 거 아닌가?

그런데 멀쩡하게 생긴 '놈'들이 아무렇지도 않게 과일껍질이나 과자봉지 버리는 걸 보면 욕이 저절로 나온다. 자기 집이라면 그렇게 했을까? 저런 사람들도 엄마, 아버지랍시고 집에 가면 자기 아이들한테는 쓰레기 버리지 말라고 할 게 아닌가.

여기서 한 가지. 과일껍질도 명백한 쓰레기다. 거름이 될 거라는 생각은 버리길. 하여간 산에는 아무것도 버리고 오면 안 된다. 흐르는 땀까지야 어쩔 수 없겠지만.

세 부류 중에 제일 많은 부류는 버리지 않지만 남의 쓰레기까지는 줍지 않는 사람들일 거다.

나 역시 오랫동안 2번이었는데 이렇게만 해도 전국의 산은 지금보다 훨씬 깨끗해질 거다.

10여 년 전인가, 국립공원에 입장료가 있을 때, 북한산 등산 후 쓰레기를 주워 내려오면 산 입구 매표소에서 입장료로 바꿔주곤 했다.

그 공짜 입장료가 탐나서 하산할 때 열심히 남의 쓰레기를 주워 봉투 하나를 채우곤 했는데 그때 습관이 되었는지 지금은 등산로에 떨어져 있는 사탕 껍질이나 빈 생수병들을 그냥 지나칠 수가 없다. 덕분에 나는 자연스레 3번으로 진입은 했지만 젖은 쓰레기나 등산로를 벗어나 있는 쓰레기는 줍지 않으니 아직 진정한 3번은 아니다.

지난주, 불광사에서 비봉까지 가는 길에서 진정한 '분'을 만났다. 전에도 몇 번 마주친 70대 중반의 할아버지는 등산 중에 작은 집게로 쓰레기란 쓰레기는 다 줍고 있었다. 내가 "좋은 일 하십니다"라고 하니 "내가 만날 다니는 길이니 내 집이나 마찬가지라서요." 하신다.

알고 보니 이 '북한산 집게 할아버지'는 10년도 넘게 불광사 등산로뿐 아니라 북한산 전역을 다니며 쓰레기를 줍는 걸로 유명하시다. 집게 할아버지, 멋져부러! 기왕 3번이 되려면 이 정도는 돼야 하는데…….

해외에서도 진정한 3번을 만난 적이 있다. 작년 필리핀에서 현지 산악회 회원들과 2박 3일 야영을 갔을 때 정말 깜짝 놀랐다. 20대에서 50대까지 40명 정도의 인원이 자고 밥 해 먹은 야영지가 떠날 때 보니 진공청소기로 청소를 한 듯 티끌 하나 없이 깨끗했다. 수십 년 국내외 산에 다녔지만 이렇게 뒤끝 깔끔하게 야영하는 단체는 처음 봤다.

나중에 들으니 이 산악회는 신입회원에게 텐트 치는 법, 매듭 묶는 법 등의 산행훈련을 실시하는데 그 과정 첫날 첫 시간에 매우 중요하게 다루는 게 바로 '산을 최대한 흔적 없이 다녀오기'란다. 이 회원들이 산행 중 쓰레기를 줍는 것은 물론 잠깐 쉬어가는 산속 대피소를 누구라고 할 것 없이 먼저 말끔히 치우는 모습도 너무나 좋아 보였다. 모름지기 산쟁이라면 저래야 하는 법. 참으로 멋진 3번들이다.

산에 좋은 일 한 가지씩

그런데 최근 만난 외국 산악인을 통해 한 차원 높은 쓰레기 처리법을 알게 되었다. 이 '분'은 일반 쓰레기는 말할 것도 없고 자기의 대소변까지 용기에 담아 가지고 내려온다는 거다. 이건 미국, 캐나다 등 북미와 유럽에서 이미 보편화되어 있어 용기도 일반 등산용품점에서 쉽게 구할 수 있다는 말을 듣고 놀랐다.

흔히 우리는 대소변이 거름이 된다고 생각하지만 실제로는 산의 환경과 생태계를 해치는 쓰레기 중의 쓰레기란다. 이분이 등산 다니는 사람들 각자의 이런 노력이 얼마나 산을 깨끗하게 하는가에 대해 열변을 토할 때 크게 공감했다. 우리나라 산이 이 문제 때문에 지저분하다는 걸 잘 알기 때문이다.

한국에서의 산행은 야영이 아니라면 보통 당일 산행이고 산속에도 간이 화장실이 있어 대변을 처리할 일은 그리 많지 않겠지만 소변은 산행 중 한두 번은 보게 된다. 마침 산속에서 간이 화장실을 만나면 다행이지만 그렇지 않을 때는 후미진 곳에 가서 볼일을 본다. 문제는 그때마다 여자들이 사용한 휴지 때문에 후미진 곳마다 완전히 휴지 밭이라는 거다. 요즘에는 썩지도 않는 물휴지를 사용해서 더욱 그렇다. 이러다간 조만간에 전국의 산이 휴지로 뒤덮여버릴 것 같다.

2,000만 국민들이 즐겨 찾는 산, 우리에게 햇빛과 물과 공기를 아낌없이 주는 산을 휴지 밭으로 만들 수는 없는 일. 무슨 좋은 방법은 없을까?

꼭 휴지가 필요한 사람이라면 지금 쓰는 양의 반으로 줄이고 사용한 휴지를 도로 가져오는 방법도 있겠지만 아예 휴지 대신 각자 소변처리용으로 얇은 수건을 가지고 다니는 게 제일 좋겠다는 생각이 들었다.

일단 실험 삼아 해보니까 생각보다 훨씬 쉬웠다. 무엇보다 별거아니지만 산에 좋은 일을 한다는 생각에 기분이 좋았다. 그래서 요즘은 산에 다니는 여성들을 만나면 이 방법을 권하고 있는데 놀랍게도 '그걸 어떻게……'라는 반응보다 '와, 나도 그렇게 해봐야겠다'라는 반응이 압도적으로 많다. 해본 사람들이 다른 사람들에게 적극 권하는 걸 보고서 이걸 아예 전국 등산 동호인 실천운동으로 만들면 어떨까 하는 생각도 하고 있다.

인간에게 가장 중요한 햇빛, 물, 공기를 한꺼번에 얻을 수 있는 산. 그 산에 다니면서 정신적, 육체적, 영적 건강함을 누리는 우리들이 산에 대한 고마움을 표현할 방법은 많고도 많다. 일단 한 명 한 명이 산에 좋은 일을 한 가지씩 생각해내서 다음 산행부터 한번 시도해보는 거다. 처음부터 너무 거창하면 계속하지 못하니까 당장 할 수 있는 아주 작은 일부터 시작해보는 거다.

일단 이제까지 쓰레기를 버렸던 사람이라면 앞으로 쓰레기 절대 안 버리기, 버리지는 않지만 줍지도 않았던 사람이라면 눈에 띄는 깨끗한 쓰레기는 줍기 등. 거기에 휴지 덜 쓰기 혹은 안 쓰기까지 합해 진다면 우리 산은 훨씬 깨끗해질 것이며 우리 스스로도 뿌듯하지 않 을까?

이렇게 얘기하니 내가 상당히 이타적인 사람처럼 보이지만 사실 다 나 좋으려고 하는 거다. 앞으로도 계속 깨끗한 산을 다니고 싶기 때문이고 적어도 산에서 쓰레기 때문에 눈살을 찌푸리거나 기분 잡 치는 일이 없었으면 하기 때문이다.

산에 다니는 2,000만 여러분! 모두 제 맘과 같으시죠?

나의 백락,
오재식
회장님

몇 해 전, 중국의 그랜드캐년이라 불리는 태행산에 다녀왔다. 베이징 출장 가는 길에 볼일을 후딱 보고 주말을 포함한 5일간의 '억지 휴가'를 낸 거다.

베이징에서 버스로 열 시간 정도 떨어진 이 산은 웅장하고도 수려한 태행산맥의 일부로, 산 좀 다니는 북경의 한국인들이라면 누구나 한번쯤은 가봐야 하는 곳이다. 우리는 이 산에서 2~3일 야영하며 종주를 하기로 했다.

떠나기 전 예습 삼아 인터넷으로 찾아본 풍경도 환상적이었지만 직접 보니 입을 다물 수가 없었다. 마치 그랜드캐년과 금강산을 합쳐 놓은 것 같다고 할까? 깎아지른 듯 가파른 바위 절벽과 천 길 깊은 계곡, 하나하나 전설이 있을 법한 기암괴석, 영화 〈아바타〉나 〈쿵푸팬 더)의 배경이 여기가 아닐까 싶을 정도였다. 게다가 사방에 흐드러지게 핀 5월의 야생화와 방금 돋아난 연두색 나무 이파리들이 생기와 활기를 더해주었다.

무엇보다 반가운 건 산 친구들이다. 보스턴 유학 후 중국어 어학 연수를 하러 베이징에서 머물렀던 7개월 동안 주말마다 어김없이 같이 산에 가던 산악회 친구들을 거의 1년 만에 다시 만난 거다. 태행산에 같이 온 열 명의 산 친구들은 경쟁하듯 그동안 다녀온 산 얘기를 하며 하하 호호 이야기꽃을 활짝 피웠다.

산행 셋째 날이었나, 오르막길이 한참 계속되어 서로의 가쁜 숨소리만 들리는 침묵이 이어지고 있는데 중국 문학에 조예가 깊은 변호사 친구가 불쑥 한마디 한다.

"무거운 배낭을 메고 걷는 우리 모습이 마치 소금 마차를 잔뜩 지고 태행산을 넘고 있는 천리마들 같아요."

그러자 북경대에서 중국 고대사를 전공하는 대학원생 친구가 반색을 하며 맞장구를 친다.

"아, 맞다. 여기가 바로 '기복염거'라는 고사성어에 나오는 그 태행산이군요."

기복염거(驥服鹽車). 천리마가 소금 마차를 끈다는 말로 훌륭한 인재가 그 재능을 제대로 발휘하지 못하고 걸맞지 않은 일을 한다는 뜻이다. 예를 들면 셰익스피어가 통역사로, 에디슨이 보습학원 수학 강사로 일하는 것과 같다고 할까?

이 고사성어의 유래는 이러하다. 옛날에 말 감정사로 이름이 높아서 천마(天馬)를 주관하는 별자리인 '백락(伯樂)'이라 불리는 손양이라는 사람이 있었다. 그가 말을 보는 안목이 어찌나 높고 유명한지 평범해서 주목받지 못하던 말도 그가 한번 눈길을 주면 그 자리에서 말 값이 열 배로 뛰었다(伯樂一顧)는 말이 있을 정도다.

그러던 어느 날 백락이 태행산 고개를 넘어가던 중 무거운 소금 수레를 끌고 힘겹게 비탈길을 오르고 있는 비쩍 마르고 늙은 말 한 마리를 보게 되었다. 꼬리는 축 늘어지고 무릎은 구부러지고 등가죽은 벗겨진 채 침 범벅, 땀범벅이 되어 죽을힘을 다해 오르막을 오르고 있지만 아무리 애를 써도 수레는 제자리에서 뱅뱅 돌기만 했다.

이 광경을 본 백락이 마차에서 내려 이 늙은 말을 붙잡고 울며 옷을 벗어 말에게 덮어주었다. 한눈에 이 비루먹은 말이 천리마라는 걸 알아보았기 때문이다. 그 말도 고개를 들어 허공을 향해 절규하듯 울부짖었다. 드디어 자기를 알아보는 사람을 만났기 때문이다.

아무리 재능이 뛰어난 인재라도 그를 알아보는 사람이 없으면 세상에 드러날 수 없는 법. 그래서 당나라 한유도 천리마는 항상 있지만 백락은 항상 있는 것이 아니라고 말했던 거다.

"그럼 배낭 메고 태행산을 낑낑 오르고 있는 우리는 아직도 백락을 만나지 못한 천리마들이란 말인가? 아, 나의 백락이여. 도대체 어디 계시나이까?"

한 친구가 하늘을 향해 두 팔을 벌리며 과장된 몸짓으로 외치자 다음 순간 일행 모두가 일제히 팔을 들어 광신도 같은 표정으로 그를 따라하면서 웃음보를 터뜨렸다.

"당신의 백락은 누구십니까?"

중국 사람들끼리 자주 묻는 말이다. 특히 정치인이나 연예인 등 유명인들은 자신의 백락이 누구라고 말하는 걸 좋아한다. 어느 유명한 영화제에는 아예 백락상이라는 게 있어 무명인 배우를 처음 알아봐준 사람에게 주는 상이 있을 정도다. 한 사람의 일생에서 백락을 만난다는 건 그의 인생을 완전히 바꿔놓는 엄청난 사건일 게다.

나의 백락은 어디에 있을까? 운 좋게, 너무나 운 좋게 나는 이미 백락을 만났다. 한 분도 아니고 두 분이나. 그분들이 아니었다면 난 어떻게 되었을까? 아직도 땀범벅이 되어 소금 마차를 끌며 산 비탈길을 오르고 있을지도 모른다.

내 첫 번째 백락은 다른 책에서도 몇 번 얘기했던 미국인 양아버지, 양어머니 위튼 씨 부부다. 재수 막바지, 학력고사를 앞두고 깜깜한 클래식 다방 DJ 박스에서 정신없이 문제집을 풀고 있는 나에게 무엇을 보셨는지 미국에서 대학원 공부를 할 수 있는 기회를 주셨다.

두 번째 백락은 월드비전 오재식 전 회장님이다. 이제 막 세계여행을 끝낸 오지 여행가였을 뿐, 업무 능력이 하나도 검증되지 않은 내게 그분은 긴급구호 팀장이라는 중책을 제안하셨다.

나중에 듣기로는 내부에서 반대하는 사람도 많았다는데 그런 부담까지 안으면서 나를 택하고 번번이 막중한 일을 맡겨주셨다. 그분이 믿어주고 이끌어준 덕분에 긴급구호의 'ㄱ'자도 모르는 햇병아리가 지금 여기까지 온 것이다.

어느 날 뜬금없이 전화해서 "한국 월드비전 회장 오재식입니다"라고 할 때까지 나는 이분이 어떤 분인지 전혀 몰랐다. 월드비전이 뭐하는 곳인지도 몰랐다. '월드'는 세상, '비전'은 보인다니까 안경점 주인인가 했을 정도다.

꼭 만나서 해야 할 긴요한 얘기가 있다기에 귀찮은 마음에 내가 살던 홍대 앞 근처로 오실 수 있으면 짬을 내보겠다고 했더니 단숨에 달려오셨던 분, 웃음 띤 얼굴로 반갑게 악수를 청하고 내 세계 여행기를 재미있게 읽었다며 이제는 '세계 아픔의 구경꾼이 아니라 그 아픔을 없애는 일꾼이 되어야 하지 않겠냐'던 이분이 누구인지는 나중에야 알았다.

회장님의 눈물

안경점 주인인 줄 알았던 오재식 회장님은 나 따위가 오라 가라 할 수 있는 분이 아니라, 한국 현대사의 여러 분야에서 그 이름이 제일 앞서 거론되어야 마땅한 분이었다.

우리나라 민주화운동과 통일운동의 선구자이자 시민운동의 개척자, 교회 간의 일치운동인 에큐메니컬 운동(Ecumenical movement) 및 한국 기독학생 운동의 대부셨다.

팔십 평생을 일제와 분단과 독재를 거치는 한국 근현대사의 엄혹한 현장에서 늘 가난하고 억울한 사람들 편에 서느라 온갖 어렵고 궂은일은 도맡아 하시면서도 영광의 순간에는 늘 한발 뒤로 물러서 있던 분이다.

그러기는 얼마나 어려우셨을까? 늘 환하게 웃는 얼굴이지만 나는 그분의 눈물을 본 적이 있다. 복잡한 북한 사업을 진행하면서 안팎에서 쏟아지는 말할 수 없는 비난으로 마음고생이 심했던 시기였다.

어느 날 직원회의 도중에 사회자가 기도를 제안했다. 눈을 감고 기도하다가 우연히 옆에 앉은 회장님을 보았는데 회장님의 감고 있는 눈에서 두 줄기 눈물이 뚝, 떨어지는 게 아닌가? 어찌나 마음이 아프고 속이 상하던지. 회의가 끝나자마자 조그만 카드에 이렇게 써서 회장실로 가지고 갔다.

"그들의 눈에서 모든 눈물을 닦아주실 것이다. 다시는 죽음이 없고 다시는 슬픔도 울부짖음도 괴로움도 없을 것이다.'(요한묵시록 21장 4절)"

쪽지를 읽으신 회장님은 낮은 목소리로 "고맙소"라고 하셨다.

이번에는 내 눈에서 눈물이 뚝, 떨어졌다.

오 회장님을 아는 사람들은 그분의 회고록《나에게 꽃으로 다가오는 현장》을 읽고는 모두 깜짝 놀랐다. 한 사람의 인간이 어떻게 그렇게 험하고 많은 일을 그렇게 긴 세월에 걸쳐서 드러나지 않게 하실 수 있었을까?

오 회장님은 이렇게 한마디로 정리해주셨다.

"현장이 시켜서 한 일일 뿐이다."

많은 이의 반대를 무릅쓰고 날 특채했으니 내가 잘해낼까, 얼마나 걱정되고 신경 쓰였겠는가? 긴급구호 현장으로 파견 근무 나갈 때마다 따로 불러 밥도 사주시고 기도실로 데려가 내 손을 꼭 잡고 간절히 기도도 해주시고 당부의 말씀도 잊지 않으셨다.

"한 팀장, 모든 답은 현장에 있소이다. 그걸 늘 잊지 말아야 합니다."

고백컨대 나는 이분의 믿음과 기대를 저버리지 않으려고, 이분의 선택이 옳았다는 것을 증명해 보이려고 더욱 열심히 일했다.

월드비전 회장의 6년 임기가 끝나고 나서는 훨씬 더 자주, 더 자유롭게 만날 수 있었다. 회장님은 회를 좋아하셔서 항상 일식집에서 뵈었는데 길거리이건 식당에서건 누가 나를 알아보고 반가워하면 말씀은 안 하셔도 싱긋이 웃으며 좋아하셨다. 그래도 한 말씀 하신다.

"한 선생, 아직 갈 길이 멀었으니 부디 달콤한 사탕을 경계하시오."

누군가는 배를 잘 만드는 기술을 가르쳐야 하지만 또 누군가는 그 배를 타고 나가 만나게 될 바다 끝 지평선과 도착할 세상에 대해 말해야 한다고, 그게 우리가 할 일이라고 자주 말씀하셨다.

참, 오 회장님과 나는 평생 무슨 일이든 서로 의논하고 비판하고 응원해주겠다는 신사협정도 맺었다. 어느 날 점심을 먹다 말고 갑자기 각자 메모장을 꺼내 '나 한비야는', '나 오재식은'으로 시작하는 친필 서약서를 쓰고는 서명날인까지 해서 한 장씩 나누어 가지며 서로 딱 걸렸다고 웃었다. (나는 그 쪽지를 얼마 전까지 지갑에 넣고 다녔다.)

나의 보스턴 유학과 UN 진출을 부추기셨지만 막상 석사학위를 받아 왔을 때나 UN 자문위원이 되었을 때보다 세계시민학교 교장이 되었을 때 훨씬 흐뭇해하시며 잘했다고 칭찬해주셨다.

오 회장님 특기는 느닷없이 전화하셔서 "몇 날 며칠 어디 어디로 나오시오"라고 하거나 "100만 원만 빨리 보내주시오." 하시는 거다.

그건 분명 내가 꼭 가야 할 자리가 갑자기 생겼거나 누구를 급하게 도와주어야 하는 순간이다.

세상에는 '오꼼모'라는 비밀조직이 있다. '오재식 회장님 부탁은 그게 무슨 부탁이든 꼼짝 못하고 들어주는 사람들의 모임'인데 나도 그 조직원 중의 한 명이다. 내가 '조직의 규칙'대로 묻지도 따지지도 않고

"알겠습니다." 하면

"하하하, 한 선생 고맙소"라고 딱 한마디 하신다.

내가 한국에 없으면 우리 큰언니한테 나 대신 언제라도 무슨 부탁이든 하시라고 했더니 몇 번 그렇게 하시면서 언니하고도 가까워지셨고, 귀농해서 농사짓는 내 남동생이 수확한 감자며 고춧가루 등을 보내면서 동생 내외와도 인연을 맺었다. 농산물을 드리면 사모님이 특히 좋아하시며 고마워하셔서 나도 기분이 좋았다.

꽃으로 남은 당신

그런데 어느 날부터 쟁반처럼 동그란 오 회장님 얼굴이 해쓱해지셨다. 간단히 치료할 수 있는 피부암이라고 염려 말라시더니 그 항암치료가 끝나자 췌장과 대장에도 차례대로 문제가 생겼다. 그러고는 장장 4년에 걸친 사투가 시작되었다.

2012년 7월, 내가 남수단으로 현장 근무 가기 직전, 오 회장님과 사모님과 점심을 같이 했다. 만나 뵙지 못한 몇 달 동안 살이 많이 빠

졌지만 기분은 몹시 좋아 보이셨다. 식사 도중 자꾸만 화장실에 가셨는데 나중에 알고 보니 대장암 환자의 전형적인 증상이었다.

회장님이 화장실에 간 사이에 사모님께 넌지시 건강 상태를 여쭤봤더니 병원에서는 마음의 준비를 하라고 했다며 눈물을 글썽이셨다. 그러다 회장님이 돌아오니까 언제 그랬냐는 듯 밝게 웃으시는 노옥선 사모님, 그 사모님을 보고 마주 웃으시는 회장님, 이 두 분의 평생 사랑과 우정이 아름답고 짠하기만 했다.

식사를 끝나고 나오는데 회장님이 식당 앞에서 같이 사진을 찍자고 하셨다. 생전 없는 일이라 의아했지만 '오꿈모 회원'인지라 군말 없이 지나가던 사람에게 부탁했다. 세 명 모두 환하게 웃으며 찍은 그 사진이 오 회장님과 찍은 마지막 사진이 될 줄이야.

"한 선생이 남수단에서 돌아올 때까지 살아 있을는지……." 하셨던 오 회장님은 2013년 1월 3일 돌아가셨다. 안타깝게도 나는 남수단 파견 근무 중이어서 장례식에도, 장지에도 가지 못했다.

대신 이메일로 회장님 부고를 받았던 아침, 근처 성당에 가서 추모기도를 드렸다. 눈물은 주체할 수 없이 쏟아졌지만 마음은 편안했다. 더 이상 고통 없는 세상으로 가셨으니 말이다. 마지막 순간까지 현장에서 좋아하는 사람들과 원 없이 일하시다 가셨으니 말이다.

남수단에서 돌아오자마자 오 회장님 묘를 찾았을 때, 깜짝 놀랐다. 모란공원에 모신 오 회장님 묘지가 우리 부모님 묘 지척에 있는 거다. 얼마나 다행인가. 앞으로 내가 죽을 때까지 부모님 묘에 갈 때마다 찾아뵐 수 있게 되었다. 당연히 그렇게 할 거다. 나는 영원한 '오꿈모'니까.

오 회장님 묘는 생전의 성품대로 깔끔하고 단정했다. 작고 까만 묘비에는 '오재식의 묘'라는 다섯 글자만 새겨져 있고 그 옆 추모비에는 직접 쓰신 글 한 문단이 적혀 있었다.

'그 숱한 사람들! 내 곁에 머물렀거나 지나갔거나 여전히 남아 있는 사람들이 그 현장에 서서 나를 불러주었다. 나는 그 사람들의 삶에 씨줄과 날줄로 엮이면서 그 세월을 살아올 수 있었다.'

오 회장님은 아실까?

당신이야말로 내 삶에 씨줄과 날줄로 단단히 엮여 있다는 걸. 아무도 주목하지 않는 나를 알아봐주시고, 정성스레 키워주시고, 혹독히 훈련시켜주시고, 늘 지켜봐주신 나의 백락, 오 회장님. 당신에게 현장이 꽃으로 다가왔듯이 '내게 당신은 꽃으로 남아 있습니다.'°

고맙습니다. 그리고 그립습니다. 이제 편히 쉬세요. 회장님이 꿈꾸는 세상은 남은 저희들이 어떻게든 만들어 가겠습니다.

○ 故 오재식 박사 장례 예배 설교 중에서

우리에게
이런
교황님이!

"아니, 남부 스페인까지 겨우 500달러?"

6개월간 숨 가빴던 서아프리카 근무를 끝내고 한국으로 돌아가기 전에 2주일가량 북아프리카 여행을 생각했는데 웬걸, 비행기 표 값이 엄청나게 비쌌다. 모로코에서 카사블랑카까지 100만 원이 넘는다. 허걱! 여행을 반쯤 포기한 상태로 여행 사이트를 나일 강 서핑하듯 서핑하다 이 비행기 표가 눈에 띈 거다. 내친 김에 숙소도 검색해 보니 명색이 유럽인데 깔끔하고 아담한 방이 3~4만 원 정도였다. 이게 웬 떡이냐? 하느님이 그동안 서아프리카에서 수고했다고 이런 보너스를 주신 게 분명하다.

스페인 여행은 생각할수록 멋진 보너스다. 우선 서아프리카에서 불어를 못해 생고생 했는데 거기선 할 줄 아는 스페인어를 쓰니 속이 시원할 거고, 섭씨 30~40도로 푹푹 찌는 곳에서 섭씨 10도 안팎인 곳으로 가니 몸도 시원할 거다. 또한 인구 90퍼센트 이상이 무슬림인 서아프리카와는 달리 그곳은 75퍼센트 이상이 가톨릭 신자라 거리마다 성탄절 분위기가 물씬 날 거고 유서 깊은 유럽의 대성당에서 자정 미사와 새해 미사까지 드릴 수 있으니 금상첨화다.

오랫동안 쓰지 않았던 스페인어 회화 연습을 하느라 떠나기 직전까지 매일 한 시간씩 인터넷 강의를 들으며 한껏 부풀었다. 스페인은 30대 초반 유럽 배낭여행 이후 처음이니 무려 25년 만이다. 그때는 한 곳이라도 더 보려고 메뚜기처럼 이 도시 저 도시로 옮겨 다녔지만 이번에는 그라나다, 말라가, 세비야만 느긋한 마음으로 보기로 했다.

예상대로 남부 스페인 큰 도시에는 수십 개의 크고 작은 성당이 골목마다 있었다. 그라나다에서 묵은 숙소에선 바로 옆 건물이 성당인데 길 건너에도 있었다.

보라색, 흰색, 파란색을 사용한 크리스마스 장식은 품위가 있었고 거리에서 만나는 사람들은 즐겁긴 해도 들떠 있지는 않았다. '예수는 없고 선물만 있다'는 많은 나라들의 크리스마스와는 확실히 달라 보였다.

이번 스페인 여행의 하이라이트는 뭐니 뭐니 해도 그라나다 대성당에서 드린 성탄전야 미사다. 돌로 만든 아름다운 성당은 난방을 하지 않아 장갑과 목도리로 중무장을 하고도 아래윗니가 절로 부딪칠 정도였다. 달랑 네 명으로 구성된 아카펠라 성가대원들도 새파란 얼굴로 돌돌 떨고 있었고 제대 앞 구유에 발가벗고 누워 계신 아기 예수님도 몹시 추워 보였다.

드디어 그 큰 성당이 빈자리 없이 꽉 차고 제대 위 촛불이 밝혀지면서 성탄전야 미사가 시작되었다. 미사 집전은 동그란 얼굴에 인자하게 생긴 60대 초반의 주교님이 하셨다.

가만히 있어도 입꼬리가 올라가 있는데 강론 중에도 연신 함박미소를 지으셨다. 어떻게 활짝 웃으면서 동시에 말을 할 수 있을까 신기할 지경이었는데 그 따뜻한 미소가 추운 성당 안을 데워주는 것 같았다.

미사도 따뜻했다. 강론 전, 나를 비롯한 외국 여행객들을 보고는 영어로 짧게 환영 및 성탄 인사를 해주시는 센스! 스페인어 강론을 잘 알아들을 수 없었지만 강론 내내 사람들이 싱글벙글하거나 크게 웃는 걸 보니 뭔가 재미있고 따뜻한 내용임이 분명했다.

미사 중 평화의 인사 순서에선 앞줄에 앉은 사람들 20명 정도가 직접 주교님과 평화의 인사를 주고받았다. 맨 앞줄에 앉았던 나도 주교님과 악수를 하며 평화의 기도를 나누었는데 마주 잡은 그분의 손이 너무나 따뜻해서 깜짝 놀랐다. 호주머니에 손을 넣거나 난로를 쬐고 있던 것도 아니건만 얼음장처럼 차가운 성당 안에서 어떻게 그렇게 손이 따뜻했을까.

따뜻한 건 그뿐이 아니었다. 미사가 끝난 후 제대 앞에서 아기 예수의 발에 입을 맞추는 순서 때도 그랬다. 아기 예수를 안고 계신 주교님이 차례로 다가오는 수백 명의 신자들과 눈을 일일이 맞추고 함박웃음을 지으며 먼저 "Feliz Navidad!"(성탄 축하합니다!)라는 성탄 인사를 하면 신자들도 웃으며 자연스럽게 주교님께 성탄 축하를 건네는 장면이었다. 그 주고받는 눈길이 어찌나 따뜻한지, 사제와 신자가 아니라 가까운 친구나 식구 같았다.

이러느라 시간이 무한정 걸렸지만 전혀 지루하지 않았던 건 반주 없이 화음에 맞춰 성가를 부르는 아카펠라 덕분이었다. 천상의 목소리란 그런 것일까? 남녀 혼성 네 명이 부르는 성가는 대성당을 꽉 채우고도 남을 만큼, 성당 안 수백 개의 성상을 모두 깨울 수 있을 만큼 우렁차고 경건하고 아름다웠다.

아직도 성당에 다니나 보죠?

이날 자정 미사를 더욱 특별하게 만든 건 내 또래 독일 여자와의 대화 덕분이다. 미사 후 요기를 하러 성당 근처 식당을 찾았는데 거리는 토요일 홍대 앞처럼 인산인해였고 들어간 식당은 그것보다 더 붐볐다. 억지로 자리 하나를 찾았지만 미리 앉아 있던 사람과 합석해야만 했다.

"아직도 성당에 다니나 보죠?"

식사 기도를 하느라 성호경을 긋는 걸 보고는 혼자 맥주를 마시던 그녀가 시니컬하게 물었다.

"아직도, 라니요?"

내가 의아해서 물었다.

"아시아 사람들은 잘 모르려나? 유럽에선 마녀사냥이라는 이름으로 수십만 명의 무고한 사람들을 고문하거나 죽이고 성 베드로 대성당 건립을 위해 면죄부를 팔고, 서아프리카의 극악무도한 노예무역을 옹호하고, 2차 세계대전 때는 유대인 학살을 묵인했던 게 가톨릭교회랍니다. 정치와 결탁해 돈과 권력을 쥔 성직자들의 사생활이 극도로 문란했던 건 말도 못하고요."

순간 내가 뭘 잘못한 것처럼 얼굴이 화끈했다. 다른 때 같았으면 목청을 돋워 설명하거나 얼굴을 붉히며 논쟁했겠지만 그날은 크리스마스이브, 날이 날인 만큼 조용히 넘어가기로 했다.

"맞아요. 그랬죠. 나도 세계사를 배워서 잘 알고 있어요. 자, 다시는 그런 일이 없는 가톨릭교회와 평화로운 세상을 위해서 건배!"

내가 맥주잔을 들면서 건배를 청하니 그 여자도 내 마음을 알아차리고 희미하게 웃으며 잔을 들었다. 자세히 보니 이 친구는 조막만한 얼굴에 이목구비가 또렷하고 가지런한 치아가 예쁜 미인이었다. 그제야 통성명을 하고 각자 소개를 했다. 나와 동갑인 그녀는 독일 공과대학 교수이자 무신론자인데 한 달 전에 이혼을 해서 마음이 몹시 쓰린 상태였다. 나는 한국에서 온 구호 전문가이고 서아프리카에서 근무 중이라니까 깜짝 놀라며 자기 여동생도 남아프리카에서 비슷한 일을 한다며 반가워했다. 그러면서 하는 말.

"아까 내 말에 기분 상했다면 미안해요. 내 영어가 서툴러서 말이 직선적으로 들렸을 거예요. 게다가 난 외롭고 괴로운데 바로 코앞에서 너무나 행복한 얼굴로 식전 성호를 긋고 있는 당신을 보니 순간 빈정이 상해서 말이 툭 튀어나왔던 거예요."

"안나, 당신 오늘 운 좋은 줄 아세요. 방금 미사를 드리고 나왔으니 망정이지 아니었으면 쌈닭처럼 달려들었을 테니까요."

"하하하. 사과의 의미로 최고급 소시지와 치즈 한 접시 살게요. 오케이?"

윙크까지 하는 모습이 귀엽고 사랑스러웠다. 갑자기 친근감이 들면서 과거 유럽교회의 과오를 들먹이는 이 친구에게 자랑스러운 한국 천주교회사를 말해주고 싶어졌다.

"그런데 아세요? 한국에선 천주교가 사랑받는 종교랍니다. 오늘 성탄전야 스페셜로 아주 특별한 한국 천주교의 역사에 대해 간추려 말해줄까요?"

눈을 반짝이며 궁금해하는 안나에게 즉석 미니 강의를 시작했다. 외국에서 기회 있을 때마다 수십 번도 넘게 해본 얘기라 막힘없이 술술 나왔다.

한국 천주교는 250년 전 외국 선교사 없이 자생적으로 시작되었는데 이건 전 세계에서 유일무이한 일이다. 처음에는 종교가 아닌 순수 학문으로 연구되다가 점차 하나의 실천학으로 받아들여졌다.

베이징 외교관 수행비서인 아버지를 따라 1784년 북경에 간 이승훈이 제 발로 중국 천주교회에 가서 필담으로 교리를 배웠다. 영세를 받고 돌아온 그가 친척과 친지들에게 교리를 가르치고 미사를 집전하고 영세를 주며 한국 천주교회가 시작되었다. 중국어 성경을 한글로 번역해 널리 알리기도 했다.

그러나 당시 조선은 신분의 차이가 매우 엄격하고 남녀가 유별한 유교 국가였기 때문에 만민은 평등한 하느님의 자녀이고 따라서 양반과 상놈이 한 형제라는 교리가 사회의 근간을 흔드는 반사회적·반윤

리적 사상으로 간주되었다. 여기에 당쟁까지 얽히고설켜 100여 년간 네 번에 걸친 잔인한 박해를 받았는데, 이 과정에서 2만여 명의 신자 가운데 1만여 명이 목숨을 잃었다.

그때 한국 최초의 김대건 신부도 사제서품 1년 만에 25세라는 젊은 나이에 순교했다. 이 순교자들 중에 이름이 알려진 103인은 가톨릭 교회를 대표하여 로마 교황청이 공식 인정하는 성인(聖人)이 되었다. 오로지 믿음으로 죽음 앞에 당당했던 그 신앙의 선배들 덕분에 한국 천주교는 신자 수로 보면 국민의 10퍼센트밖에 안 되지만 한국인이 좋아하는 종교가 될 수 있었던 것이다.

여기까지 단숨에 말하고는 한마디 덧붙였다.

"게다가 요즘에는 프란치스코 교황님 덕분에 더욱 그렇답니다."

내 말이 떨어지기가 무섭게 안나가 맞장구를 쳤다.

"맞아요. 올해(2013년) 페이스북이나 인터넷 검색창에 제일 많이 언급된 사람이 교황이라면서요. 하루 평균 170만 명이 보았다나. 실은 나도 그분 왕팬이에요. 멋진 한 인간으로서 말이에요."

갑자기 어깨가 으쓱해졌다. 교황님은 한 개인으로도 매력적인 인간임이 틀림없다. 어느 때는 인자하게 또 어느 때는 장난스럽게 누구든 격의 없이 대하는 분, 검소하고 겸손하며 파격적이라고 할 만큼 약자와 소수자 편에 서는 분을 누군들 좋아하지 않을 수 있으랴!

교황 선출 후 소감을 묻는 질문에 "주님께서 저같이 모자란 사람을 교황으로 뽑아준 추기경들을 용서해주시기 바랍니다"라고 했다니, 유머감각까지 대단하시다. 안나에게 장난스레 말했다.

"Same here. Welcome to the Club, Anna."(나도 왕팬이에요. 우리 클럽에

들어오신 것을 환영해요.)

이에 질세라 안나는 맥주잔을 높이 들고 귀엽게 윙크하며 말했다.

"To our Star, Cheers!"(우리의 스타를 위하여!)

으음, 스타라고? 그렇지. 적어도 전 세계 13억 천주교 신자들에게 프란치스코 교황님은 마음속의 별이다. 세상이란 깜깜하고 거친 바다를 항해하는 우리를 한줄기 밝은 빛으로 이끌어주는 가이딩 스타! 세상 눈으로 보면 이분이 얼마나 거룩하고 얼마나 준비되어 있고 이 시대에 얼마나 필요한 분인가가 중요하겠지만 평신도인 나에게는 언행일치의 화신인 그분에게 내 마음을 의탁한다는 점에서 그러하다. 참말이지 내 평생 '스타와 팬클럽' 운운하며 이토록 가깝게 느끼는 교황님을 맞게 될 줄은 꿈에도 몰랐다.

스페인 여행 후, 나는 교황님의 왕팬으로서 의무를 다하며 아직 왕팬이 되지 못한 '일반 팬'들의 모범이 되려고 노력하고 있다. 왕팬이라면 그분에 관한 책이란 책은 모조리 읽는 것은 기본이고, 오늘은 어디에서 무슨 말을 하셨는지 일일이 체크해서 좋은 말을 열심히 퍼다 나르는 일 정도는 해야 한다. 또한 하루 종일 '자기 스타' 얼굴을 봐야 하는 것 역시 기본.

나 역시 불광동 성당에서 만든 교황님 사진 달력을 거실에 붙여놓았고 책상에는 페이지마다 그분 사진이 들어 있는 탁상용 일력을 놓아두고 내 일기장 맨 앞장에도 환하게 웃는 사진을 붙여놓았으니 하루 종일 그 반가운 얼굴을 보고 산다. 그것도 모자라 휴대폰에 강복을 주시는 교황님의 '움짤'(짧은 동영상)을 저장해두고 아침저녁으로 '스마트 강복'까지 받고 있다.

이런 왕팬이 교황님이 한국에 오셨을 때는 필리핀에서 근무하느라, 필리핀에 오실 때는 한국으로 돌아오는 바람에 먼발치에서라도 직접 뵐 수 있는 기회를 두 번이나 놓쳤으니 얼마나 속이 상했겠는가? 그래도 살다 보면 언젠가는 만나겠지, 지성이면 감천이겠지 하면서 열심히 팬클럽 활동을 하고 있다.

다만 한 가지 걱정이 있다면 그분의 건강과 교회 개혁에 관한 거센 저항이다. 얼마 전 교황님이 미사 집전 중 평화의 상징으로 날린 비둘기 두 마리가 하늘로 날아오르자마자 덩치 큰 까마귀와 갈매기에게 공격당하는 사건이 있었다. 교황님에 대한 저항세력을 상징하는 듯 보여서 가슴이 철렁 내려앉았다.

이번 필리핀 방문 때를 비롯, 프란치스코 교황님 즉위 후 돈세탁 금지로 손발이 묶인 마피아들의 끊임없는 암살 계획도 심심치 않게 들린다. 그분은 "이 나이에 내가 무엇을 두려워하랴." 하시지만 믿음이 약한 나는 두렵기만 하다.

교황이 되고 나서 지금까지도 "저를 위해 계속 기도해주시기 바랍니다"라고 말씀하시는 교황님. 교황님이 우리와 이 세상을 위해, 특히 가난하고 억울한 사람들을 위해 얼마나 간절하게 기도하시는지 잘 알고 있다.

그분이 우리를 위하는 것처럼 나도 매일 교황님을 위해 열심히 기도할 작정이다. 내 작은 기도라도 매일매일 보태면 도움이 될 테니까. 그래야 진정한 프란치스코의 왕팬이라 말할 수 있을 테니까.

바람의 딸,
그리고
빛의 딸

비야는 내 세례명이다. 지금은 외래어표기법을 통일해서 '비아'라고만 쓰지만 전에는 비야, 삐야, 삐아, 비아를 섞어 썼다. 난 그중에 비야로 영세를 받아 한비야가 되었는데 그 후 날 비(飛), 들 야(野)라는 한문 이름으로 개명해서 주민등록증과 여권에 쓰이는 공식 본명으로 쓰고 있다. 특이한 이름 덕에 세상 어디를 가든 이름만큼 특이하고도 재미있는 에피소드가 생기곤 한다.

"비야 어디 갔어요?"

"아침부터 왜 비야를 찾아요? 더군다나 사무실에서?"

"네? 저는 긴급구호 총책임자 비야를 찾고 있는데요."

"앗, 비야가 그 비야였어요? 난 비어(beer)를 찾는 줄 알았네. 하하."

남수단 근무 중 우리 사무실에서 있었던 일이다. 아프리카 사람들은 beer의 r을 발음하지 않아 비야라고 들리기 때문에 날 찾던 캐나다 직원과 남수단 직원이 서로 헷갈린 거였다. 덕분에 한바탕 웃었는데 그날 하루 종일 우리 직원들이 나만 보면 눈을 찡긋하고 손을 꺾으며 맥주 마시는 시늉을 했다.

카메룬에서 온 신입 직원은 내 이름을 듣더니 눈살을 찌푸리며 카메룬 사람들이 제일 싫어하는 이름이란다. 30년째 독재를 하고 있는 자기 나라 대통령 이름과 같다나.

반면 에티오피아 직원은 내 이름을 아주 좋아한다. 자기 고향 사투리로 비야는 '내 모든 것을 바쳐도 아깝지 않은 사람'이라는 뜻이란다. 여자 이름으로는 최고라면서 자기 부인이 다음 달에 아이를 낳는데 만약 딸이면 반드시 비야라고 짓겠다며 벼르고 있다.

몇 년 전, 7년간 가뭄이 들어 살인적인 물 부족을 겪고 있는 케냐와 소말리아 국경 지역에 갔을 때, 내가 이름을 말하자마자 동네 사람들이 처음 보는 나를 다투어 껴안으며 뛸 듯이 반가워했다. 알고보니 그 지역 말로 한비야는 커다란 물항아리라는 뜻이었다. 그런데이게 웬일인가. 그날 밤, 기다리고 기다리던 비가 내려서 얼떨결에 '이름값'을 하게 되었다.

얘기가 나온 김에 남수단의 재미있는 이름 얘기를 해볼까?

그리스도교가 강한 남수단에서는 아이들 이름을 성경에서 많이 따온다. 내가 일했던 주바 본부의 현지 직원들만 해도 모세, 요셉, 다니엘, 아브라함, 마리아, 에스더 등 신구약의 주요 인물들이 다 모여있다. 심지어 예수도 있다. 키가 장대같이 크고 피부색이 새까맣다 못해 푸른 기가 도는 보건 담당 이 친구, 그 엄청난 이름값을 생각하면 어깨가 꽤나 무거울 거다. 어느 날 지나가는 말로 당신을 예수라고 부르는 게 어색하다니까 그럼 딩카 이름인 아졸이라고 부르란다.

남수단 최대 종족인 딩카족 남자들은 성인식을 치르고 나면 부모에게 수소 한 마리를 선물로 받는데, 그 소의 무늬나 특징이 새로운 이름이 된다.

늘 싱글벙글 웃으며 "No problem!"(그럼요!)을 외치는 운전수 '마비울'은 몸 전체가 하얀 소라는 뜻이고, 평소엔 조용하다가 아침 예배 때면 천장이 떠나가라 큰 소리로 노래 부르는 식량 담당 '마퀘이'는 몸은 까맣고 머리는 하얀 소란 뜻이다.

나를 그림자처럼 따라다니며 훌륭한 통역사는 물론 보디가드 역할까지 하는 '마족'은 몸은 하얗고 머리가 까만 소 이름이고, 빈틈없는 업무와 과감한 아프리카 패션으로 우리를 매번 놀라게 하는 재무팀 멋쟁이 '아얀'은 온몸이 크림색인 암소의 이름이다.

딩카족인 우리 사무실 막내 조이는 올 크리스마스에 영세를 받기 위해 열심히 교리공부 중인데, 자기는 성인식을 통해 딩카의 어른으로 다시 태어나고 또 이번 천주교 세례식을 통해 그리스도인으로 새로 태어나는 거라며 한껏 뻐겼다.

그 순간 무릎을 쳤다.

아, 맞다. 딩카족의 성인식과 천주교 세례식은 내용과 형태는 다를지언정 새로운 신분과 이름으로 다시 태어난다는 점에서는 같은 거였구나.

딩카족 부모들이 성인식을 치른 아들에게 새 이름을 주며 어른으로 대접하고, 아들은 새로 받은 '이름값'으로 새로운 신분에 걸맞게 행동해야 하는 것처럼 말이다.

다음 순간 스스로에게 물었다.

나는 이름값을 하며 살고 있는가?

내 세례명 '비야'는 이태리 성녀 이름으로 본뜻은 '무엇이든 정성껏, 열심히 하다'이다. 이름의 뜻처럼 나름 있는 힘을 다해 살고는 있지만 솔직히 늘 뭔가 부족하고 그래서 항상 성에 차지 않는다. 더 많이 했어야 했는데, 더 잘해야 했는데, 용기 내서 한 발짝 더 나갔어야 했는데, 하며 나를 볶는다.

도대체 어떻게 살아야 성에 찰까? 내 성에도 안 차는데 이 일을 시키신 하느님 성에는 차겠는가? 하느님은 더 잘할 수 있는 사람을 시키시지 왜 제대로 하지도 못하는 나에게 이 일을 맡기셨을까? 하며 또 나를 들들 볶는다.

이름 얘기를 더 하자면 내게는 한비야라는 이름보다 더 알려진 별명이 있다. '바람의 딸'이다. 각종 인터넷 사이트 아이디로도 쓰고 있는데 영어로는 Daughter of the Wind다. 외국 친구들에게 내 아이디를 말해주면 인디언 이름 같다는 사람, 환경운동가냐는 사람도 있지만 열에 아홉은 와우! 라며 놀란다. 멋지다는 말이겠지.

내 아이디가 된 바람의 딸을 첫 책 제목으로 쓸 때는 오지 여행가로 바람처럼 떠돌아다닌다는 뜻이었지만 15년 전 구호 활동가가 된 후에는 '무엇이 어떻게 되기를 바랍니다'라고 희망을 말하는 '바람

(hope)의 딸'로 불리고 있다. 지금 하고 있는 일과도 처음부터 그렇게 맞춘 것처럼 딱 어울리는 별명이다.

두 가지 뜻을 가진 '바람의 딸'의 이름값을 하는 일이 쉽지는 않지만 덕분에 이름에 걸맞은 사람이 되려고 애쓰고 있고, 애쓰는 만큼 괜찮은 사람이 되고 있다고 생각한다. 그러나 좀 더 욕심을 내서 내가 감히 다른 이름을 고를 수 있다면 불리고 싶은 이름이 있다. '빛의 딸'이다.

빛의 딸로 살고 싶다

언제부터인가 바람의 딸보다 빛의 딸 역할에 훨씬 마음이 끌리고 있다. 내 주위의 세상을 환하고 따뜻하게 비추는 사람, 같이 있으면 괜히 기분 좋고 힘이 나는 사람, 서로를 진심으로 응원하면서 긍정적인 자극을 주는 사람, 생각만 해도 정신이 번쩍 들면서 동시에 온기가 느껴지는 사람, 이렇게 살 수 있다면 얼마나 좋을까? 재미도 있고 의미도 있고 딱인데.

그리고 또 생각한다. 어떻게 하면 그렇게 될 수 있을까? 지금 이 세상에서 빛의 딸, 아들 역할을 하고 있는 사람은 누가 있을까? 누구에게 길을 물어봐야 좋을까……? 오랫동안 이런 생각을 해서일까, 최근 들어 같은 꿈을 자꾸 꾼다. 그 꿈을 오늘 새벽에도 꾸었다.

어느 깜깜한 지하실에 100여 명의 사람들이 모여 있는데 내가 어두운 계단을 더듬더듬 내려가니 그 사람들은 작은 촛불 몇 개로 겨우 어둠을 밝혀놓고 입씨름을 하고 있었다.

"그쪽은 너무 오래 비쳤으니 이젠 이쪽을 비춰라."

"무슨 소리냐? 난 글을 읽어야 하기 때문에 이쪽에 훨씬 많은 빛이 필요하다."

"너야말로 무슨 소리냐. 난 이곳 질서를 잡는 데 필요한 총을 만들고 있으니 빛은 몽땅 내가 써야 마땅하다."

사람들은 일제히 왜 자기가 더 많은 빛을 받아야 하는지 목청 높여 얘기했다. 그동안 어둠에 익숙해진 내가 좌우를 살펴보니 두껍고 시커먼 장막 틈으로 희미하게 한 줄기 빛이 들어오는 게 보였다. 당장 그쪽으로 성큼성큼 다가가 그 두꺼운 장막을 확 젖혔다. 그랬더니 시커먼 장막으로 가려져 있던 커다란 창문을 통해 눈부시도록 환한 빛이 폭포처럼 쏟아져 들어왔다. 지하실에 있던 대부분의 사람들은 와아! 환호성을 지르고 서로를 껴안은 채 펄쩍펄쩍 뛰며 좋아했지만 몇몇 사람들은 그렇지 않았다.

"당신이 누군데 장막을 마음대로 걷어? 우리에겐 촛불 정도 밝기가 딱 좋단 말이야."

"맞아. 당장 장막을 도로 쳐! 아니면 태양빛 때문에 우리 눈이 멀게 될 거야."

밝은 햇살을 온몸으로 받으며 나는 단호하게 말했다.

"태양빛 때문에 절대로 눈은 멀지 않으니 아무 염려 마세요. 그리고 이 빛은 이곳을 구석구석 밝고 따뜻하게 해줄 거예요. 영원히, 그것도 공짜로요."

내 말에도 그 서너 명은 장막을 도로 치려 했고 나는 있는 힘을 다해 장막의 끝자락을 꼭 붙들었다. 그러나 나 혼자 힘으로는 그 사람들을 감당할 수 없어 장막과 함께 마구 끌려가며 커튼이 서서히 닫혀졌다. 이제는 끝인가 하는 순간 아까 햇빛을 보고 환호했던 사람들 몇 명이 내 쪽으로 뛰어오더니 내 팔다리를 꽉 잡고 장막을 닫지 못하도록 있는 힘을 다해 같이 끌어주었다. 꿈은 늘 여기서 끝난다.

똑같은 꿈을 반복적으로 꾸는 걸 보면 그냥 지나가는 꿈은 아닌 것 같아서 친한 신부님, 수녀님, 신심 깊은 친구들에게 이 꿈이 무슨 뜻일 것 같냐고 물었는데 이구동성으로 장막을 걷는 걸 보니 '빛의 딸이 되라는 꿈'이라고 했다.

와, 장막을 걷는 자라니? 빛의 딸이라니?

장막을 걷는 자는 누구일까? 빛을 만드는 자가 아니라 이미 존재하는 환한 빛과 그 빛이 필요한 사람들 사이를 이어주는 사람일 거다. 깜깜한 지하실을 단박에 환하고 따뜻하게 만드는 건 대형 전등이나 난로가 아니라, 두꺼운 장막만 살짝 걷으면 지하실 깊숙이까지 들어오는 밝은 햇빛이니까.

나도 참말이지 빛의 딸이 되고 싶다. 한여름 한낮의 태양처럼 너무나 뜨겁고 눈부시고 위협적이기까지 한 강렬한 빛이 아니라 겨울 아침 햇살처럼 맑고 따뜻하고 다정한 빛이 되고 싶다. 그래서 만나는 사람마다 하느님께 받은 이 온기와 생기를 전해주고 싶다. 세상 어디를 가건 거기서 무슨 일을 하건 나의 가장 중요한 역할과 임무, 아니 존재의 이유는 바로 빛의 딸이었으면 좋겠다.

이 글을 읽는 독자들에게도 내 글이 아침 햇살 같기를 바란다. 내 글로 인해 조금이라도 마음이 따뜻해지고 환해졌기를, 힘이 없을 때 작은 힘이, 위로받고 싶을 때 작은 위로가, 지쳐 있을 때는 작은 자극이 그리고 용기 내야 할 때는 작은 용기를 보태주었기를 진심으로 바란다.

나의 기도는
이러하게
하소서

'정말 너무해. 이제는 내 기도를 들어주실 때가 되지 않았어?'

지난 늦가을 어느 저녁, 갑자기 추워진 날씨에 잔뜩 움츠리고 집으로 돌아가는 길에 뜬금없이 하느님께 서운한 마음이 들었다.

'이럴 때 남자 친구가 있다면 얼마나 좋을까? 따뜻한 문자라도 주고받으면 이렇게까지 심신이 춥지는 않을 텐데…… 다른 기도는 잘만 들어주시면서 남자 친구 보내달라는 기도는 왜 이렇게 아무 말씀 없으신 거야?'

그날 밤, 저녁기도를 하면서 본격적으로 불평을 늘어놓았다.

"하느님, 남자 친구를 보내달라는 제 기도를 듣고는 계신 거죠? 제가 너무 무리한 기도를 하고 있나요? 아니라면 지난 10년간 이제나 저제나 기다리는 제게 이렇게 묵묵부답일 수가 있으세요? 설마 제가 평생 독신으로 살기를 원하시는 건 아니겠죠? 혹시 그런 거면 절 아예 수도 공동체로 보내주시던가요."

한참 동안 속마음을 마구 쏟아내고 있는데 갑자기 마음 깊은 곳에서 이런 목소리가 들려왔다. (그것도 영어로!)

"Do you still love me?"(너는 여전히 나를 사랑하느냐?)

아, 하느님은 내가 간절히 원하는 것을 주지 않아도 여전히 당신을 사랑하느냐고 물으신 거였다. 난 한순간 태도를 확 바꿔 단호하고도 큰 소리로 대답했다.

"Of course I do, Lord."(물론이죠, 하느님.)

진심이었다. 내가 외로움에 몸부림치는 걸 보고 싶어 일부러 그러시는 건 절대로 아닐 텐데, 하느님의 계획이 뭔지도 모르면서 이렇게 생떼를 쓰는 내가 머쓱해졌다. 그래서 그날 불평 기도를 이렇게 마무리했다.

"당신 계획은 당신의 때에 당신 방법으로 보여주신다는 것, 잘 알고 있습니다. 앞으로 다시는 남자 친구 타령을 하지 않겠습니다. 다만 제게 주님의 때를 기다릴 수 있는 인내와 주님의 방법을 알아볼 수 있는 지혜를 주시옵소서."

그날 잠자리에 들면서 곰곰이 생각해보니 그동안 내 기도가 한심하기 짝이 없었다. 갓난아이 보채듯 이걸 달라, 저걸 달라고만 하는 게 어찌 온전한 기도라고 할 수 있을까? 기도는 한마디로 하느님과 나누는 대화 아닌가? 이 단순 명료한 사실을 자주 잊어버리고 내 말만 퍼붓거나 부탁만 열심히 하기 일쑤다. 주님이 내게 하시려는 말씀에 귀 기울이는 시간도 여유도 그럴 의사도 없으니 무슨 대화가 되겠는가. 잘 따져보면 하느님은 기도한 것은 물론, 기도하지 않은 것까지 덤으로 주시는 경우가 많다. 내 책《지도 밖으로 행군하라》가 그랬다. 나는 책을 쓸 때마다 많이 팔리게 해달라는 기도는 한 적이 없다. 대신 지금 쓰는 책이 세상에 나가 선한 영향력을 끼치게 해달라는 기도는 열심히 한다.

이 책 역시 이를 통해 독자들이 세상에서 일어나고 있는 일에 좀 더 관심을 가지고 그들의 사랑이 지도 밖 사람들에게까지 퍼져 나갈 수 있게 해달라고 기도했는데 하느님은 내 기도를 고스란히 들어주셨을 뿐 아니라 덤으로 100만 부 판매라는 보너스까지 주셨다.

이런 걸 보면 우리의 때와는 전혀 다르게 하느님은 당신의 때와 방법으로 우리 기도를 들어주시는 게 확실하다. 아니, 우리 기도를 하나도 안 들어주시는 것 같지만 나중에 돌아보면 결국은 원하는 것을 다 주시는 경우도 허다하다. 〈어느 패전 병사의 기도〉란 시가 떠오른다. 전문은 이렇다.

어느 패전 병사의 기도 (작자 미상)

무엇이나 얻을 수 있는 강한 체력을 달라고
하느님께 간구했으나
나는 약한 몸으로 태어나
겸손히 복종하는 것을 배웠습니다

큰일을 하기 위하여
건강을 구했더니
도리어 몸에 병을 얻어
좋은 일을 할 수 있게 되었습니다

큰 부자가 되어
행복하기를 간구했으나
나는 가난한 자가 됨으로
오히려 지혜를 배웠습니다

한번 세도를 부려
만인의 찬사를 받기 원했으나
나는 세력 없는 자가 되어
하느님을 의지하게 되었습니다

내가 바라고 원하는 것은
하나도 이루어지지 않았으나
은연중에 나는 모든 것을 얻었나니
내가 구하지 않은 기도까지 이루어졌습니다

나는 부족하되
만인 중에서
가장 풍족한 은혜를 입었습니다

하느님의 방법으로 기도에 응답해주셨음을 고백하고 깊이 감사하는 이 기도가 참으로 아름답다. 간절한 부탁도 솔직한 고백도 중요하지만 기도의 핵심은 뭐니 뭐니 해도 주님께 감사한 마음을 고하는 일인 것 같다.

비록 '남친 타령'으로 스타일을 구겼지만 내 기도 역시 사랑과 감사가 주인공이다. 쑥스럽긴 하지만 "기도는 어떻게 하는 거예요?"라고 묻는 새 신자들에게 도움이 될까 해서 지난 수십 년간 해온 내 기도 방법을 살짝 공개해볼까 한다.

내 기도는 짧든 길든 네 단계로 나뉜다. 첫 단계는 사랑 고백. 내 기도는 언제나 이렇게 시작한다. "하느님 당신을 사랑합니다. 내 마음을 모두 드리니 받아주세요."

이 짧지만 강렬한 사랑 고백을 할 때마다 가슴이 벅차다. 그다음은 이래서 저래서 고맙습니다라는 감사 기도 단계, 그 다음은 매우 자세하고도 구체적인 부탁 기도의 단계다. 마지막은 하느님의 때와 방법을 기다리는 단계로 내 기도 마무리는 늘 이렇다.

'주님께 온전히 의탁하오니 계획하신 대로 하시옵소서. 순종하겠나이다.'

네 마음을 내게 다오

이렇게 매일 기도를 하고는 있지만 가끔은 정말 깊은 기도가 필요할 때가 있다. 여러 가지 번잡한 일들로 마음이 고단하거나 지쳐 있을 때면 피정을 떠난다.

긴 구호 활동에서 돌아왔던 얼마 전에도 일주일간 침묵 피정을 다녀왔다. 떠나기 전부터 실컷 성경 읽고 마음껏 기도해보겠다는 기대로 잔뜩 부풀어 산속에 있는 피정센터로 떠났다.

이번 피정 프로그램은 복음 관상기도 중심으로 짜여 있었다. (천주교와 개신교가 공히 하는 기도 방법이다.) 예수님의 탄생부터 부활까지를 수십 장면으로 나누어 해당 복음서를 집중적으로 읽은 후, 마치 관객이 무대 위에 올라가듯이 그 장면 안으로 들어가 주인공인 예수님을 직접 만나보는 기도다. 피정 인도자가 권하는 복음 관상기도 시간은 한 번에 두 시간씩, 하루에 여섯 차례, 총 열두 시간이었다.

열두 시간이라면 세끼 밥 먹고 잠자는 시간만 빼고는 종일 기도만 해야 할 테니 편하게 기도할 기도처가 필요했다. 한 시간가량 피정센터를 샅샅이 살핀 후 3층에 있는 아담한 다락방을 찾았다. 피정 중 개인 면담도 원하던 분에게 매일 아침 첫 시간에 받을 수 있게 되었다. 게다가 비까지 와서 기도 분위기를 돕고 있었다.

그런데 환호도 잠시, 무슨 일인지 이런 완벽한 조건에도 불구하고 첫날과 이튿날은 도무지 집중할 수 없었다. 복음을 읽고 기도하려고만 하면 분심(分心)이 들고 잠이 마구 쏟아졌다. 복음 장면 속으로 들어가려고 아무리 애를 써도 내 상상력은 나를 전혀 엉뚱한 곳으로 이끌었다. 찬물로 샤워한 후에 기도해도, 뒷산 꼭대기에 올라가 바람을 쐬고 와서 기도해도, 졸릴까 봐 점심도 거르고 진한 커피를 물처럼 마시면서 기도해도 계속 잠이 오고 자꾸만 딴생각이 났다.

이러느라 예수님의 탄생과 어린 시절 안에는 제대로 들어가지 못했다. 아쉽고 안타까웠다. 벼르고 벼르던 피정인데 여기 있어야 할 내 마음은 도대체 어디를 다니고 있는 건가? 같이 온 20여 명의 교우들은 다들 이미 예수님과 만나 멋진 시간을 보내고 있는 것 같았다.

그러던 셋째 날 새벽이었다. 그날 장면은 예수님이 첫 번째 기적을 행하신 가나의 혼인잔치였다. 해당 복음을 읽고 나서 성령께 제발 오늘은 장면 안에 들어가 예수님을 만날 수 있게 해달라고 간곡하게 부탁한 후, 가부좌를 틀고 눈을 감았다.

그런데 이게 웬일인가, 갑자기 눈앞에 시끌벅적한 중동 지방의 잔칫집 광경이 펼쳐졌다. 세계 일주 중 중동을 여행할 때 많이 보았던 바로 그 잔칫집 마당 안에 내가 들어가 있는 것이었다.

어디선가 요란한 타악기 소리가 들리고 잔치에 온 남자들은 그 음악에 맞추어서 얄라 얄라를 외치며 흥겹게 어깨춤을 추고 있었다. 여자들은 종종걸음으로 부엌과 마당을 오가며 음식을 나르고 있고 부엌에서 풍기는 노릇한 양고기 삶는 냄새, 시큼한 요구르트 냄새, 고소한 튀김 냄새가 잔치 분위기를 북돋우고 있었다. 마당 한쪽에 오늘 잔치의 주인공인 성장을 한 신랑 신부가 보였다.

그때 부엌 뒷문에서 성모마리아와 예수님이 보였다. 성모님이 예수님에게 잔치가 무르익고 있는데 포도주가 떨어졌다는 얘기를 했다. 예수님이 "어머니, 저의 때가 아직 이르지 않았어요"라고 말했지만 어머니의 부탁을 거절할 수 없어서 사람들에게 물동이의 물을 마당으로 나르라고 했다. 그 물동이가 내 앞을 지나가는 순간, 포도주 향기가 확 났다. 나르는 사람이 곁에 서 있던 내게도 포도주를 질그

룻에 담아 건네주었다.

한두 걸음 멀리 예수님이 계셨는데 왠지 예수님 곁으로 다가갈 수가 없었다. 평소의 나라면 뛸 듯이 반가워하며 아는 척을 했을 텐데, 손에 들고 있는 포도주로 같이 짠, 하고 건배했을 텐데. 그 장면에서 나는 망설이고 주뼛거리고만 있었다.

다음 순간, 예수님이 내게 눈길을 주셨다. 그러나 나는 그 눈길을 마주하지 못했다. 마주치면 내가 대답할 수 없는 질문을 던지실 것만 같았기 때문이다.

실은 피정센터에 온 첫날, 도착하자마자 곧바로 기도실 십자가 밑으로 갔다.

"주님, 저 왔어요."

인사하고 가만히 앉아 있었더니 한참 후에 나지막한 목소리가 들렸다.

"얘야, 그동안 어디에 마음을 빼앗겼니?"

"그동안 일과 산과 마음에 두고 있는 한 사람에게 빼앗기고 있었어요."

그랬더니 나직하게 말씀하셨다.

"이제, 그 마음을 내게 다오."

아, 이제 내 마음을 달라니. 그동안 나는 내가 일을 열심히 하면 주님이 좋아하고 예뻐하실 거라고 생각했다. 산도 온종일 주님을 만나고 찬미하는 최고의 기도처라고 생각했는데…… 다른 것에 온통 마음을 빼앗겨 당신에게는 그저 자투리 시간에나 잠깐씩 집중했던 내 사랑이 충분하지 않았구나, 그동안 주님은 당신만을 뜨겁게 사랑하는 나를 애타게 기다리셨구나. "이제, 네 마음을 내게 다오"라는 간절한 사랑 고백을 하실 만큼. 그런데 어쩌나, 내 마음을 모두 드리고 싶지만 어떻게 드려야 좋을지 모르겠는데.

그래도 그날 이후에는 매번 성경 속의 장면으로 들어가 예수님을 가까이 만날 수 있었다. 예수님의 수난과 부활 묵상은 그 정점이었다. 특히 막달라 마리아가 예수님의 무덤에 왔을 때 천사가 "너는 왜 울고 있니, 뭘 찾고 있니?"라고 물으니 막달라 마리아가 "예수님 시체가 없어졌는데 어디 있는지 아시면 알려주세요. 제가 잘 모실게요"라고 말하는 장면. (나는 관상 중 그 장면에서 막달라 마리아의 역할을 하고 있었다.)

그때 예수님이 "마리아야!" 하고 나직한 목소리로 내 이름을 불러주셨다. 아, 눈길만 주시던 예수님이 부끄럽고 쑥스러워하는 내 마음을 아시고 내 이름을 직접 불러주신 거다.

나는 그때 처음으로 예수님 눈을 쳐다보았다. 참으로 부드럽고 다정한 눈빛이었다. 내가 예수님을 보면서 웃었는지 예수님도 빙그레 웃으셨다. 나와 예수님이 드디어 만난 것이다.

고백컨대 그동안 나는 삼위일체 하느님 중 창조주 하느님과 성령보다 사람의 모습으로 오신 성자 예수님을 만나기가 어려웠다. 많은 신자들이 예수님은 내 친구라며 가까이 지내는 것 같은데 내게는 예수님이 가까이 하기엔 너무 어려운 분이었다.

다행히, 너무나 다행히 이번 복음 관상기도를 통해 예수님과 긴 여행을 함께 다녀온 느낌이다. 이제 다시 복음 장면 속에서 만난다면 평소의 나처럼 뛸 듯이 반가워 얼싸안을 수 있을 만큼 가까워졌다.
앞으로도 지금처럼 매일매일 한 걸음씩만 가까워졌으면 좋겠다.

　'이제, 네 마음을 내게 다오'라고 하신 그분께 참말이지 내 마음을
몽땅 드리고 싶다.

그럼에도 불구하고, 딱 한 발짝만

아홉 번째 책이다.

책 쓰기는 이번에도 쉽지 않았다. 집 안이 따뜻하면 머리가 안 돌아갈까 봐 보일러를 제일 낮게 틀어놓고 추운 거실에서 돌돌 떨며 글을 썼다. 웬 자학이냐 하겠지만 그렇게 해서라도 마음에 드는 글이 나온다면 알래스카 얼음 동굴 속이라도 들어갈 작정이었다.

게다가 낮에는 아무리 애를 써도 단 한 줄 못 쓰다가 밤이 돼야 슬슬 발동이 걸리는 바람에 허구한 날 날밤을 샜다. 눈이 뻑뻑해져서 10분만 쉴까 하고 거실 소파에 쪼그리고 앉았다가 화들짝 깨보면 아침이 훤히 밝아 있을 때는 얼마나 억울했는지. 그렇게 길게 잘 거면 따뜻한 침대에서 두 발 뻗고 잘걸, 추운 거실에서 쪽잠이 웬 말이란 말인가.

허나 이런 몸 고생은 마음고생에 비하면 아무것도 아니다. 그렇게 밤을 패면서 그동안의 경험과 생각을 글로 옮겨놓으면 왜 그렇게 초라하고 허접해 보이는지. 말랑말랑한 살과 따뜻한 온기와 기분 좋은 향기는 간데없고 딱딱한 뼈와 거친 피부만 남은 글을 볼 때마다 한숨이 절로 나왔다.

이쯤 되면 책 쓸 때마다 나오는 레퍼토리가 시작된다.

'직접 보고 들은 것도 제대로 못 쓰는 주제에 책은 무슨 책이냐고? 내일 출판사에 전화해서 도저히 못 하겠다고 해야겠다. 이제 와서 이러면 안 되는 줄 알지만 안 써지는데 낸들 어쩌란 말이냐? 난 몰라~ 흑흑흑.'

울며불며 괴롭기만 했다면 책이 나왔을 리가 없다. '달콤한 고통'이라던가, 내게는 책 쓰는 일이 그렇다. 이 책 덕분에《그건, 사랑이었네》이후 6년간의 일기장, 여러 매체에 기고했던 글, 현장 근무 보고서와 학교 강의안을 꼼꼼히 읽고 수천 장의 사진들도 찬찬히 들여다볼 수 있었는데, 그 시간은 참으로 즐겁고 소중했다.

이번 책도 엉덩이의 힘과 몰두의 힘으로 썼다. 하루에도 수십 번씩 들썩이는 엉덩이를 눌러 앉히고, 갖가지 재미난 일에 한눈팔지 않은 몰두가 힘을 발휘한 거다.

이른바 '한비야 아궁이론'이다. 내게 장작 열 개와 아궁이에 걸린 솥 열 개가 있다 치자. 그 열 개의 장작을 한 아궁이에 한 개씩 넣는다면 열 개의 솥을 미지근하게만 만들 뿐이다.

그러나 가지고 있는 장작을 한 아궁이에 몽땅 몰아넣는다면 그 아궁이의 솥은 확실히 달궈질 것이고 물이 끓을 것이고 밥이 되고 누룽지가 누를 것이다. 지금 하고 있는 그 한 가지 일에 있는 힘과 시간과 노력을 몰아주어야 뭐가 돼도 된다는 말이다.

그럼 다른 아궁이는? 그건 할 수 없다. 모든 일을 다 잘할 수도 그럴 필요도 없는 거니까. 아무튼 지난 석 달은 책 쓰기라는 아궁이에만 집중하고 몰두했더니 그 솥단지 물이 펄펄 끓으면서 마침내 《1그램의 용기》라는 책이 탄생한 것이다.

1그램의 용기!

지금 내게도 딱 그만큼의 용기가 필요하다.

올해부터 오랫동안 망설이던 한 가지 일을 시작하기로 했기 때문이다. 이화여자대학교 국제대학원에서 박사 과정을 밟기로 한 것이다. 박사 논문 주제는 〈재난 대비를 중심으로 한 인도적 지원과 개발 협력의 연계점〉이다.

현장에서 일하면서 늘 궁금했다. 인도적 지원에 쏟아 붓는 그 많은 돈과 에너지는 왜 개발 협력으로까지 이어지지 않는가? 분명히 두 분야를 연계할 방법이 있을 터, 그걸 밝혀내고 싶은 거다.

앞으로 적어도 3~4년간은 또 죽자 하고 공부만 해야 한다. (아, 벌써부터 몸서리쳐진다!) 이 공부하느라 UN 자문위원을 하면서 좀 더 쉬워진 UN 진출은 포기해야 할지도 모른다. 거기에도 정년이 있기 때문이다. UN을 통한 현장 경험도 꼭 해보고 싶었는데, 그러면 인도적 지원에 관해 훨씬 크고 자세한 그림이 그려질 텐데…… 외국 대학과 얘기가 오가던 정규 수업 강의나 전 세계를 대상으로 하는 특강도 앞으로 적어도 3년간은 보류해야 한다.

나와 함께 현장에서 잔뼈가 굵은 국제구호 동료들은 열에 아홉은 반대다. 지금 하는 일에 박사학위가 필요한 것도 아닌데 현장에서 가장 왕성하게 일할 나이에 왜 연구실에 처박히려 하느냐고 극구 말린다. 그러나 이번에는 그들의 조언을 듣지 않기로 했다.

아무리 마음을 굳게 먹어도 학위 과정은 만만치 않을 거다. 게다가 내 논문 주제가 '인도적 지원과 개발협력의 연계점'인데 개발협력 부문은 이대에 훌륭한 강좌가 개설되어 있어 문제없지만 인도적 지원 부문은 한국에는 마땅한 강좌와 지도 교수가 없어서 최소한 1년은 보스턴으로 유학을 가야 한다. 이 말은 다시 그 '불바다 전문' 대니얼 교수 수업을 들어야 하고 논문 지도를 받아야 한다는 거다. (난, 죽었다!)

그럼에도 불구하고, 나는 용기를 내어 한 발짝 내딛기로 했다. 길이 있어서 한 발짝 내딛는 게 아니라 한 발짝 내디뎌야 비로소 길이 열린다는 걸 잘 알기 때문이다. 만약 여러분도 꼭 하고는 싶지만 이런저런 이유로 망설이는 일이 있다면 두 눈 질끈 감고 되는 쪽으로 딱 한 발짝만 내디뎌보시기 바란다.

그럴 용기가 필요하신가? 그 용기, 내가 기꺼이 보태드리고 싶다. 1그램이면 충분하다.

부디 받아주시길.

1그램의 용기

첫판 1쇄 펴낸날 2015년 2월 24일
27쇄 펴낸날 2020년 12월 15일

지은이 한비야
발행인 김혜경
편집인 김수진
편집기획 이은정 김교석 조한나 이지은 유예림 김수연 유승연 임지원
디자인 한승연 한은혜
경영지원국 안정숙
마케팅 문창운 정재연
회계 임옥희 양여진 김주연

펴낸곳 (주)도서출판 푸른숲
출판등록 2003년 12월 17일 제 406-2003-000032호
주소 경기도 파주시 회동길 57-9, 우편번호 10881
전화 031)955-1400(마케팅부), 031)955-1410(편집부)
팩스 031)955-1406(마케팅부), 031)955-1424(편집부)
홈페이지 www.prunsoop.co.kr
페이스북 www.facebook.com/prunsoop   **인스타그램** @prunsoop

ⓒ한비야, 2015
ISBN 979-11-5675-537-1(03810)

이 도서의 국립중앙도서관 출판시도서목록(CIP)은 e-CIP 홈페이지(http://www.nl.go.kr/ecip)와
국가자료공동목록시스템(http://www.nl.go.kr/kolisnet)에서 이용하실 수 있습니다. (CIP2015005398)